BASTEI LÜBBE

Von Meagan McKinney erschienen bei BASTEI-LÜBBE:

11858 Bis die Liebe das Dunkel besiegt
11890 Wenn Engel fallen
11972 Kampf der Liebe
12004 Brennende Küsse
12033 Der Gigant und die Lady
12181 Geheimnisvoll wie die Rose
12271 Im Zauberbann der Liebe

Meagan McKinney

Triumph der Zärtlichkeit

Aus dem Englischen
von Monika Koch

BASTEI LÜBBE

BASTEI-LÜBBE-TASCHENBUCH
Band 12705

Deutsche Erstveröffentlichung
Titel der amerikanischen Originalausgabe:
Gentle from the Night

Printed in France, September 1997
Einbandgestaltung: Roland Winkler
Titelfoto: Elaine Duillo (Ag. Thomas Schlück)
Satz: Fotosatzstudio »Die Letter«, Hausen/Wied
Druck und Bindung: Brodard & Taupin, La Fleché
ISBN 3-404-12705-6

Do not go gentle into that good night ...
Rage, rage against the dying of the light

(Dylan Thomas)

1

Noch Jahre später erinnerte sie sich daran, wie sie der Name sofort fasziniert hatte. John Damien Newell. Eine Unterschrift unter einem Brief – nichts weiter. Lediglich drei Worte in einer akkuraten und zugleich arrogant lässigen Handschrift, die nichts von den zukünftigen Ereignissen ahnen ließen.

Aber der Name hatte Alexandra neugierig gemacht. Sie brannte darauf, das Gesicht des Mannes zu sehen, der zu diesem Namen gehörte und der in Unkenntnis der wahren Umstände um Hilfe nachgesucht hatte. Sein Brief hatte sie angerührt, und in stillen Stunden malte sie sich immer wieder das Aussehen des Mannes aus, obwohl sie lediglich seinen Namen kannte.

John Damien Newell.

Erst viel später sollte sie begreifen, daß dieser Name an etwas gerührt hatte, das in ihren Augen eigentlich erledigt war. Doch an diesem grauen, regnerischen Londoner Morgen plagten sie ganz andere Gedanken. Mit der Feder in der Hand saß sie am Schreibtisch in der ehemaligen Bibliothek ihres Vaters und rang um eine Antwort. Dabei wußte sie sehr genau, daß eigentlich nur jugendlicher Übermut und eine gewisse Wut sie so handeln ließen. Sie war verletzt, und der Stachel saß so tief, daß sie ein wildes Verlangen und genügend Mut verspürte, einfach rücksichtslos voranzupreschen und auf ein Schreiben zu antworten, das vielleicht besser unbeantwortet geblieben wäre.

Sofort nachdem Mary ihr den Kaffee serviert hatte, hatte sie sich ans Werk gemacht. Der Schein des Kaminfeuers schimmerte durch das Blatt, als sie es schließlich hochhob und ihre Unterschrift kritisch begutachtete. Was dieser Tintenkrakler wohl besiegelte? Zumindest eine Lüge, dachte sie, und voller Gewissensbisse verdunkelten sich ihre haselnußbraunen Augen. Hastig blies sie über die noch feuchte Tinte, und las dann noch einmal, was sie geschrieben hatte. Angesichts ihres Mutes und ihres Leichtsinns zitterten ihre Hände ein wenig.

19. April 1858

My Lord Newell,

zu meinem Bedauern muß ich Sie davon in Kenntnis setzen, daß mein Vater, Dr. Horace Benjamin, Ihrer Einladung nach Cairncross Castle leider nicht Folge leisten kann. Dr. Benjamin verstarb im vergangenen Dezember infolge einer Grippe. Seine gesamten Aufzeichnungen wurden dem Royal College of Surgeons zur Fortsetzung seiner Arbeit überlassen. Ich hoffe, Ihnen mit dieser Information geholfen zu haben.

Für den Fall, daß Ihnen das College in bezug auf das Gebrechen Ihres Bruders nicht weiterhelfen kann, bin ich gern bereit, Ihnen meine Dienste anzubieten. Ich verfüge zwar nicht über eine anerkannte Ausbildung wie mein Vater, aber während der letzten Jahre habe ich ihm bei allen Arbeiten assistiert und kann mit Fug und Recht behaupten, daß es keine Theorie und kein Experiment gibt, das wir nicht gemeinsam diskutiert hätten.

In Erwartung Ihrer Antwort verbleibe ich untertänigst

Alex Benjamin

Alexandra starrte zuerst auf das Blatt und dann auf die gläserne Schreibfeder und verspürte für Sekunden den Wunsch, ihren Namen zu vollenden. Sie belog diesen Mann. Falls er ihr tatsächlich den Auftrag erteilen sollte, mußte sie ihm schreiben und die Arbeit schon aus Angst vor seinem Zorn über diese Täuschung ablehnen. Andererseits jedoch sah sie keinen anderen Weg als so zu handeln, denn wenn sie den Brief mit Alexandra unterschrieben hätte, hätte sie sich die Mühe sparen können. Mit Sicherheit würde Lord Newell es niemals auch nur in Erwägung ziehen, eine Frau – und obendrein eine ohne medizinische Ausbildung – zur Behandlung seines Bruders nach Yorkshire zu holen. Höchstwahrscheinlich würde er ihr ohnehin die Tür weisen, sobald er sie zu Gesicht bekam – aber sie war fest entschlossen, es darauf ankommen zu lassen. Sie mußte es einfach versuchen, denn sie wollte London unbedingt so schnell wie möglich den Rücken kehren. Und dazu konnte ihr nur dieser Baron John Damien Newell verhelfen.

Mit einem Mal war ihr ganz melancholisch zumute, und sie blickte sich in dem wohlvertrauten Raum um, in dem früher Axminsterteppiche in Grün und Schwarz den Fußboden bedeckt hatten. Im Geist sah sie noch die wunderschönen changierenden Taftvorhänge in Erbsengrün und Purpurrot an den Fenstern hängen und die Bücherregale mit ihren zahllosen Bänden über die unterschiedlichsten Themen, die an den Wänden Spalier gestanden hatten. Aber in Wirklichkeit war der Raum nackt und kahl. Die Teppiche waren verschwunden, und Alexandra sah zum ersten Mal die rohen Dielenbretter. Seit ihr Vater und sie das Stadthaus bezogen hatten, hatte es überall köstlich nach Rotwein und Bienenwachs geduftet, doch nun lag lediglich der Geruch nach altem Holz in der Luft. Die Fenster waren genauso nackt wie der Fußboden, denn Teppiche und Vorhänge waren an einen Altkleiderhändler aus Whitechapel verkauft worden.

Alexandras starrer Blick fixierte die Regentropfen, die langsam über die Fensterscheiben rannen. Es war ein wunderschönes Zuhause gewesen. Alexandra war gerade zehn Jahre alt gewesen, als ihre Mutter gestorben war und ihr Vater ihr den Umzug nach London angekündigt hatte, wo er auf bessere Arbeitsmöglichkeiten hoffte. Auf ein mutterloses zehnjähriges Kind hatten die ägyptisch anmutenden Portale und die prachtvolle, gewölbte Fassade wenig Eindruck gemacht, aber im Lauf der vergangenen fünfzehn Jahre hatte sich Belmont Crescent als komfortables Heim in guter Lage erwiesen.

Und das sogar für Leute wie sie.

Alexandra fühlte wieder, wie der wohlbekannte Haß in ihr Herz kroch wie ein unscheinbarer Efeu, der sogar einen Ziegelstein zerbrechen konnte, wenn er ihn erst einmal umschlungen hatte. *Leute wie sie.* Sie war nun einmal so, wie sie war, und ihr Vater ebenfalls. Er war ein wunderbarer, freundlicher und herzensguter Mensch gewesen, der unverdrossen weiter den Bettlern Geld gespendet hatte, obwohl man ihm bei dieser Gelegenheit bereits dreimal die Börse entrissen hatte. Beruflich hatte ihr Vater in seinem College große Anerkennung gefunden. Seine spezielle Fachrichtung hatte sich durch die Heirat mit einer wunderschönen, aber tauben Frau ergeben, die von ihrer Familie grausam behandelt worden war, weil sie nicht hören und deshalb auch nicht sprechen konnte. Sein größter Ehrgeiz als Ehemann und Wissenschaftler war immer der Wunsch gewesen, seinen Namen von den Lippen seiner geliebten Frau zu hören. Er hatte sie das Sprechen gelehrt und sich von da an ähnlich behinderten Menschen gewidmet, die von der Gesellschaft ausgegrenzt wurden, weil sie sich nicht mit Worten dagegen wehren konnten.

Im Lauf der Jahre hatte Alexandra begriffen, daß selbst alle guten Taten dieser Welt den Schatten nicht tilgen konnten, der auf Horace Benjamins Existenz lag. Ihr Vater war Jude – ein Christusmörder, den es nicht nach dem Heil der anglikanischen

Kirche verlangte. Als Tochter ihres Vaters konnte Alexandra noch so oft betonen, daß ihre Mutter eine irische Katholikin aus Wexford gewesen sei – es nützte nichts. Man beurteilte sie ausschließlich nach ihrer Abstammung von diesem widerspenstigen Mann, und die Vorurteile trafen sie und ihren Vater gleichermaßen. Alexandra hatte dafür bezahlt, aber gleichzeitig hatte sie die Wut und den Trotz schätzen gelernt, die ihr immer dann zu Hilfe kamen, wenn die Situation unerträglich wurde. Sie war keine Jüdin, weil ihre Mutter Christin gewesen war, aber wenn alle Welt es unbedingt glauben wollte, dann würde sie den Leuten den Gefallen tun. Bei Gott! Und obendrein voller Stolz. Diese Leute konnten ihr samt ihrer Vorurteile gestohlen bleiben.

Und er ganz besonders.

Ihre Blicke glitten hinüber zu der nackten Sitzbank in der Fensternische, wo sie oft stundenlang auf den Satinkissen gesessen und angeblich in einem Buch gelesen hatte. Dabei hatte sie heimlich durch die Spitzenvorhänge nach ihm Ausschau gehalten. Nur zu gut erinnerte sie sich an das süße Gefühl, wenn Mary gekommen und ihr zugeflüstert hatte, daß Brian im Besuchszimmer auf ihren Vater wartete. Jahrelang hatte ihr Herz einen kleine Sprung vollführt, wenn man nur seinen Namen nannte. Als Assistentin ihres Vaters hatte sie oft mit seinen Studenten gearbeitet, und natürlich war es nicht ausgeblieben, daß sie sich in einen von ihnen verliebt hatte.

Im Rückblick war klar, daß sich die Tragödie leicht hätte vermeiden lassen, wenn er nur nicht darauf eingegangen wäre. Aber damals hatte sie noch keine Ahnung davon gehabt, wie grausam die Liebe sein konnte und wie leicht und zugleich heimtückisch höfliche Worte täuschen konnten.

»Miss?«

Alexandra sah auf, als Mary den Kopf zur Tür hereinsteckte, und bemerkte zum ersten Mal, daß die roten Locken unter dem Spitzenhäubchen ihrer Zofe langsam ergrauten. Ob es nur das

Alter war? Oder waren etwa die Aufregungen der letzten Monate schuld daran?

»Die Leute wollen den Schreibtisch abholen, Miss. Was soll ich ihnen sagen?«

Alexandra blickte auf den Brief hinunter, der gefaltet, aber unversiegelt auf dem geliebten Schreibtisch ihres Vaters lag. Wortlos stand sie auf, tropfte etwas geschmolzenen Siegellack auf das Papier und drückte den Ring ihres Vaters darauf, in den ein großes B inmitten eines Davidsterns eingraviert war.

»Würdest du ihn bitte aufgeben?« Mit diesen Worten überreichte sie Mary den Brief und nickte dann in Richtung auf die Halle, wo die Trödler warteten. »Ich bin fertig. Du kannst die Männer hereinschicken.«

Von Anfang an war Alexandra Benjamin ein ungewöhnliches Kind gewesen – äußerst lernbegierig und dabei schüchtern und ein wenig verträumt. Alexandra selbst meinte, daß sie so geraten sei, weil sie im Alter von zehn Jahren ihre Mutter verloren hatte und von da an fast ausschließlich in männlicher Gesellschaft großgeworden war. In der Tat hatten die Kollegen ihres Vaters häufig in der Bibliothek kampiert, wenn es bei der Arbeit und den anschließenden Diskussionen einmal spät geworden war. Mary und die Köchin sahen das jedoch ganz anders. Sie hatten das Thema oft genug erörtert und dabei heftig den Kopf geschüttelt. Wenn man sie gefragt hätte, hätten sie gesagt, daß ihrer Meinung nach der Grund für die Schüchternheit der Kleinen im Verhalten das Vaters zu suchen war, den seine Hilfsbereitschaft für die Leidenden der kleinen Seele gegenüber blind gemacht hatte. Nach dem Tod seiner Frau Hope hatte sich Horace Benjamin ganz und gar in seine Arbeit vergraben, und es war nicht weiter ungewöhnlich, daß Alexandra ihren Vater manchmal wochen- oder gar monatelang nicht zu Gesicht bekam, obgleich er unter demselben Dach wohnte.

Unter Tränen hatte Mary einmal der Köchin erzählt, daß es ihr fast das Herz gebrochen hatte, als das Kind mit glänzenden Augen ins Studierzimmer ihres Vaters gelaufen war, um ihm voller Stolz ihre neue blaue Schleife zu zeigen. »Er hat sie nicht einmal wahrgenommen!« hatte Mary über ihrem Schlaftrunk geschluchzt. »Genau wie einer seiner stummen und tauben Patienten hat er überhaupt nicht auf die Gegenwart der Kleinen reagiert. Das arme Kind! Das Licht in ihren Augen erlosch, und sie schlich mit gerunzelter Stirn und hochgezogenen Schultern aus dem Zimmer. Man konnte genau sehen, wie die Kleine mit den Tränen kämpfte. Und soll ich Ihnen etwas sagen?« Dabei war sie näher zur Köchin gerutscht und hatte sich geräuschvoll die Nase geschneuzt. »Die Kleine ließ die Schleife achtlos zu Boden fallen und hat sie seitdem nie wieder getragen. In ihren Augen war sie wertlos geworden.«

Alexandra dagegen wäre es nie in den Sinn gekommen, daß ihr Vater sie nicht genügend beachtete. Er versorgte sie schließlich mit allem, was man sich als kleines Mädchen nur wünschen konnte – mit Spielsachen, mit hübschen Kleidern und mit bunten Bändern. Nur Gesellschaft leistete er ihr nicht. Aber Alexandra war sich schon immer selbst genug gewesen und hatte aus Mangel an Spielgefährten beizeiten gelernt, sich allein zu beschäftigen und dabei glücklich zu sein. Zum Beispiel hatte sie sich auch ohne Anleitung einer Mutter beachtliche Fertigkeiten im Sticken und Malen angeeignet.

Eines Tages jedoch machte sie eine entscheidende Entdekkung. Als sie ihrem Vater das Teetablett ins Studierzimmer brachte, saß er wieder einmal völlig abwesend über seinen Notizbüchern und notierte gerade seinen letzten Gedanken. Wie immer war er so sehr in seine Hypothesen und Theorien vertieft, daß sie es nicht gewagt hätte, ihn zu stören. An diesem Tag jedoch arbeitete er mit einem etwa fünfjährigen kleinen Jungen, der sich von der Hand seiner Mutter losgemacht hatte und in den benachbarten Salon marschiert war, wo er voller Ernst auf den Klaviertasten herumklimperte.

Als Alexandra das Tablett neben ihrem Vater abstellte, äußerte sie ohne zu überlegen die Vermutung, daß der Kleine vermutlich auf die Vibrationen des Instruments reagierte. Zu ihrer Überraschung hob ihr Vater augenblicklich den Kopf.

Horace Benjamin starrte seine damals vierzehnjährige Tochter so verblüfft an, als ob er sie nie zuvor gesehen hätte. Neugierig geworden zog er sie mit sich in den Salon hinüber und begann auf der Stelle mit einem Experiment. Zum ersten Mal fühlte Alexandra eine wirkliche Verbundenheit mit ihrem Vater, und diesen Faden ließ sie nie wieder abreißen. Von diesem Tag an hatte sie ihren Platz im Leben ihres Vaters gefunden. Als Frau war ihr zwar die wissenschaftliche Laufbahn versperrt, so daß sie sich keine Hoffnung auf eine medizinische Ausbildung machen konnte. Nicht einmal ein bekannter Mann wie Dr. Benjamin konnte die Barrieren niederreißen, die damals den Frauen im Weg standen. Aber niemand konnte ihr verbieten, seine Assistentin zu werden und an seiner Seite zu arbeiten.

Sobald sie mit ihrem Vater über seine Arbeit sprach, waren die einsamen Stunden im Schulzimmer durch die Wärme seiner Aufmerksamkeit schnell vergessen. Trotz einer gewissen Monotonie war die Arbeit mit ihrem Vater äußerst interessant, außerdem behandelte er sie niemals als Frau, sondern eher als eine Art Kollegen, dem er alles Wissenswerte anvertraute – zuweilen auch ohne Rücksicht auf ihre Aufnahmefähigkeit und ihre Jugend.

Doch mit der Jugend hatte Alexandra ihre eigenen Erfahrungen gemacht – sie gehörte zu den wenigen Ausnahmen, die auf den Tag genau angeben konnten, wann dieser Abschnitt ihres Lebens zu Ende gegangen war. und zwar war das genau am 24. Dezember 1857, einige Sekunden nach Mitternacht, passiert. An diesem Tag hatte sie ihren Vater beerdigt, und Kummer und

Trauer hatten sie beinahe überwältigt. Doch der Gedanke an Brian hatte sie aufrecht gehalten. Der Gedanke an den gutaussehenden, witzigen Brian, der wie ein Leuchtturm aus ihrem Meer voll Kummer aufragte und ihren Gedanken die Richtung wies. Vielleicht war ja nun, nach dem Tod ihres Vaters, die Zeit gekommen, um die Arbeit für einige Zeit an die zweite Stelle zu rücken und erst einmal ihrer ganz irdischen Sehnsucht nach Liebe nachzugeben. Ganz sicher bewegten Brian ähnliche Gedanken, hatte sie überlegt, während sie in der Einsamkeit dieser Nacht darauf gewartet hatte, daß er auf ihr Briefchen reagierte.

Und tatsächlich hatte er kurz vor Mitternacht vor ihrer Tür gestanden. Mit wehmütiger Miene hatte er bestätigt, daß sich alles so verhielte, wie sie es in ihrem Brief geschrieben hätte. Während der vergangenen Jahre hatte sich zwischen langen Blicken im Arbeitszimmer und hastigem Geflüster in der Halle bei beiden der Glaube gefestigt, füreinander bestimmt zu sein. In ihrem Brief an Brian hatte Alexandra zum ersten Mal diesem brennenden Wunsch Ausdruck verliehen und geschildert, wie sehr sie sich nach einem Leben an seiner Seite sehnte, nach Kindern und einem Heim, wie es ihre Eltern in den wenigen glücklichen Jahren ihres Lebens gehabt hatten. Wie Blut war die Tinte aus der Wunde ihres Herzens über das Papier geströmt. Aber diese Wunde war heilbar, und es war an der Zeit, endlich das Schweigen zu brechen.

Mit tränenüberströmtem Gesicht hatte sie ihm ihre lang unterdrückte Liebe und ihre Hoffnungen für die Zukunft gestanden. Selbst für zwei so besessene Wissenschaftler, wie sie beide es waren, waren Ehe und Kinder nicht auf ewig unmöglich. Der Tod ihres Vaters hatte sie nur darin bestärkt, daß man sich nehmen mußte, was das Leben einem bot. Es war an der Zeit, so hatte sie geschrieben, endlich von ihrer Liebe zu sprechen. Es war an der Zeit, einander endlich ihre Gefühle zu offenbaren und zu heiraten.

Wenn sie an den Abend zurückdachte, war ihr klar, daß es in dieser Sekunde genau zwei Möglichkeiten gegeben hatte. Natürlich hätte sie weinen und betteln können, um Brian begreiflich zu machen, daß das, was er glaubte, nicht der Wahrheit entsprach. Sie hatte absolut keinen Grund, diesen sogenannten Makel zu akzeptieren, denn ihre Mutter hatte ihn ebenfalls nicht besessen. In den Augen der Kirche betraf dieses Vorurteil lediglich ihren Vater, der inzwischen tot und begraben war. Brian hatte ihr beide Möglichkeiten aufgezeigt, aber Alexandra hatte sich stillschweigend für die zweite entschieden. Ganz plötzlich hatte sie nämlich begriffen, daß auch von einem noch so irrigen Vorurteil immer etwas haften blieb. Sie war nicht, wofür Brian sie hielt, aber um seinen Irrtum richtigzustellen, hätte es einer noch weit größeren Ungerechtigkeit bedurft. Es hätte bedeutet, sich von dem Mann distanzieren zu müssen, den sie wie niemanden sonst bewunderte und liebte. Und das war ein Ding der Unmöglichkeit.

Der Moment, in dem Alexandra begriff, wie leicht eine einsame Seele zu täuschen war, hatte ihre Jugend mit einem Schlag und unweigerlich beendet. Brian hatte sie niemals in die Oper ausgeführt, weil, wie er sagte, seine Mutter stets darauf bestanden hätte, von ihrem Sohn begleitet zu werden. Und Geschenke hatte er ihr nie gemacht, weil, und das waren seine eigenen Worte, ein *wahrer* Gentleman niemals die Barmherzigkeit einer Lady mißbrauchen dürfe, indem er ein minderwertiges Geschenk ihrer Bewunderung für wert erachtete. Leider hatte sich Alexandra nicht damit zufrieden gegeben und dummerweise noch versucht, alles genauer zu ergründen. Zu spät hatte sie schließlich begriffen, daß ihn schon lange eine andere Lady in die Oper begleitet und dabei seine kleinen goldenen Geschenke von Bronwyn und Schloss getragen hatte.

In ihrem Brief hatte sie Brian um Offenheit und Klarheit gebeten, und nichts anderes hatte sie bei seinem mitternächtlichen

Besuch bekommen. Er hatte von Liebe geflüstert und im selben Atemzug ihre Träume vernichtet, und ihr damit jede Sekunde dieses Besuchs unauslöschlich ins Gedächtnis eingegraben. Noch heute konnte sie sich haargenau an jede Gefühlsregung erinnern, an das unglaublich süße Gefühl der Erleichterung, endlich sein Gesicht zu sehen, an das sehnsuchtsvolle Ziehen ihres Herzens und die zarte Hoffnung.

Er hatte sie genau in der Sekunde geküßt, als die Uhr zwölfmal geschlagen hatte. Die Erinnerung war grausam. Er hatte seine Lippen auf ihren verlangenden Mund gepreßt und stöhnend gestanden, wie sehr er sich schon immer nach diesem Augenblick gesehnt hätte. Und atemlos hatte sie ihm unter seinen Küssen zugeflüstert, daß es für sie nun keine Hindernisse mehr gäbe, seinen Heiratsantrag anzunehmen.

Als er sich von ihr gelöst hatte, hatte sie ihn in erwartungsvoller Seligkeit angesehen. Und dann hatte er ihr ruhig und gefaßt erklärt, weshalb das für ihn nicht in Frage kam.

2

Im Frühling war die Reise nach Cairncross eine lange und ziemlich neblige Angelegenheit. Alexandra und Mary saßen im Bahnhof von Stirrings-in-Field und warteten ungeduldig auf den Zug Richtung Norden. Als Alexandra wohl zum zwanzigsten Mal in ihren steifen Unterröcken aus Roßhaar auf der harten Holzbank hin und her gerutscht war, spielte sie kurz mit dem Gedanken, Mary in das Gasthaus des Städtchens zu schicken, um ein Zimmer zu mieten. Aber gleich darauf verwarf sie den Gedanken wieder. Nach dem Verkauf des Stadthauses und der Begleichung sämtlicher Schulden war ihr lediglich eine kleinere Summe geblieben, von der sie sich zwar hin und wieder einen kleinen Luxus erlauben konnte. Allerdings war Umsicht nötig, wenn die Summe sie ohne Einschränkungen bis ans Ende ihrer Tage ernähren sollte. Wenn Horace Benjamin nicht ganz so großzügig gelebt hätte, wäre seiner Tochter sicher mehr geblieben, aber diesen Gedanken ließ Alexandra erst gar nicht zu.

Ihr Vater hatte vom Leben in einer besseren Gegend und einem gepflegten Lebensstil geträumt, und er hatte alles verwirklicht, auch wenn dieses Leben sein Einkommen als Arzt gelegentlich mehr als strapaziert hatte. Viele seiner Glaubensgenossen hatten ihn für verrückt erklärt, daß er Medizin studiert und nicht die Banklaufbahn eingeschlagen hatte, denn sie hatten Reichtum als kleine Entschädigung für die gesellschaftliche Ächtung erachtet. Horace Benjamin dagegen war ein Mensch gewesen, der in erster Linie seinen Mitmenschen hatte helfen wollen, und genau das hatte er auch getan. Sogar Alexandras Mutter hatte ihm alles verdankt. Eine solche Haltung konnte und wollte Alexandra nicht tadeln, selbst wenn sie sie das Haus und alles, was einmal ihr Leben ausgemacht hatte, gekostet hatte. Horace Benjamin hatte seinen Charakter jedenfalls niemals verleugnet, tröstete sie sich nicht ohne einen kleinen Anflug von Trotz.

Stocksteif saßen die beiden Frauen einsam und verlassen auf dem hölzernen Bahnsteig, und die Minuten verstrichen in quälender Langsamkeit. Seufzend schloß Alexandra die Augen und träumte davon, die Schnürung ihres Korsetts zu lockern und es sich auf weichen Kissen bequem zu machen, bis der Zug nach York endlich in den Bahnhof dampfte.

»Miss, sind Sie sicher, daß Sie das Richtige tun?« fragte Mary. Dabei unklammerten ihre Hände in schwarzen Handschuhen ihre Tasche so fest, als ob ihr Leben davon abhinge. »Sie haben so lange in London gelebt, daß Sie sich in York vielleicht gar nicht wohlfühlen werden. Was werden Sie machen, wenn Ihnen weder das Schloß noch der Besitzer gefallen?«

»Ich hoffe nur, daß wir überhaupt so lange bleiben können, bis wir das festgestellt haben«, erklärte Alexandra und lächelte zuversichtlich. Bisher hatte sie es für klüger erachtet, Mary noch nicht zu sagen, daß Lord Newell eigentlich einen Mann erwartete. Doch nun überlegte sie, ob sie die Gute nicht langsam einweihen sollte.

»Ich kann mir nicht helfen, aber ich glaube, daß wir einen Fehler machen. Mag sein, daß ich ein wenig abergläubisch bin, aber ich habe so meine Vorahnungen.«

Alexandra überlegte kurz und merkte, daß sie sich überhaupt noch keine Gedanken darüber gemacht hatte. So war das eben, wenn man vor etwas davonlief. Man dachte ausschließlich an die Zustände, denen man entfliehen wollte, und machte sich um die Zukunft keine Sorgen.

»Keine Angst, Mary. Genausogut kann das Gegenteil eintreten.« Der starke, vertrauenerweckende Ton, in dem sie das sagte, beruhigte sogar ihre eigenen, leicht angespannten Nerven.

»Außerdem halte ich eine Reise wie diese für eine junge Lady wie Sie ...«

Eine junge Lady wie Sie. Alexandra schloß die Augen. Sie wollte sich nicht mehr an diese Worte erinnern. Genauso hatte er sich ausgedrückt. *Er.*

Ein Mann wie ich kann eine junge Lady wie Sie unmöglich heiraten.

Langsam öffnete sie die Augen wieder, und während sie dem verschwommenen gelben Lichtschein entgegensah, der sich langsam auf den Schienen näherte, wanderten ihre Gedanken ganz gegen ihren Willen zu den besseren Tagen zurück, als ihr Vater noch gelebt hatte und die Welt noch im Lot gewesen war.

Natürlich hatte sie ihr Leben nicht ausschließlich mit Modellen von Zungen- und Rachenmuskeln verbracht oder den Patienten beigebracht, wie man von den Lippen ablas. In ihrer freien Zeit hatte sie fast immer mit untergeschlagenen Beinen auf dem Platz am Fenster der Bibliothek gehockt und gelesen. Diese Welt hatte ihr ganz allein gehört, und Sir Walter Scotts *Ivanhoe* war ihr Lieblingsbuch gewesen. Und zwar aus zwei Gründen. Erstens hatte sie die Geschichte fasziniert und zweitens hatte sie gehört, daß Sir Walter Scott die Inspiration zu diesem Roman von einer Reise nach New York mitgebracht hatte. Angeblich hatte er in einem der wunderschönen Backsteinhäuser an einem kleinen baumbestandenen Platz ein zauberhaftes, dunkelhaariges jüdisches Mädchen kennengelernt und sich augenblicklich in sie verliebt. Obgleich Alexandra die Arbeit mit ihrem Vater über alles geliebt hatte, war ihre Seele während der langen Stunden in der Praxis ein wenig zu kurz gekommen. Durch ihre Mitarbeit hatte sie zwar das Herz und die Aufmerksamkeit ihres Vaters gewonnen, nach der sie sich immer gesehnt hatte, aber in ihrer freien Zeit hatte sie leidenschaftlich für romantische Geschichten geschwärmt. Und diese Passion hatte *Ivanhoe* entzündet.

In ihrer Einbildung hatte sie sich oft in die Person der Rebecca versetzt. Ihre Locken waren zwar nicht so dunkel wie die von Rebecca, sondern eher rötlichblond, aber dafür so dick und widerspenstig, daß mindestens hundert Bürstenstriche nötig waren, um die Mähne zu zähmen. Außerdem besaß sie haselnußbraune Augen, die für ihr schmales Gesicht viel zu groß waren. Ihr Vater hatte sie oft wegen ihres angeblich so hinreißenden Blicks aufgezogen. Wenn sie jedoch an die nächtliche Unterredung mit Brian zurückdachte, als sie nur ganz still dagesessen und sich seine Rede angehört hatte, war sie froh, daß ihr Vater damals den Ausdruck ihrer Augen nicht mehr hatte sehen müssen.

In ihren Träumen waren Brian und *Ivanhoe* eine Person gewesen, und sie hatte sich vorgestellt, wie er um ihre Rettung kämpfte und mit dem Gedanken an seine zauberhaft schöne Jüdin ins Grab sank. In einem Punkt hatte Brian sich allerdings als echter *Ivanhoe* erwiesen, denn genau wie dieser hatte auch er sich für seine Lady Rowena entschieden.

»Wir tun genau das Richtige. Das fühle ich«, hörte Alexandra sich sagen. Aber Mary war längst aufgestanden und bedeutete einem jungen Mann, welche Gepäckstücke die ihren waren.

»Das fühle ich«, wiederholte Alexandra noch einmal, als sie längst im Zug saßen und sie durch das Fenster zusah, wie das Bahnhofsgebäude langsam hinter Dampfschwaden verschwand.

John Damien Newell legte seinen Kopf auf die Rückenlehne des eisernen Stuhls zurück und starrte zu dem Blitz hinüber, der lautlos über der Themse herunterzuckte. Selbst oben auf dem Dach war es für Anfang Mai ungewöhnlich warm, und nach einem stürmischen Frühjahr gab es bereits die ersten Gewitter.

Die bleichen Hände einer Frau glitten aufreizend langsam über seine nackten Schultern und vergruben sich in den dichten Haaren auf seiner Brust. Abbey war leise durch das Mansardenfenster herausgeklettert und hinter ihn getreten, aber er schien ihre Liebkosungen nicht einmal wahrzunehmen. Er wartete auf den Donner, wie er das immer tat, doch diesmal blieb er aus.

»Mußt du wirklich schon so bald fort?« flüsterte sie und küßte ihn zart in den Nacken.

Unbeirrt verharrte sein Blick auf dem Schauspiel oberhalb der Dachwohnung, die er in der Vergangenheit häufig aufgesucht hatte. Dichte Gewitterwolken ballten sich mit dem Rauch aus unzähligen Kaminen zu einer samtenen Schwärze zusammen, in der er sich nur zu gern verloren hätte.

»Geh nicht weg!« flüsterte Abbey und fuhr dabei mit den Nägeln über die Muskeln seines Bauchs. Dann machten sich ihre Finger an seinem Hosenbund zu schaffen.

»Ich komme ja wieder«, sagte er heiser. »Ich komme doch immer wieder.«

»Ja – aber nicht immer schnell genug«, gab sie verdrießlich

zurück. Dann ging sie zu dem anderen Stuhl hinüber, den sie ebenfalls durch das Fenster aufs Dach bugsiert hatten. Dabei schleifte sie das Bettuch hinter sich her, das ihre größten Blößen bedeckte.

»Warum mußt du diesmal weg?« Abbey sah herausfordernd zu ihm herüber, und als sie sich setzte, rutschte das Tuch wie zufällig ganz herunter. Ihm war klar, daß das nicht unabsichtlich passiert war. Früher hatte Abbey einem Maler Modell gestanden und wußte nur zu gut, wie man sich auf erotische Art enthüllte. Es gelang ihr nur unvollkommen, das kleine selbstgefällige Lächeln zu verbergen. »Geh nicht. Du wirst dich in York nur langweilen, besonders nach dieser ... nach dieser ...«

»York ist langweilig«, konstatierte er, während seine Blicke kurz ihre alabasterfarbenen Brüste streiften. Dann sah er wieder zu den tiefen Schatten zwischen den Wolkengebirgen empor, die die Schatten in seiner Seele widerspiegelten. »Trotzdem muß ich hin.«

»Kannst du denn keinen Diener schicken?«

»Nein.« Seine Stimme hallte wie der Donner über das Dach, der bisher ausgeblieben war, und Abbey erschauerte.

Wieder überzog ein gleißend heller Blitz wie ein Spinnengewebe den dunklen Himmel, während das Hafengelände unter ihnen gespenstisch still und verlassen dalag. Vor zweihundert Jahren hatte man diese Gegend Execution Dock genannt und Piraten aufgeknüpft und danach geteert zur Abschreckung zur Schau gestellt. Inzwischen war Wapping jedoch nichts weiter als ein ganz gewöhnlicher Teil des Londoner Hafens, wo ein Aktmodell zwischen Lagerhäusern und Kneipen noch eine billige Wohnung finden konnte. Auch er hatte Wapping jahrelang als seine Heimat betrachtet.

»Ich möchte mitkommen. Ich bin noch nie in York gewesen.« Als sie aufstand, blieb das Tuch auf dem Stuhl zurück, und sie lächelte verführerisch.

Sein Körper reagierte so prompt, so daß ihm unwillkürlich der Atem stockte. Wie immer war er bereit, nur zu bereit, obwohl ihn die Vollendung des Akts zunehmend langweilte und deprimierte.

»Außerdem wäre ich gern Herrin in deinem neuen Schloß«, flüsterte sie, während sie ihn zwischen ihren weißen Schenkeln einklemmte.

Seine Hände umfaßten ihre Hüften und hielten sie auf Abstand. »Dabei betonst du doch unaufhörlich, wie sehr du deine Unabhängigkeit liebst! Und nun willst du plötzlich alles aufgeben und mit mir nach York kommen?«

»Du läßt mich in der letzten Zeit viel zuviel allein. Seit du das Schloß und den Titel geerbt hast, hast du dich verändert. Anfangs dachte ich, daß es gut für uns sei, aber inzwischen hasse ich alles, was mit York zusammenhängt. Ja, ich hasse es«, wiederholte sie wie ein trotziges Kind.

»Demnach langweilst du dich, wenn ich fort bin?«

»Ja«, zischte sie gereizt.

»Und was ist mit Charles und James und Thack?«

Völlig verblüfft sah sie ihn an. »Woher weißt du das?«

Ein spöttisches kleines Lächeln spielte um seine Lippen. »Ich bin sicher, sie würden dich vermissen, wenn ich dich einfach mitnehmen würde. Das kann ich wirklich nicht verantworten.«

»Ich wollte dich nur ein bißchen eifersüchtig machen.«

Er lachte, aber er hatte keine Ahnung, wie kalt es klang.

»Wenn du nicht so oft in York gewesen wärst, hätte ich sie überhaupt nicht gebraucht.« Sie schmollte. Dann beugte sie sich nach vorn, preßte ihre Brüste gegen ihn und schob ihre Hände unter den Bund seiner aufgeknöpften Hose. »Bitte, nimm mich mit nach York. Ich möchte so gern Herrin in einem großen Haus sein. Bitte, nimm mich mit.«

Er sah sie an. Sie war wirklich zauberhaft schön mit ihren schwarzen Kringellocken und den grünen Augen, die einen verhexen konnten. Eine begehrenswerte Frau, um die sich nicht nur die Maler rissen. Aber leider war ihr Seelenleben allzu seicht und nicht frei von Neid. Ehrlich gesagt, war sie auch keine gute Gesellschafterin, denn sie war weder intelligent noch geistreich.

Je länger er sie ansah, desto trauriger und deprimierter wurde er. Auch Abbey war nicht anders als die anderen Mädchen – nur eine weitere Perle in der langen Kette seiner Ausschweifungen. Seine dunkle Seele verlangte nach Extremen. Freude und Qual lagen immer dicht beieinander, und von einem Experiment zum anderen war es immer nur ein kleiner Schritt.

»Cairncross Castle ist nicht der richtige Ort für dich. Es gibt dort nichts außer ödem Heideland, Stürmen und Meer. Du würdest dich zu Tode langweilen. Für so zarte Geschöpfe wie dich ist das nichts.« Ein kleiner Klaps auf ihr Hinterteil unterstrich noch den sarkastischen Unterton. »Ich muß noch heute abend fahren, denn der Arzt, der meinen Bruder behandeln soll, ist bereits unterwegs.«

»Ich werde dich begleiten.« Trotzig sah sie ihn an.

Er sagte nichts, sondern sah sie nur an. Und dann merkte er, daß sein Blick sie einschüchterte. Zu Beginn ihres Verhältnisses hatte sie oft gesagt, daß sie sich zuerst in sein Gesicht verliebt hätte. In sein nettes Schuljungengesicht, wie sie sich ausgedrückt hatte. Nach ihrer Miene zu urteilen, hatte sein Gesicht offenbar inzwischen auch noch die letzten menschlichen Züge eingebüßt.

Sanft legte sie ihm die Hand an die Wange. »Bitte, sei nicht so grausam zu mir. Nicht ausgerechnet jetzt.«

»Du möchtest zwar mit mir nach Cairncross kommen, aber wie lange würdest du mir treu sein?«

»Immer«, sagte sie, als ob sie tatsächlich daran glaubte.

»Es geht nicht. Ein kleines Luder wie du würde dort nicht respektiert.«

»Ich würde alles tun, was man von mir erwartet.« Sie

schnippte mit den Fingern. »Die Dienstboten würde ich schon zu behandeln wissen.«

»Daran hege ich nicht den geringsten Zweifel.« Ein Schatten huschte über seine Augen. »Dabei bekommst du die Schläge doch lieber selbst.« Sein Blick wanderte zu den roten Striemen auf ihren Schenkeln und ihren Brüsten, und bei der Erinnerung stockte ihm der Atem. »Das gefällt dir doch viel zu gut«, flüsterte er, während in seinem Innern ein heftiger Kampf tobte.

Energisch schob er sie schließlich von sich, aber zu seinem Verdruß folgte sie ihm durch das Fenster ins Schlafzimmer und sah niedergeschlagen zu, wie er seine Hose zuknöpfte. Er durchquerte den Raum und schlüpfte dabei in sein Hemd. Er wußte, daß er in dem niedrigen Raum noch größer wirkte, als er war, und sie das sehr erregend fand. Einmal hatte sie ihn als Mischung aus einem Wikinger und einem Schuljungen bezeichnet, und als er sich die gebogenen Bügel seiner Brille über die Ohren schob, dachte er daran, wie bei einer ähnlichen Gelegenheit der Vergleich noch um den Lehrer erweitert worden war, den sie flüsternd um eine angemessene Bestrafung gebeten hatte. Er hatte ihr gegeben, wonach es sie verlangt hatte, und noch eine Menge mehr, aber glücklich war er dabei nicht geworden. Nach ihrem Gesichtsausdruck zu urteilen, war sie offenbar ehrlich bekümmert, und er fragte sich ernsthaft, ob sie ihn in all der Zeit etwa tatsächlich liebgewonnen hatte.

»Keine Frau wird jemals mit mir nach Cairncross fahren«, sagte er barsch und endgültig. Dabei knöpfte er sein Hemd zu und schlüpfte dann in seine schwarzglänzenden Stiefel. Mit einem energischen Ruck knallte der Absatz lautstark auf den Boden, als ob er damit seine Worte nachdrücklich unterstreichen wollte.

»Seit dem Tag, an dem du den Besitz und den Titel deines Vaters geerbt hast, frage ich mich, weshalb du das alles unbedingt allein genießen möchtest.«

Genießen. Am liebsten hätte er laut gelacht. Als ob er jemals in seinem Leben etwas richtig genossen hätte! Energisch zog er an den Schlaufen des zweiten Stiefels. Ohne Herz und ohne fühlende Seele ließ sich nun einmal keine vertrauensvolle Beziehung zu einer Frau finden. Genausogut wußte er, daß er eine Frau, die vielleicht die schrecklichen Züge seines Charakters ändern könnte, nicht würde halten können. Falls es eine solche Frau überhaupt gab. Frauen wie Abbey, die Macht mit Liebe verwechselten, fand er dagegen genug.

Doch in Wahrheit verzehrte er sich nach dem Gegenteil, nach Frauen, die ihre Kinder zärtlich liebten und ihre Männer verehrten und deren silberhelles Lachen manchmal wie himmlisches Glockengeläut an einer langen Dinnertafel erklang. Früher hatte er nie solche Frauen kennengelernt, denn schließlich standen sie nicht den Künstlern Modell und krochen auch nicht des Nachts im Hafen von Wapping wie Küchenschaben aus ihren Verstekken.

Die wenigen besseren Frauen, denen er, seit er den Titel und das Geld seines Vaters geerbt hatte, begegnet war, hatten ihn jedoch stets verunsichert, weil er nicht wußte, wie er mit ihnen umgehen mußte. Sie erschienen ihm eher wie unerreichbare Göttinnen, wenn sie ihm auf der Straße begegneten, in ihren Wagen an ihm vorbeifuhren oder auf einem Ball mit ihm tanzten. Nach Jahren voller Armut und Entbehrungen verkehrte er nun in genau den Kreisen, die seine Eltern so fasziniert hatten, daß sie darüber sogar die Bedürfnisse ihrer Söhne vernachlässigt hatten. Aber nach wie vor konnte er keine Gemeinsamkeiten zwischen sich und diesen vornehmen Damen erkennen.

Es schauderte ihn schon heute bei dem Gedanken, daß er sich tatsächlich einmal in ein solch moralisches, besseres Wesen verlieben könnte. Es wäre sein sicherer Tod, denn sie würde ihn täglich an die finsteren Abgründe gemahnen, die seinen Körper unüberbrückbar von seiner Seele trennten.

»Nimm mich mit«, bat Abbey mit sanfter Stimme und riß ihn aus seinen Gedanken.

»Nein.« Mit finsterer Miene knotete er seine schwarzseidene Krawatte.

»Was brauchst du denn dann, was ich dir nicht bieten kann?« Sie gierte förmlich nach den Worten, die sie noch brutaler treffen würden, als er das bereits getan hatte. Sie wollte nur hören, daß es allein der soziale Unterschied war, der ihn abhielt. Aber das war nicht die Wahrheit und wäre in seinen Augen höchstens eine schwache, inkonsequente Ausrede gewesen. Er trat zur Tür und drehte den Knauf, weil er so schnell wie möglich alles hinter sich lassen wollte. Aber dann wandte sich noch einmal um, weil sie immer noch auf seine Antwort wartete.

»Sei froh, daß ich es dir erspare, mit nach Cairncross zu kommen, Abbey. Ich kenne niemanden, dem ich dieses Martyrium zumuten würde.« Er sah zu, wie ein Blitz wild über den Himmel zuckte, und seine Miene verhärtete sich. Dann ging er rasch hinaus, doch bevor er die Tür für immer hinter sich schloß, enthüllte er noch die Wahrheit, die quälend auf seiner Seele lastete. »Die Herrin von Cairncross darf sich nämlich nicht vor Gespenstern fürchten.«

3

Die Ankunft in York warf Alexandras Vorstellungen gründlich über den Haufen. Nach dem düsteren Stirrings-in-Field hatte sie eigentlich eine in Nebel gehüllte Stadt voll leichenblasser Bewohner erwartet und eine karge Moorlandschaft, die die berühmten Stadtmauern umgab. Als jedoch heller Sonnenschein die beiden Frauen beim Verlassen des Zuges empfing, wurde ihre Stimmung sofort optimistischer, und sie blickten wie benommen auf das quirlige Durcheinander auf dem Bahnsteig, wo Ladies in samtenen Reisemänteln und gut gekleidete Herren mit Hüten, die gerade aus London angekommen waren, lachend und scherzend ihre Freunde begrüßten.

»Und was werden wir jetzt tun?« fragte Mary angesichts der lärmenden Menge. Sie unklammerte ihre abgewetzte Stofftasche wie einen Talisman, so durcheinander war sie, und die roten Locken, die sie vermutlich einem schottischen Vorfahren verdankte, kringelten sich auf ihrer erhitzten Stirn.

In einem Gefühl der Zuneigung nahm Alexandra Marys Arm. Seit sie denken konnte, hatte Mary sie umsorgt, doch nun war es an der Zeit, daß sie die Verantwortung für ihre alte Zofe übernahm. Schließlich hatte sie die alte Frau, die ihr Leben lang in London gewohnt hatte, so weit von zu Hause fortgebracht.

Während ihre Blicke über die zahllosen Menschen auf dem Bahnsteig glitten und wieder und wieder die gänzlich fremden Gesichter musterten, sank ihre Zuversicht zusehends – wie ein untergehendes Schiff. »Wie dumm von mir, York für eine unbedeutende Provinzstadt zu halten«, murmelte sie ungehalten. »Ich habe natürlich angenommen, daß wir abgeholt werden und daß wir den Fahrer aus Cairncross sofort erkennen würden.«

»Wurde dieser Umstand im letzten Brief denn nicht erwähnt?«

Alexandra schüttelte den Kopf. »Ich habe zuletzt geschrieben und Seine Lordschaft von unserer Ankunftszeit unterrichtet.« Wieder musterte sie die Menschen, die einander lachend in die Arme fielen, aber sie konnte niemanden entdecken, der seine Gesellschaft noch nicht gefunden hatte.

»Mein Hinterteil ist von der langen Fahrt ganz schön mitgenommen«, seufzte Mary, während sie ihren untersetzten Körper auf eine Bank plumpsen ließ.

»Mach dir keine Gedanken! Wenn alle Stricke reißen, können wir immer noch einen Wagen mieten und uns nach Cairncross fahren lassen«, sagte Alexandra, während sie zusah, wie die Menge dünner und dünner wurde und Träger und Diener sich um das Gepäck und die Taschen ihrer Mitreisenden kümmerten.

»Es gehört sich aber nicht, daß zwei Damen allein durch die Gegend reisen, wenn sie nicht wissen, wo sie erwartet werden. Außerdem ist es in meinen Augen auch höchst gefährlich.« Mißbilligend schüttelte Mary den Kopf und blickte unter ihrer Haube immer wieder den Bahnsteig entlang.

Entschlossen umfaßte Alexandra ihr geflochtenes Täschchen fester und ging ganz ans Ende des Bahnsteigs, von wo aus sie den Bahnhof überblicken konnte. Vor dem Gebäude löste sich gerade der letzte einer Reihe von Wagen, die die Reisenden erwartet hatten, vom Bürgersteig und fuhr in Richtung auf die Kathedrale davon. Ansonsten war niemand mehr zu sehen, und das einzige Lebenszeichen bestand in dem Schild »Geöffnet« über dem Fahrkartenschalter. Mit wachsender Unruhe sah Alexandra, wie eine Hand erschien und das Schild umdrehte. »Wegen Mittagspause bis zwei Uhr geschlossen.«

Na wunderbar, dachte Alexandra und ging, ohne auf Marys Habe-ich-es-nicht-gesagt-Gesicht zu achten, noch einmal suchend den Bahnsteig in ganzer Länge ab. Dabei stellte sie fest, daß sich direkt neben dem Bahnhof die graue Steinwand der berühmten Stadtmauer von York erhob, die auf Überresten aus römischer Zeit errichtet worden war. Außer diesem Ungetüm, ein paar Bäumen und einem rostigen Wasserbehälter war nichts zu entdecken.

»Es wird uns wohl nichts anderes übrig bleiben, als einen Mietwagen zu nehmen. Lord Newell wird uns sicher für die Kosten entschädigen. Schließlich –« Unvermittelt hielt Alexandra inne, als sie sah, wie Mary von ihrem Platz auf der Bank aus völlig fasziniert nach oben starrte.

»Mary?« flüsterte Alexandra, als Mary leichenblaß wurde. Ihr starrer Blick ließ Alexandra erschauern, und rasch folgten ihre Augen dem Blick ihrer Zofe zu einem Punkt oberhalb der aufragenden Mauer.

»Sehen Sie sie?« stieß Mary hervor.

»Wen soll ich sehen?«

»Aber sie starrt doch genau auf Sie hinunter, Miss. Genau auf Sie!«

Alexandras Blicke wanderten über die Mauerkrone, die ungefähr fünfzehn Meter hoch aufragte, aber sie konnte niemanden entdecken. »Ich sehe niemanden.«

»Jetzt ist sie weg«, flüsterte Mary erleichtert, aber immer noch erschreckt. Inzwischen war sie aufgestanden und nach vorn getreten, als ob sie winken wollte.

»Wie konntest du auf diese Entfernung überhaupt etwas erkennen?«

»Oh, Miss, sie hat einfach fürchterlich ausgesehen Ganz schrecklich! So etwas will ich nie wieder sehen! Niemals!«

Alexandra zuckte zusammen, als sie sah, wie blaß Mary geworden war, und als sie ihre eiskalte Hand umfaßte, erschauerte sie unwillkürlich. »Offenbar hat dich die Reise sehr angestrengt«, sagte sie sanft. »Ich glaube, es war sehr selbstsüchtig von mir, dich überhaupt mitzunehmen.«

»Wer hätte Sie denn sonst begleiten sollen? Sie brauchen doch jemanden, der auf Sie aufpaßt. Das weiß ich jetzt ganz genau.« Mary schien nicht ganz bei sich zu sein.

»Setz dich erst einmal wieder hin und ruhe dich ein wenig aus. Du siehst aus, als ob du gleich ohnmächtig umsinken würdest.« Alexandra führte sie zurück zur Bank. »Bestimmt gibt es hier einen Gasthof, wo wir uns erfrischen können.«

Aber Mary wackelte nur erschüttert mit dem Kopf und konnte gar nicht mehr aufhören.

»Was hast du denn überhaupt gesehen? Eine Frau?« Alexandra klopfte Mary auf den Rücken, um sie ein wenig aufzumuntern. »War sie wirklich so häßlich? Vielleicht hat jemand nach uns Ausschau gehalten, um dem Fahrer von Cairncross Bescheid zu sagen. Sicher hat er im Pub die Zeit vertrödelt und uns deshalb auch nicht auf dem Bahnsteig erwartet.«

»Nein. Nein.«

Verblüfft biß sich Alexandra auf die Lippen. So hatte sie Mary ja noch nie erlebt. Die nette, immer vernünftige Mary. Nein, dieser Zustand war höchst ungewöhnlich für sie.

Plötzlich packte Mary Alexandras Arm. »Wir sollten auf der Stelle umkehren! Suchen Sie den Kartenverkäufer und sagen Sie ihm, daß wir sofort nach London zurückfahren wollen.«

»Wie kann denn eine Frau dich so erschrecken – nur weil sie dort oben auf der Mauer steht?«

»Sie sah ganz normal aus. Ganz normal. Nur ihr Haar war ungewöhnlich. Es war rot, eine leuchtend rote Mähne, die sie offen trug. Wie eine Schlampe. Es flatterte im Wind.«

Mit gerunzelter Stirn blickte Alexandra an der Mauer empor. »Aber heute ist es doch überhaupt nicht windig! Seit wir aus dem Zug gestiegen sind, habe ich nicht den geringsten Lufthauch verspürt.«

»Das ist es ja.« Die Worte waren kaum zu verstehen.

Alexandra zog ihren Handschuh aus und hob prüfend eine Hand in die Luft, doch sie fühlte nichts. Oben auf der Mauer spazierten inzwischen einige Touristen entlang, die Bücher und Karten in den Händen hielten und die Geschichte des Bauwerks studierten. Aber die Röcke der Damen hingen schlaff herunter. »Mag sein, daß ein kurzer Windstoß genau in dem Moment über die Mauer gebraust ist, als du nach oben gesehen hast. Mein kleiner Angsthase hat sich vor einer Touristin –«

»Diese Frau war keine Touristin. Sie war böse. Und sie hat genau Sie angesehen, Miss!«

Alexandra sah Mary geradewegs in die Augen und fühlte plötzlich ein seltsames Kribbeln in ihrem Magen, das sie aber mit aller Kraft ignorierte. Es reichte ihr schon, daß der Fahrer nicht gekommen war und daß der Herr des Hauses einen Mann erwartete – ein Anfall von Hysterie war in dieser Situation gänzlich überflüssig. Mary mußte sich einfach zusammenreißen. »Aber woher willst du das denn so genau wissen?« fragte sie ihre Zofe. »Ist sie etwa wie eine Hexe auf dem Besen geritten?«

»Nein. Sie war von Kopf bis Fuß in Schwarz gekleidet und sah ganz schrecklich aus!«

Alexandra starrte nur wortlos auf Mary hinunter, weil ihr überhaupt nichts Tröstliches mehr einfiel. Dem Alter nach hätte Mary ihre Mutter sein können, und so hatte sie sich bisher auch benommen. Daß nun der umgekehrte Fall eingetreten war und Alexandra sie trösten und beruhigen mußte, war neu. Mit einem Mal wurde Alexandra klar, daß ihr unter der schäbigen Strohhaube das Gesicht einer alten Frau entgegenblickte. Das liebevolle Gesicht einer alten Mutter, die sich um ihr Kind sorgte.

Alexandra griff nach Marys zitternder Hand und strich tröstend darüber. »Du mußt wirklich keine Angst haben, liebe Mary. Schließlich ist eine Frau in Schwarz nichts Ungewöhnliches. Du trägst doch selbst meistens Schwarz, und ich im Augenblick den Umständen entsprechend auch.«

»Das Kleid hat ähnlich ausgesehen wie Ihres, Miss. Nur altmodischer. Ohne die cremefarbenen Spitzen.«

»Dann muß ich mir schleunigst den Namen ihres Schneiders besorgen«, scherzte Alexandra. »Du weißt doch, wie sehr ich diese cremefarbene Spitze hasse. Sehr praktisch, ich weiß, aber dafür häßlich! Weiß sieht viel frischer –«

»Lassen Sie uns umkehren, Miss! Ich habe plötzlich sehr große Angst.« Mit einem Mal schimmerten Marys Augen so dunkel wie Immergrünblätter, und der entsetzte Ausdruck ihres Gesichts jagte Alexandra Angst ein.

»Ich kann nicht umkehren.« Sie preßte die Hand der alten Frau in einer Geste des Mitleids gegen ihre Wange und lächelte entschuldigend. »Falls dich diese Frau tatsächlich so erschreckt hat, werde ich dich selbstverständlich nach London zurückschikken. Aber ich muß hierbleiben. Ich ...« Alexandra richtete sich auf. Auch furchterregende, flammende Locken auf den Mauern von York konnten sie nicht schrecken.

»Dann bleibe ich ebenfalls hier.« Mary fahndete in ihrer unergründlichen Tasche nach ihrem Taschentuch und tupfte sich den Schweiß von der Oberlippe. Dabei sah sie noch einmal voller Mißtrauen nach oben.

»Siehst du, es sind nur Touristen.« Beruhigend strich Alexandra über die Hand, die sich immer noch an ihre klammerte.

»Ich weiß doch, was ich gesehen habe! Diese Frau war keine Touristin. Sie sah aus wie ... wie das personifizierte Böse! Sie stehen mir nahe wie ein eigenes Kind, Miss, und ich kann es nicht ertragen, wenn jemand Sie so ... so bedrohlich anstarrt.«

Alexandra öffnete den Mund, um weiter zu argumentieren, doch dann besann sie sich. Sie kannte ihre Zofe zu gut. Einmal war eine schwarze Katze erschienen, und Mary hätte Alexandra fast gesteinigt, als sie dem Tier eine Schale Milch hingestellt hatte. In Marys Augen war die Katze Satan persönlich gewesen, und nichts hatte sie vom Gegenteil überzeugen können. Von diesem Tag an war die Katze sieben Jahre lang Tag für Tag erschienen und hatte sich ihr Futter abgeholt, doch auch die flehendsten Bitten hatten Mary nicht dazu bewegen können, die Katze ins Haus aufzunehmen. Und heute würde sie sich sicher ähnlich störrisch verhalten, dachte Alexandra angesichts des verräterisch energischen Zugs um Marys Kinn.

Mit einem kummervollen Seufzer blickte sich Alexandra noch einmal nach allen Seiten um, doch der Bahnsteig war immer noch genauso einsam und verlassen wie vorher. Nichts war zu hören, und es war auch kein Windhauch zu spüren.

»Wir wollen lieber nicht mehr davon sprechen«, flüsterte Mary, die inzwischen wieder ruhiger geworden war.

Alexandra nickte. »Richtig. Wir werden die Sache einfach vergessen.«

»Sind Sie die Begleitung von Dr. Benjamin?«

Die Stimme erschreckte die beiden Frauen zu Tode. Alexandra fuhr herum und erblickte einen älteren Mann, der direkt hinter ihnen stand. Er trug Kniebundhosen aus Cordsamt und dazu eine schwarze Jacke aus rauhem Stoff über einer karierten Weste. Ohne Zweifel sah er wie der Fahrer eines Herrensitzes aus.

»Wir ... wir haben bereits auf Sie gewartet«, stammelte Alexandra und hätte ihn am liebsten gefragt, von wo er so plötzlich gekommen war.

»Sind Sie Dr. Benjamins Begleitung?« wiederholte der Mann seine Frage. Dabei zog er die Mütze vom Kopf und entblößte seinen kahlen Schädel, der wie eine Billardkugel glänzte.

»Wir werden erwartet, ja, aber einen Arzt gibt es nicht. Ich fürchte, man hat Sie in diesem Punkt falsch informiert«, entgegnete Alexandra so knapp wie möglich, um ihre Nervosität zu überspielen. Es wurde Zeit, Alex in Alexandra zu verwandeln.

»Aber man hat mich zum Bahnhof geschickt, um einen Dr. Benjamin abzuholen«, erklärte der Mann stirnrunzelnd.

»Ich bin Alexandra Benjamin und dies ist meine Zofe Mary. Wir sind auf Lord Newells Bitte hin aus London hierher gekommen.«

»Aber Lord Newell hat in seinem Brief einen Dr. Benjamin angekündigt.«

»Ich bin kein Arzt, aber ich bin genau die Person, die Lord Newell eingeladen hat. Außer mir gibt es sonst niemanden«, erklärte Alexandra in kühlem Ton.

Der Fahrer runzelte immer noch die Stirn. Dabei wanderte sein Blick über ihr schwarzes Seidenkleid und blieb schließlich an ihrem Gesicht unter der Haube hängen. Nach seiner Miene zu urteilen, entsprach sie ganz und gar nicht dem Bild, das er sich gemacht hatte.

»Dies ist unser Gepäck«, erklärte sie und wies auf den Berg

von Taschen und Koffern. »Und wo befindet sich der Wagen?« fragte sie in herrischem Ton.

»Dort.« Der Fahrer deutete zum Eingang des Bahnhofs hinüber. »Ich werde Sie selbstverständlich nach Cairncross Castle bringen, aber nichtsdestotrotz weise ich Sie nochmals darauf hin, daß Seine Lordschaft einen Dr. Benjamin erwartet.«

»Dann wird mein Äußeres diesen Irrtum eben berichtigen«, beendete Alexandra ärgerlich die Diskussion und übersah geflissentlich das leise Mißfallen, das sich auf Marys Zügen malte. *Wahrscheinlich werden wir ohnehin vor die Tür gesetzt werden, sobald er uns zu Gesicht bekommt*, dachte Alexandra, während sie ihre Röcke raffte. *Aber wenigstens haben wir es versucht. Immerhin sind wir bis hierher gekommen.*

Zögerlich verstaute der Fahrer die Fahrgäste samt Gepäck in seinem grünlackierten Landauer und fuhr dann durch das Micklegate-Bar in die Stadt hinein. Mit voller Absicht vermied es Mary, noch einmal zur Mauerkrone hinaufzuschauen, obwohl sie noch eine gute Viertelmeile daran entlangfuhren.

»... der Bogen des Micklegate-Bar stammt noch aus römischer Zeit«, erklärte der Fahrer.

Alexandra hörte zu, als er weitschweifige Erklärungen über die baulichen Einzelheiten dieses und der vier anderen Stadttore abgab. Demnach war York die britische Hauptstadt des Römischen Imperiums gewesen, bevor es zum geistigen Zentrum des Nordens aufgestiegen war, das zuerst von den Wikingern und einige hundert Jahre später von den Normannen erobert worden war. In der Hauptstadt des Königreichs Northumbria wurde die erste Kirche begonnen, die in der heutigen Form zu den größten und prächtigsten Kathedralen Englands zählte. Normalerweise hätten Alexandra die Einzelheiten der Baugeschichte und die Geschichten über die zahllosen Könige und Erzbischöfe begeistert, die endlose Ströme von Blut vergossen hatten, um die mächtige Stadt in ihrem Besitz zu behalten. Aber im Moment wollte sie nur so schnell wie möglich nach Cairncross gelangen, um die Sache endlich hinter sich zu bringen.

»Finden Sie nicht auch, daß sich dieser Mensch ein wenig seltsam benimmt?« fragte Mary im Flüsterton, während der Fahrer auf die belebte Straße achten mußte.

»Mir ist bisher nur aufgefallen, daß er sich uns nicht vorgestellt hat«, bemerkte Alexandra spöttisch.

Trotzdem hörte sie ihm von diesem Moment an genauer zu, während er über die Kathedrale sprach, aber sie konnte seinen Vortrag nicht seltsam finden. Ihr Blick wanderte zu dem gewaltigen Gebäude hinüber, dessen Größe ihr schon aus verschiedenen Berichten vertraut war. Überraschend fand sie allerdings, wie eingezwängt das riesige Gebäude zwischen den Häusern der Stadt stand. Die Rufe der Straßenhändler, das Quietschen der rostigen Kutschenräder und das Schmutzwasser, das sich laut in offene Kanäle ergoß, übertönten gelegentlich den Vortrag des Kutschers. Aber Alexandra störte sich nicht daran.

Doch Mary bohrte weiter. »Sehen Sie denn nicht, was ich meine?«

»Genau vor uns liegt das Münster von York.« Der Kutscher verminderte das Tempo, so daß er sich in den Strom der Wagen einreihen konnte, die um die Kathedrale herumfuhren. Den Frauen bot sich dadurch die Gelegenheit, das Gebäude genauer in Augenschein zu nehmen und dabei den Erklärungen ihres Fahrers zu lauschen. Während er sprach, drehte er sich andauernd zu Alexandra um. Eigentlich wollte sie ihn übersehen, doch zu ihrer Überraschung fand sie den Mann und seine warnenden, fast hypnotischen Blicke irgendwie äußerst fesselnd.

»Richten Sie bitte Ihre Aufmerksamkeit auf das Pflaster, Miss Benjamin. Direkt darunter befinden sich die alten Gräber der früheren Bischöfe.« Er lehnte sich zurück, um ihnen nicht die Sicht zu nehmen, und grinste. »Früher sind ab und an Ringe mit

Rubinen oder Saphiren aus der Erde aufgetaucht – so etwas passiert, wenn die Särge unter dem Druck der Erde schließlich zusammenbrechen und nur noch Juwelen und Knochen übrig sind. Um Grabräuber abzuhalten, hat man die Gräber zugepflastert, und dazu hat man die Grabplatten einfach zerschnitten, wie Sie sehen können.« Sein Grinsen entblößte Zähne, die mindestens ebenso verwittert und glattgeschliffen waren wie die Pflastersteine. »Was die Bischöfe wohl davon halten?«

Alexandra wußte nicht recht, was sie darauf sagen sollte.

»Da sind Sie sprachlos, nicht wahr?« Er schob seine Kappe in den Nacken und sah Alexandra an. »Es ist noch keine vierzig Jahre her, seit sie die Kneipe direkt neben dem Münster abgerissen haben. Dabei hat man den Eingang zu dem Gefängnis aus angelsächsischer Zeit gefunden. Und außerdem die Skulptur eines schreienden Mannes, in Agonie verkrümmt, dessen Seele die Dämonen geholt haben. Ihn kann man heute im Museum besichtigen.« Wieder starrte er Alexandra an. »Ich fahre die Damen gern hin, wenn Sie möchten.«

Erst jetzt merkte Alexandra, daß sie die ganze Zeit über offenbar die Luft angehalten hatte, und atmete langsam aus. »Im Moment ist das nicht nötig, Mr. ...?«

»Jaymes, Miss. Roger Jaymes. Ich arbeite schon fast mein ganzes Leben lang für den Herrn, und bin ihm ein guter Diener. Und das wird sich auch nicht ändern.« Einen Moment lang sah er etwas besorgt drein und blickte Alexandra an, als ob er noch etwas sagen wollte. Doch dann besann er sich und wandte kurz darauf mit mürrischer Miene den Blick ab.

»Ich bin dafür, daß wir auf schnellstem Weg nach Cairncross fahren, Jaymes«, sagte Alexandra in sanftem Ton.

Der Fahrer setzte seine Führung auch noch außerhalb der Tore von York fort. »Sehen Sie die alten Steinkreuze dort drüben?« Dabei deutete er über das flache Land. »Die wurden während der unruhigen Pestzeiten errichtet, als der größte Teil der Stadtbewohner umgekommen ist. Die Bauern haben sie als Treffpunkt aufgestellt, wo sie mit den Leuten aus der Stadt zusammenkommen und Handel treiben konnten, ohne die Stadt betreten zu müssen. Die Leute waren schon damals nicht dumm. Es waren einfache Leute, aber sie drängten sich nicht einfach an Orte, wohin sie nicht gehörten.« Wieder warf er Alexandra einen bedeutungsvollen Blick zu, bevor er seine Aufmerksamkeit wieder der Straße zuwandte.

Alexandra beugte sich zu Mary hinüber. »Du kannst sagen, was du willst, aber diese Fahrt entbehrt doch nicht eines gewissen Charmes«, flüsterte sie.

»Er ist lediglich ein ekliger, alter Brummbär«, flüsterte Mary hinter vorgehaltener Hand.

»Unsere Anwesenheit paßt ihm nicht, und er versucht, uns – oder besser mich – mit diesem makabren Vortrag zu erschrekken«, sagte Alexandra fast unhörbar.

»Wir sollten umkehren, Miss.« Mary drohte mit dem Finger. »Sie werden noch an meine Worte denken. Hier erwartet uns nichts Gutes.«

Alexandra setzte eine spöttische Miene auf, aber insgeheim nagte die Sorge an ihr. Seit Mary die Frau auf der Stadtmauer erwähnt hatte, konnte sie an nichts anderes mehr denken, und während sie durch die eintönige Landschaft nach Norden fuhren, malte sie sich mehr als einmal den Empfang in Cairncross aus.

»Bis zum Schloß haben wir ungefähr noch zwei Stunden Fahrt vor uns«, rief der Fahrer nach hinten, um den Wind zu übertönen. »Es liegt direkt auf den Kalkklippen nördlich von Whitby. Es ist ein gewaltiges, stolzes Schloß, wenn ich so sagen darf.«

Alexandra fühlte Marys Blicke wie Nadeln auf der Haut. »Nur gut, daß wir gleich losgefahren sind. Ich bin schon sehr gespannt«, rief sie und hoffte, daß es zuversichtlich geklungen hatte. Nein, von einem Fahrer ließ sie sich nicht ins Bockshorn jagen, und eine Rückkehr nach London kam erst recht nicht in Frage.

Als sie einige Zeit später die Kreuzung erreichten, wo die Straße nach Scarborough und Whitby abzweigte, erwartete Alexandra eigentlich, daß der Fahrer unverzüglich Richtung Norden abbiegen würde, doch er hielt an und drehte sich zu ihr um.

»Es wäre wirklich besser, wenn Sie ein Mann wären, Miss«, sagte er, was im brausenden Wind kaum zu verstehen war. Mit verkniffenem Mund musterte er Alexandra, aber es lag keine Ablehnung in seinem Blick. Damit hätte Alexandra umgehen können, aber mit dieser Miene der Verzweiflung konnte sie nichts anfangen.

»Sie wären wirklich besser ein Mann, Alexandra Benjamin«, wiederholte er noch einmal, als ob er darauf wartete, daß sie ihre Meinung änderte und ihn ersuchte, sie wieder nach York zu bringen.

»Warum?« fragte sie eigentlich ganz gegen ihre Überzeugung.

»Weil Seine Lordschaft einen Mann erwartet.« Er schüttelte über soviel Unverständnis den Kopf und schien ehrlich verzweifelt zu sein. »Ich sage das zu Ihrem eigenen Besten, Miss Benjamin. Es wäre wirklich besser, wenn Sie ein Mann wären. Sie haben keine Ahnung, wie gefühllos und unmenschlich unser Herr ist.«

Mary klammerte sich an Alexandras Hand, und die Augen quollen ihr beinahe aus dem Kopf. Zum Glück reagierte Mary so vertraut dramatisch, dachte Alexandra, denn dadurch normalisierte sich die Unwirklichkeit der Szene sofort wohltuend.

»Fahren Sie weiter«, sagte Alexandra und konnte kaum erwarten, daß er sich endlich umwandte, weil sie sein verzweifeltes Gesicht nicht länger sehen mochte.

Die Art, wie er Newells Braune mit der Peitsche antrieb, enthielt ohnehin mehr Vorwürfe, als er mit Worten hätte ausdrükken können.

Entnervend langsam zog die monotone Moorlandschaft in ihrer unnatürlichen Stille vorbei und bot nur wenig, was einen Reisenden erfreuen konnte. Durch die matten Farben wirkten Heidekraut und Farnbüsche wie verblichene Dekorationen, die zu lange den Elementen ausgesetzt gewesen waren, und die Einsamkeit der Landschaft und das Heulen des Windes legte sich einem schwer aufs Gemüt.

Alexandra konnte Marys Angst fast körperlich spüren, aber das belastete sie nicht. Angst vor etwas Unbekanntem war zutiefst menschlich und konnte mit vernünftigen Argumenten besiegt werden. Das bange Gefühl jedoch, das sich inzwischen ihrer eigenen Seele bemächtigt hatte, ging tiefer. Sie hatte das Schicksal herausgefordert und mußte dem Unausweichlichen ins Auge sehen. Daß Lord Newell nicht erfreut sein würde, sie zu sehen, war klar, aber der Rest ihrer Zukunft stand noch in den Sternen. Fürs erste gab es zum Glück nur zwei Möglichkeiten: Entweder konnte sie bleiben, oder Lord Newell setzte sie vor die Tür – und das wäre eindeutig die schlechtere der beiden Möglichkeiten.

4

Cairncross Castle war wirklich ein imposantes Gebäude, dessen graue, bemooste Mauern sich auf einer kalkweißen Klippe erhoben und wie ein gigantischer Wasserspeier über dem Meer aufragten. Das Schloß hatte burgähnliche Ausmaße, die in Jahrhunderten des Blutvergießens bis zu dieser Ausdehnung gewachsen waren und sich gut und gern einige hundert Meter entlang der Küste erstreckten. Ein atemberaubendes Zeugnis der menschlichen Machtgier und des Schutzbedürfnisses. Die moderne Zeit hatte noch kaum Einfluß auf das Äußere des Schlosses genommen, obwohl Römer und Wikinger längst ausgestorben waren. Das Schloß schien noch immer zum Kampf bereit, und die Fenster starrten hinaus auf die See, als ob sie von dort den nächsten Angriff erwarteten.

Diesmal jedoch erfolgte der Überfall sozusagen durch die Hintertür von der Landseite her, dachte Alexandra und schmunzelte bei dem Gedanken, daß sie die Eroberung nur eine Bahnfahrt von London nach York gekostet hatte, und sofort wuchs ihr Mut.

»Wirklich sehr eindrucksvoll«, bemerkte sie zu Mary, die schweigsam wie ein offenes Grab neben ihr hockte.

»Da ich Sie nicht überzeugen kann, halte ich lieber meinen Mund«, gab Mary zurück, während sie zusah, wie der Fahrer vom Kutschbock herunterstieg.

Eine in unauffälliges Schwarz gekleidete Frau erschien unter dem Portal in der Außenmauer. Dem gestärkten weißen Kragen und den grauen Haaren zufolge schien es sich um die Hausdame zu handeln. Mit großen Augen blickte sie den Ankömmlingen verwundert entgegen.

»Kommt Dr. Benjamin später, Jaymes?« fragte sie, während sie ihre Röcke raffte und besorgt die Stufen heruntereilte. Sie sah Alexandra an. »Er hat nicht gesagt, daß Dr. Benjamin in Begleitung kommt.«

»Es handelt sich hier um ein Mißverständnis.« Alexandra reichte Jaymes die Hand, damit er ihr beim Aussteigen behilflich sein konnte. »Ich bin Alexandra Benjamin, und Lord Newell hat mich hergebeten. Dies ist meine Zofe Mary Taggart.«

Entgeistert starrte die Hausdame die beiden Frauen an. »Ach, du lieber Himmel!« murmelte sie und wandte sich dann mit besorgter, fast ängstlicher Miene an Jaymes.

»Sie behauptet, daß Seine Lordschaft sie hergebeten hat«, brummte Jaymes.

»Aber wir haben angenommen – *Seine Lordschaft* – hat angenommen, daß es sich um einen Mann handelt.« Die Hausdame starrte Alexandra an.

Diese strich nervös über ihre Spitzenmanschetten, was sie sich in letzter Zeit angewöhnt hatte. »Lord Newell hat ursprünglich an meinen Vater geschrieben, doch mein Vater ist tot. Und so habe ich Lord Newell meine Dienste angeboten.«

Die Blicke der Haushälterin wanderten von Alexandra zu Jaymes, und Alexandra hätte schwören können, daß der Fahrer leicht mit den Schultern gezuckt hatte.

»Würden Sie mir jetzt bitte freundlicherweise mein Zimmer zeigen, damit ich mich vor der Unterredung mit Lord Newell etwas erfrischen kann?« Alexandra verabscheute diesen herablassenden Ton, aber sie wußte nicht, wozu sie sonst hätte Zuflucht nehmen sollen.

Die Haushälterin nagte an ihrer Unterlippe und warf Jaymes einen fragenden Blick zu. »Wir erwarten Lord Newell erst morgen. Er kommt eigens für dieses Treffen aus London hierher.« Sie sah ängstlich drein. »Folgen Sie mir. Ich werde Sie zu Ihrem Zimmer bringen.«

Alexandra legte den Arm um Marys Schultern und gemeinsam folgten sie der Hausdame in die Halle, die so riesig war, daß Alexandra unwillkürlich nach Luft schnappte.

»Dies ist die Große Halle«, erklärte die Hausdame, »wo gelegentlich Essen für fünfhundert Personen gegeben werden.« Dann wandte sie sich ab und durchquerte den Raum so rasch, daß die beiden Damen ihr kaum folgen konnten.

Alexandra versuchte Schritt zu halten, aber gleichzeitig auch die überaus umfangreiche Waffensammlung zu betrachten, die an allen vier Wänden aufgereiht hing. Im Vorbeihasten sah sie eine gräßliche Ansammlung von Keulen, die neben eingedrückten Brustpanzern hingen, dann folgten alte dreieckige Holzschilde und daran anschließend eine Sammlung spanischer Faustschilde. Die Kopfwand des Saals war mit heraldisch verzierten, schimmernden Schilden aus den verschiedensten Epochen tapeziert. Als Wächter entlang der Tafel waren Rüstungen auf Sokkeln aufgereiht, die alle ein breites Schwert in der erhobenen Hand hielten – zum verbotenen »Spießrutenlaufen«, wie sie aus Sir Walter Scotts Romanen wußte.

Sofort kamen ihr Bilder romantischer Turniere in den Sinn, wo sich die Ritter die Farben ihrer geliebten Frauen an ihre Rüstung hefteten. Doch die einzigartige Sammlung von Breitschwertern, die die gesamte gegenüberliegende Wand des Saals einnahm, zeugte weit weniger von höfischem Vergnügen, sondern eher von Kampf, Tod und Niederlage. Jeder Bronzeknauf trug das Wappen eines Kreuzfahrers, doch die stählernen Klingen waren mit gotteslästerlichen arabischen Inschriften versehen, die den wertvollsten Besitz eines gefallenen Ritters dem siegenden Sultan zueigneten. Das letzte Schwert in der Reihe, das eine kleine goldene Plakette als das Cairncross-Schwert bezeichnete, beeindruckte Alexandra besonders. Es war schartig von den vielen eisernen Rüstungen, die es niedergemacht hatte, und auf dem Knauf war das Familienmotto der Barone von Cairncross eingraviert: *Sunt hic etiam sui praemia laudi.* »Auch hier findet Tugend ihre Anerkennung.« Eine gewisse Skepsis befiel Alexandra, doch dann überlegte sie, daß das Motto sehr gut zu dem düsteren Schloß, den gewaltigen Mauern und erst recht zu den kampferprobten Waffen paßte.

Sie folgte der Hausdame, die sich ihnen noch nicht bekannt gemacht hatte, durch einen Korridor, der von Fackeln erhellt wurde. Mary war von dem Gesehenen immer noch ganz mitgenommen und entsprechend blaß, während Alexandra in Gedanken bereits wieder bei ihrer Begegnung mit Lord Newell weilte. Sie war fest entschlossen, sich zu behaupten, denn sie war genauso in der Lage, seinen Bruder zu behandeln, wie ihr Vater. Die Audiologie befand sich noch in den Kinderschuhen, und es gab nur wenige Personen, die sich bisher wissenschaftlich damit befaßten. Der Right Honorable Lord Newell hatte gar keine andere Wahl, als ihr Angebot zu akzeptieren – wollte er seinen Bruder nicht blutigen Amateuren überlassen. Sie brachte große Fähigkeiten mit, auf die sie stolz sein konnte. Falls Lord Newell an ihrem schwachen Geschlecht Anstoß nahm, sollte sie ihn vielleicht an sein Familienmotto erinnern: *Auch hier findet Tugend ihre Anerkennung*.

»Heute nacht können Sie dieses Zimmer benutzen, Miss.« Es war der erste Satz, den die Hausdame seit Verlassen der Halle sprach. Gleichzeitig öffnete sie in einem neueren Flügel des Schlosses eine Tür und ließ Alexandra und Mary den Vortritt.

Im Kamin brannte ein Torffeuer, und auf einem Tisch zwischen zwei Klubsesseln war bereits der Tee serviert worden. Alexandra hatte den Eindruck, als ob man die üppige Matratze frisch gelüftet hatte, außerdem roch es im ganzen Zimmer köstlich nach Bienenwachs und feiner Seife. Ohne Zweifel hatte man keine Mühe gescheut, den Raum für den berühmten Dr. Benjamin angenehm herzurichten.

»Ich werde Ihnen das Abendessen gegen acht Uhr bringen lassen.« Die Frau hielt inne, als ob ihr die Angst die Kehle zuschnürte. »Sie verstehen, wir rechnen jeden Augenblick mit dem Eintreffen Seiner Lordschaft ...«

»Ach ja?« Alexandra fuhr herum und starrte die Frau an. »Ich hatte verstanden, daß er erst morgen kommen wollte.«

»Es gibt noch einen Nachtzug aus London. Ansonsten kommt er morgen mit demselben Zug wie Sie.« Inzwischen schien sich die Hausdame wieder gefangen zu haben, denn sie musterte Alexandra eindringlich, als ob sie fragen wollte »Was hat Sie nur auf den Gedanken gebracht, hierher zu kommen?«

»Der Schrank befindet sich dort drüben«, sagte sie schließlich zu Mary, während sie um einen altmodischen Schrankkoffer mit Laschen und eisernen Beschlägen herumging, der mitten im Weg stand. »Extrabettzeug und Bezüge finden Sie in der Kommode und unter dem Bett befindet sich ein Notbett. Ich denke, das ist alles.«

Alexandra hatte bereits den Mund geöffnet, um zu bemängeln, daß bei so vielen Zimmern wohl ein Extraraum für ihre Zofe zu finden sein müßte, doch sie schloß ihn wieder, weil sie die Antwort bereits kannte. Man würde ihr bedeuten, daß sie vermutlich ohnehin nur die eine Nacht hier schlafen würden.

Die Hausdame deutete auf eine Tür gegenüber dem breiten Bett. »Diese Tür führt in das frühere Schulzimmer, das nicht mehr benutzt wird. Der arme, alte Sam ist immer ganz durcheinander, wenn er es zufällig betritt, und deshalb bleibt die Tür stets verschlossen. Ich hoffe, Sie haben dafür Verständnis.« Erwartungsvoll sah sie Alexandra an.

Alexandra hatte zwar keine Ahnung, wer der arme, alte Sam war und weshalb ihn das alte Schulzimmer erschreckte, aber sie nickte trotzdem. Falls sie länger im Schloß bleiben sollte, hatte sie Zeit genug, alle diese Fragen zu klären.

»Um zehn Uhr bekommen Sie noch einen Likör und die Wärmflasche. Ich wünsche Ihnen eine gute Nacht.« Mit diesen Worten verabschiedete sich die Hausdame und schloß die Tür hinter sich.

»Warten Sie!« Doch Alexandra starrte Mary nur an, während sie auf die Schritte lauschten, die sich auf dem Gang entfernten. »Sie hat uns nicht einmal gesagt, wie Sie heißt.«

»Ich weiß nicht, was hier vorgeht, aber eines weiß ich sicher: Diese Frau will uns hier nicht haben. Soviel steht fest.« Kopfschüttelnd machte sich Mary ans Auspacken.

»Daß sie uns nicht leiden kann, konnte jeder sehen.« Nachdenklich starrte Alexandra auf die geschlossene Tür. »Aber ich glaube eher, daß Jaymes und sie Angst vor ihrem Herrn haben. Sie fürchten wahrscheinlich, daß man sie für das Mißverständnis verantwortlich machen könnte.«

Um sich von ihren Gedanken abzulenken, trat Alexandra ans Fenster, von dem aus man das weite Moorland überblicken konnte. Vom Meer stiegen erste Nebelschwaden empor und legten sich über das Land, aber weiter landeinwärts milderte nichts die weite Einöde. Sie wünschte, daß Lord Newell bei ihrer Ankunft zugegen gewesen wäre. Dann hätte sie jetzt bereits alles hinter sich. Und dann fiel ihr Blick auf den Schrankkoffer, dessen Schloß bereits verrostet war. Die Ledergurte waren brüchig, und an der Vorderseite stand in verblichenen Goldbuchstaben der Name Pole.

»Warum dieses Ding wohl hier steht –«

»Was war das für ein Krach?« unterbrach Mary sie im Flüsterton. Dabei umklammerte sie die Schranktür, wo sie gerade die ersten Kleider auf Bügel gehängt hatte.

Alexandra sträubten sich die Haare. Im Dämmerlicht meinte sie, einen Schatten unter der Tür zum alten Schulzimmer gesehen zu haben, der sich bewegt hatte.

»Ich glaube, es ist jemand dort drinnen«, flüsterte Mary. »Aber Mrs. Namenlos sagte doch, daß der Raum nicht mehr benutzt wird.«

Alexandra spürte, wie ihr Herz in einem unnatürlichen Stakkato gegen ihre Rippen hämmerte. »Vielleicht sieht sie dort ab und zu nach dem rechten.« Sie sah Mary an. »Uns soll es gleichgültig sein. Schließlich ist es nicht unser –«

In diesem Moment ertönte ein dumpfer Schlag aus dem Raum, so daß Alexandra ihren Satz nicht beendete.

»Du lieber Himmel! Was kann das gewesen sein?« Ängstlich klammerte sich Mary so fest an Alexandras Arm, daß diese fast kein Gefühl mehr darin hatte.

»Es hat sich angehört, als ob ein Stuhl umgefallen wäre.« Sie befreite sich aus Marys Griff. »Ich werde nachsehen. Vielleicht ist jemand gefallen ... oder so etwas.« Sie ging zur Tür, aber als ihre Finger den Knauf berührten, schwang die Tür ganz langsam mit einem knarzenden Geräusch auf.

Sie erschrak, als Mary zusammenzuckte.

»Aber ich dachte, die Tür sei verschlossen!« stammelte die Zofe flüsternd.

Alexandra schüttelte nur den Kopf, weil sie es sich auch nicht erklären konnte. Dann griff sie nach einer Petroleumlampe, die auf dem Kaminsims stand, entzündete sie am Kamin und betrat schließlich das alte Schulzimmer.

»Du bleibst hier«, ordnete sie an, als Mary ihr folgen wollte. Während sie vorsichtig in den dunklen Raum spähte, flüsterte sie leise. »Ich will nicht, daß du womöglich noch laut schreist, falls wir einem Zimmermädchen begegnen. Das würde unsere Beliebtheit nicht gerade steigern. Ich bin gleich wieder da.«

Alexandra hob die Lampe hoch und sah sich in dem hübschen Raum um. Die Täfelung war grauenhaft verstaubt, aber auch so ließ sich erkennen, daß sie aus wunderschön geschnitzten Walnußelementen bestand. Alexandra erkannte zwei schräge kleine Pulte mit niedrigen Sesselchen und davor einen hübschen Damenschreibtisch aus Mahagoni.

»Komisch, aber es ist niemand da«, flüsterte sie und erschauerte in der plötzlichen Kälte. Mit einem Mal war ihr klar, weshalb das Schulzimmer nicht mehr benutzt wurde – es zog darin wie Hechtsuppe!

»Aber wir haben uns diesen Krach doch nicht eingebildet!« Alexandra drehte sich um und sah, daß Mary ihr gefolgt war. Sie war zwar leichenblaß, aber sie stand aufrecht an Alexandras Seite. »Sehen Sie her, die Staubschicht ist gänzlich unberührt.« Sie deutete auf eine zweite Tür, die ganz offensichtlich zum Korridor führte und vor der der Staub unberührt war wie frisch gefallener Schnee.

Alexandra mußte an den Schatten denken, den sie vorhin wahrgenommen hatte. Im Schulzimmer war es dämmrig, aber trotz der geschlossenen Fensterläden immer noch hell genug, um einen Schatten zu verursachen. Nun war sie fest davon überzeugt, daß sich jemand auf der anderen Seite der Tür bewegt hatte. Plötzlich ließ ein Gedanke sie erstarren. Es konnte ja sein, daß sich derjenige nicht vor ihnen befand, sondern ... Blitzschnell fuhr sie herum, aber da war niemand. Die Tür zu ihrem Schlafzimmer war nur angelehnt, so daß sich niemand dahinter verstecken konnte.

»Haben Sie mich erschreckt! Das kostet mich mindestens zehn Jahre meines Lebens«, brummte Mary.

»Ich mußte sichergehen, daß wirklich niemand im Zimmer ist, denn vorhin habe ich einen Schatten unter der Tür wahrgenommen. Ich frage mich nur, wieso, denn es ist niemand da und offensichtlich ist der Raum seit langem unbenutzt.« Frustriert blickte sie auf den staubigen Boden, auf dem ihre schwingenden Röcke wie ein Mop sämtliche Spuren getilgt hatten – sogar ihre eigenen.

»Sehen Sie nur, Miss. Das ist die Erklärung.« Aufgeregt deutete Mary auf ein Buch, das ganz offensichtlich heruntergefallen war.

Alexandra war gar nicht bewußt gewesen, wie lange sie schon den Atem angehalten hatte. Das Buch paßte im Aussehen zu den anderen, die darüber im Regal standen.

»Demnach habe ich mir den Schatten wirklich nur eingebildet«, sagte sie und wunderte sich insgeheim, daß bei dem Zustand des Raums nicht noch mehr Bücher heruntergefallen waren.

»Sie haben einen hübschen Einband und sind für Kinderhände eigentlich viel zu schade ...« kommentierte Mary und fuhr mit der Hand bewundernd über die Bücher im Regal. »Hier stehen alle Waverly Novels vom großen Sir Walter Scott höchstpersönlich.«

»Wir werden den Vorfall nicht erwähnen, um es mit unserem Gastgeber nicht zu verderben«, sagte Alexandra, während sie sich nach dem einzelnen Band bückte. Doch als sie das Buch näher betrachtete, lief ihr ein kalter Schauer über den Rücken. Es war ausgerechnet Sir Walter Scotts *Ivanhoe*.

»Was ist los, Miss? Ist Ihnen nicht gut?« fragte Mary im Flüsterton.

»Nein, nein, mir geht es gut.« Hastig stellte Alexandra den Band in die Lücke zwischen den anderen zurück, die vom Einband her eindeutig zusammengehörten. Auf dem Regal, das die ganze Wand bedeckte, türmten sich unzählige Werke der verschiedensten Wissensgebiete, und es war ein höchst sonderbarer Zufall, daß ausgerechnet *Ivanhoe* heruntergefallen war.

»Scheint mir aber nicht so, Miss.«

»Doch, doch, Mary«, wehrte Alexandra ab, während sie mit den Fingern gedankenverloren über die vergoldeten Buchrükken strich. Brian und *Ivanhoe* waren in ihrem Kopf so unentwirrbar miteinander verknüpft, doch sie wollte weder mit dem einen noch dem anderen etwas zu tun haben. Sie biß die Lippen aufeinander und wandte sich zum Gehen. »Komm, wir wollen gehen, Mary. Hier drinnen ist es kalt.«

Mary machte sich wieder ans Auspacken, während Alexandra zweimal den Schlüssel im Schloß drehte und sich dann vergewisserte, daß die Tür auch wirklich verschlossen war.

5

Als es urplötzlich laut und ungeduldig an der Tür klopfte, saß Alexandra sofort senkrecht im Bett und tastete im Dunkel nach ihrem Morgenmantel. Aber der Raum war ihr nicht vertraut, und so schlang sie schließlich nur ihren Schal um die Schultern und stolperte zur Tür.

»Wer ist da?« rief sie.

»Seine Lordschaft ist angekommen, Miss, und möchte Sie auf der Stelle sehen.«

Alexandra öffnete die Tür. Den ganzen Abend über hatten Mary und sie an ihrer Gobelinstickerei gearbeitet und immer wieder auf die Ankunft Lord Newells gewartet. Als sie jedoch nichts gehört hatten, hatten sie mit etwas mulmigem Gefühl ihren Likör zu sich genommen und waren schlafen gegangen.

»Aber ... aber es ist schon spät«, stammelte Alexandra, als sie das beunruhigte Gesicht der Hausdame sah. »Seine Lordschaft kann unmöglich annehmen, daß ich um diese Zeit noch angezogen bin.« Sie zog den Schal enger um die Schultern, und die ersten Strähnen lösten sich bereits aus dem Zopf.

»Miss, er hat nach Ihnen gerufen, und Sie sollten besser unverzüglich mitkommen.« Die Hausdame war sichtlich nervös und beinahe in Panik.

»Er wird schon noch warten müssen, bis ich mir etwas angezogen –«

»Aber nein, Miss. Kommen Sie! Er will Sie sofort sehen.«

Sie sah die Hausdame nur wortlos an und konnte es nicht glauben. Ein derartiges Ansinnen, und obendrein zu so später Stunde! »Na gut«, sagte sie schließlich zögernd und trat ans Bett.

Mary lag auf ihrem Notbett, die Decke fest in der Hand, und an ihrer Miene konnte Alexandra unschwer ablesen, daß sie in Marys Augen immer noch ein Kind war. Ein Kind mit wilden Haaren, die sich kaum in einen Zopf bändigen ließen, und mit nackten Füßen, die unter dem Saum des weißen Nachthemds hervorlugten. Aber Alexandra war kein Kind mehr. Selbst wenn Lord Newell sich als unbezwingbarer Drachen erweisen würde, wollte sie ihre Haut doch so teuer wie möglich verkaufen.

»Ich werde mitkommen«, flüsterte Mary.

Alexandra warf ihr nur einen warnenden Blick zu. »Nein, es genügt, wenn einer von uns diese Demütigung erleben muß.« Sie fuhr mit der Hand in den Ärmel ihres Samtmantels und schon eilte sie hinter der Hausdame in den dunklen Gang hinaus.

Halb hatte Alexandra erwartet, daß Lord Newell in der großen Halle über sie zu Gericht sitzen würde. Aber die Hausdame ging genau in die entgegengesetzte Richtung und blieb schließlich vor einer Doppeltür stehen.

»Hier ist es«, flüsterte die Frau neben ihr.

Alexandra kam sich vor wie ein Löwenbändiger, dem man noch rasch zuflüsterte, wo sich das wilde Tier versteckte. Sie wartete einen Moment, daß die Hausdame die Tür öffnen würde, doch die ängstliche Frau dachte nicht daran. Die Situation war lächerlich, dachte Alexandra. Sie betrachtete das Nervenbündel, dessen Namen sie nicht einmal kannte. So schlimm konnte kein Mann sein, dachte sie, und öffnete beherzt selbst die Tür.

Offenbar hatte sich Alexandras Unterbewußtsein ein wildes Ungeheuer ausgemalt, das geifernd und gierig reihenweise seine Diener verschlang, denn mit dem Bild, das sich ihr bot, hatte sie wirklich nicht gerechnet. Zumindest nicht mit einem dunkelhaarigen Gentleman mit Brille, der sich bei ihrem Eintritt artig erhob.

Sie haben keine Ahnung, wie gefühllos und unmenschlich unser Herr ist. Jaymes Worte kamen ihr in den Sinn.

»*My lord*«, flüsterte Alexandra nur. Sie war erschrocken noch im Schatten unter der Tür stehengeblieben, denn dieser Mann sah aus wie Brian. Dieselbe breitschultrige Gestalt, dieselben Haare, die typisch angelsächsischen Züge. Darüber vergaß sie sogar das jammervolle Bild, das sie barfuß und nur mit Nachthemd und Morgenrock bekleidet abgab.

»Setzen Sie sich, Miss Benjamin«, sagte Lord Newell und wies auf einen Armstuhl auf der anderen Seite des Kamins.

Während er wieder auf seinen komfortablen Sessel sank, der mit feinstem Damast in Purpurrot bezogen war, mutete er Alexandra ein einfaches Exemplar aus blankem Holz zu, das ebenso unbequem war, wie es aussah. Sekundenlang schoß ihr durch den Kopf, daß dieser Stuhl vielleicht besser ins Verlies von Cairncross gepaßt hätte.

Während Lord Newell sich setzte, bemerkte Alexandra, daß sein schwarzer Gehrock so perfekt saß, wie das nur ein guter Schneider fertigbrachte. Unter dem dünnen Stoff konnte sie sogar das Spiel seiner Muskeln verfolgen. Offenbar war Lord Newell nicht ganz der gesetzte Typ, der ihrem Bild von einem Baron entsprochen hätte. Als er den Arm hob und sein Brandyglas vom Kaminsims nahm, sah sie ihn im Geiste das Breitschwert heben, um es einem Feind auf den Kopf zu schlagen. Unwillkürlich griff sie sich an die Stirn, und in dieser Sekunde erinnerte sie sich daran, daß ihr Haar bereits für die Nacht geflochten war und sie lediglich einen Morgenmantel trug. Voller Panik schoß ihr die Röte ins Gesicht.

»Miss Benjamin«, begann Lord Newell. Trotz seiner hoheitsvoll gelangweilten Miene merkte sie genau, wie sehr ihn die Situation belastete. »Ich brauche keine Gouvernante, sondern einen Arzt. Weshalb sind Sie überhaupt gekommen?«

Sie erwiderte den kühlen, besserwisserischen Blick seiner himmelblauen Augen, den sie in dieser Situation sogar verstehen konnte. Die Sekunden verrannen, während sie fieberhaft nach der bestmöglichen Erklärung suchte. Newell betrachtete Alexandra voll Herablassung, doch sie spürte, daß er mindestens so müde war wie sie selbst.

Bei näherem Hinsehen bemerkte sie die kleinen Falten, die sich um seine Mundwinkel eingegraben hatten. Als das Schweigen andauerte, nahm er seine Brille ab und rieb seine geröteten Augen. Offenbar wartete er gespannt auf ihre Antwort, um ihr sofort seine Erwiderung entgegenzuschleudern.

»Offenbar haben Sie nichts dazu zu sagen.« Das war keine Frage, sondern eine einfache Feststellung.

Alexandra starrte in seine Augen und bat ihn stumm um etwas, was sie selbst nicht so genau wußte. Es war eine Mischung aus Mitgefühl, Verständnis und Respekt. Sie wollte an seine Menschlichkkeit appellieren und sagen, daß sie mindestens ebenso qualifiziert war wie die Assistenten ihres Vaters. Sie hatten ihr lediglich den akademischen Grad voraus und genossen die Achtung, die man ihr als Frau verweigerte.

Als ihre Blicke einander trafen, sah sie ihn zum ersten Mal ohne Brille und war überrascht, wie gut er aussah. Sogar besser als Brian. Doch daran wollte sie jetzt nicht denken! Sie hatte mit ungehaltener Wut und ärgerlichen Reaktionen gerechnet, aber nicht mit einem solchen Blick. Diese Augen, die bisher offenbar nur die dunklen Seiten des Lebens gesehen hatten, machten sie nervös. Wunderschöne Augen, die allerdings ohne Hoffnung waren. Irgendwann konnte es Alexandra nicht mehr ertragen und mußte den Blick abwenden.

»Ich möchte eine Erklärung hören«, mahnte er, während er seine goldgerahmte Brille wieder aufsetzte und auf seinem schmalen Nasenrücken zurechtrückte. Die sterbliche Seele, die sie für kurze Zeit gesehen hatte, war wieder gerüstet.

»Sie ... Sie hätten mich nie hierher kommen lassen, wenn Sie gewußt hätten, daß ich eine Frau bin.« Ihre Stimme klang dünner, als ihr das lieb war, aber der Wandel in seinem Ausdruck hatte ihre Aufmerksamkeit gefesselt. Als ob sie sich schützen wollte, zog sie nervös ihren Morgenmantel enger um die Schultern.

Er stand auf, weil ihre Erklärung ungenügend ausgefallen war und er das Gespräch beenden wollte.

»Warten Sie.« Alexandra ballte die Fäuste und starrte auf den gold- und purpurverzierten Teppich zu ihren Füßen, als ob ihr aus ihm Hilfe erwachsen könnte. Dann erhob sie sich langsam und legte noch viel langsamer den Kopf in den Nacken, bis sie seinem Blick begegnete. »Verzeihen Sie mir die List, Lord Newell. Ich weiß, sie ist unentschuldbar, aber ich hatte, wie Sie an Ihrer eigenen Reaktion sehen können, einfach keine andere Wahl. Wenn ich den Brief mit meinem vollen Namen unterzeichnet hätte, hätten Sie ihn sofort in den Papierkorb geworfen. In diesem Fall wäre ich nicht einmal hier, um meine Hilfe –«

»Ich brauche einen Arzt und keine Gouvernante«, fiel er ihr ins Wort.

»Ich bin keine Gouvernante. Bis auf diese kleine List entspricht jedes Wort meines Briefes der Wahrheit. Ich habe viele Jahre lang mit meinem Vater gearbeitet, und es gibt nur wenige Menschen, die qualifizierter sind als ich –«

»Aber Sie sind kein Arzt.«

»Das habe ich auch nie behauptet. In diesem Fach gibt es nur sehr wenige Spezialisten, und ich denke, daß niemand bis nach Yorkshire fährt, um ihren tauben Bruder –«

»Sam ist nicht taub.«

Diese Bemerkung fiel wie ein gewaltiger Felsbrocken von der Decke, und es dauerte einen Moment, bis Alexandra ihre Sprache wiedergefunden hatte.

»Das ... das verstehe ich nicht.« Mit einem Mal bekam das bisher Gehörte eine völlig andere Dimension. Als die Hausdame den armen, alten Sam erwähnt hatte, hatte Alexandra angenommen, daß es sich um einen alten Bediensteten handelte. Doch nun war klar, daß sie damit den Bruder des Lords gemeint hatte. »Das Spezialgebiet meines Vaters war die Behandlung tauber Menschen«, platzte sie heraus. »Weshalb haben Sie sich dann ausgerechnet von ihm Hilfe erhofft?«

Newell setzte sich wieder, so daß Alexandra plötzlich verloren mitten im Raum stand und seine Blicke sie förmlich auf dem Teppich festnagelten. »Dr. Horace Benjamin hat als Spezialist für Audiologie Menschen das Sprechen gelehrt, und deshalb habe ich angenommen, daß er Sam auch helfen könnte.«

»Hat Ihr Bruder niemals sprechen gelernt?«

Newell wandte sich dem Feuer zu, und der Flammenschein, der sich in seinen Brillengläsern spiegelte, verlieh ihm ein diabolisches Aussehen. »Mein Bruder ist ... er ist ein wenig zurückgeblieben. Und zwar von Geburt an. Es hat Jahre gedauert, bis er überhaupt sprechen gelernt hat, aber inzwischen hat er diese Fähigkeit wieder verloren. Ich möchte sie ihm zurückgeben.«

»Er hat die Fähigkeit verloren? Auf welche Art? So etwas habe ich ja noch nie gehört. Hat er sich am Kopf verletzt? Oder war ein Fieber die Ursache –«

»Nein, Angst.« Newell sah sie an, aber sein Blick wirkte so fern, daß sie den Atem anhielt.

»Angst?« wiederholte sie fragend.

»Er hatte soviel Angst, daß er nie wieder gesprochen hat.«

Alexandra überlief eine Gänsehaut, und ihr Atem ging stoßweise. Nach den seltsamen Begebenheiten des Tages beeindruckte sie dieser Satz um so mehr, als es sich nicht um das Gefasel irgendwelcher Leute handelte, sondern offenbar um eine Tatsache. Irgend etwas oder jemand hatte den Bruder dieses Mannes der Sprache beraubt – und sie dachte sofort an den Band, der plötzlich im Schulzimmer aus dem Regal gefallen war.

Ivanhoe.

»Sie sind ja ganz blaß, Miss Benjamin.«

Alexandra tastete nach ihrem Stuhl und setzte sich langsam wieder hin. »Und was hat ihn so geängstigt?« Ihre Stimme zitterte ein wenig, und nachdem sie die Augen des Mannes gesehen hatte, war sie gar nicht mehr sicher, ob sie es überhaupt noch hören wollte.

Sein Blick musterte sie, als ob er abschätzen wollte, ob er überhaupt antworten sollte. »Ich war damals nicht in Cairncross«, sagte er schließlich, »und habe den Zwischenfall nicht miterlebt. Genau deshalb möchte ich Sam die Sprache zurückgeben. Ich möchte erfahren, was man ihm angetan hat. Bisher kenne ich nur die Erzählungen der Dienerschaft. Ich habe die

Hoffnung, daß ein Spezialist Sam zum Sprechen bringen kann, damit er mich aufklären kann.«

Ohne etwas wahrzunehmen, wanderten Alexandras Blicke langsam durch das Zimmer, doch in ihrem Kopf überschlugen sich die Gedanken. Sie hatte genügend Warnungen erhalten, so daß es nun eigentlich an der Zeit gewesen wäre, sich zu verabschieden, und froh zu sein, daß sie sich nicht weiter mit den Problemen dieses Mannes befassen mußte. Als ihr Blick Newells Gesicht streifte, das Brian so ähnlich sah, war sie froh, daß diesmal die spiegelnden Gläser eine Distanz zwischen ihr und diesen beunruhigenden Augen schufen.

Falls sie nach London zurückkehren würde, hätten Brian und seine Sicht der Dinge auf der ganzen Linie gesiegt, und außerdem wäre es eine Bestätigung für die Vorurteile ihres Gegenübers. Es stimmte, daß sie eine Frau und kein Arzt war, aber abgesehen davon war sie das Beste, was dieser Mann zur Behandlung seines Bruders bekommen konnte. Sie konnte nicht noch einmal schweigen wie damals in der Nacht, als Brian gegangen war. Ihr Stolz ließ es nicht zu, noch einmal einem Mann das Feld kampflos zu überlassen. Nein, sie mußte in Cairncross bleiben und beweisen, daß eine Frau wie sie genauso gut war.

Außerdem gab es keinen Grund, sich zu fürchten. Newells Geschichte bewies nichts. Es gab so viel Niedertracht und Elend auf der Welt, daß sie sich fragte, weshalb das in Cairncross anders sein sollte. Im Gegenteil. Oft genug geschahen die schlimmsten Dinge und die schrecklichsten Grausamkeiten gerade unter dem Deckmantel guter Manieren und einer gepflegten Umgebung.

»Lord Newell, ich denke, daß ich Sam helfen kann. Falls Sie ihn nicht doch noch zur Behandlung nach London bringen wollen, dürfte ich die einzige Person sein, die Ihnen helfen kann. Sie sollten mir eine Chance geben.« So unverbindlich wie möglich sah sie ihn an und merkte, daß ihm der Gedanke ganz und gar nicht behagte.

»Aber sie sind kein Arzt. Die Arbeit Ihres Vaters steht nicht zur Debatte. Sie sind eine Frau, und somit nicht genauso fähig wie ein Mann.«

Die Worte trafen sie wie Keulenschläge und bestätigten nur, was sie bereits erwartet hatte. Aber trotzdem waren sie mehr als ungerecht. »Aber ich kann Ihnen helfen«, sagte sie nur und starrte ihn wütend an.

Als sich seine Miene verhärtete, wußte sie, daß sie verloren hatte. Demnach war die Ähnlichkeit mit Brian nicht nur äußerlich! Es machte keinen Sinn, weiter gegen ihn zu kämpfen, denn sie befand sich hier auf seinem Territorium. Außerdem fühlte sie sich in diesem Aufzug auch nicht für einen Kampf gerüstet. Außerdem war sie eine Frau, und das war mit Sicherheit nicht zu ändern. Mit einem Seufzer der Erleichterung stand sie auf und ging wortlos zur Tür. Zumindest Mary würde sich über die Entwicklung der Dinge freuen.

»Weshalb haben Sie sich um diese Arbeit beworben, Miss Benjamin?«

Die Hand, die bereits die Tür öffnen wollte, sank herab. Die neugierige Frage signalisierte ihr, daß sie vielleicht noch eine Chance hatte, aber sie blieb argwöhnisch. Sie drehte sich um und lehnte sich gegen die Tür. »Ich war froh, daß sich mir die Chance geboten hat, London zu verlassen. Wie Sie aus meinem Brief wissen, ist mein Vater kürzlich gestorben.«

Seine Blicke glitten über ihre Gestalt, aber sie konnte nicht erkennen, was er dachte. »Außer der Unterschrift unter Ihrem Brief weiß ich nicht viel über Sie.«

»Wozu wollen Sie etwas über mich wissen?« Sie schwankte zwischen Hoffnung und Verzweiflung.

»Falls ich Ihnen diese Arbeit anvertraue, möchte ich zum Beispiel nicht, daß plötzlich ein aufgebrachter Ehemann hier erscheint und Sie wegholt, wenn Sam gerade seine ersten Fortschritte macht ...«

»Ich habe keinen Ehemann.« Unter seinem wissenden Blick wurde sie unsicher. »Ich ... ich hatte gewisse Erwartungen, doch das ist inzwischen vorbei und vergessen.« Noch während sie es sagte, wunderte sie sich über sich. Und als sie die nächste Frage hörte, hätte sie am liebsten alles ungeschehen gemacht.

»Sie waren verlobt?« Dabei hob sich eine Augenbraue.

»So ungefähr.«

»Und jetzt ... nicht mehr?«

Sie wollte keinesfalls über Brian reden, und besonders nicht mit diesem frem den Mann, der ihm so ähnlich war. Außerdem sah sie ihre »Erwartungen« im nachhinein in einem etwas anderen Licht. Die Wissenschaft bedeutete Brian alles – und ihr ebenso. Die Jahre waren vergangen, weil sie Ehe und Familie noch aufschieben wollte. Inzwischen hatte sie gemerkt, daß sie die leidenschaftliche Liebe zur Wissenschaft mit der Liebe zu ihr verwechselt hatte und daß in der Zwischenzeit das Leben an ihr vorbeigelaufen war: Erst Brian, dann die Hochzeit, die Kinder und nun auch noch die wissenschaftliche Arbeit, falls sie hier abgewiesen wurde.

Mit tadelndem Blick sah sie ihn an, damit er merkte, daß er zu weit gegangen war. »Es war eine höchst anständige Sache – nichts sonst.«

Er starrte sie an, und an dem Anflug von Spott in seinem Ton konnte sie erkennen, daß er sich an ihrer Verlegenheit ergötzte. »Wie lange hat diese ›höchst anständige Sache‹ denn gedauert, Miss Benjamin?«

Sie wünschte, daß sie ihre Gefühle besser verbergen könnte, und hätte am liebsten nicht geantwortet. Aber damit hätte sie der ganzen Angelegenheit zuviel Gewicht beigemessen.

»Nicht ganz fünf Jahre.« Hatte ihre Stimme etwa gezittert? Hatte er gemerkt, daß diese Wunde noch ganz frisch war?

Fast unmerklich weiteten sich seine Augen, und dann brach er ohne Vorwarnung in ein gewaltiges Gelächter aus, das wie ein heißes Eisen auf ihren Wunden zischte. Wütend und beleidigt funkelte sie ihn an, aber das beeindruckte ihn nicht im geringsten.

»Wollen sie mir ernsthaft weismachen, daß dieser junge Mann fünf lange Jahre ein züchtiges Verhältnis mit einer jungen Frau wie Ihnen hatte?« Er grinste ungläubig.

Am liebsten wäre sie davongelaufen und hätte die Tür hinter sich zugeknallt, weil ihn das alles nichts anging. Aber sie wollte es sich noch nicht mit ihm verderben.

»Der Typ muß Irländer gewesen sein, um so etwas durchzustehen!«

Alexandra äußerte sich nicht dazu. Möglicherweise war der Honourable Brian Denys Tewesbury, der zweite Sohn eines Viscounts, ja teilweise irischer Abstammung. Sie jedenfalls war zur Hälfte Irin, doch sie sparte es sich, diesem Menschen zu erklären, daß das »Irische« zwischen Brian und ihr nicht das Problem gewesen war.

Newell erhob sich und kam mit dem Glas in der Hand auf sie zu. »Sie müssen mir nichts weiter sagen, Miss Benjamin, denn ich denke, daß diese ›höchst anständige Sache‹ genauso zu Ende gegangen ist wie alle höchst anständigen Sachen zwischen Mann und Frau: Er hat geheiratet – aber Sie nicht. Habe ich recht?«

»Ja«, zischte sie, und es ärgerte sie, daß er Brian völlig richtig eingeschätzt hatte, während ihr das nicht gelungen war. Mühsam unterdrückte sie die Tränen. Und als sie ihn jetzt ansah, war sie froh, daß er Brian so ähnlich war – auf diese Weise würde sie sich wenigstens immer an die Lektion erinnern, die er ihr erteilt hatte.

Stille breitete sich aus. Offenbar war seine Neugier fürs erste befriedigt, denn er sah sie nur schweigend an. Sie befürchtete, daß er sie wegschicken könnte, ohne daß sie über ihre Anstellung gesprochen hätten, aber er sagte nichts. Statt dessen wanderten seine Blicke über ihre schmale Gestalt, als ob sie sein

Eigentum wäre, und versuchten, in ihrem Gesicht zu lesen und ihre Intelligenz einzuschätzen. Alexandra fühlte instinktiv, daß er sie nervös machen wollte.

Sie sah ein winziges Leuchten in seinen Augen, als er feststellte, wie klein sie war. Neben seinem riesigen Körper kam sie sich auch so vor, aber er sollte nur nicht glauben, daß er sie auch so behandeln könnte. Vermutlich paßte für ihn die Entschlossenheit, die er in ihren Augen las, nicht mit ihrer Erscheinung zusammen. Sie wirkte wahrscheinlich ziemlich lächerlich und kindisch, wie sie da an der Tür lehnte – mit staubigen, nackten Füßen, die gerade noch unter dem noch viel staubigeren Hemd hervorlugten. Aber trotzdem war sie eine erwachsene Frau und verdiente Respekt.

Als ihre Blicke sich trafen, las er genau diese Gedanken in ihren Augen, und sofort erlosch das amüsierte Lächeln, und der grimmige Ausdruck kehrte wieder zurück.

»Als man mir sagte, daß statt des Arztes eine Frau gekommen sei, war ich auf ein dummes Ding gefaßt gewesen, das seinem Vater davongelaufen war und das ich auf der Stelle nach Hause schicken wollte.«

»Und nun?«

»Ich wünschte, Sie könnten Sam helfen.«

»Ich denke, daß ich das kann. Mein Vater ist tot, *my lord*, und falls Ihnen jemand helfen kann, dann ich.«

»Wie ich sehe, sind Sie ziemlich entschlossen.« Wieder wanderten seine Blicke über ihre Gestalt, aber sie konnte seine Miene nicht deuten. »Ich möchte Sie ganz ausdrücklich warnen, Miss Benjamin«, sagte er schließlich und sah sie an. Dabei malten sich Abscheu und Verzweiflung auf seinem Gesicht, als ob er nicht die richtigen Worte finden könnte. »Sie sollten besser gehen«, stieß er schließlich hervor.

»Genau denselben Rat habe ich bereits gehört.«

»Und weshalb nehmen sie ihn nicht an?«

Ein wenig eingeschüchtert sah sie ihn an, aber an ihrer Entschlossenheit änderte das nichts. »Ich würde Ihrem Bruder gern helfen.«

»Unsinn. Sie wollen sich eher selbst helfen. Das ist der einzige Beweggrund, aus dem heraus Menschen handeln. Ihr Wunsch ist mit Sicherheit von der ›höchst anständigen Sache‹ beeinflußt, die nicht so ausgegangen ist, wie Sie es vielleicht erwartet oder erhofft haben.«

Alexandra war überrascht, wie gut er ihre Gedanken lesen konnte. Allerdings konnte er noch nicht in ihr innerstes Herz hineinblicken. Zumindest noch nicht. »Es stimmt, daß Ihr Brief genau zur richtigen Zeit kam. Aber dennoch ist mein Wunsch, ihrem Bruder zu helfen, echt. Ich fürchte, daß die Arbeit meines Vaters vielleicht genauso stirbt, wenn ich sie nicht weiterführe. Und aus diesem Grund bin ich hier, *my lord.*«

Einige Augenblicke lang sah er sie nur an, und es wurde deutlich, daß er überlegte, ob er ihr glauben sollte.

Alexandras Mut wuchs. »Bekomme ich die Stelle, falls ich die Warnungen in den Wind schlage?«

»Sie müßten verrückt sein ...«

»Auch das habe ich bereits gehört, *my lord.*«

Ihre Blicke trafen sich, und sie spürte den Widerstreit in seinem Inneren eher, als sie ihn sah. Sie rechnete schon mit dem Schlimmsten, als sich Newells Kiefermuskeln spannten. »Falls Sie tatsächlich so verrückt sind und hierbleiben, Miss Benjamin«, sagte er dann hastig, »werde ich Sie beschäftigen ... zumindest so lange, wie Sie es hier aushalten.«

Ihr Herz hämmerte wie wild. Sie hatte seine unverhüllte Warnung noch sehr wohl im Ohr, aber darauf gab sie wenig. Es war ihr gelungen, sich gegen seine Unfreundlichkeit und seine Ablehnung durchzusetzen und ihn zu überzeugen. Und sie hatte die Arbeit bekommen, die sie so dringend ersehnte, und konnte in Cairncross bleiben.

»Eines allerdings müssen Sie wissen«, fügte er in schroffem, etwas heiserem Ton hinzu. »Ich betrachte Sie lediglich als Gouvernante. Sie sind kein Arzt und sollen auch nicht als solcher arbeiten. Sam ist fast so alt wie ich, aber innerlich ist er immer noch ein Kind und braucht Aufsicht. Diese Aufgabe übertrage ich Ihnen. Falls es Ihnen mit Hilfe der Techniken Ihres Vaters gelingen sollte, ihm die Sprache wiederzugeben, werde ich Sie bezahlen, als ob Sie ein Mann wären.«

»Einverstanden«, flüsterte Alexandra, der das Geld jedoch die wenigsten Sorgen bereitete.

»Dann kommen Sie. Ich möchte Sie noch heute nacht miteinander bekannt machen.«

Sie schnappte förmlich nach Luft. »Jetzt gleich?«

Ein wenig spöttisch und arrogant lächelte er auf sie hinunter. »Kommen bereits die ersten Beschwerden?«

»Das nicht, aber –«

»Ich bleibe nie sehr lange auf Cairncross. Dafür habe ich meinen Verwalter.« Er kreuzte mit der herrischen Geste eines Königs die Arme vor der Brust. »Ich will bereits morgen wieder nach London zurückkehren und kann nicht auf eine Gouvernante Rücksicht nehmen.«

Ärgerlich funkelte sie ihn an, denn es paßte ihr nicht, in welche Position er sie drängte.

Plötzlich mußte Newell lachen. »Hat man Ihnen eigentlich schon einmal gesagt, daß Sie höchst bemerkenswerte Augen haben, Miss Benjamin? Sie scheinen ein Geheimnis zu hüten ... und ich muß sagen, daß mich das neugierig macht. Ich liebe es, Rätsel zu lösen.«

Sie öffnete den Mund, um zu protestieren, denn eine solche Bemerkung stand ihm nicht zu. Aber bevor sie noch das erste Wort herausbringen konnte, hatte er sie bereits an der Hand gefaßt und zog sie mit sich aus dem Zimmer.

6

Alexandra wußte, daß ihr die Nacht ewig im Gedächtnis bleiben würde, als Newell sie durch die stockfinsteren Gänge des Schlosses gezerrt hatte – ihre kleine Hand immer fest im Griff seiner großen Pranke. Vor der Bibliothek hatte er einen Leuchter gegriffen, der wilde Schatten auf die teilweise feuchten Wände geworfen hatte. Das einzig Tröstliche war die Wärme seiner Hand inmitten dieser klammen Dunkelheit gewesen.

Sie begegneten keiner Menschenseele, denn um diese Zeit waren auch die Dienstboten längst schlafen gegangen. Sie war ganz allein mit diesem gigantischen Mann, der sie genauso überragte wie die Rüstungen im Bankettsaal. Dieser Mann war für ein Streitroß gebaut, aber nicht für einen Wagen, und gehörte eher in die Weiten von Yorkshire als in die engen schmutzigen Straßen von London.

Während er sie hilflos hinter sich her zerrte, flüsterte sie mehr als einmal »*My lord* –«, aber weiteren Protest wagte sie nicht, denn sie konnte den Gedanken nicht ertragen, daß er sie womöglich ohne seine warme Hand mitten in der Dunkelheit der Gänge stehenließ.

»Hier wohnt Sam«, sagte er, als sie schließlich einen Flügel erreichten, dessen Eichentüren eindeutig aus der Restaurationszeit um 1660 stammten. Allmählich dämmerte es Alexandra, daß man sich in Cairncross sehr wohl zurechtfinden konnte, solange man die englische Architekturgeschichte im Kopf hatte.

»Aber er wird schlafen, *my lord*«, flüsterte Alexandra besorgt.

Newell sah auf sie hinunter, als ob er über den Einwand nachdächte. Dabei spielte ein abscheuliches Lächeln um seine Lippen. »Ich denke, daß er Sie so lieber sieht, Miss Benjamin, weil Sie wie ein Mädchen aussehen. Morgen werden Sie wie eine Frau aussehen, und dann wird er, so fürchte ich, ganz anders reagieren.«

»Sie sprechen in Rätseln, *my lord*«, murmelte sie. Einerseits wollte sie gern wissen, was er meinte, aber andererseits wußte sie nicht genau, ob sie es überhaupt hören wollte.

»Das stimmt«, sagte er nur, während er sanft die Tür zu dem dunklen Zimmer aufstieß.

Sie schlüpfte unter seinem Arm hindurch, der noch die Tür aufhielt, und betrat ein großes Schlafzimmer, das nur von einem schwachen Feuer im Kamin erhellt wurde. Das Bett, das mit geschnitzten Kronen und Eichenblättern verziert war, schien für einen Prinzen gemacht.

»Er sitzt dort drüben am Kamin.« Newell umfaßte ihr Kinn und drehte ihren Kopf in die richtige Richtung, wo der »Prinz« in einem Lehnsessel saß und ins Feuer starrte. Auf den ersten Blick hätte man die beiden Männer miteinander verwechseln können, so ähnlich waren sie einander – dieselben Haare, derselbe Körperbau. Erst bei genauerem Hinsehen entdeckte Alexandra einen kleinen Unterschied am Nasenrücken.

»Sprechen Sie ihn an. Sagen Sie ihm, wer Sie sind.«

Unsicher blickte Alexandra zu Newell auf. Dieser mitternächtliche Besuch war eine ungewöhnliche Situation, und sie hatte das Gefühl, als ob Newell sie testen wollte. Aber warum?

»*My lord*, er scheint uns überhaupt nicht wahrzunehmen ...« Begriff er denn nicht, daß sie in dieser Situation höchstens störten?

»Gehen Sie hin und sprechen Sie mit ihm. Morgen wird dann alles einfacher. Dann erinnert er sich vielleicht an Sie.« Newell trat einen Schritt weit unter den Türbogen zurück, kreuzte die Arme vor der Brust und wartete in hoheitsvoller Pose.

Alexandra fügte sich und wandte sich dem Mann im Lehnstuhl zu. Samuel trug einen Morgenmantel aus Brokat und hatte offenbar gerade gebadet. Aus den aufgeschlagenen, frischen Laken schloß Alexandra, daß ein Diener alles für das Zubettgehen vorbereitet hatte. Offenbar wurde er wie ein Kind versorgt.

Ein wenig befremdet stellte sie fest, daß er nicht nur ein erwachsener Mann war, sondern auch beinahe so alt wie sein Bruder.

Langsam ging sie auf ihn zu, obwohl sie sich mit nackten Füßen und im Bademantel nicht gerade richtig am Platz fühlte. Und als sie so klein vor ihrem riesigen Schüler stand, sehnte sie sich nach dem äußeren Anschein der Autorität

»Samuel?« sagte sie mit leiser, sanfter Stimme.

Als Sam sie ansah, war er seinem Bruder noch ähnlicher bis auf den etwas dumpfen Ausdruck seiner Augen.

»Ich weiß, daß es schon spät ist ...« flüsterte sie und war über die Ähnlichkeit bestürzt.

»Ich bin Miss Benjamin, Samuel. Lord Newell hat mich eingestellt, um Sie zu unterrichten und mich um Sie zu kümmern.« Sie streckte ihm zitternd die Hand hin, um zu sehen, ob er sie ergriff.

Aber Samuel starrte auf die ausgestreckte Hand wie ein Hund auf einen Knochen. Er neigte den Kopf zur Seite und blickte einen Moment lang genauer hin, so daß sie den Eindruck hatte, als ob er ihre Hand ergreifen wollte. Doch gleich darauf war alles vorbei. Samuel zog sich wieder ganz in sich zurück, und seine Augen blickten so dumpf wie vorher.

»Gib Miss Benjamin die Hand, Sam«, sagte Newell. »Benimm dich wie ein Gentleman.«

Alexandra sah zu Newell hinüber, der ungeduldig wirkte und hart. Es sah für Sekunden so aus, als ob er seinen Bruder am liebsten geschüttelt hätte, doch irgend etwas hinderte ihn daran. Liebte er seinen Bruder, oder existierte noch ein kleiner Rest von Mitleid in diesem verhärteten Herzen? Ein Rest von Güte vielleicht, die langsam schwand?

Langsam wandte Samuel den Blick von ihr ab und sah zu seinem Bruder hinüber. Irgendwie schien ihn seine Gegenwart zu stützen, denn plötzlich streckte er den Arm aus und legte seine Hand auf Alexandras.

»Das freut mich«, flüsterte sie. »So schrecklich bin ich doch gar nicht, oder?«

Sie wünschte so sehr, daß er sie ansähe, aber er mied ihren Blick. Unwillkürlich erinnerte sie sich an den halbverhungerten Hund, den sie früher einmal in einem Park mit viel Geduld aus seinem Versteck gelockt und dazu gebracht hatte, Fressen von ihr anzunehmen. Ganz allmählich hatte er Vertrauen gefaßt und war näher und näher gekommen, aber er hatte sie niemals angesehen. Als einige Kinder lärmend in den Park gestürmt waren, hatte er augenblicklich den Schwanz zwischen die Beine geklemmt und war verschwunden. Am nächsten Tag war der Napf leer gewesen, aber der Hund war nie wieder aufgetaucht. Die angstvollen Augen des Tiers, die sie nicht hatten ansehen wollen, waren ihr unauslöschlich im Gedächtnis geblieben.

Alexandra ging vor Samuels Stuhl in die Hocke. »Wir werden uns schon anfreunden, Samuel«, sagte sie, und dachte dabei an die vielen Kinder, deren Vertrauen sie hatte erobern müssen, um sie unterrichten zu können. Mit Sanftheit und Lächeln erreichte man bei Kindern sehr viel, aber half diese Methode auch im Fall eines Erwachsenen?

»Miss Benjamin möchte uns helfen, Sam«, sagte Newells kühle Stimme von der Tür her. »Ich möchte, daß du auf sie hörst und tust, was sie sagt. Hast du mich verstanden, *old boy*?«

Newell stand noch immer im Schatten, aber offenbar reichte die Unterstützung, die Samuel empfand. Alexandra sah auf Samuels Hand, die sie immer noch hielt. Eine kräftige, große Hand, wie die seines Bruders, aber im Gegensatz zu Lord Newells festem Händedruck fühlte sich Sams Hand weich und unentschlossen an.

»Mögen Sie Musik, Sam? Ich freue mich schon darauf, mit Ihnen Musik zu hören ...« Ein wenig traurig lehnte sie sich zurück, weil er sie nicht ansehen wollte. Er hatte Angst vor ihr – genau wie damals der Hund im Park.

Kurz darauf erhob sie sich und trat zu Newell. Während sie

ihren Morgenmantel zurechtzog und sich dann ein paar kleine Strähnen aus dem Gesicht strich, überlegte sie, wie sie es am besten formulieren sollte.

»Wenn Sie gestatten, fasse ich Ihnen meinen Eindruck zusammen ... Meiner Meinung nach braucht Sam keinen Audiologen, sondern jemanden, der ihm bei der Überwindung seiner Angst hilft. Was auch immer ihn so verängstigt hat, hat noch Macht über ihn. Ein solcher Zustand muß behandelt werden. Soviel ich weiß, beschäftigt sich in Wien eine Gruppe von Ärzten mit solchen Problemen –«

»Ich weiß genau, was er braucht«, fiel ihr Newell mit Entschiedenheit ins Wort. »Ich kann das besser beurteilen als Sie.«

»Wenn er seine Angst überwindet, wird er auch seine Sprache wiederfinden.«

»Dann überwinden Sie seine Angst!«

»Ich fürchte, dazu bin ich nicht befähigt.«

»Da bin ich aber völlig anderer Meinung.« Er stand so weit im Schatten des Türbogens, daß nur der Reflex des Lichts in seinen Brillengläsern zeigte, wo er sich befand. »Vor Ihnen fürchtet er sich nämlich am allermeisten.«

Während Alexandra ihn noch entsetzt anstarrte, verließ er ohne weiteren Kommentar den Raum.

Alexandras Wut und die Ratlosigkeit über Lord Newells Äußerungen beschäftigten sie so sehr und verdrängten jede Angst, daß sie fast schlafwandlerisch den Rückweg zu ihrem Schlafzimmer fand.

John Damien Newell hatte sie ganz durcheinandergebracht, indem er sie im Ungewissen ließ und obendrein noch die Frechheit besaß, ihr die Behandlung seines Bruders anzuvertrauen, ohne ihr wenigstens andeutungsweise mitzuteilen, was zu diesem Konflikt geführt haben könnte. Und was die Sache noch schlimmer gemacht hatte, war die Tatsache, daß er so einfach verschwunden und nicht wieder zurückgekommen war. Er hatte seinen Bruder einfach einer fremden Person überlassen. Sie ahnte zwar, daß er einfach zu wenig Geduld hatte und womöglich gegangen war, um seine ohnmächtige Wut nicht an ihr auszulassen.

Es hatte ihr fast das Herz gebrochen, als sie Sams Gesicht angeschaut hatte, nachdem sein Bruder das Zimmer verlassen hatte. Wenn er gekonnt hätte, hätte er sich mit Sicherheit in einer der Schreibtischschubladen verkrochen, nur um ihr zu entgehen. Sogar in Gegenwart seines ungeduldig polternden Bruders fühlte er sich wohler, als in ihrer.

Kurz nach Newells Verschwinden hatte sie ebenfalls den Raum verlassen und erinnerte sich nur schweren Herzens an den verzweifelten Mann am Feuer, der Todesangst vor einer Person empfand, die nur halb so groß war wie er selbst. Mit Newells anklagenden letzten Worten konnte sie bisher nicht allzu viel anfangen, aber sie wußte, daß dort der Schlüssel lag. Sie mußte als erstes herausfinden, was er damit angedeutet hatte, bevor sie irgend jemandem in Cairncross helfen konnte. Sie hatte Sam zum Abschied versprochen, daß sie bald Freunde sein würden, aber als er weiter ihren Blick gemieden hatte, war sie ziemlich mutlos geworden.

Bei der Rückkehr in ihr Zimmer befriedigte sie Marys Neugier mit ein paar unverfänglichen Bemerkungen über Lord Newell und ihre Diskussion um die Anstellung. Danach sank sie völlig erschöpft ins Bett. Aber statt endlich Ruhe zu finden, lag sie noch lange wach und starrte zu dem Damasthimmel über ihrem Bett hinauf. Und nicht einmal das leichte Schnarchen, das vom Notbett zu ihr drang, konnte sie beruhigen.

Was hatte er damit gemeint, daß sie diejenige sein sollte, vor der Sam sich am meisten fürchtete. Diese ungenauen Angaben machten sie krank. Sie kannte die Situation in Cairncross zwar noch nicht, aber sie spürte instinktiv, daß Newell sie absichtlich nicht weiter informiert hatte. War es für ihn ein Spiel, oder konnte er nicht anders? Auf jeden Fall hatte dieser Moment ihr gezeigt, wie Lord Newell seine Mitmenschen kontrollierte. Mag sein, daß sie niemals hinter die Geheimnisse dieses Schlosses kam – jedenfalls ahnte sie, daß dieser Satz nicht persönlich gemeint war, sondern eine allgemeine Feststellung darstellte.

Unruhig warf sie sich von einer Seite auf die andere. Vielleicht hatte sich Lord Newell nach dieser etwas mißglückten Begegnung mit seinem Bruder entschlossen, sie doch vor die Tür zu setzen. Falls er sie jedoch bleiben ließ, mußte sie unbedingt Informationen erhalten, wenn sie etwas erreichen wollte. Sie stellte es sich nicht einfach vor, Lord Newell zur Rede zu stellen und einfach auszufragen. Irgendwie hatte sie den Verdacht, daß er ihr die Sorge um seinen Bruder nur übergab, um sich danach nicht mehr in Cairncross blicken zu lassen. Irgendwie konnte sie ihm nicht einmal einen Vorwurf daraus machen, daß er den deprimierenden Umständen gern den Rücken kehrte.

Langsam aber sicher sickerte die Morgendämmerung durch die Ritzen der schweren Samtvorhänge. Im Kamin war nur weiße Asche zurückgeblieben, und eine unangenehm feuchte Kälte durchdrang alles. Da Alexandra ohnehin nicht mehr schlafen konnte, setzte sie sich auf und begann, ihren Zopf zu entwirren. Bevor der Diener erschien, der ihnen Torf für den Kamin und das Frühstück brachte, wollte sie fertig angezogen sein. Höchstwahrscheinlich brach Lord Newell bereits in aller Frühe zur Rückfahrt nach London auf, so daß sie sich sputen mußte, wenn sie ihn vorher noch sprechen wollte.

»Sind Sie schon wach?« flüsterte es aus Richtung des Notbetts. Mary richtete sich auf und rutschte ihre Nachtmütze zurecht.

Genau in diesem Augenblick klopfte es, und noch bevor Alexandra ihrer Zofe einen guten Morgen wünschen konnte, brachte ein Diener den Torf und das Frühstück.

»Werden Sie heute morgen schon mit Ihrem neuen Schüler

arbeiten« erkundigte sich Mary, während sie sich ein kleines Gebäckstück mit Himbeermarmelade einverleibte.

»Ich weiß noch nicht, wann es losgehen wird. Darüber hat sich Lord Newell gestern nacht nicht deutlich geäußert.« Alexandra goß warmes Wasser aus einem Krug in eine Schüssel und wusch sich das Gesicht. Dabei hoffte sie, daß Mary nicht auffiel, wie vage sie sich ausdrückte. Im Grunde haßte sie Geheimnisse, doch in diesem Fall war es besser, erst einmal nichts zu sagen. Sie flocht ihr Haar und schlang es zu einem hübschen Nackenknoten zusammen, den sie mit Nadeln feststeckte und mit einem lavendelfarbenen Netz umhüllte.

Mary sah vom Lehnstuhl aus zu, wie Alexandra in ihre Röcke schlüpfte und sie nervös zuknotete. »Werden Sie Lord Newell heute morgen noch einmal sehen? Sind Sie deshalb so schweigsam?«

Alexandra sah Mary kurz an und zog sich dann ohne Kommentar das Kleid über den Kopf.

»Fürchten Sie sich etwa vor einem Gespräch mit Lord Newell?«

»Aber nein, ich fürchte mich doch nicht.« Alexandra runzelte die Stirn, während sie das Mieder zuhakte. »Er macht mich nur unsicher, weil er so bestimmend ist. Man kann ihn nur schwer durchschauen. Um die Wahrheit zu sagen, weiß ich nicht einmal genau, in welcher Position er mich beschäftigen wird. Ich hoffe, ich werde heute mehr erfahren.«

»Rennen Sie deshalb wie ein kopfloses Huhn herum?«

Sie hatte bereits den Mund geöffnet, um alles abzustreiten, doch als sie in den Spiegel blickte, sah sie, daß sie im Eifer des Gefechts ihr Mieder falsch zugehakt hatte. »Laß dich durch mich nicht beunruhigen«, sagte Alexandra, während sie ungeduldig an den Haken zerrte und noch einmal ganz von vorn begann. »Mag sein, daß ich nervös bin. Ich möchte ihn unbedingt noch sprechen, bevor er wegfährt. Es gibt noch so viele Unklarheiten –«

»Aha, deshalb sind Sie so blaß! Er gefällt Ihnen wohl, oder?«

Alexandra erstarrte. »Aber nein, das ist es ganz und gar nicht!«

»Was ist es dann?« bohrte Mary weiter.

»Naja ...« begann Alexandra, »es stimmt schon, daß er gut aussieht, aber ich bin keineswegs beeindruckt. Schließlich ist er mein Arbeitgeber. In der vergangenen Nacht hat er angedeutet, daß er mich als Gouvernante beschäftigen will. Vaters Arbeit hat praktisch keine Rolle gespielt.«

»Aber Sie sind doch keine Gouvernante! Ihr Vater hat Ihnen zwar keine Reichtümer hinterlassen, aber die Summe ist doch ausreichend, auch wenn Sie leider auf Belmont Crescent verzichten mußten.«

»Aber ich bin doch nicht hergekommen, um einen Ehemann zu finden. Außerdem ist er nicht so, wie du ihn dir vielleicht vorstellst, Mary.«

Mary hob den Blick von ihrer großen Tasse und nickte nur weise. »Ich erwarte nicht viel Gutes, wenn ich an die Bemerkung des Kutschers von gestern denke.«

Nachdenklich runzelte Alexandra die Stirn. »Es stimmt schon, daß er sehr kühl und distanziert wirkt. Er benimmt sich korrekt, das schon, aber gleichzeitig auch sehr bestimmend und schroff und ganz bestimmt nicht entgegenkommend. Aber unmenschlich? Das kann ich noch nicht sagen. Möglicherweise ist er das, aber andererseits wirkt er teilweise auch so ... wie soll ich das sagen ... verloren. Ja, ich weiß, es klingt verrückt, aber ich finde keinen besseren Ausdruck.«

Als Mary sie mit besorgter Miene ansah, zwang sich Alexandra zu einem fröhlichen Gesicht. »Mach dir keine Gedanken, Mary. Ich glaube, daß wir ihn ohnehin nicht sehr oft zu Gesicht bekommen werden. Ich muß heute morgen nur noch einiges wegen seines Bruders klären. Er ist kein Junge mehr, wie ich angenommen hatte, sondern sehr viel älter, und ich finde es nicht sehr passend, daß ich als Gouvernante für ihn arbeiten soll. Mit Sicherheit braucht er jemanden, denn er ist geistig zurückgeblieben und benimmt sich eher wie ein Kind.«

»Ach ja?«

Alexandra nickte nur, und nachdem sie die Haken korrekt geschlossen hatte, erklärte sie Mary, daß sie anschließend noch einen kleinen Spaziergang unternehmen würde. Sie nahm ihren Schal vom Stuhl und machte sich dann auf den Weg in den morgendlich kühlen Garten.

In der großen Halle begegnete sie jedoch weder dem Hausherrn noch seiner Hausdame. Ein junger Mann fegte mit Besen und Schaufel die Kamine aus, während ein älterer Mann in schwarzem Gehrock, vermutlich der Butler, die Leuchter einsammelte. Ein Hausmädchen stand auf der Leiter und entstaubte die Rüstungen mit einem Wedel, und Alexandra sah im Vorbeigehen, daß sie gerade einen Brustpanzer aus Messing und Silber bearbeitete, den offenbar eine Kanonenkugel durchschlagen hatte.

»Guten Morgen, Miss«, grüßte das junge Mädchen, als sie merkte, daß sie beobachtet wurde, und versuchte trotz ihrer exponierten Position so etwas wie einen Knicks zustande zu bringen.

Alexandra nickte, aber ihr Blick verharrte auf dem gähnenden Loch im Metall. »St. Albans?« fragte sie.

»Nein, Waterloo«, entgegnete das Mädchen, ohne sich stören zu lassen.

»Kann ich Ihnen helfen?«

Alexandra zuckte herum, als sie plötzlich die Stimme der Hausdame hinter sich hörte. Die Frau trug dasselbe freudlose Gewand wie am Tag vorher und wirkte genauso nervös und besorgt. Nur das spinnenfeine, schimmernde Netz über ihrem Haarknoten verlieh ihr ein sehr distinguiertes Aussehen.

»Nach der langen Reise möchte ich ein wenig in den Garten gehen, wenn das gestattet ist«, sagte Alexandra.

Die Hausdame hatte die Hände so fest gefaltet, daß die Fingerknöchel weiß hervortraten.

»Falls Lord Newell mich vor seiner Abreise noch sprechen möchte, stehe ich ihm jederzeit zur Verfügung.«

Auch diesmal sagte die Frau kein Wort, sondern bedachte Alexandra nur mit einem ängstlichen Blick.

»Also gut ... dann gehe ich jetzt.« Alexandra schlang sich ihren Schal enger um die Schultern.

In diesem Augenblick fand die Hausdame ihre Sprache wieder. »Lord Newell wird nicht nach London fahren, Miss Benjamin.«

Alexandra hielt inne und bedachte die Hausdame mit einem hoheitsvollen Blick. »Sie kennen meinen Namen, aber ich kann mich nicht erinnern, daß Sie sich vorgestellt hätten.«

»Mrs. Penrith«; entgegnete die Frau relativ unbeeindruckt.

»Also gut, Mrs. Penrith. Es freut mich, daß Lord Newell beschlossen hat, eine Weile bei seinem Bruder zu bleiben.«

»Wußten Sie, daß früher schon einmal eine Gouvernante hier gearbeitet hat?«

Alexandra hatte den Eindruck, als ob Mrs. Penrith sie herausfordern wollte, und das gefiel ihr nicht. »Meiner Meinung nach ist das in einem Haushalt mit Kindern nicht außergewöhnlich. Und Sam ist in gewisser Weise noch ein Kind, nicht wahr? Ich finde es jedenfalls nur normal, daß es vor mir bereits eine Gouvernante gegeben hat.«

»Aber *sie* war ganz und gar nicht normal, Miss. Oh, nein. Sie war sogar höchst ungewöhnlich.«

Alexandra verlor allmählich die Geduld, denn das Etikett Gouvernante gefiel ihr ganz und gar nicht. Außerdem hatte sie den Eindruck, als ob Mrs. Penrith sie abwerten wollte. »Falls sie so außergewöhnlich war, dann frage ich mich wirklich, weshalb sie gegangen ist, obwohl Sam sie noch braucht.«

»Sie ist nicht gegangen, Miss. Sie ist verschwunden.«

»Verschwunden?«

»Genau.«

»Ist sie etwa einfach mitten in der Nacht davongelaufen?«

»Nein. An einem Tag war sie jedenfalls noch da, aber am nächsten wurde keine Spur mehr von ihr gefunden. Alle ihre Sachen befinden sich nach wie vor in ihrem Zimmer – in dem großen Schrankkoffer am Fenster.«

Alexandra hatte nicht gewußt, weshalb ihr dieses rostige Monstrum so seltsam vorgekommen war, doch nun schüttelte es sie. Allein der Gedanke, daß das Eigentum einer Vermißten in ihrem Zimmer auf die Rückkehr dieser Person wartete, erfüllte Alexandra mit Schaudern.

Mrs. Penrith trat ganz nahe zu ihr und sprach nur im Flüsterton. »Wenn Sie eine Tasse Tee in meinen Räumen zu sich nehmen würden, könnte ich Ihnen einige Geschichten über Cairncross und seine Bewohner erzählen.«

Es kostete Alexandra einige Mühe, gleichmütig und ruhig zu antworten. »Falls Sie mir weitere Schreckgeschichten erzählen wollen, um mich zu vergraulen, kann ich Ihnen nur sagen –«

Mrs. Penrith entknotete ihre Hände und faßte Alexandra besänftigend am Arm. »Ich will Sie keineswegs erschrecken, aber ich denke, daß Sie wissen müssen, wo Sie sich befinden.« Mit einem Seitenblick auf den Mann im schwarzen Gehrock flüsterte sie verstohlen: »Ich kann Ihnen eine Menge über den Herrn des Hauses und seinen Bruder erzählen.«

Zuerst wollte Alexandra es ablehnen, sich diese Klatschgeschichten anzuhören, doch dann siegte ihre Neugier. Außerdem war es einfach nötig, Bescheid zu wissen, wenn sie Sam irgendwie helfen sollte. Ganz nebenbei wirkte Mrs. Penrith sehr ängstlich und ging offenbar ein gewisses Risiko ein, was Alexandra aus den häufigen Seitenblicken in Richtung des Butlers schloß, so daß sie ihr nicht auch noch eine Moralpredigt halten wollte.

»Ich würde sehr gern mehr über Sam erfahren ...« sagte Alexandra, aber nach dem frostigen Empfang des gestrigen Tages blieb sie mißtrauisch. »Ich werde gern eine Tasse Tee mit Ihnen trinken.«

Mrs. Penrith schien sehr erleichtert zu sein. Sie bat das Mädchen, das auf der Leiter stand, ein Tablett mit Tee in ihre Räume zu bringen, und dann wandte sie sich an Mr. Featherstone, der die Szene von der anderen Seite des Raums aus beobachtet hatte. »Ich werde mit Miss Benjamin in meinen Räumen eine Tasse Tee trinken«, informierte sie ihn geflissentlich.

»In Ordnung«, krächzte er, und sein Gesicht mit den Hängebacken drückte nur zu deutlich aus, daß auch er Alexandra hier nicht haben wollte.

Anschließend führte Mrs. Penrith Alexandra nach unten in ein gemütlich eingerichtetes kleines Wohnzimmer, das ihr als Hausdame zur Verfügung stand. Nachdem Alexandra Platz genommen hatte und der Tee eingegossen worden war, erkundigte sie sich als erstes nach dem Mann im schwarzen Gehrock.

»Demnach ist Mr. Featherstone also der Butler Seiner Lordschaft?« fragte sie und stellte ihre Tasse wieder auf die hauchdünne Untertasse.

»Sehr richtig.« Nervös zupfte Mrs. Penrith die Schoner auf den Armlehnen des Sofas zurecht. »Er hat alle Fäden in der Hand, und mir bleiben die weniger wichtigen Pflichten.«

»Gehöre ich auch zu den ›weniger wichtigen Pflichten‹?« Wieder trank Alexandra einen Schluck heißen Tee.

»Das verstehe ich nicht ganz.« Mrs. Penrith war irritiert.

»Er hat sich bisher nicht vorgestellt und sich auch sonst in keiner Weise um mein Wohlergehen bemüht. Als Butler gehört das sehr wohl zu seinen Pflichten. Daraus schließe ich, daß er mich für untergeordnet hält und sich nicht zuständig fühlt.«

»Es gefällt ihm gar nicht, daß Sie hier sind. Vor vielen Jahren hatte Mr. Featherstone nämlich einen Streit mit ihr. Und nach der langen Zeit ist es für alle wie ein Schock, daß plötzlich wieder eine junge Dame im Haus ist.«

»Sprechen Sie von der früheren Gouvernante?«

»Ja.« Mrs. Penriths Lippen kräuselten sich zu einer kleinen Rosette zusammen.

»Seit wann ist sie verschwunden?«

»Seit zwanzig Jahren.«

»Seit *zwanzig* Jahren?« Alexandra konnte ihr Entsetzen nicht unterdrücken. Sie hatte damit gerechnet, daß die Frau irgendwann vorbeikommen und ihre Sachen abholen würde – aber nach zwanzig Jahren war damit wohl nicht mehr zu rechnen!

»Zum Zeitpunkt ihres Verschwindens waren Sam und Lord Newell gerade der Kinderstube entwachsen. Sam war noch ein Kind kaum älter als zehn, und Lord Newell war ungefähr dreizehn, höchstens vierzehn.«

»War sie auch Lord Newells Gouvernante? Bei einem vierzehnjährigen Jungen ist das doch eher ungewöhnlich.«

»Das war ganz und gar nicht gut« Mrs. Penrith goß sich Tee nach und rührte langsam einige braune Zuckerstücke hinein. »Man hätte ihn in ein Internat schicken oder zumindest einen Hauslehrer für ihn einstellen sollen. Der Junge hatte eine rasche Auffassungsgabe und war sehr begabt. Doch ich fürchte, daß Lord und Lady Newell ihre Kinder ein wenig vernachlässigt haben. Das Ehepaar hat sich damals häufig längere Zeit auf dem Kontinent aufgehalten und sich kaum um die Erziehung von John Damien gekümmert. Und Miss Pole hat ihn gern unterrichtet. Sie war eine Cousine des früheren Baron und hatte damit eine sichere Position im Haushalt. Die Eltern waren nicht da, und sie kümmerte sich um John Damien. Obgleich der Junge sie ablehnte, war sie fasziniert von ihm. Sam ließ sie zum Glück etwas links liegen, denn seine geistigen Fähigkeiten waren nicht sehr ausgeprägt. Doch ihre Gefühle für John Damien ...« Die Hausdame schüttelte den Kopf. »Nun, es war ein ungutes Verhältnis, das viel zu lange dauerte ... falls Sie verstehen was ich meine.«

Alexandra sah Mrs. Penrith an, und so langsam, wie sich die schwere Tür einer Krypta bewegt, erschloß sich ihr der Sinn des Gesagten.

»Sie sehen ziemlich entsetzt aus, Miss Benjamin, aber dazu haben Sie auch allen Grund.«

»Das meinen Sie doch nicht im Ernst! Lord Newell war damals zwar noch jung, aber nach unserem gestrigen Treffen glaube ich nicht, daß ihn jemand so stark beeinflussen konnte.«

»Das stimmt. Als Junge war er nicht leicht zu lenken, und man sagt auch, daß er sich ihr widersetzt hat. Aber man sagt auch, daß sie sich in ihn verliebt hat.« An diesem Punkt senkte sie ihre Stimme zum Flüsterton herab. »Und manche behaupten, daß sie ihn auch heute noch liebt.«

Mit gerunzelter Stirn starrte Alexandra ihr Gegenüber an. »Also hat man doch noch etwas von ihr gehört?«

Mrs. Penrith erwiderte ihren Blick. »Nicht auf eine irdische Art.«

»Das können Sie doch unmöglich glauben!« Alexandra merkte, daß sie die Stuhllehnen umklammerte, als ob sie in einer schlingernden Kutsche säße und sich kaum aufrechthalten könnte.

»Mag sein, daß alles nur Dienstbotengeschwätz ist, aber es ist die Geschichte, die ich kenne.« Als Mrs. Penrith ihre Teetasse zum Mund hob, zitterte ihre Hand verräterisch.

Mit Sicherheit waren das alles nur Lügengeschichten, dachte Alexandra, die sie erschrecken sollten. Und fast wäre sie auch noch darauf hereingefallen. Aber es dauerte nicht lang, bis sie ihre Sprache wiedergefunden hatte. »Was ist denn Ihrer Meinung nach aus Miss Pole geworden? Wenn Sie sagen, daß sie nicht im irdischen Sinn hier ist, dann heißt das doch –«

Klirrend stellte Mrs. Penrith ihre Tasse ab. »Sie ist fort. Verstehen Sie? Sie ist weg, und wir alle, die wir sie gekannt haben, danken Gott täglich dafür!«

Die Heftigkeit des Ausbruchs irritierte Alexandra, und es entstand eine angespannte Pause, während sie schweigend ihren Tee trank und man nur das Klirren des Porzellans hörte.

Kurze Zeit später hatte sich Mrs. Penrith wieder in der Gewalt. »Kennen Sie das Böse, Miss Benjamin? Ich spreche nicht von ungezogenen Kindern oder armen Teufeln, die zu Dieben und Mördern werden, sondern über das wirklich Böse, das weder Schuld noch Moral kennt. Diese Menschen sehen aus wie Sie und ich, aber sie sind nicht wie Sie und ich.«

»Ich denke, daß ich weiß, was Sie meinen«, erwiderte Alexandra, deren Mund ganz trocken geworden war.

»Sie war eine solche Frau. Eine böse Frau.« Mrs. Penriths Stimme sank zu einem heiseren Flüstern herab. »Sie konnte dem Jungen nicht verzeihen, daß er sie zurückwies. Sie gierte nach seiner Aufmerksamkeit – selbst auf die übelste Weise. Vor Jahren hatte John Damien einmal einen Hund, den er sehr liebte und der eines Tages auf rätselhafte Weise starb. Sie tröstete den Jungen mit falscher Herzlichkeit – und eines schönen Tages erschien sie mit einem Paar sehr ungewöhnlicher Handschuhe im Schulzimmer. Sie bestanden aus grünem Leder mit einer orangefarbenen Einfassung, und sie waren weder aus Rinds- noch aus Schweinsleder gefertigt, sondern aus einem ganz besonderen Leder. Ein ganz besonderes Paar Handschuhe. Können Sie sich denken, was die Frau getan hat?«

Mrs. Penrith beugte sich ein Stück weit zu Alexandra herüber, und der Ekel stand ihr im Gesicht geschrieben. »Diese Kreatur – diese Miss Pole hat John Damien erzählt, daß sie den toten Hund in eine Gerberei gebracht und sich aus dem Leder Handschuhe hatte anfertigen lassen. Angesichts dieser Grausamkeit ist es völlig unwichtig, ob die Geschichte wahr ist oder nicht. Wichtig war allein, daß John Damien immer wieder an die Grausamkeit erinnert wurde, sobald sie die Handschuhe trug. Sie hat wirklich unglaubliche Sachen gemacht!«

Fassungslos starrte Alexandra die Hausdame an. Ihr war übel, und ihr Herz zog sich vor Mitleid mit dem jungen Lord Newell zusammen. Aber dann kam ihr ein noch schrecklicherer Gedanke. »Mrs. Penrith«, begann sie, »Lord Newell hat mir in der vergangenen Nacht gesagt, daß Samuel vor Angst die Sprache verloren hätte. Denken Sie, daß sie vielleicht etwas damit zu tun –«

»Aber natürlich. Dessen bin ich mir ganz sicher. Ich weiß zwar nicht, was oder wie sie es getan hat, aber ich würde mein Leben darauf wetten!«

Alexandras Magen revoltierte. Die Geschichte wurde immer schrecklicher, und sie war sich mit einem Mal überhaupt nicht mehr sicher, ob sie in einem solchen Haus bleiben wollte. Außerdem zweifelte sie an ihrer Fähigkeit, diesen Menschen in irgendeiner Weise helfen zu können. Offenbar reichten die Probleme der Brüder weit tiefer als nur bis zum Verlust der Sprache. Sie mochte den Gedanken fast nicht denken, aber wenn das alles der Wahrheit entsprach, was sie soeben gehört hatte, war es immerhin möglich, daß den beiden überhaupt nicht mehr zu helfen war.

Bittend streckte ihr die Hausdame die Hand entgegen. »Verstehen Sie jetzt, Miss Benjamin, weshalb wir alle es für besser halten, wenn Sie das Haus verlassen? Es gibt nichts, was Sie ändern könnten. Womöglich machen Sie alles nur schlimmer.«

Schweigend dachte Alexandra nach, und die Schwere des Problems bedrückte ihr Herz und ihren Verstand. Mit solchen Problemen umzugehen, überstieg ihre Fähigkeiten bei weitem. Aber dennoch konnte sie nicht vergessen, wie Sam sie vor dem Kamin mit panikerfüllten Augen angesehen hatte. Wenn sie es nicht tat, half ihm niemand. Kein Mann würde je nach Cairncross kommen, um dort seine Zeit mit einem ängstlichen Idioten zu vergeuden. Außerdem konnten andere Menschen womöglich die Qual der beiden Brüder überhaupt nicht so nachempfinden, wie das nötig war.

»Aber irgend jemand muß Sam helfen«, erklärte Alexandra mit überraschender Entschiedenheit. »*Irgend jemand.*«

»Man hätte ihn in ein Heim geben sollen.« In ehrlicher Verzweiflung traten Mrs. Penrith die Tränen in die Augen, und prompt steckte sie Alexandra an. »Ein gut aussehender junger Mann und sieht seinem Bruder so ähnlich. Ach, es ist schrecklich! Hier kann seine Seele nicht gesund werden. Sam haßt dieses Schloß, und außer den gelegentlichen Besuchen seines Bruders kennt er keine Freude. Sie müssen wissen, daß der arme Junge kein Zeitgefühl hat. In seinem Kopf ist sie gestern noch durch diese Räume gegangen. Sam weigert sich, den Schulraum zu betreten. Für ihn ist sie immer noch dort ...«

»Lord Newell sollte ihn vielleicht nach London schicken. Ich kenne eine Menge Ärzte, die ihn mit sehr viel Freundlichkeit behandeln würden –«

»Genau das hat Seine Lordschaft einmal versucht, aber da Sam nichts anderes kennt als Cairncross, hat ihn bereits die Fahrt nach York so durcheinandergebracht, daß John Damien ihn wieder zurückbringen mußte. In Sams Fall sollte man wahrscheinlich mit dem zufrieden sein, was man hat, statt Experimente zu machen und womöglich alles noch zu verschlimmern.«

»Hat Lord Newell das Schloß deshalb nie verkauft?«

»Es ist eine Tragödie. Das Schloß ist Besitz der Familie. Wenn sich Lord Newell von Cairncross trennen würde, hätte er gar nichts mehr. Aber das ist es nicht. Er hat hart genug dafür gekämpft, daß er eines Tages zurückkommen und sein Erbe antreten konnte. Er arbeitet mit dem besten Verwalter zusammen und hat seine Augen überall. Zwar birgt das Schloß schreckliche Erinnerungen, aber er kommt trotzdem regelmäßig her. Vermutlich, um seinem Bruder Gesellschaft zu leisten.«

»Weshalb mußte er um die Rückkehr nach Cairncross kämpfen?«

Alexandra fand die Frage sehr natürlich, aber Mrs. Penrith zog sich augenblicklich zurück und kniff ihren Mund zusammen, bis er aussah wie ein Spinnennetz. »Falls Sie hierbleiben, Miss Benjamin, wird Lord Newell Ihnen die Geschichte eines Tages erzählen. Das steht mir nicht ...« Sie hielt inne, als ob sie bereits zuviel verraten hätte. »Ich habe Ihnen diese Geschichte nur so weit erzählt, damit Sie erkennen, daß es in Ihrem Interesse liegt, uns zu verlassen. Cairncross ist kein Ort für eine junge Lady. Ich appelliere an Ihren Verstand. Erlauben Sie, daß Jaymes Sie und Ihre Zofe noch heute zum Bahnhof bringt.«

Alexandra starrte einige Zeit vor sich hin und überlegte ernsthaft, ob es nicht tatsächlich die beste Lösung sei.

»Lord Newell kann zum rasenden Wolf werden, Miss Benjamin, und dann ist jeder Widerstand zwecklos.«

»Letzte Nacht hat er sich wie ein höflicher Gentleman betragen – ganz wie es sich gehört ...«

»Er möchte zu gern jemanden finden, der Sam zum Sprechen bringt. Vielleicht denkt er ja, daß Sie dazu in der Lage sind.«

»Vielleicht kann ich es ja wirklich.«

»Glauben Sie ja nicht, daß Sie damit etwas bewirken können. Wem sollte es nützen, wenn der Junge wieder sprechen kann? Was wird er sagen? Wahrscheinlich nur entsetzliche Dinge. Wenn Sie mich fragen, ist damit niemandem geholfen.«

»Sam vielleicht wirklich nicht, aber seinem Bruder möglicherweise schon. Haben Sie diese Möglichkeit schon jemals bedacht?« In aller Ruhe fuhr Alexandra fort: »Wie Sie gerade angedeutet haben, hat er in seiner Kindheit ebenfalls große Verletzungen davongetragen.«

»Das ist richtig.« Mrs. Penrith schien mit einem Mal um Jahrzehnte gealtert. »Ich weiß, daß er Sam zum Reden bringen will, weil Sam wieder so werden soll, wie er früher war. Ich kenne Seine Lordschaft seit seiner Geburt, und er hat meine ganze Sympathie. Ja, alle Welt sagt, er sei unmenschlich und gefühllos. Aber seinem Bruder gegenüber ist er stets liebevoll und freundlich. Wir alle fürchten ihn.« Sie sah Alexandra an. »Aber er liebt seinen Bruder, und meiner Meinung nach sagt das eine Menge über einen Mann, der selbst niemals Liebe empfangen hat. Andere würden einen Einfaltspinsel wie Sam einfach verlassen. Aber für John Damien kommt so etwas nicht in Frage.«

»Dann habe ich allen Grund zu bleiben.« Mit großen Augen sah Alexandra Mrs. Penrith an. »Irgend jemand muß den beiden schließlich zur Seite stehen.«

Mrs. Penrith erhob sich erregt. »Aber nicht Sie! Können Sie das denn nicht einsehen? Nicht ausgerechnet eine junge Frau wie Sie! Sie würden die Sache nur noch schlimmer machen.«

»Aber Lord Newell war keineswegs entsetzt, daß ich eine Frau bin –«

»Er kann seine Gefühle und Gedanken meisterhaft verbergen. Das hat sie ihm beigebracht, und er war ein gelehriger Schüler.«

Alexandra erhob sich ebenfalls und ließ ihre Serviette auf den Stuhl fallen. »Und genau deshalb sollte ich hierbleiben. Es wird Zeit, daß die beiden Ursula Pole endlich vergessen. Schließlich ist sie schon lange fort und vielleicht sogar tot.«

Es sah so aus, als ob Mrs. Penrith sich am liebsten die Ohren zugehalten hätte, um nichts mehr zu hören. »Ich bitte Sie noch einmal zu gehen, Miss Benjamin. Noch ist es Zeit. Verlassen Sie Cairncross, bevor Sie noch tiefer in alles hineingezogen werden.«

»Ich kann jederzeit gehen, wenn ich das möchte. Aber was ich tun werde, ist allein meine Entscheidung.«

»Lord Newell ist nicht wie Sam, Miss Benjamin.« Mit einem Mal wurde ihre Stimme ganz schrill. »Sam ist ein Kleiderschrank wie sein Bruder, aber er ist sanftmütig und kann nicht einmal eine Blume zertreten. Sein Bruder dagegen ... sein Bruder ist von ganz anderer Art.«

»Angesichts der Täuschung, die ich Lord Newell zugemutet habe, kann man seine Reaktion nur als gentlemanlike bezeichnen.« Plötzlich wollte Alexandra nur noch weg.

»Aber, Miss, Sie müssen doch einsehen –«

»Ich werde für eine Weile in den Garten gehen und unsere Unterhaltung überdenken. Würden Sie mich jetzt bitte entschuldigen?«

»Der Nachmittagszug fährt um vier Uhr elf. Ich hoffe sehr, daß Sie vernünftig sein werden.«

»Ist es denn so vernünftig, Menschen allein zu lassen, die Hilfe brauchen?« fragte Alexandra schon im Gehen.

Auf dem Flur holte sie Mrs. Penriths flehentliche Stimme ein. »John Damien war ein ganz normaler Junge, aber die Grausamkeiten, die ihm zugefügt wurden, lassen sich aus einem klugen Kopf nicht so leicht verscheuchen! Als Kind hat er entsetzliche Zeiten erlebt ... *und manche sagen, daß er seitdem nicht mehr ganz richtig im Kopf ist.*«

Die Worte trafen Alexandra wie ein Schlag vor den Kopf, und sie hielt mitten im Schritt inne. Sie wandte sich zu Mrs. Penrith um, um Weiteres zu erfahren, aber die Tür hatte sich bereits geschlossen. Als ob die Frau die Konsequenz dieser Enthüllung nicht ertragen könnte. Nachdenklich starrte Alexandra auf die geschlossene Tür, während die Worte wild durch ihren Kopf polterten.

Doch zum Glück war sie die Tochter ihres Vaters, und kurz darauf gewann ihr Verstand wieder die Oberhand. Sie biß die Zähne zusammen und verdrängte jede Furcht. Lord Newell sollte zumindest eine Chance bekommen. Sie allein traf die Entscheidung, ob sie ging oder blieb, und sie ließ sich nicht unter Druck setzen. Schließlich spielten auch ihre eigenen Gründe eine Rolle, weshalb sie sich überhaupt um diese Arbeit bemüht hatte. Es galt, das Für und Wider sorgfältig abzuwägen und dann zu einer Entscheidung zu kommen.

Und zwar ganz allein.

7

Der Garten von Cairncross Castle war das ganze Gegenteil des finsteren Schlosses und ohne Zweifel von einer romantischen Person angelegt worden. Vierzig Rosenbüsche blühten in verschwenderischer Fülle entlang der Ziegelsteinmauer – ein einziger Rausch der köstlichsten Düfte und Farben von rosa über gelb bis scharlachrot. Die hohen Mauern, die den Garten umgaben, hielten den unablässigen Wind fern, und den unfruchtbaren Boden hatte man mit Humus und Torf verbessert. In dieser fruchtbaren Abgeschiedenheit konnte sogar ein empfindlicher Busch wie der Jasmin blühen und gedeihen.

Alexandra betrat das ausgedehnte Viereck durch ein großes, hölzernes Portal, von dem die Farbe abblätterte und das etwas windschief in den Angeln hing, so daß es sich nicht mehr ganz schließen ließ. Inmitten der blühenden Lavendelbüsche erspähte sie eine Statue des heiligen Franziskus, und direkt daneben neigte sich ein alter Limonenbaum über eine einladende Marmorbank.

Langsam schlenderte Alexandra an duftenden Rosen und Narzissen vorbei und atmete den Duft der Minze ein, aber trotzdem kehrten ihre Gedanken unablässig zu dem Gespräch mit Mrs. Penrith zurück. Sie setzte sich auf die bemooste Bank und freute sich an dem Schattenspiel, das die Äste des Limonenbaums auf die Erde zauberten. Und als sie den Kopf gegen die mit Efeu überwucherte Mauer sinken ließ, stieg ihr der Duft nach Lavendel und Rosenblüten in die Nase. Nur ein winziger unruhiger Schmetterling tanzte und flatterte zwischen den sonnenbeschienen Büschen. Ansonsten war es so still und ruhig, daß Alexandras Gedanken ganz von allein auf Wanderschaft gingen.

Sie dachte an Newell.

Sie war hier, um seinem Bruder zu helfen, aber trotzdem sah es ganz so aus, als ob er sie vom ersten Moment an in seinen

Bann geschlagen hätte. Ihre Gedanken kreisten pausenlos um ihn, um seine Gefühle und Gedanken, und sie fragte sich, wie ihm zu helfen wäre. Das war absurd. Schließlich war Sam ihr Patient, und was konnte sie einem so reichen, vornehmen Mann wie ihm schon bieten? Nichts. Aber das änderte nichts an ihrer Überzeugung, daß sie Sam am meisten half, wenn sie seinem Bruder half.

Sie legte den Kopf in den Nacken und sah zu, wie der leichte Wind in den Ästen spielte. Über den blauen Himmel zogen einige Wolken, und auch ohne über die Mauer zu blicken, ahnte Alexandra, wie herrlich es aussah, wenn die Schatten über die weite Landschaft wanderten. Dieser Garten war ein verzaubertes Stückchen Erde, und Alexandra überlegte, wer ihn wohl angelegt hatte. Lord Newell bestimmt nicht. Er war nicht der Typ dazu, außerdem hatte sie ja gehört, wie selten er sich in Cairncross aufhielt.

»Demnach haben Sie ihn gefunden.«

Beim Klang der Stimme schrak Alexandra hoch und erblickte Lord Newell, der mit verschränkten Armen nur ein paar Schritte entfernt stand. Er trug einen anthrazitfarbenen Gehrock, dazu eine karierte Hose und ein tiefrotes, perfekt geschlungenes Halstuch.

»*My lord.*« Als sich ihre Blicke trafen, war sie ein wenig verlegen und wollte aufstehen, doch er hinderte sie daran.

»Wie ich sehe, haben Sie den Garten entdeckt. Übrigens eher, als ich dachte.«

Er lehnte sich gegen die efeubewachsene Mauer, und Alexandra stellte im hellen Morgenlicht erst richtig fest, wie groß er war. Verglichen mit ihm war Brian ein Zwerg.

»Ich liebe Gärten. Hinter unserem Stadthaus hatten wir früher auch einen Garten.« Sie hörte sich reden und ärgerte sich über ihre Geschwätzigkeit. »Natürlich war er klein und längst nicht so herrlich wie dieser hier.« Am liebsten hätte sie sich versteckt, denn sein starrer Blick, den sie hinter den Brillengläsern nicht genau einschätzen konnte, machte sie nervös. Instinktiv wollte sie gern etwas mehr Distanz wahren.

»Als wir Kinder waren, haben Sam und ich oft hier im Garten gespielt. Wir waren damals ungefähr fünf und zehn. Wir haben Verstecken gespielt, herumgetobt und viel gelacht. Die Rosen hat übrigens unsere Großmutter gepflanzt.«

Alexandra brauchte Mut, um ihm ins Gesicht zu sehen. »Demnach hat Ihre Großmutter sich um Sie und Sam gekümmert? Ich hatte gehört, daß Sie beide hier praktisch allein gelebt haben.«

Er sah sie sehr genau an, und sein Gesicht wirkte plötzlich angespannt, als ob er sich zwingen müßte, sie nicht nach der Quelle ihrer Informationen zu fragen. Dabei wußte er genau, daß auf die Diskretion von Dienstboten kein Verlaß war. »Aber nein, wir waren nicht allein. Unsere Großmutter wohnte damals hier, und das tut sie noch immer. Die Räume von Lady Beth liegen im nördlichen Turm.« Er deutete zu einem Turm hinüber, der direkt über dem Meer aufragte. »Sie wohnt mit ihrem Personal dort oben. Die alte Lady hat immer noch viel Temperament. Zwar tun ihr die Knochen weh, und jede Zugluft bereitet ihr Schmerzen, aber sie lebt unverdrossen weiter und ist bereits über neunzig.«

»Und sie hat die ganze Zeit über hier gelebt?« Alexandra konnte kaum fassen, daß jemand in Cairncross lebte und nichts von den Quälereien dieser Ursula Pole wußte.

»Lady Beth ist ... ich weiß nicht, wie ich es sagen soll ... Sie ist ... sie lebt in ihrer eigenen Welt.« Er sah Alexandra an, und sie verstand, was er sagen wollte. Offenbar begriff die alte Frau nicht so ganz, was im Schloß vor sich ging und konnte deshalb ihren Enkeln auch nicht beistehen.

»Aber wir mögen sie gern, und sie hat ihre Ruhe. Und sie liebt ihre Blumen.« Er hielt inne, und dann sagte er ganz unvermittelt. »Es ist ein wunderbares Fleckchen Erde.«

Alexandra war völlig fasziniert. Seine Worte und seine dunkle Stimme hatten ihren Kopf ganz benebelt. Eigentlich wollte sie mit ihm über Sam sprechen, doch als ihre Blicke sich trafen, sah sie ihn nur an und stellte plötzlich fest, wie intensiv es um sie her duftete. Sie studierte sein Gesicht, seine Miene, als ob sie ihn ganz und gar durchschauen könnte, aber eigentlich war es nur der etwas hilflose Versuch, einen Rest von Güte in ihm zu entdecken, an den sie gegen alle Vernunft glaubte.

»Ja, der Garten ist wirklich wunderschön«, murmelte sie, und dabei wurde ihr klar, daß sich das Gute und Schöne nur im Gegensatz zum Negativen definierte. Das Schloß stand für bedrükkende Finsternis, aber der Garten symbolisierte das Licht. Er war nicht nur ein zauberhaft angelegtes Wunderwerk aus duftenden Blumen, Bäumen und alten Steinbänken, sondern gleichzeitig eine Metapher für alles Gute dieser Welt.

»Ein herrlicher Garten für zwei kleine Jungen«, sagte Alexandra träumerisch.

Newell sah sie an und wirkte plötzlich sehr ernst. »Das stimmt. Er gehörte Sam und mir ganz allein, denn sie kam niemals hierher.«

Alexandra überlegte, ob sie wohl blaß geworden war. In ihrer innersten Seele wußte sie genau, wovon er sprach, aber trotzdem fragte sie: »Sprechen Sie von Lady Beth?«

Die spiegelnden Brillengläser verbargen den Ausdruck seiner Augen. Gegen ihren Willen begann Alexandra zu zittern. Er hatte Ursula Pole gemeint. *Sprechen Sie es doch einfach laut aus, John Damien. Sie ist fort. Erinnern Sie sich? Sie ist nicht mehr da.* Stumm hielten ihre Blicke Zwiesprache, aber als er nicht antwortete, gab sie den Vorwand einfach auf. Sie wußten beide ohnehin genau, wen er gemeint hatte.

»Ich habe gehört, daß sie sehr unfreundlich war«, flüsterte Alexandra niedergeschlagen.

Newell umfaßte ihr Kinn und hob es hoch, so daß sie ihm ins

Gesicht sehen mußte. In dieser Stellung reflektierten die Brillengläser plötzlich nicht mehr. »Unfreundlich ist nicht das richtige Wort. Sie war der Teufel persönlich«, sagte er mit gramverzerrter Miene.

Alexandra zuckte zurück, als ob sie davonlaufen wollte. »Aber jetzt ist sie weg«, hörte sie sich sagen.

»Wirklich?«

»Die Erinnerung existiert vielleicht noch, aber sie selbst ist nicht mehr da. Sam muß lernen, keine Angst mehr zu haben.« Und Sie ebenfalls, dachte sie, aber sie sagte es nicht.

»Dabei ist es allein die Angst, die uns manierlich sein läßt, nicht wahr?« Plötzlich wirkte er regelrecht sarkastisch. »Ohne Angst wären wir Wilde, oder sehen Sie das anders?«

»Ich wurde nicht durch Angst erzogen«, stellte sie fest.

»Nein?«

»Nein.«

»Und was hat Sie diese – wie haben Sie sich doch gleich ausgedrückt? – diese ›höchst anständige Sache‹ gelehrt?«

Sie fühlte, wie das Blut aus ihren Adern wich. »Wir haben uns getrennt, und das war alles.«

Ein häßliches Lächeln spielte um seine Lippen. »Sie haben fünf Jahre an einen Mann verschwendet, und das hat Sie nichts gelehrt? Wenn Sie verheiratet gewesen wären, wären Sie nie auf den Gedanken gekommen, nach Cairncross zu kommen. Ich glaube sogar, daß der junge Mann ein guter Lehrer war, denn er hat Ihnen zumindest die Angst vor dem Alleinsein beigebracht.«

Als sie Newell ansah, lockerte sich das Eis um ihr Herz wenigstens so weit, daß ihr Tränen in die Augen stiegen. Aus seinem Blick las sie, daß er genau wußte, was er tat. In den wenigen Stunden ihrer Bekanntschaft hatte er ihren wunden Punkt entdeckt und sein Schwert mitten hineingestoßen. Alle Warnungen waren nur zu wahr – dieser Mann war gefühllos und grausam, und es machte ihm Freude, Menschen zu quälen. Aber bei ihr würde ihm das nicht gelingen. Sie würde nicht weinen. Sie hatte einmal um Brian geweint, aber das war ein für allemal vorbei.

»Hat sie Sie dieses Benehmen gelehrt?« erkundigte sie sich kühl, während sie seine Hand wegschob und die Tränen hinunterschluckte.

»Sie hat mich überhaupt nichts gelehrt, Miss Benjamin.« Er packte sie am Arm und zog sie so nahe zu sich, daß sie vor Furcht kaum zu atmen wagte. »Und wissen Sie, weshalb?«

Die Antwort war eigentlich ganz einfach, und in seinem Fall glaubte Alexandra sie auch aufs Wort. »Weil Sie keine Angst haben.« Dieser Man kannte keine Angst. Ihn schreckte nicht einmal die Hölle. Wahrscheinlich spürten die Menschen das ganz instinktiv und fürchteten ihn deshalb so sehr, ohne eigentlich einen konkreten Anlaß dazu zu haben.

»Wir wollen nicht mehr von Miss Pole sprechen«, sagte er dann, und sein Griff unterstrich seine Worte. »Schließlich geht es um Sam.« Er sah auf seine Hand hinunter, und langsam, als ob er sich nicht entschließen könnte, lockerte er seinen Griff.

Rasch setzte sich Alexandra auf die Bank und schob mit zitternden Händen die Locken zurück, die sich aus dem Knoten gelöst hatten. *Weg von hier, nur weg*, dachte sie, während sie um ihre Fassung rang.

Sie sah zu ihm auf und schüttelte den Kopf, obwohl ihre Hände noch immer bebten. »Allmählich verstehe ich die Warnungen, die mir über Sie zu Ohren gekommen sind, *my lord*. Sie müssen wissen, daß ich nicht für Ihren Bruder kämpfen kann, wenn ich gleichzeitig Sie zum Gegner habe.«

Newell nahm die Brille ab und lehnte sich wieder gegen die efeuüberwucherte Wand. Das helle Sonnenlicht enthüllte die Höhlungen seiner Wangen und die Falten um seine Augen, die mit Sicherheit keine Lachfalten waren. Dieser Mensch war eher schwermütig und Lachen war ihm unbekannt – so unbekannt wie die arabische Inschrift auf dem Cairncross-Schwert.

Daß Alexandra trotzdem fasziniert war, ärgerte sie, denn der Anblick dieses Gesichts mit dem wohlgeformten Mund und den geschlossenen Augen, von dem der ärgerliche Ausdruck gewichen war, täuschte. Die Ähnlichkeit mit Brian war unglaublich, und auch er war darauf aus, sie mitleidslos zu verletzen. Trotzdem fühlte sie sich von ihm angezogen wie eine Motte vom Licht – obgleich sie wußte, wie verhängnisvoll die Begegnung mit der Flamme sein würde.

»Ich habe heute nacht überlegt, ob mein Entschluß von gestern abend übereilt gewesen ist«, sagte er mit geschlossenen Augen. »Ich denke jedoch, daß Sie hierbleiben müssen. Falls Sam Vertrauen faßt, wird er es schaffen. Eine Frau hat ihm die Sprache genommen, und eine Frau kann sie ihm vielleicht wieder zurückgeben.«

»Ich kann aber keine Wunder versprechen.« Ihre abwehrende Haltung überraschte sie selbst, aber es war nur die Reaktion auf diese Faszination. Die alte Wut auf Brian und der Gefühlswirrwarr tobten in ihr. Niemals hätte sie gedacht, daß sie je wieder so empfinden würde, und schon steckte sie wieder mittendrin.

»Ich bin kein Mann, der an Wunder glaubt, Miss Benjamin.«

Sein Gesichtsausdruck war so ohne Hoffnung, daß es ihr die Kehle zuschnürte. Gern hätte sie ganz nüchtern reagiert, aber es gelang ihr nicht. Bisher hatte sie geglaubt, daß ein Herz nur einmal brechen könnte, aber schon war ihre Theorie über den Haufen geworfen. Verglichen mit diesem gequälten Menschen war Brian ein Schwächling, dessen Erinnerung zusehends verblaßte.

»Letzte Nacht habe ich sehr naiv reagiert.« Sie mochte ihn gar nicht ansehen, so sehr haßte sie ihn für die Wirkung, die er auf sie hatte. »Ich habe mir die Probleme gar nicht gründlich klargemacht. Nun, da ich sehr viel mehr weiß –«

»Sie werden hierbleiben.« Das war keine Einladung, und auch keine Bitte, sondern eine Feststellung, und seine entschiedene Miene duldete keinen Widerspruch. Er sah auf sie hinunter, und ohne die spiegelnden Gläser waren seine Augen so blau wie der Himmel über ihm. Genauso blau und genauso leer.

»Mein gesunder Menschenverstand und mein Instinkt raten mir genau das Gegenteil. Sie selbst haben mich vor Cairncross gewarnt, und vermutlich war dieser Rat gar nicht so schlecht.«

»Überhaupt nicht«, war alles, was er darauf sagte. Als ob das schon überzeugend genug sei.

Sie haßte ihn für diese Überlegenheit. »Vielleicht ist Sam ja überhaupt nicht zu helfen«, sagte sie. »Natürlich rührt er mich ...« fügte sie leise hinzu und sah ihn an, ohne es eigentlich richtig zu wollen. Und in dieser Sekunde wußte sie, daß dieses Bekenntnis sie verwundbar machte.

»Wenn dem nicht so wäre, würde ich Sie für gefühllos halten.«

Alexandra erwartete eigentlich ein kleines triumphierendes Lächeln, weil er sie in die Enge getrieben hatte. Wenn sie ihm Gefühllosigkeit vorgeworfen hätte, hätte er nur gelacht. Aber umgekehrt appellierte eine solche Unterstellung an ihre Selbstlosigkeit – eine Eigenschaft, die ihm gänzlich fremd zu sein schien.

»Mag sein, daß ich tatsächlich Fortschritte erzielen kann«, sagte sie. »Aber haben Sie auch überlegt, daß ich seine Fähigkeiten genausogut endgültig zerstören kann? Womöglich liegen seine Probleme nur in seiner Seele, aber damit kenne ich mich nicht aus.«

Newell sagte nichts darauf. Statt dessen trat er zu einem alten Rosenstrauch und pflückte eine abgestorbene Blüte. Ohne Vorwarnung drückte er sie ihr in die Hand, wo sie wie verbranntes Papier zerbröselte.

»Das ist der Tod, Miss Benjamin«, flüsterte er. »Eine Rose zu töten, ist einfach. Sobald man sie gepflückt hat, kann man sie nie wieder auf den Stamm zurückverpflanzen – ganz gleich, wie man sie umsorgt – sie wird sterben. Aber genauso symbolisiert eine Rose in voller Blüte das Leben«, fuhr er fort. »Und das Leben ist stark – ein unendlicher Kreislauf. Im Frühjahr und Sommer wird derselbe Busch wieder knospen und blühen, und die toten Blüten werden vergangen und vergessen sein. Das ist das Geheimnis des Lebens. Es ist etwas Gutes, etwas Wundervolles, das sich laufend verändert. Es ist nicht so starr wie das Böse.«

Sie sah ihn nur an, und ihr Blick wich und wankte nicht.

Er wandte sich abrupt ab, als ob er bereits viel zuviel gesagt hätte, und eilte zur Tür. Ohne den leisesten Gruß ließ er sie einfach stehen.

»*My lord*? »

Er blieb stehen, und als er sich mit ungeduldiger Miene zu ihr umwandte, fühlte sie ganz neuen Mut.

»*My lord*, ich hätte es gern, daß Sie mich wenigstens so behandelten, wie Sie meinen Vater behandelt hätten. Ein wenig Höflichkeit ist nicht zuviel verlangt.«

»Wir treffen uns um drei Uhr im Schulzimmer. Ich möchte mit Sam dort anfangen.« Er blickte sie an und ging gar nicht auf ihre Bitte ein. »Ich glaube, Sie sind unsere letzte Hoffnung.«

Sie sah die Verzweiflung, die in seinem Blick lag, und der tiefempfundene Schmerz rührte an ihr Herz. Es würde nicht einfach werden, von ihm Distanz zu halten, aber es mußte sein. Seine Grausamkeiten konnten sie nicht verletzen, nein, eher diese Andeutungen eines guten Herzens, das nicht zu fassen war. Darauf war sie bereits einmal hereingefallen und hatte eines Tages mit leeren Händen dagestanden. Aber das war vorbei. Sie war jetzt viel stärker.

»Ich werde um drei Uhr dort sein«, sagte sie und ging dann einfach an ihm vorbei, ohne sich noch einmal umzusehen.

8

Newell stand am Fenster seines Schlafzimmers und blickte auf den umfriedeten Garten hinunter. Der Wind rüttelte an den Fenstern, doch unten im Garten hinter der schützenden Mauer regte sich kein Lüftchen.

Sie war wie der Garten – nett, hübsch und voller Lebenskraft, und das an einem Ort, wo so etwas nicht gedieh. Allein der Gedanke an sie ließ seinen Mund trocken werden. Nein, er wollte sich nicht zu ihr hingezogen fühlen und wünschte verzweifelt, daß sie einfach und langweilig wäre. Sie war zwar keine hinreißende Schönheit, aber ihre Sanftheit und ihre frauliche Stärke zogen ihn an wie der Knochen den Hund.

Er schloß die Augen, um das Bild von ihr zu bannen, doch um so deutlicher sah er sie vor sich, wie er sie im Garten gesehen hatte. Insgesamt wirkte sie unauffällig und erinnerte ihn ein wenig an eine Maus. Aber trotzdem konnte er sie nicht mehr vergessen. Es waren ihre Augen, diese suchenden Augen, die gleichzeitig alles versprachen. In ihren Augen fand er, was er im Garten suchte – einen Weg aus der Dunkelheit. Sie verscheuchten die Schatten, die seine Seele und Cairncross umfingen. Ihre Augen suchten genau nach dem, was seiner Meinung nach schon lange nicht mehr existierte.

Hastig riß er die Augen auf. Nein, er wollte nichts mit ihr zu tun haben. Die sexuelle Lust auf ein leichtes Mädchen in Wapping war ganz etwas anderes, als sich zu einer Frau voller Güte, Sanftheit und Klugheit hingezogen zu fühlen. Eine solche Frau mußte man verdienen, und er hatte nicht die Absicht, sich zu ändern. Außerdem ließ er keine Frau so nahe an sich heran, daß er abhängig werden könnte. Allein der Gedanke bereitete ihm nacktes Entsetzen. Nie wieder würde er einer Frau gegenüber seine Vorsicht ablegen.

Er wunderte sich ein wenig über sich selbst, daß er sie nicht auf der Stelle zurückgeschickt hatte. Denn eigentlich war es bisher sein Grundsatz gewesen, niemals mehr eine junge Frau in Cairncross zu beschäftigen.

Aber in ihrer Gegenwart änderten sich die Dinge.

Er änderte sich.

Unruhig lief er hin und her und umklammerte zeitweilig den Bettpfosten, als ob er jemandem den Hals umdrehen wollte. Er haßte das Gefühl, das sie in ihm geweckt hatte. Es war viel zu fremd und zu unberechenbar. Und das machte ihn unsicher. Er wollte überhaupt nicht an sie denken, und trotzdem überlegte er, was ihn so sehr anzog. Bei einer simplen Schönheit wie Abbey, die nur die fleischliche Lust kannte, hätte er dieses Gefühl verstehen können. Auch bei einer vornehmen Lady, die seinen Ehrgeiz reizte. Aber diese Frau war die Tochter eines Juden, im Grunde ein Nichts, das gerade eine Stufe über der Arbeiterklasse rangierte. Allerdings ein willensstarkes Nichts mit einer noblen Gesinnung, dachte er, als er an ihre Bitte dachte, sie in Zukunft anständig zu grüßen.

Falls sie blieb, war ein Einfluß auf den Weg, den er für sich gewählt hatte, nicht ausgeschlossen. Vor langer Zeit hatte er sich für Finsternis, Einsamkeit und Egoismus entschieden, und alles nur wegen einer Frau. Und davon wollte er sich nicht wieder abbringen lassen. Nein, niemals. Warum konnte er dann diese Alexandra Benjamin nicht einfach aus seinen Gedanken verdrängen? Ohne Zweifel bedeutete sie eine Herausforderung und weckte die Lust in ihm, mit ihr zu spielen. Aber das konnte gefährlich werden. Es hatte Jahre gedauert, bis er seine Haltung entwickelt hatte. Jahre der Angst und des Schmerzes, Jahre der Verletzungen und der instinktiven Sehnsucht nach Schutz.

Nein, er würde sich in keiner Weise beeinflussen lassen.

Es klopfte an der Tür, und als er öffnete, erblickte er Mrs. Penriths besorgte Miene.

»*My lord*«, begann sie, »Nancy ist krank geworden und kann das Schulzimmer nicht rechtzeitig herrichten.«

Er starrte auf die unscheinbare Gestalt im schwarzen Kleid hinunter, und plötzlich packte ihn ein unbändiges Verlangen. »Dann müssen Sie sie eben entlassen, Mrs. Penrith.«

»Aber, *my lord*, sie ist schwanger und hat die ganze Nacht auf Knien die Steintreppe in der große Halle geschrubbt, wie Sie angeordnet hatten. Alles glänzt perfekt, aber ihre Hände sind aufgerissen –«

»Sie ist nicht wirklich krank, sondern sie fürchtet sich vor dem Schulzimmer.«

»Die Leute reden immer von Gespenstern –«

Er grinste ein wenig. »Die Leute sind sogar dümmer als Sam. Sie ist entlassen.«

»Aber sie braucht die Arbeit. Denken Sie an das Baby.«

»Falls das Schulzimmer nicht bis um drei Uhr fertig ist, kann sie ihre Sachen packen. Und Sie ebenfalls.«

Mrs. Penrith schnappte nach Luft. »Aber ich habe niemanden. Ich habe keine Verwandten. Ich arbeite seit fünfundzwanzig Jahren für Ihre Familie, *my lord*.«

»Sie berufen sich auf eine Sicherheit, über die Sie nicht verfügen, Mrs. Penrith.« Er schloß die Tür und wußte, daß das Schulzimmer um drei Uhr blitzen würde.

Tiefe Zufriedenheit erfaßte ihn, und er grinste, als er an die neue Gouvernante dachte und an ihre Augen, deren Ausdruck ihn ungehalten machte. Sie appellierten an die gute Seite in ihm, aber er konnte sich nicht ändern. Lieber wollte er sie auf die Probe stellen und den Schutzschild ihrer Geradheit testen, den sie ihm entgegenhielt. Falls er sich weiter zu ihr hingezogen fühlen sollte, wäre es einfacher, sie zu ändern, und insgeheim freute er sich schon fast auf den Zusammenstoß. Der Kampf des Guten gegen das Böse – der alte Kampf, den er unter allen Umständen gewinnen wollte.

Im Lauf der letzten vierundzwanzig Stunden hatte sie sich zweimal mit Lord Newell unterhalten, und beide Male war die Angst ein Thema gewesen, dachte Alexandra, als sie in ihrem Zimmer auf und ab lief und die Uhr zweimal schlug. Mary war fort, und ihre Koffer auch. Entweder hatten sie sich in Luft aufgelöst, oder, und das war wahrscheinlicher, hatte man ihrer Zofe ein eigenes Zimmer im Trakt der Dienerschaft eingeräumt.

Vor der dritten Begegnung war Alexandra entsprechend nervös und lief zum wiederholten Mal zum Spiegel, um den Sitz ihrer Frisur zu kontrollieren. Mit einigen kurzen Bürstenstrichen strich sie sich die Locken aus der Stirn zurück, und als sie die Bürste wieder auf das Spitzendeckchen des Frisiertischs legte, bemerkte sie die Ecke eines Papiers, das unter dem Deckchen hervorspitzte. Sie hob den Leuchter hoch und schob das Deckchen beiseite, und dabei rutschte ein vergilbtes Blatt zu Boden. Der ausgefranste Rand sprach dafür, daß man es aus einem Heft herausgerissen hatte.

Mühsam entzifferte sie die krakelige, leicht verblichene Handschrift:

15. Dezember 1837

Heute hat er sich geweigert, mich anzusehen. Er saß zusammengekrümmt auf seinem Stuhl im Schulraum und wollte mir nicht in die Augen sehen. In der vergangenen Nacht war ich in seinem Zimmer, als er schlief. Er sieht so gut aus und hat eine herrlich weiche Haut. Als ich ganz vorsichtig sein Gesicht berührt habe, ist er aufgewacht. Er schoß empor, als ob er ein Gespenst gesehen hätte, und ich mußte lachen. Ich fand es lustig, aber er hat geglaubt, daß ich ihm etwas tun wollte. Dabei wollte ich nur, daß er meine Zärtlichkeiten erwidert. Ich weiß, daß er das kann, denn ich habe beobachtet, wie er die Zimmermädchen ansieht. Wie seine Augen dabei glänzen. Warum sieht er mich nicht genauso an? Ich habe gelacht und gelacht, und er hat mich beschimpft, als ich mich über ihn beugte. Ich habe die Kerze genommen und bin gegangen, doch er weiß, daß ich wiederkommen werde.

Heute hat er sich geweigert, mich anzusehen, aber ich mache mir keine Gedanken.

Alexandra ließ das Blatt sinken und hatte das Gefühl, als ob sie sich übergeben müßte. Ohne Zweifel stammte das Papier aus einem Tagebuch. Aus Ursula Poles Tagebuch. Der Junge war Newell. Aber wie kam diese Seite unter das Spitzendeckchen auf ihrem Frisiertisch? Zwanzig Jahre lang hatte es nicht dort gelegen. Irgend jemand hatte die Seite so auffällig versteckt, daß sie sie finden mußte. Aber wer tat so etwas? Mrs. Penrith? Featherstone? Eine Welle der Übelkeit überfiel sie. Oder etwa Lord Newell selbst?

Sie legte das Blatt auf den Frisiertisch. Sie hatte kein Verlangen, Ursula Poles Tagebuch zu lesen, denn nach dieser einen Seite zu urteilen, schien sie ein Monster gewesen zu sein. Aber sie wollte herausfinden, wer dieses Blatt in ihrem Zimmer versteckt hatte. Rasch faltete sie das Papier und schob es in ihr Mieder.

In diesem Moment fesselte ein schreckliches Getöse auf dem Flur ihre ganze Aufmerksamkeit. Direkt vor ihrer Tür verstummte es, und Alexandra wurde es für Sekunden ganz unheimlich zumute.

»Sind Sie da, Miss? Könnten Sie bitte die Tür öffnen?«

Mit einem Seufzer stieß Alexandra den angehaltenen Atem aus und riß die Tür auf. Es war Mary mit einem Teetablett voller Köstlichkeiten und einem weiteren Tablett voll frisch geputzter Petroleumlampen, deren Glaszylinder bei jedem Schritt aneinanderklirrten. Erleichtert nahm Alexandra ihr das Tablett mit den Lampen ab und stellte es auf den Frisiertisch.

»Heute sind unten viel zu wenig Leute, deshalb habe ich mich erboten, das alles nach oben zu tragen. Fast hätte es ein Unglück gegeben.« In einer Lavendelduftwolke rauschte Mary in ihrem Taftkleid herein und richtete den Tee.

Und Alexandra war wieder einmal für die vertraute Atmosphäre überaus dankbar. Sie ließ sich in einem der ledernen Clubsessel nieder und bat Mary, auf dem anderen Platz zu nehmen. Mary war ihr so vertraut wie eine Verwandte und genoß gewisse Privilegien. Während Mary die Scones mit Butter bestrich, goß Alexandra den Tee ein.

»Sie sehen heute ein wenig spitz und blaß aus«, meinte Mary. »Was hat das Monster nur alles gesagt? Sie sollten hören, wie die Leute unten über ihn reden.«

»Ich gebe gern zu, daß er ein seltsamer Mann ist. Ja, ziemlich seltsam.« Alexandra reichte Mary die Tasse mit dampfend heißem Tee und unterdrückte den Wunsch, sich selbst in die Wangen zu kneifen. Die Tagebuchseite war so überraschend aufgetaucht, und ihr war noch immer nicht wohl. Aber keinesfalls wollte sie die Sache an die große Glocke hängen und jetzt schon mit Mary darüber reden.

»Nach allem, was ich heute so gehört habe, soll Seine Lordschaft tatsächlich so gefühllos und unmenschlich sein, wie alle behaupten.« Mary hörte auf zu kauen und sah Alexandra verstohlen von der Seite aus an.

Alexandra beschäftigte sich mit der Zuckerdose, damit Mary ihr die Besorgnis nicht an den Augen ablesen konnte. »Mir gegenüber hat er sich jedenfalls wie ein Gentleman benommen. Nicht besser und nicht schlechter.«

Nachdem sie das fünfte Stück Zucker in den Tee gerührt hatte, merkte sie, was sie tat und hörte auf. Sie trank einen kleinen Schluck und zog eine Grimasse. »Meiner Meinung nach reden die meisten Diener so von ihrer Herrschaft. Ich kann mir vorstellen, daß Lord Newell manchmal sehr distanziert und kalt wirkt. Ohne Zweifel ist er ein kluger Kopf, und es wundert mich nicht, daß er verschrieen ist. Wahrscheinlich wissen die Leute nur keinen besseren Ausdruck, um ihn zu beschreiben, und halten ihn deshalb für ...« sie hielt inne und starrte in ihre Tasse.

»Wofür halten sie ihn?«

Für unmenschlich und böse, dachte Alexandra in Gedanken an die Tagebuchseite und an Mrs. Penriths Warnung. Übelkeit stieg in ihr hoch. Ohne Zweifel hatte John Damien Newell als Junge mehr Schreckliches erlebt, als für ihn gut war. Vielleicht hatten seine Dienstboten ein feines Gespür dafür.

»Was ist los, Miss?« fragte Mary besorgt.

»Ich habe nur über etwas nachgedacht. Das ist alles. Wie gesagt, er ist wirklich ein seltsamer Mensch. Groß, sehr ruhig, sehr distanziert und zuweilen auch ziemlich abrupt.« Sie trank einen weiteren Schluck des süßen Tees, um von ihrer Gemütsverfassung abzulenken. »Alles in allem muß man sich nicht wundern, wenn er keinen positiven Eindruck hinterläßt.«

Sie merkte nicht, daß Mary sie besorgt ansah. Nein, böse war Newell nicht, denn das hätte bedeutet, daß nichts Gutes in ihm war. Aber dem war nicht so. Er sorgte sich zum Beispiel sehr um seinen Bruder. Das hatte sie bei ihrer Unterhaltung im Garten deutlich gemerkt. Ein böser Mensch fand außerdem nicht solche Worte für einen Garten und suchte erst recht keinen Trost in der Natur.

Hielten ihn etwa alle für böse, nur weil er sich mit den Tragödien in Cairncross herumschlagen mußte? Die Dienstboten konnten vielleicht nichts für ihre einfachen Schlußfolgerungen, aber die älteren Angestellten wie der sauertöpfische Featherstone, Mrs. Penrith und Jaymes waren keine Narren. Sie mußten die Doppelbödigkeit in Cairncross spüren, die sie gerade erst entdeckte. Im Garten hatte sie zum ersten Mal gemerkt, daß Cairncross so etwas wie eine finstere Aura besaß, denn im Garten war nichts davon zu spüren gewesen.

Newell wurde mit Sicherheit oft Unrecht getan, denn er war nicht wirklich böse. Ganz im Gegensatz zu anderen Menschen, die in diesen Mauern gelebt hatten. Ursula Pole zum Beispiel.

Alexandra wußte fast nichts über sie, aber es reichte, um die Frau für verrückt zu halten, was die Tagebuchseite zweifelsfrei belegte. 1837 war Newell ungefähr dreizehn Jahre alt gewesen. Ursula Poles Gefühle ihm gegenüber waren nicht nur unnatürlich gewesen, sondern sie hatten ihm auch geschadet. Bis er ihr schließlich entkommen war. Seine Abwesenheit von Cairncross aus welchem Grund auch immer – hatte ihm vermutlich gut getan. Aber Sam hatte er nicht mitnehmen können, und offenbar hatte Ursula Pole bei ihm ganze Arbeit geleistet, bevor sie verschwand. Alexandra machte sich auf eine Begegnung mit dem Bösen gefaßt, denn Lord Newell hatte die Frau als den Teufel persönlich bezeichnet, und allein der Gedanke daran ließ sie frösteln.

Andererseits war die Frau längst fort. Sie war bereits so lange weg und hatte sich auch nie um ihre Sachen gekümmert. Aber auch die schlimmste Gouvernante war nicht schrecklicher als die Geschichte und alle grausamen Kämpfe, die sich in und um Cairncross abgespielt hatten. Allerdings konnte Alexandra als Wissenschaftlerin der Theorie nicht zustimmen, daß die Geschichte noch heute das Leben in Cairncross beeinflußte. Die Menschen und ihre Taten waren Vergangenheit, und die Vergangenheit war längst von der Gegenwart abgelöst worden.

Langsam wanderte ihr Blick zu dem Schrankkoffer neben dem Fenster. Mochte die Vergangenheit Geschichte sein und auch die Erinnerung an Ursula Pole allmählich verblassen – aber ihre Besitztümer waren noch sehr real vorhanden. Auch die Tagebuchseite in Alexandras Mieder war keine Phantasie. Der Koffer war so real, wie die Person einmal real gewesen war, und Alexandra war wild entschlossen, ihn bei allernächster Gelegenheit aus dem Zimmer schaffen zu lassen.

»Sie sind mindestens tausend Meilen von hier entfernt, meine Liebe.«

Alexandra wurde sich bewußt, daß sie Mary völlig vergessen hatte, obwohl sie genau vor ihr saß.

»Hat er Sie denn so sehr beeindruckt?« fragte Mary.

»Irgendwie schon, denn ich weiß, daß er nicht böse ist. Ich spüre das.« Sie hatte es gar nicht sagen wollen, aber die Worte waren heraus, bevor sie es verhindern konnte.

»Danach habe ich Sie aber gar nicht gefragt. Wie kommen Sie drauf?« Marys Miene wurde immer besorgter.

»Ich denke darüber nach, weshalb er ...« Sie suchte mühsam nach Worten. »Weshalb er ein Stück zuviel von der falschen Seite unserer Natur mitbekommen hat. Klingt das vernünftig?«

»Ich weiß nicht recht.« Mary war ganz offensichtlich jeder Appetit vergangen.

»Er hat mich zum Beispiel über Brian ausgefragt, und ich habe ihm mehr erzählt als irgend jemandem sonst. Ich weiß nicht, woher er meine Achillesferse kannte – jedenfalls kannte er sie, und es hat ihm Spaß gemacht, mich genauer auszufragen.«

Alexandra ahnte, welche Gedanken durch Marys Kopf schwirrten. Die Gute hatte nicht allzu viel von dem gehört, was zwischen Brian Denys Tewesbury und Alexandra vorgefallen war, aber sie wußte zumindest, daß er Alexandras Herz gebrochen hatte. Wie eine Löwin hatte sie seitdem ihr Junges beschützt, und sie hatten einen Pakt geschlossen, nie wieder davon zu sprechen. Und nun hatte ein Fremder diesen Pakt gebrochen.

»Dieser Mistkerl!« fluchte Mary.

»Aber nein, ich sage dir doch, daß er nicht so ist – jedenfalls nicht ganz und gar.« Alexandra runzelte die Stirn, weil sie ihre Theorie nur schwer erklären konnte. »Er wußte genau, daß er mich verletzt hat – und aus diesem Grund ist er nicht unmenschlich. Brian hält seine Vorurteile für absolut richtig, ganz gleich, was er damit anrichtet. Er fühlt sich nicht schuldig, daß er mich im Stich gelassen hat. Lord Newell an seiner Stelle hätte sich schuldig gefühlt. Er hätte vielleicht nicht anders gehandelt, aber es wäre ihm bewußt gewesen, wie grausam er sich verhalten hat. Ich sehe darin einen großen Unterschied, und deshalb kann ihm auch ...« *Geholfen* werden, dachte sie und wunderte sich selbst über diese Folgerung, die so plötzlich aus dem Nichts aufgetaucht war. Aber nichtsdestotrotz empfand Alexandra sie als richtig.

»Wenn Lord Newell jemanden verletzt und ihm das auch noch gefällt, ist er in meinen Augen ein Mistkerl.« Mary erhob sich und räumte die Tassen zusammen.

»In gewisser Weise hast du ja recht. Ich bin mir auch nicht sicher, ob er mir gefällt. Ich weiß nur, daß er anders ist als Brian. Bei ihm ist noch nicht Hopfen und Malz verloren.« Sie stand auf und bürstete sich noch einmal die widerspenstigen Locken aus dem Gesicht. Ihr war klar, daß sie diesen Mann nicht wirklich mochte, aber leider fand sie ihn trotzdem äußerst anziehend. Und deswegen mußte sie vernünftig bleiben und immer auf Distanz achten, ermahnte sie sich selbst.

In diesem Augenblick schlug die Uhr auf dem Kaminsims dreimal, und ihre Nerven waren mit einem Mal zum Zerreißen gespannt. Dabei hatte sie nichts zu fürchten, solange sie ihren Kopf behielt. Sie mußte sich Newell stets und immer – auch gefühlsmäßig – auf Armeslänge vom Leibe halten. Falls sie das nicht beachtete, war sie möglicherweise verloren. Aber wenn es ihr gelang, würde sie wahrscheinlich niemals mit dem Unheil, das in Cairncross wohnte, in Berührung kommen. In dieser Beziehung konnte sie sich auf ihren Instinkt verlassen.

9

Inzwischen war das Schulzimmer gereinigt worden. Der Staub war verschwunden, ein kleines Torffeuer brannte im Ofen, und die Fensterläden waren offen, so daß das milchige Sonnenlicht den Raum erhellte. Eigentlich war es ein hübsches Zimmer, dachte Alexandra. Nur die Stille war ihr nicht ganz geheuer. Irgendwie schien die Frau immer noch gegenwärtig zu sein. Kein Wunder, daß niemand den Raum betreten mochte.

Als erstes stellte Alexandra die Einrichtung etwas um. Die winzigen Pulte und Stühle mochten für kleine Kinder ausreichend gewesen sein, aber für Erwachsene waren sie mit Sicherheit zu klein. Alexandra wunderte sich überhaupt, daß alles noch genauso aussah wie früher, denn selbst für neun- und dreizehnjährige Jungen waren diese Puppenmöbel ungeeignet. Ganz offensichtlich hatte sich niemand richtig gekümmert, und Ursula Pole hatte die Jungen durch das Sitzen in den kleinen Bänken gedemütigt – um Macht über sie zu erlangen.

Alexandra trat schaudernd an das Pult und schob den Stuhl unter die Tischplatte. *Bonheur du jour* nannte man diese kleinen zierlichen Schreibtische, die zum üblichen Tisch für Gouvernanten avanciert waren. Ein höchst ungenügendes Pult für eine höchst ungenügende Erziehung, dachte sie. Dann holte sie einen alten Windsor-Stuhl aus ihrem Zimmer und nahm sich vor, mit Lord Newell zu verabreden, den Unterricht in einen anderen Raum zu verlegen. Vielleicht gab es ja ein Musikzimmer, das sie für ihren Unterricht ohnehin bevorzugte. Sogar völlig taube Menschen spürten die Vibrationen der Instrumente deutlich, und auf dieser Grundlage war es dann leicht, ihnen Sprache als Abfolge unterschiedlicher Vibrationen begreiflich zu machen.

»Sie sind pünktlich. Das gefällt mir.«

Alexandra wandte sich um und sah Lord Newell unter dem Türrahmen stehen. Er schien eine Vorliebe dafür zu haben, sich heimlich anzuschleichen.

»Wo ist Sam?« fragte sie, während sie die beiden kleinen Pulte vor das Bücherregal schob.

»Er muß jeden Augenblick kommen. Featherstone bringt ihn herauf.« Mit diesen Worten trat Lord Newell ein und sah sich suchend um, als ob er noch jemanden erwartete.

Nervös entnahm Alexandra ihrer schwarzen Tasche alles, was sie normalerweise zum Unterricht benötigte. Ein Xylophon und ein Glockenspiel und dann noch einige dreidimensionale Zeichnungen von Zunge und Mund in den verschiedenen Lautstellungen. Während sie die Bilder auf dem Bücherregal aufreihte, ahnte sie, daß diese Bemühungen in Sams Fall vergeblich sein würden. Sie hatte bisher ausschließlich mit tauben Kindern gearbeitet, die sehr aufgeschlossen gewesen waren. Samuel dagegen war bereits dreißig Jahre alt und außerdem hatte er früher auch schon sprechen können.

»Bevor ich beginne, möchte ich bemerken, daß ich es hier mit einem ganz neuen Problem zu tun habe.« Sie legte ihre Tasche auf das Pult. »Ich habe noch nie jemanden unterrichtet, der bereits einmal sprechen konnte.« Sie sah Newell an, dessen unglaubliche Ausstrahlung ihr in dem kleinen Raum fast den Atem nahm.

Er spitzte die Lippen. »Dann bringen Sie ihm eben Geographie bei, wenn Sie das für richtig halten. Nur unterrichten Sie ihn!«

»Aber es ist wichtig –«

»Es ist nur wichtig, daß er sich an Sie gewöhnt.« Er sah sich um. »An alles hier.«

»Sie glauben, daß er wieder sprechen wird, wenn er erst einmal Vertrauen gewonnen hat?«

»Richtig.«

»Und falls es nicht so kommt? Seine mangelnde Auffassungsgabe wird das vielleicht verhindern. Vielleicht spricht er nie wieder.«

Newell trat ganz nahe zu ihr, so daß sie hinter den spiegelnden Brillengläsern seine Augen erkennen konnte. »Er wird nie wieder anders werden, wenn wir ihm nicht zeigen ... wenn wir ihm nicht zeigen, daß sie nicht mehr da ist.«

»Ursula Pole?«

»Genau.« Seine Stimme klang rauh.

»Aber sie ist doch fort. Ich habe gehört, daß sie einfach verschwunden ist.«

Seine Kiefermuskeln zuckten, und es sah für einen Moment so aus, als ob er Alexandra gegen die Wand drücken und ausfragen wollte, was sie über Cairncross, über Ursula Pole und über ihn wußte. Doch statt dessen antwortete er ganz ruhig: »Ja, es stimmt, sie ist verschwunden. Man muß das Sam wieder und wieder sagen, bis er begreift, daß sie nicht mehr da ist.«

»Glaubt er denn, daß sie noch da ist?«

»Möglicherweise.«

»Er hat sein eigenes Zeitgefühl«, murmelte Alexandra mit wehem Herzen. Für den armen Sam waren zwanzig Jahre wie ein einziger Tag. In seinem Kopf mußte ein schreckliches Durcheinander herrschen.

In diesem Moment öffnete sich die Tür, und Featherstone führte Sam herein. Wie ein gebrechlicher Greis hing er am Arm des Butlers, und aus seinen hübschen Augen sprach nackte Angst, die sich jedoch sofort legte, als er seinen Bruder erblickte.

Alexandra setzte sich auf den Stuhl, auf dem früher Ursula Pole gesessen hatte. »Kommen Sie, Sam, setzen Sie sich. Wir dachten, es sei am besten, im früheren Schulzimmer anzufangen, das Sie ja bereits kennen.« Sie deutete auf den Windsor-Stuhl, der vor ihrem Tisch stand, doch Sam zuckte zurück und wollte sich nicht setzen.

Ganz langsam stand Alexandra auf. Sie verstand nicht, weshalb Newell ausgerechnet auf diesem Raum bestanden hatte. Sie persönlich hätte diese Begegnung viel lieber in einen Wohnraum verlegt oder zum Beispiel auch unter den Weidenbaum neben dem kleinen See. »Lord Newell, halten Sie es nicht für besser, wenn wir in einen anderen Raum –«

»Nein«, flüsterte er direkt neben ihr, während seine Augen gebannt seinen Bruder beobachteten.

»Setzen Sie sich doch, Sam!« sagte Alexandra noch einmal und deutete auf den Stuhl.

Aber Sam schüttelte nur den Kopf und wandte sich hilfesuchend an Featherstone. Mit einem Nicken gebot Newell dem Butler, sich zurückzuziehen. Langsam entfernte sich Featherstone, aber sein Blick ruhte die ganze Zeit über mißbilligend und vorwurfsvoll auf Alexandra.

Er glaubt, daß ich seinem Schützling etwas antue, dachte sie. Wahrscheinlich diente er den beiden Männern bereits seit Jahrzehnten. Und genau wie Mrs. Penrith war er vermutlich längst nicht mit allem einverstanden, aber seine Loyalität stand außer Frage.

»Setz dich auf den Stuhl, Sam«, erklärte Newell. »Miss Benjamin ist hier, um uns zu helfen.« Er faßte Sam am Arm und führte ihn zu dem Stuhl. Zögernd setzte Sam sich nieder und registrierte sogleich voller Panik, daß sein Bruder zur Tür ging.

Dort blieb Newell jedoch stehen und wandte sich um. »Fangen Sie an, Miss Benjamin.«

Von seinem harten Gesicht wanderte Alexandras Blick zu Sams erschreckter, angstvoller Miene. »Ich fange für gewöhnlich mit ganz einfachen Tönen an.« Mit diesen Worten griff sie nach einem filzbezogenen Hammer und ließ ihn auf die Glokken niederfallen. »Hören Sie das Sam? Können Sie die verschiedenen Töne auseinanderhalten?«

Als sie aufsah, hätte sie am liebsten laut geschrieen. Wie gebannt starrten Sams Augen auf ihre Hand, die den Hammer hielt. Als ob sie ein Schüreisen in der Hand hätte! Prompt fiel der Hammer polternd zu Boden.

»*Sam!*« rief Newell heiser, als Sam aufsprang. Alexandra schrak zurück, aber Sam wollte sich nicht auf sie stürzen, sondern lediglich die Tür erreichen.

»Bleib hier, Sam! Du mußt den Dingen ins Auge sehen!« Newell wollte ihn zurückhalten, doch Sam versuchte voller Panik, sich an seinem Bruder vorbeizudrängen und den rettenden Flur zu erreichen.

»Lassen Sie ihn gehen. Bitte, zwingen Sie ihn nicht«, hörte

Alexandra sich sagen. Dann lief sie hinüber und versuchte die beiden Brüder voneinander zu trennen.

Als Newell sah, daß ihr die Tränen über das bleiche Gesicht strömten, ohne daß sie es merkte, ließ er Sam los. Zusammen sahen sie zu, wie der riesige Mann in den Flur hinausrannte, sich an der gegenüberliegenden Wand abstützte und dann heftig nach Luft schnappend davonwankte.

»So geht es nicht. Das nützt nichts«, stieß sie unter Schluchzen hervor.

Newell sah sie nicht an, so daß sie nicht erkennen konnte, wem er den Fehlschlag anlastete. Seinem Bruder? Ihr? Oder sich selbst? »Ich sehe keinen Weg, wie Sie etwas erreichen wollen«, sagte er schließlich und blickte sie vorwurfsvoll an.

»Ich ... ich wollte den Hammer nicht fallenlassen«, stammelte sie verunsichert. »Ich habe plötzlich gedacht, daß ... daß sie ihn vielleicht geschlagen hat ... Er hatte so schreckliche Angst ... das konnte ich nicht ertragen.«

»Ich denke, daß es noch schlimmer kommen wird.«

Entsetzt starrte sie ihn an. »Hat sie ihn denn öfter gehauen?« fragte sie dann zaghaft.

»Nein. Sind Schläge eigentlich das Schlimmste, was Sie sich vorstellen können, Miss Benjamin? Ein aufgeplatzter Striemen quer über der Wange? Vielleicht von einer Reitpeitsche?«

»Ich weiß nicht recht«, flüsterte sie und zitterte leicht.

»Ist es Ihrer Meinung nach schlimmer, diesen Hieb selbst zu spüren oder zusehen zu müssen, wie diese Qual einem geliebten Menschen angetan wird?«

»Zusehen zu müssen, ist wahrscheinlich schrecklicher.«

»Sehr richtig.« Mit wissendem Blick sah er auf das unschuldsvolle Wesen hinunter, das diese Qual wahrscheinlich nicht im geringsten ermessen konnte.

»Ich muß mehr wissen, wenn ich irgendwie helfen soll.«

»Beim Abendessen werde ich Ihnen mehr von *ihr* erzählen.

Ich esse pünktlich um acht Uhr.« Unschlüssig musterte er sie noch einige Augenblicke, bevor er sich schließlich abwandte und sie alleinließ.

Nach längerer Überlegung kam Alexandra zu der Überzeugung, daß sie allein diese unglückliche Entwicklung provoziert hatte. Ihre Phantasie hatte überreagiert, indem sie sich vorgestellt hatte, wie Ursula Pole die Jungen schlug. Wenn sie den Hammer nicht hätte fallen lassen, wäre sicher vieles anders gekommen.

Sie mußte unbedingt verhindern, daß Sam sie durch dieses Erlebnis noch mehr mit Ursula Pole identifizierte. Noch heute abend mußte sie Lord Newell überzeugen, daß er ihr freie Hand lassen mußte und nicht weiter die Lämmer den Wölfen zum Fraß vorwerfen durfte. Sam reagierte trotz seiner Größe und seines Alters wie ein erschrecktes Kind und brauchte im Grunde eher Trost und Zärtlichkeit. Falls Lord Newell ihr in diesem Punkt nicht folgen sollte, würde sie mit dem nächsten Zug nach London zurückkehren.

»Ich kann mich nicht erinnern, Sie je so schweigsam erlebt zu haben«, bemerkte Mary, während sie das lavendelfarbene Seidenkleid ausschüttelte, das Alexandra zum Abendessen tragen wollte.

Alexandra hatte Mary nicht einmal nach ihrer neuen Unterkunft befragt, so sehr war sie in ihre Gedanken vertieft gewesen. Es widerstrebte ihr außerdem, über Gefühle zu sprechen, für die es keinerlei Beweise gab. Zum Beispiel der Schrankkoffer. Seit Mrs. Penrith ihr mehr über die Besitzerin erzählt hatte, war Alexandras Neugier einer heftigen Ablehnung gewichen, aber wie hätte sie Mary das begreiflich machen können, ohne sie in ihrem Wunsch nach Flucht noch zu bestärken? Ganz nebenbei durfte eine gebildete Frau wie sie nicht einmal in Erwägung ziehen oder gar glauben, daß Geister oder das personifizierte Böse überhaupt existierten.

Und außerdem ...

Außerdem wohnte selbst in einer von Wissenschaft durchdrungenen Seele wie der ihren insgeheim der Aberglaube, daß spöttische Äußerungen womöglich nur unnötige Schwierigkeiten heraufbeschworen.

»Ich denke die ganze Zeit über Sam nach, denn ich weiß noch nicht, wie ich vorgehen soll.« Armer Sam. Seine physische Erscheinung schien den beschränkten Geist zu verspotten, der in dem riesigen Körper wohnte.

»Irgend etwas geht in Cairncross nicht mit rechten Dingen zu«, sagte Mary ernst. »Die Angestellten sagen ... Ich spreche nicht von dem normalen Klatsch, sondern eher von einer etwas unheimlichen Atmosphäre ... Ach, ich kann es einfach nicht besser in Worte fassen ...«

Alexandra starrte ihre Zofe an. »Cairncross ist ein sehr altes Schloß, und es liegt einsam im Moorland. Außerdem war unser Empfang nicht gerade herzlich – da wundern mich solche Gefühle überhaupt nicht.«

»Aber trotzdem sind Sie blaß und schweigsam! Sie spüren es doch auch, nicht wahr?«

Alexandra dachte an die Tagebuchseite in ihrem Mieder und hätte gern darüber gesprochen, aber sie wußte auch, daß das die Sache nur unnötig komplizieren würde. Außerdem war es kurz vor acht, und sie war noch nicht einmal umgezogen. »In gewisser Weise stimme ich dir zu, aber ich denke, daß die bedrückende Stimmung eher mit Sam zusammenhängt. Wir sollten uns einfach nicht so sehr von unseren Gefühlen beeinflussen lassen.«

Mit verkniffenen Lippen half Mary Alexandra beim Umkleiden. »Aber wovon denn sonst? Wir haben doch sonst nichts, oder?«

Alexandra betrachtete ihr blasses Gesicht im Spiegel und dachte an das Papier in ihrem Mieder. »Das stimmt«, war alles, was sie erwiderte.

Da Lord Newell Alexandra nicht verraten hatte, wo er für gewöhnlich das Abendessen einnahm, machte sie sich gegen acht auf den Weg, um sich bei Featherstone danach zu erkundigen. Sie durchquerte einige düstere Gänge, fand schließlich die Treppe und stieg vier Stockwerke nach unten, wo sich ihrer Erinnerung nach die große Halle befand. Aber im Labyrinth der Gänge verirrte sie sich rasch und gelangte plötzlich an einen Punkt, von wo aus es nicht weiterging. Verwirrt wandte sie sich um, um die andere Seite des Gangs zu inspizieren.

In dieser Sekunde packte sie das blanke Entsetzen.

Am Ende des Gangs stand eine Frau – reglos und schweigend verharrte sie inmitten einer schattigen Passage. Nichts war zu hören, nicht einmal das Rascheln der Röcke unter dem weiten, wollenen Umhang, den sie sich vermutlich gegen die Kälte übergeworfen hatte. Dabei sah ihr konturloses Gesicht hinter dem Schleier eindeutig in Alexandras Richtung. In der ersten Sekunde glaubte Alexandra, Mrs. Penrith vor sich zu haben, aber als sie sie ansprach, bekam sie keine Antwort. Hinter dem dichten Schleier war das Gesicht nur schemenhaft zu erkennen, und die dunklen Augenhöhlen wirkten seltsam starr und gefühllos.

»Wer sind Sie?« rief Alexandra zögernd. »Können Sie mir sagen, wo Lord Newell für gewöhnlich zu Abend ißt?«

Im Schloß waren ungefähr fünfzig Personen beschäftigt, und natürlich hatte Alexandra noch längst nicht alle zu Gesicht bekommen. Aber sie war sich ziemlich sicher, daß diese Person nicht zum Haushalt gehörte. So benahm sich kein Dienstmädchen. Außerdem wirkte die starre Haltung so erschreckend unnatürlich und befremdlich, daß Alexandra unwillkürlich erschauerte. Es sah eher so aus, als ob diese Frau hier fremd war.

»Ich möchte Sie bitten, mir endlich Ihren Namen zu nennen!« herrschte Alexandra die Gestalt an, während sie schrittweise auf sie zuging.

Stille. Nichts als nackte, kalte Stille.

»Lord Newell wäre vermutlich sehr ungehalten, wenn er wüßte, daß seine Angestellten im Schloß herumschleichen und sich in den Ecken verstecken ...« Wie gebannt starrte Alexandra die Gestalt an und hoffte auf eine winzige Äußerung, die diese Erscheinung endlich als sterbliches Wesen identifizieren würde. Auf ein kleines Ausatmen zum Beispiel oder auf ein Zittern oder auch einen Seufzer.

»Weshalb verstecken Sie sich in diesem dunklen Gang? Mrs. Penrith wird das gar nicht gern hören!« Obwohl sich Alexandra die Nackenhaare sträubten, trat sie noch ein paar Schritte näher. Falls die Gestalt, die Mary auf der Stadtmauer erblickt hatte, mit dieser identisch war, konnte sie ihrer Zofe nun den Schrecken nachfühlen.

»Wollen Sie mich etwa erschrecken oder mir Angst machen?« flüsterte sie ängstlich, aber die Gestalt rührte und regte sich nicht. Sie starrte Alexandra nur unverwandt aus schwarzen seelenlosen Höhlungen an, wo eigentlich die Augen sitzen mußten.

»Sagen Sie doch endlich etwas! Los, sagen Sie etwas!« Voller Wut stürzte sich Alexandra auf die Gestalt und zerrte an dem Schleier, um endlich das Gesicht zu sehen. Aber ihre Hand packte lediglich einen kratzigen Wollstoff. Vom Gewicht eines Körpers war nichts zu spüren. Im Gegenteil. Die Gestalt schien federleicht zu sein, doch unter Alexandras schwungvollem Angriff kippte sie wie ein hölzerner Clown nach hinten und fiel krachend zu Boden.

Vor Entsetzen schrie Alexandra laut auf.

10

Es dauerte eine halbe Ewigkeit, bis Alexandra die Gaslampe am Ende des Korridors fand. Sie wühlte sich aus dem Stoffgewirr und rannte wie besessen den Korridor entlang. *Irgendwo mußte eine Lampe sein!* Dabei stieß sie gegen Tische und Schrankkoffer, und schließlich stolperte sie auf die Knie und wurde dabei von einem wahren Garnrollenregen überschüttet. Noch einmal stolperte sie über einen Stapel Stoffballen und schrie wie am Spieß, als eine große Schneiderschere vom Tisch herunterfiel und direkt vor ihrer Nase auf dem Boden landete.

Zitternd und bebend kroch sie auf die Füße und erreichte endlich die Gaslampe am Ende des langen Flurs. Wild entschlossen reckte sie sich nach dem Zug, um die Flamme zu vergrößern und sich das Ungeheuer endlich in voller Größe anzusehen, aber sie reichte nicht ganz hinauf. Doch ihre Wut beflügelte sie. Verbissen reckte sie sich noch einmal auf die Zehenspitzen, doch in dieser Sekunde erschienen zu ihrem Entsetzen zwei große Hände aus dem Nichts und drehten das Licht voll auf.

Alexandra fuhr herum und starrte direkt in das Gesicht ihres Gastgebers, der einen schwarzen Gehrock und ein weißes Hemd mit frisch gestärktem Kragen trug. Er grinste nicht einmal, wie sie es eigentlich erwartet hätte. Dabei wußte sie, daß sie wie eine Irre ausgesehen haben mußte, als sie sich verbissen nach der Lampe gereckt hatte. Ob er ihren Schrei gehört hatte? Sie wagte nicht, ihn danach zu fragen, sondern rannte nur erlöst zum Ende des Gangs, wo die Frau gestanden hatte.

»Wie ich sehe, haben Sie sich verirrt und geängstigt«, sagte Newell, der ihr gefolgt war.

Doch Alexandra starrte nur auf den schwarzen Stoffberg hinunter und auf die leinenbezogene Schneiderpuppe mit dem weich geformten Kopf, der wie ein Gesicht aussah.

»Sie befinden sich in einem Flur, den die Angestellten benutzen.« Er drehte ihren Kopf zur Treppe. »Von hier sind Sie gekommen. Sie sind fünf Stiegen heruntergegangen, statt vier.«

Alexandra nickte nur stumm. Im hellen Licht sah sie natürlich sofort, daß die Wände nackt und die Türen ein Stück einfacher gearbeitet waren als im Stock darüber. Außerdem lagen keine Teppiche auf dem Fußboden. In einer Ecke des Gangs befanden sich mehrere Fenster und dort hatte man ganz offensichtlich die Nähecke eingerichtet, wie sie an den verstreuten Garnrollen und heruntergefallenen Stoffballen unschwer erkennen konnte.

»Hier ist nichts Ungewöhnliches zu sehen, nicht wahr?«

Wortlos starrte Alexandra auf den Kopf der Puppe hinunter und auf die beiden Höhlungen, die sie unter dem Schleier für Augen angesehen hatte. Aber es gab nicht einmal einen Schleier, sondern lediglich einen gehäkelten Schal! Alles andere war nur das Werk ihrer eigenen Phantasie gewesen.

»Kommen Sie, Alexandra. Nachdem ich Sie endlich gefunden habe, wollen wir jetzt zu Abend essen.« Er bot ihr seinen Arm.

Etwas unsicher sah sie zu ihm auf, aber hinter den reflektierenden Gläsern konnte sie seine Augen nicht erkennen. »Aber sie hat so echt ausgesehen.« Sie wußte nicht recht, weshalb sie das gesagt hatte, aber vermutlich bannte man den Schrecken am besten, indem man darüber redete.

»Eine Schneiderpuppe in einem schlecht beleuchteten Flur ist doch kein Grund, sich so aufzuregen.« Hatte da nicht ein leichter Spott in seiner Stimme mitgeklungen?

Sie fuhr zurück, denn sie erinnerte sich an Mrs. Penriths Worte. *... daß er seitdem nicht mehr ganz richtig im Kopf ist.* »Aber nein, ich weiß doch, was ich gesehen habe! Jemand hat die Schneiderpuppe zurechtgemacht, um mich zu erschrecken. Sie sah sehr echt aus. Ein Zufall war das nicht.«

»Woher sollte denn jemand wissen, daß Sie aus Versehen ein Stockwerk zu weit nach unten gehen würden?« Sie hatte eigentlich ein väterliches Mitgefühl erwartet, doch statt dessen schien ihn die Angelegenheit zu langweilen. Und vor allem sie, die auf einen so dummen Scherz hereingefallen war.

»Haben Sie das etwa selbst arrangiert, um mich zu erschrekken?« Indigniert musterte sie ihn, denn in ihren Augen war dieses Arrangement Absicht gewesen. Und es hatte gewirkt! Seine Reaktion und besonders das leicht amüsierte Lächeln in seinen

Augen mißfielen ihr, und wenn sie an die Tagebuchseite unter dem Spitzendeckchen dachte, fragte sie sich wirklich, ob es in diesem Haus Geister gab. Oder war etwa alles nur der kranken Phantasie ihres Gastgebers entsprungen?

»Ich verschwende meine Zeit nicht darauf, junge Damen zu erschrecken.« Leicht mitleidig sah er auf sie hinunter. »Außerdem konnte ich doch wirklich nicht damit rechnen, daß Sie sich verlaufen würden.«

»Das stimmt«, flüsterte sie und sah wieder auf den Stoffberg hinunter. »Trotzdem ... es sah so als, als ob jemand nur darauf gewartet hätte ... Oder ...«

Fragend zog er eine Braue in die Höhe. »Oder ...«

»Oder dieser Jemand ist mir gefolgt.« Sie sah den Gang entlang. »Ich bin zuerst in die andere Richtung gegangen, so daß derjenige Zeit gehabt hätte, die Figur zurechtzumachen –«

»Sie wollen damit sagen, daß ich Zeit genug gehabt hätte, nicht wahr?«

»Vielleicht wollten Sie mich ja wegen Sam auf die Probe stellen. Ob ich schreckhaft bin, zum Beispiel.«

»Ich wüßte höchstens gern, ob Sie Sam helfen können. Kommen Sie, Miss Benjamin, wir wollen jetzt endlich essen.« Er lächelte. »Und dann werde ich Ihnen Geistergeschichten von Ursula erzählen, um Ihre Nerven zu beruhigen ...«

»Ich dachte, Miss Pole sei einfach verschwunden? Ich wußte nicht, daß sie tot ist.«

»Jedenfalls hat man nie eine Leiche gefunden. Trotzdem glauben viele, daß sie den Mörder kennen.« Er legte ihre Hand auf seinen Arm und grinste vor Vergnügen. »Wußten Sie eigentlich schon, daß viele mich für Ursulas Mörder halten, Miss Benjamin?«

Wie betäubt saß Alexandra gegenüber von Newell an dem großen Tisch aus Walnußholz und blickte ab und zu zu ihm hinüber.

Der Appetit war ihr längst vergangen, und dieses förmliche Essen war ein einziger Alptraum. An normalen Tagen speiste Lord Newell in einem kleineren Eßzimmer direkt neben der großen Halle, dessen Wände nach neuester Mode mit Chiffonstoff im Samtmuster bespannt waren und das von einem riesigen Kandelaber beleuchtet wurde. Irgendwie wirkte ein so düsterer Charakter wie er in dieser stilvollen, fast sterilen Ausstattung, die wahrscheinlich erst nach seiner Rückkehr ins Schloß vorgenommen worden war, etwas fehl am Platz. Zu ihrem Erstaunen stellte Alexandra fest, daß er für seine Person offenbar Komfort zu schätzen wußte, obwohl er ihn allen anderen außer seinem Bruder Sam verweigerte.

Sie blickte auf ihren Teller und die Köstlichkeit von einem kleinen, mit Orangenscheiben verzierten Vogel in Burgundersauce hinunter. Offenbar zahlte Lord Newell seinem Koch ein Vermögen, dachte sie, aber schon wanderten ihre Gedanken wieder zu der Gestalt und zu den brennenden Fragen zurück, die sie bedrückten.

»Sie sind schrecklich schweigsam, Miss Benjamin. Ich muß gestehen, daß ich nach einem Tag wie diesem eigentlich genau das Gegenteil erwartet hatte.« Er spießte ein Stück seines Fasans auf die Gabel und führte sie dann mit der geübten Bewegung eines fleischfressenden Tiers zum Mund.

»Ich weiß nicht, was ich sagen soll. Ich weiß ja nicht einmal, was ich denken soll.« Unverwandt sah sie ihn an.

»Sie haben überlegt, Cairncross zu verlassen.«

Als ihre Blicke sich trafen, lief Alexandra ein Schauder über den Rücken.

»Aber Sie sind noch da. Und soll ich Ihnen sagen, weshalb?«

»Weshalb?« flüsterte sie.

»Weil trotz aller Furcht ihre Neugier überwiegt. Vermutlich ein Erbteil Ihres Vaters, der meinem Bruder eigentlich hätte helfen sollen.«

»Neugier ist nicht immer ein guter Ratgeber.« Ihr Mund fühlte sich trocken an. »Bisher ist diese Angelegenheit allein Ihr Problem, aber wenn ich hierbleibe, wird sie auch zu meiner.«

»Und das erschreckt Sie?«

»In gewisser Weise, ja. Ginge Ihnen das nicht genauso?«

Er lehnte sich zurück und überlegte. Sein Halstuch war wie immer perfekt geknotet und von einem äußerst geschmackvollen Grau. Ein gutaussehender Mann, der in seiner Perfektion kalt und überlegen wirkte. Ihre Blicke fixierten die beiden spiegelnden Brillengläser, die sämtliche Emotionen perfekt verhüllten.

»Ich wünschte, Sie könnten sich zum Bleiben entschließen«, sagte er schließlich zögernd, als ob er nach Worten suchen müßte. »Ihre Neugier wird Ihr wissenschaftliches Interesse sicher beflügeln.«

»Ich denke eher, daß Sie mich und meine Gefühle ernstnehmen sollten. Ansonsten ist jede Diskussion müßig.«

Ihre Antwort verfehlte ihre Wirkung nicht. »Um welche Gefühle handelt es sich dabei, Miss Benjamin?«

»Ich bin ehrlich empört. Man hat diese geschmacklose Puppe aufgebaut, um mich zu erschrecken, und ich finde es wichtig zu wissen, wer so etwas tut.«

»Vielleicht haben sich die Angestellten lediglich einen Scherz erlaubt«, meinte Newell. »Neuankömmlinge werden immer ein wenig gerupft.«

»Ich halte die Angelegenheit eher für eine eindeutige Botschaft.«

»Welcher Art?« fragte er stirnrunzelnd.

Alexandra hatte das deutliche Gefühl, daß er sich über sie lustig machte. »Eine sehr *persönliche* Botschaft, wie ich meine, aber vielleicht wissen Sie das ja besser.«

Der Vorwurf war nicht zu überhören, doch Newell lachte nur. »Aber, aber, Miss Benjamin. Sie können mir getrost glauben, daß ich nichts damit zu tun habe.« Er faßte quer über den Tisch nach ihrer Hand. »Schlimmstenfalls hat man Ihnen einen Streich gespielt, und bestenfalls war alles nur Einbildung.«

»Jemand ist mir mit Absicht gefolgt, denn woher sollte dieser Jemand wissen, daß ich mich ausgerechnet in diesen Flur verlaufen würde?«

»Das hieße, daß dieser Jemand mehr weiß als wir«, erwiderte er finster, als ob ihm die Theorie gefiel.

Alexandra sah auf ihre Hand hinunter, die er beinahe erdrückte. »Bitte!« flüsterte sie.

Sofort ließ er sie los, und es huschte ein Ausdruck über sein Gesicht, der sie sekundenlang an ein verwundetes Tier denken ließ. Sie stand auf, weil sie ganz durcheinander war, doch er tat es ihr mit einer Heftigkeit gleich, die sie erschreckte. Als er es merkte, sank er wieder auf seinen Stuhl zurück und bemühte sich um ein Lächeln.

»So habe ich mir den Abend eigentlich nicht vorgestellt«, sagte er dann mit sanfter Stimme. »Ich hatte eigentlich gehofft, über Sam sprechen zu können, damit Sie ihn ein bißchen besser kennenlernen.«

»Genau darauf hatte ich ebenfalls gehofft. Ich habe so viele Fragen –«

»Dann fragen Sie doch!«

Alexandra schluckte ihre Angst hinunter. »Ich möchte alles über die frühere Gouvernante erfahren. Wie lange war Miss Pole in diesem Haus?«

»Sie ist tot – was gibt es da noch zu wissen?« Er lächelte. »Sie denken zuviel an die Vergangenheit, Miss Benjamin, und nicht genug an die Zukunft.«

»Aber die Zukunft gründet doch auf der Vergangenheit.«

Einen Augenblick lang streifte sie ein schmerzlicher Blick, doch gleich darauf war Newell wieder der perfekte Gentleman. »Den Sherry trinken wir in der Bibliothek. Dort redet es sich besser. Und nach ein paar Gläsern werde ich Ihnen vielleicht die ganze gruselige Geschichte von Ursula Pole erzählen.«

Er nahm ihren Arm und geleitete sie wie eine Invalidin, die ihre ersten Schritte wagte, in die Bibliothek. Dabei schien er sich über ihre ängstlichen Blicke zu amüsieren. »Und falls mir Ihre Gesellschaft zusagt, dürfen Sie mich vielleicht sogar fragen, ob ich sie *tatsächlich* umgebracht habe.«

In der Bibliothek war es angenehm warm, obwohl draußen der Wind um die Mauern heulte. Alexandra nippte an ihrem Sherry und starrte in die bläulichen Flammen. Hier gab es keine Torffeuer, sondern dieser Teil des Schloßes wurde ganz modern mit Kohle geheizt.

»Verraten Sie mir, woran Sie denken.«

Erschreckt sah Alexandra auf und sah, daß Newell sie erwartungsvoll und trotzdem leicht mißtrauisch betrachtete. Instinktiv fürchtete sie sich davor, an die Geheimnisse von Cairncross zu rühren, doch der Wunsch nach Klarheit war stärker. Außerdem brannte die Tagebuchseite wie Feuer auf ihrer Haut. »Ich habe über Miss Pole nachgedacht. Und über Sie.«

»Was möchten Sie wissen?«

»Alles – schließlich soll ich Sam ja helfen.«

Lord Newell sah sie lange an und ließ dabei den Whisky in seinem Glas kreisen, bis Alexandra ganz schwindlig wurde.

»Wie Sie vermutlich bereits gehört haben, wurde Miss Pole absurderweise als Gouvernante angestellt.« Seine Stimme klang verhalten, als ob ihm das Sprechen Mühe machte. »Zwei Jungen in diesem Alter hätten eigentlich eher einen Hauslehrer gebraucht, aber –« Und bei diesen Worten sah er Alexandra an, »sie war Vaters Cousine und stand eines Tages mittellos vor unserer Tür. Da unser Vater damals meistens in Paris weilte, ließ er ihr freie Hand.

Sie war vier Jahre hier. Dann ist sie verschwunden. Ich war damals vierzehn.« Er rieb sich mit Daumen und Zeigefinger die

Stelle auf dem Nasenrücken, wo die Brille saß. »Wahrscheinlich muß ich nicht extra betonen, daß Sam und ich sie nicht leiden konnten.« Und nach einer kleinen Pause: »Sam hatte sogar regelrecht Angst vor ihr.«

»Aber Sie nicht«, flüsterte Alexandra. Im Tagebuch hatte Ursula Pole das Verhältnis zu Damien sehr genau beschrieben, aber sie wollte es von ihm selbst hören, um die Zusammenhänge besser zu verstehen.

Sie sahen einander an. Ihr gefühlvoller, offener Blick und gegenüber seine finstere Miene. »Nein, ich hatte keine Angst vor ihr – ich habe sie verachtet!«

Plötzlich durchflutete sie eine Welle des Mitleids mit dem kleinen Jungen, der sich nicht vor diesem Mißbrauch schützen konnte. Kein Wunder, daß er zu einem so finsteren Charakter herangewachsen war. »Weshalb mußten Sie Cairncross verlassen?« Die Frage war heraus, bevor sie sie noch zurückhalten konnte.

Newell lachte beißend, so daß der Whisky im Glas schwappte und ihr der Ton ins Herz schnitt. »Wollen Sie wissen, ob man mich wegen Mordes gesucht hat? Grund genug hätte ich gehabt, und ich bin sicher, daß mich längst nicht alle Menschen verurteilt hätten. Aber ich muß Sie enttäuschen, Miss Benjamin. Ich hatte Cairncross bereits verlassen, als Miss Pole verschwunden ist.«

»Sie waren bereits weg?« fragte sie erstaunt, als ihr kleines Gedankengebäude in sich zusammenstürzte. »Aber das macht doch keinen Sinn. Weshalb gibt es dann dieses Gerede, daß Sie sie umgebracht hätten? Sie haben es eben sogar selbst angedeutet –«

»Andeutungen sind noch kein Geständnis, nicht wahr? Das Geschwätz der Bediensteten kann ich nicht verhindern.«

»Nun ja, Sie konnten ja auch zurückgekommen sein –«

»Bin ich aber nicht. Damals war mein Leben in Cairncross beendet, denn mein Vater hatte mich enteignet. Am Tag, als Ursula Pole verschwand, fuhr ich längst auf einem Ochsenkarren nach London.«

Alexandra trank einen Schluck, ohne sich dessen bewußt zu sein. Ihre Gedanken rasten. Ob Newell die Wahrheit sprach? »Und weshalb?« fragte sie nur.

Wieder konnten ihre Blicke den schillernden Schild der Brillengläser nicht durchdringen. »Was damals mit mir passiert ist, hat nichts mit Sam zu tun. Das müssen Sie mir glauben. Nun gut. Mein Vater hat mich aus Cairncross verbannt, weil man mich der Unzucht mit Miss Pole beschuldigt hat.«

Alexandra wandte den Blick ab, um ihre Betroffenheit zu verbergen. Nach der Lektüre des Tagebuchblatts wunderte sie sich nicht mehr, aber tragisch war, daß es den jungen Mann und nicht die durchtriebene Gouvernante getroffen hatte.

»Featherstone erinnert sich bestimmt noch genau an diesen Tag. Und Mrs. Penrith und Jaymes ebenfalls. Sie können gern Erkundigungen einziehen.«

Aber Alexandras Gedanken waren immer noch bei dem Tagebucheintrag.

»Glauben Sie etwa, daß ich sie umgebracht habe, Alexandra?«

Sein Blick durchbohrte sie beinahe, doch sie war nur schokkiert, weil er sie plötzlich mit ihrem Vornamen angeredet hatte. »Ich war damals nicht dabei, und kann mich deshalb nur auf meinen Instinkt verlassen.« Natürlich hatte er diese Frau nicht umgebracht, aber der Grund, weshalb sie sich dessen so sicher war, schockierte sie mindestens genauso. Sie wußte nicht viel von ihm, aber sie war überzeugt, daß er freimütig zugegeben hätte, wenn er schuldig gewesen wäre. Inzwischen waren zwanzig Jahre ins Land gegangen, und in seiner gesellschaftlichen Position würde er ohne Zeugenaussagen und Beweise wohl kaum angeklagt.

»Und was sagen Ihnen Ihre Instinkte, Alexandra?«

»Daß Sie es nicht getan haben«, flüsterte sie.

»Sehr interessant.« Er lächelte triumphierend, aber ohne jede Wärme oder gar Humor.

Prompt verkrampfte sich ihr Magen, denn sie wußte, daß er Gefallen daran fand, sie zu schockieren. Es amüsierte ihn, sich vor der neuen Gouvernante über die gräßliche Geschichte ihrer Vorgängerin zu verbreiten. Der Right Honourable John Damien Lord Newell war grausam genug, um an der Ironie einer solchen Situation seinen Spaß zu haben. Um so mehr stand für sie fest, daß er Miss Pole kein Haar gekrümmt hatte.

Es traf sie der bestrickende Blick, der sie bereits des öfteren in Verlegenheit gestürzt hatte. »Sie sehen ja richtig enttäuscht aus, Miss Benjamin.«

Sie sah sich außerstande, ihre Erkenntnisse über seinen düsteren Charakter in Worte zufassen. Noch nie hatte sie einen Mann getroffen, dem sämtliche menschlichen Schwächen vertraut waren. »Das ist wohl nicht ganz das richtige Wort, nicht wahr?« sagte sie statt dessen. »Ich bin ehrlich erleichtert, denn ich würde nämlich nicht gern mit einem Mörder unter einem Dach leben. Nicht einmal unter einem so riesigen Dach wie diesem. Außerdem freut es mich, daß Ihrem Wesen solche Grausamkeiten fremd sind.«

»Ach ja?«

Kühl sah sie ihn an. »Ich denke, daß jeder von uns zum Mörder werden kann, aber ich würde darüber keine Scherze machen, *my lord.*«

Er wirkte beeindruckt, als ob er so etwas noch nie zuvor gehört hätte. »Woran denken Sie, wenn Sie so schweigsam sind, Alexandra?«

»An vieles, *my lord.* zum Beispiel überlege ich, weshalb Sie mich beim Vornamen nennen.«

Sämtliche Muskeln in seinem Gesicht erstarrten. »Habe ich das getan? Das war ein Versehen.«

Sie bemerkte, wie sein Blick forschend in ihrem Gesicht zu lesen versuchte. Er wollte wissen, ob sie ihm glaubte. Aber sie glaubte ihm kein Wort.

»Ich sehe Ihr offenes Gesicht und Ihre wunderschönen Augen, Miss Benjamin, und ich spüre, daß Sie meinem Bruder helfen möchten. Wenn ich so vertraut mit Ihnen spreche, dann nur, weil ich Sie kennenlernen möchte.« Er wartete einen Augenblick und setzte dann finster hinzu: »Und außerdem hoffe ich, daß Sie mich ebenfalls besser kennenlernen –«

»Ehrlich gesagt möchte ich das nicht.« Sie stand auf, als ob sie damit seine Worte ungeschehen machen könnte. Niemals durfte er erfahren, wie gefährlich nahe er der Wahrheit gekommen war. Sie reckte den Kopf nach oben, obwohl ihr Innerstes wie Butter unter der Sonne schmolz, und krampfhaft suchte sie nach einem Vorwurf, womit sie ihn hätte zurechtweisen können. Seine Bemerkung war beleidigend, denn sie war nichts weiter als eine Angestellte und gehörte weder zu seinen Freunden noch zur adligen Gesellschaft. Solche Vertraulichkeiten durfte sie ihm nicht gestatten. Außerdem sollte er nicht merken, wie sehr seine Person sie faszinierte. Seit ihrer ersten Unterredung in eben diesem Raum und seiner Bemerkung über Brian wußte sie, daß es an Selbstmord grenzen würde, wenn sie ihn noch einmal ihre Wunden sehen ließe.

»Ich möchte mich jetzt gern zurückziehen, *my lord.* Vorher jedoch möchte ich noch einmal betonen, daß ich nur hier bin, um mich um Ihren Bruder zu kümmern. Vermutlich wäre es besser, wenn Sie nach London zurückkehrten und mir freie Hand ließen, mich ohne Ihre Hilfe mit ihm anzufreunden.«

Er starrte sie nur an und massierte sein Kinn, an dem sich die ersten leichten Stoppeln zeigten.«Ich danke Ihnen für den Hinweis, Miss Benjamin. Allerdings gehört es nicht zu den Aufgaben einer Angestellten, den Hausherrn zurechtzuweisen.«

»Ich bin die Gouvernante, wenn ich Sie daran erinnern darf.«

Erschrocken hielt sie inne, aber die Widerworte waren längst heraus. »Es war ein anstrengender Tag«, sagte sie dann mit Blick zur Tür. »Für uns *beide*, wie ich meine. Ich würde mich jetzt gern entschuldigen.«

Er stand auf. »Nein, gehen Sie noch nicht.« Er sah aus, als ob er die Worte gern zurückgenommen hätte.

»Es ist schon spät« flüsterte sie, weil er sie ansah, als ob er sie am liebsten festgehalten hätte, als ob er in ihrer Gegenwart Trost finden könnte.

»Sie haben doch gesagt, daß Sie mich vieles fragen möchten ...«

»Ich verstehe bereits eine ganze Menge«, entgegnete Alexandra. »Sie können sich darauf verlassen, daß ich immer nett zu Sam sein werde. Er wird niemals Grund haben, sich vor mir zu fürchten.« Verstohlen musterte sie Newell, doch er schien nur zu überlegen, wie er sie aufhalten konnte.

Sie trat einen Schritt zurück, doch sofort folgte er ihr. »Darf ich mich jetzt zurückziehen, *my lord*?« fragte sie ein wenig atemlos.

Sein Blick ruhte auf ihrer Hand, die bereits den Türknauf umklammerte. Sekundenlang schien er wütend zu werden, und es sah aus, als ob er sich beherrschen müßte, um sie nicht einfach festzuhalten. Aber schließlich siegte der Gentleman, und er nickte schweigend.

Blitzschnell war Alexandra aus der Tür und eilte durch den breiten Flur zur großen Treppe. Dabei wäre sie fast auf dem rauhen Teppich gestürzt, so sehr beeilte sie sich. Sie fürchtete, daß Newell ihr folgen könnte. In ihren Augen war er unberechenbar. Ein riesiger, unberechenbarer Mann, der sie besser kennenlernen wollte! Er hatte zwar nicht einmal den Versuch gemacht, sie zu berühren, doch für seine Blicke galten offenbar keine Grenzen. Und auch in seiner Stimme hatte sie gelegentlich einen sanften, interessierten Unterton vernommen, der einfach zu vertraut gewesen war.

Sie mußte unbedingt einen gebührenden Abstand zu ihm einhalten, ermahnte sie sich selbst, während sie die Treppe hinaufstieg. Er durfte ihr einfach niemals zu nahe kommen. Er war lediglich ihr Arbeitgeber – und sonst gar nichts. Ganz gleich, wie schwierig die Probleme waren, mit denen er zu kämpfen hatte – sie gingen sie jedenfalls nichts an.

»Schlafen Sie gut, Miss Benjamin.«

Sie sauste herum, und als sie Newell im Schatten am Fuß der riesigen Eichentreppe stehen sah, wurde ihre Hand auf dem Geländer ganz feucht.

»Gute Nacht, *my lord*«, flüsterte sie. Wieder hinderten die spiegelnden Gläser, daß sie seine Augen erkennen konnte. Als sie sich abwandte, hielt er sie mit einem einzigen Wort auf.

»Alexandra.«

Sie drehte sich um und sah zu der reglosen Gestalt hinunter. »Ja?« flüsterte sie.

Seine Stimme klang belegt. »Bitte helfen Sie Sam.«

Alexandra schloß die Augen, weil ihre Gefühle sie zu überwältigen drohten. Dann nickte sie stumm, während sie um Fassung rang. Und als sie weiter nach oben stieg, stellte sie zu ihrer Überraschung fest, daß ihr die Tränen in die Augen traten.

11

»Wachen Sie auf, Miss! Wachen Sie auf! Es hat einen schrecklichen Unfall gegeben. Unser Herr ist verletzt! Sie müssen sofort kommen!«

Alexandra befreite sich aus den Decken und stolperte durch das finstere Zimmer. Mrs. Penriths Geschrei und das laute Hämmern an der Tür hatten sie unsanft mitten aus dem ersten Schlaf gerissen.

»Himmel, was ist passiert?« fragte Alexandra, als sie im Schein der Petroleumlampe sah, wie bleich die Hausdame war.

»Er ist verletzt, Miss! Wir haben schon nach dem Arzt geschickt, aber er verlangt nach Ihnen.«

Alexandra griff nach ihrem schwarzen Schal, der über einem Stuhl hing. »Und was ist passiert?«

»Es ist unten im Flur passiert. Genau am Fuß der Treppe. Das Zimmermädchen dachte, daß er mit Ihnen gesprochen hätte. Sie hat Stimmen gehört und danach einen lauten Krach. Der alte Eisenleuchter ist auf ihn heruntergefallen und hat seinen Arm verletzt. Ein Schnitt – so lang wie ein Schwert! So etwas habe ich noch nie gesehen! Er kann froh sein, daß er noch lebt!«

»Wie schrecklich ...« Alexandra hastete hinter der Hausdame her und merkte nicht einmal, daß sie keine Schuhe trug. Sie dachte nur an den melancholischen Moment, als sie sich verabschiedet hatten. Lange hatte sie wachgelegen und an seine verletzliche Miene denken müssen.

»Ich denke, daß der Arzt die Wunde nähen kann. Aber der Herr war sehr aufgeregt und wollte unbedingt mit Ihnen sprechen. Außerdem hat er angeordnet, daß ich dem Hausmädchen etwas Laudanum geben soll, damit sie endlich aufhört zu weinen.«

»Hat das Zimmermädchen ihn denn gefunden?« Alexandra versetzte es einen kleinen Stich, daß sich die Kleine so sehr aufregte und sich die Sache so zu Herzen nahm. Offenbar mochte sie ihren Herrn sehr gern. Und ihr ging es ähnlich, dachte sie, auch wenn sie es nur ungern zugab.

»Sally ist eine treue Seele, aber so treu nun auch wieder nicht. Nein, Miss, sie weint nicht um ihren Herrn, sondern sie schwört, daß Satan persönlich den Kandelaber hat abstürzen lassen! Sie behauptet, eine dunkel gekleidete Gestalt am Ende des Gangs gesehen zu haben – kurz bevor es passiert ist. Du lieber Himmel, es grenzt schon an ein Wunder, daß unter diesen Umständen überhaupt noch ein Mädchen in Cairncross arbeiten möchte!«

Alexandra spürte, wie ihr Herz aussetzte und sich nackte Angst in ihrem Innern ausbreitete. »Haben die Bediensteten diese Gestalt denn schon öfter gesehen?«

»Aber ja. Schon seit Jahren. Manchmal öfter und dann wieder seltener.«

Alexandra grauste es. »Und was sagt Seine Lordschaft dazu?« fragte sie jedoch ganz ruhig.

»Er ist durch das viele Laudanum nicht ganz zurechnungsfähig, Miss, und außerdem hat er starke Schmerzen. Aber trotzdem schimpft er, daß das alles Quatsch sei, und beschwert sich, daß heutzutage jeder Gespenster sieht.«

»In dieser Beziehung hat er recht«, sagte Alexandra und raffte den Saum ihres Nachtkleids, um mit Mrs. Penrith Schritt halten zu können.

»Trotz Laudanum und Schmerzen hat er ausdrücklich darauf bestanden, daß ich Sie rufen soll. Sie und sonst niemanden.« Prüfend sah die Hausdame Alexandra an. »Das Zusammentreffen ist schon seltsam. Aber das Zimmermädchen ist trotz einer Dosis Laudanum immer noch ganz außer sich wegen der Gestalt, die es angeblich gesehen hat.«

»Wie geht es Lord Newell?« fragte Alexandra, der das Jammern und Klagen über das arme Ding allmählich auf die Nerven ging.

»Er nimmt sich zusammen.« Mrs. Penrith lachte nervös. »Ein Typ wie er läßt sich doch nicht von einer Wunde beeindrucken.«

Der Butler stand vor der Schlafzimmertür und musterte Alexandra so finster, daß diese unwillkürlich den Atem anhielt. Im selben Moment jedoch stellte Mrs. Penrith ihre Lampe auf einer chinesischen Truhe ab und öffnete Alexandra die Tür.

»Sie will ihn zu sich holen. Und das nur wegen Ihnen!« flüsterte Featherstone Alexandra zu, ohne daß Mrs. Penrith es hören konnte.

Ratlos sah Alexandra den alten Mann an, weil sie nicht wußte, ob sie richtig gehört hatte, doch auf seiner Miene spiegelte sich keine Bösartigkeit, sondern lediglich tiefe Verzweiflung. Wortlos ging sie an ihm vorbei und betrat Newells Schlafzimmer.

»Verdammt! Verdammt! Können Sie denn nicht schneller arbeiten?«

Vom Vorzimmer aus hörte sie bereits Newells Fluchen, und dann sah sie den großen Körper auf dem Bett und als Schatten vor der Lampe die Gestalt des Arztes, der sich mit Nadel und Faden über seinen Patienten beugte.

Sie verharrte auf der Schwelle. »*My lord*?«

Newells Kopf sauste hoch, und der Arzt sah kurz auf, wandte sich jedoch gleich darauf wieder seiner Arbeit an Newells mächtigem Oberarm zu.

»Ah, Miss Benjamin! Kommen Sie herein! Ich habe schon auf Sie gewartet.«

Durch das Laudanum, das er bekommen hatte, klang seine Zunge schwer. Auch seine Augen schienen von dem Medikament und den starken Schmerzen getrübt zu sein. Wahrscheinlich hatte man ihm eine hohe Dosis verabreicht, doch offenbar immer noch nicht genug, um diesen Riesen zur Ruhe zu bringen.

»Setzen Sie sich«, sagte er und nickte in Richtung auf einen Lehnstuhl. »Und sehen Sie sich diese Schlächterei an!« Er warf dem Chirurgen einen finsteren Blick zu.

Alexandra sank auf das weiche Polster und besah sich die blutverschmierten Laken, die blutgetränkten Tücher und die blutigen Finger des Arztes. »Wie ich sehe, hat Ihr Temperament nicht gelitten, *my lord*. Ganz im Gegensatz zu Ihrem Arm. Daraus schließe ich, daß Sie es überstehen werden.«

»Falls ich diese Stümperei überlebe!« stieß er hervor und zischte dann den jungen Arzt an: »Verdammt! Sind Sie denn nicht endlich fertig?«

»Doch, *my lord*, im Augenblick!« Der Chirurg schnitt die violetten Fäden zurecht und verband dann unter Newells mißtrauischen Blicken die schlangengleiche Wunde mit einer weißen Binde. Nachdem der Patient versorgt und die blutigen Tücher weggeräumt worden waren, packte der Arzt seine Sachen zusammen.

»Ich werde Mrs. Penrith alle nötigen Anweisungen geben und am Vormittag noch einmal nach Ihnen sehen.« Mit einem Nikken verabschiedete sich der Mann, und wie auf ein Stichwort hin, erschien Featherstone, um ihn zur Haustür zu begleiten.

Als Alexandra mit Newell allein blieb, war sie sekundenlang verunsichert. Aber eigentlich gab es keinen Grund zur Besorgnis. In seinem gegenwärtigen Zustand konnte er es nicht einmal mit einem Kätzchen aufnehmen. Allerdings machte die ungewohnte Nähe sie verlegen. »Haben Sie Schmerzen?« fragte sie leise.

»Ich hatte schon schlimmere. Morgen wird die Wunde anschwellen, und dann werde ich wie ein Bär toben!«

»Dann erinnern Sie mich doch bitte daran, daß ich einen Tag warte, bis ich Ihnen einen Strauß Blumen bringe.« Sie lächelte.

Als er sie ansah, mußte er ebenfalls lächeln. Es war zwar kaum mehr als ein Zucken in den Mundwinkeln, aber für Alexandra war es ein großer Moment.

»Ich bin froh, daß Sie noch wach waren«, sagte er und ließ den Kopf auf das Kissen sinken.

»Von wegen! Mrs. Penrith hat mich wecken müssen. Und das wissen Sie genau.«

Wieder lächelte er, und dann wurde ein so ansteckendes Grinsen daraus, dem Alexandra nicht widerstehen konnte. Sie war noch nie einem Mann begegnet, der über sich selbst lachen konnte. Wenn dieser Newell nicht gerade unausstehlich war, war er durchaus amüsant.

»Gießen Sie bitte ein Tasse Tee ein, Miss Benjamin. Das Tablett steht dort drüben auf der Mahagonikommode. In der obersten Schublade finden Sie außerdem eine silberne Flasche. Die bringen Sie mir bitte ebenfalls.«

»Bin ich jetzt auch noch Krankenschwester?« Ohne die Antwort abzuwarten, ging sie zur Kommode und goß den Tee ein. Die Flasche fand sie genau an der angegebenen Stelle. In den Fächern der Kommode duftete es köstlich nach einer feinen Seife, und am liebsten hätte Alexandra ganz schnell die Hemden aus Batist berührt, um zu sehen, ob sie wirklich so fein waren, wie sie aussahen. Aber sie beherrschte sich und schloß die Schublade wieder.

Als sie zum Bett zurückging, wurde ihr erst richtig bewußt, wie riesig dieses Schlafzimmer war. Mittelalterliche Gobelins in Dunkelblau, Rot und Gold, die die vier Jahreszeiten darstellten, zierten die Wände, und das riesige, geschnitzte Bett stand wie ein Thron auf einer kleinen Empore. Dieser Raum war nicht renoviert worden, wie sie eigentlich erwartet hätte, sondern er wurde nur von Kerzenlicht erhellt und im Kamin brannte ein helles Torffeuer.

»*My lord*«, sagte sie und reichte ihm die Teetasse und die kleine Flasche.

Aber Newell griff nur nach der Flasche. »Der Tee ist für Sie«, sagte er, bevor er einen tiefen Zug aus der Flasche nahm.

Während Alexandra ihren Tee trank, breitete sich Stille aus, und sie überlegte, weshalb er sie wohl hatte rufen lassen. Im Grunde gehörte es sich nicht, daß sie allein in seinem Schlafzimmer saß. Aber ihr machte es nichts aus. Im Gegenteil. Sie fühlte sich sogar wesentlich wohler als bei ihrer ersten Unterredung in der Bibliothek.

»Was sagen Sie zu diesem Unfall, Miss Benjamin? Ich nehme an, Sie haben inzwischen die Gerüchte gehört.« Er nahm noch einen tiefen Schluck und ließ sich schließlich mit schmerzverzerrtem Gesicht zurücksinken.

»Ja, ich habe von dem Zimmermädchen gehört.«

»Ein etwas flatterhaftes Wesen, dessen Namen ich mir einfach nicht merken kann.« Er schloß die Augen. Die Brille lag ganz unschuldig auf dem Nachttisch und hatte ihren spiegelnden Zauber eingebüßt.

Alexandra trank noch einen Schluck Tee. »Offenbar hat die Kleine eine Gestalt gesehen. Genau wie ich.«

»Sie behauptet es jedenfalls.«

»Und stimmt es? War jemand dort?«

Er öffnete die Augen und warf ihr einen bekümmerten Blick zu. »Was würden Sie sagen, wenn ich diese Frage bejahte? Und wenn ich weiter sagen würde, daß diese Gestalt und kein Zufall die Kette des Kandelabers beschädigt hat? Was würden Sie daraus schließen?«

»Ich würde mir überlegen, weshalb Sie das unbedingt geheimhalten möchten«, antwortete Alexandra mit leiser Stimme.

»Wie immer denken Sie logisch. Ja, sehr logisch. Direkt wissenschaftlich, möchte ich sagen.« Er wandte den Blick ab, und die Muskeln an seinem Kiefer spannten sich. »Sie glauben nicht an Geister und Dämonen, weil Sie eine intelligente Frau sind und es keinerlei Beweise gibt. Sie interessieren sich allein für die Tatsachen. Und Tatsache ist, daß ich alle in dem Glauben lasse, es hätte sich ein Unfall ereignet. Aber es war mit Sicherheit kein Unfall.« Das Laudanum beeinträchtigte seine Zunge.

»Wer hat es getan?« Beunruhigt beugte sich Alexandra über ihn, weil sie nicht sicher war, ob er noch ganz bei sich war.

Argwöhnisch sah er zu ihr empor. »Nicht wer, sondern was.«

»Und was war daran schuld?« fragte sie, wobei unerklärlicherweise ein Gefühl der Rührung in ihr aufstieg.

»Das Böse, Miss Benjamin. Es war das Böse.« Diesmal waren seine Augen klar, als ob der Schmerz sie gehärtet hatte.

Alexandra lehnte sich ernüchtert zurück.

Sein Gesicht lag im Halbdunkel. »Sie sehen aus, als ob Sie mir nicht glaubten, Miss Benjamin.«

»Sie haben sehr viel Laudanum gegen Ihre Schmerzen bekommen.«

»Ja. Wieder eine logische Folgerung. Etwas anderes habe ich auch nicht erwartet.«

Alexandras Blicke wanderten über seinen Körper, der halb zugedeckt unter dem Leintuch lag, doch auf den Muskeln seines Oberkörpers schimmerte ein leichter Schweißfilm. Ein Fest für Frauenaugen, dachte Alexandra. Aber diesen wunderschönen Körper umgab etwas Böses, das sich sowohl im Schönen wie im Häßlichen verbarg.

Sie schluckte und befeuchtete ihre Lippen, während seine Blicke halb betäubt jede ihrer Bewegungen verfolgten. »Die Puppe, die mir einen Schrecken einjagen sollte, war mit Sicherheit kein Phantom, sondern sehr real. Genauso real wie die Person, die sie dort aufgestellt hat.«

»Genau hier verläßt Sie Ihre Logik. Das Böse existiert nicht nur in dunklen Ecken oder im Kopf. Nein, es ist echt, Miss Benjamin. Es existiert in den verschiedensten Formen – in jeder Form. Selbst in einem Kind.« Seine Augen verdüsterten sich, und seine Lippen spannten sich. »Wenn ein Kind erst einmal sieht, welche Herrlichkeiten das Böse auf dem Tisch ausgebreitet hat, möchte es sich am liebsten einen Stuhl heranziehen.«

»Sind Sie dieses Kind?«

Er hielt ihrem Blick stand. »Möglich.«

Ein Kloß saß in ihrer Kehle, weil sie nicht glauben konnte, daß sie tatsächlich ernsthaft eine solche Unterhaltung führten. »Möchten Sie manchmal etwas Böses tun?« Sie hielt den Atem an, weil sie sich im Grunde vor seiner Antwort fürchtete.

»Das Böse besitzt Macht – und diese Macht wurde gegen mich eingesetzt.« Trotz des Laudanums sprach er nun ganz klar. »Aber das werde ich nie mehr zulassen.«

Alexandras Herz klopfte wie verrückt. »Mir ist das Böse nun auch begegnet, aber deswegen akzeptiere ich es noch lange nicht als Teil von mir. Ich bekämpfe es lieber, und ich bekämpfe alle, die es nähren möchten.«

Zärtlich faßten seine Finger nach ihrer Hand, und diese zaghafte Berührung war intensiver als alles, was sie bisher empfunden hatte. »Mit solchen Antworten besiegeln Sie Ihr Schicksal«, flüsterte er und bekannte schließlich zögernd und stockend: »Aber ... aber genau deswegen fühle ich mich so zu Ihnen hingezogen.«

»Da wir schon in Metaphern sprechen, *my lord*, wüßte ich gern, welche Gestalt des Bösen das Zimmermädchen gesehen hat?« Ihre Hand und ihre Lippen bebten.

Mit steinernem Gesicht ergriff er ihre Hände und zog sie näher zu sich hin. »Ich fürchte, es war die Gestalt von Miss Pole.«

Alexandra erstarrte, während ihr Herz wie wild hämmerte. »Das ist unmöglich. Seit ihrem Verschwinden wurde sie nicht mehr gesehen, und viele glauben sogar, daß sie längst tot ist.«

»Richtig.«

»Wollen Sie demnach behaupten, daß das Zimmermädchen ein Gespenst gesehen hat?«

»Für gewöhnlich bezeichnet man diese Erscheinungen so.«

Voller Panik starrte sie ihn an, und ihre Stimme überschlug sich beinahe. »So etwas gibt es nicht!«

»Eine gute Jüdin glaubt nicht an Gespenster.« Er sah sie an. »Und ein guter Christ sollte das ebenfalls nicht tun. Und doch tun es alle.«

»Das hat doch nichts mit Religion zu tun. Entweder glaube ich daran, oder eben nicht. Und ich tue es nicht«, stieß sie hervor und merkte dabei nicht, daß er sie langsam immer näher an sich heranzog.

»Das ist Ihre persönliche Entscheidung.«

Sie schüttelte den Kopf. »Ursula Pole ist verschwunden, wie man mir gesagt hat. Sie selbst wissen ja nicht einmal, ob sie tot ist oder nicht. Wenn Sie tatsächlich glauben, daß sie dort im Flur war, dann heißt das nur, daß sie irgendwie zurückgekommen ist.

Vielleicht war sie ja nur vorübergehend fort und ist später zurückgekehrt.«

»Wollen Sie etwa behaupten, daß sie in einem der hundert Räume dieses Schlosses lebt und wir es bisher nicht gemerkt haben?«

»Es wäre immerhin möglich. Schließlich war sie –« Alexandra schloß den Mund, denn ihre Gedanken überraschten sie selbst.

Seine Blicke umfaßten sie. »Genau.«

»Aber Sie wissen ja gar nicht, worauf ich hinauswollte«, protestierte sie zaghaft.

»Sie wollten sagen, daß sie hier ist, weil sie immer noch verrückt nach mir ist.« Er richtete sich auf und umfaßte ihr Kinn. »Habe ich recht?«

»Ja«, stieß sie hervor und war wieder einmal völlig verwirrt, weil er ihre Gedanken haargenau gelesen hatte.

»Ihre Logik überrascht mich wirklich, Miss Benjamin. Sie haben den einzig möglichen Schluß aus den Fakten gezogen.«

»Sie müssen das Schloß durchsuchen lassen, *my lord*. Irgendwo muß sie ja stecken. Nach allem, was ich gehört habe, gibt es sogar Flügel, die überhaupt nicht benutzt werden. Wenn Sie sie gefunden haben, können Sie ein für allemal mit ihr abrechnen.«

»Haben Sie sich schon einmal gefragt, weshalb sie mich verletzen wollte?«

Sie blickte auf ihn hinunter, weil sein Griff an ihrem Kinn ihr gar keine andere Möglichkeit mehr ließ, und der schmerzvolle Ausdruck seines Gesichts rührte sie. »Das weiß ich nicht. Vielleicht ist sie ja verrückt.«

»Nein«, flüsterte er so nah vor ihr, daß sein Atem ihre Wange streifte. »Sie ist nicht verrückt – sie ist böse. Ein winziger Tropfen davon kann die ganze Welt vergiften. Nur wegen Ihnen will sie mich vernichten.«

Alexandra konnte nur verblüfft den Kopf schütteln, denn dieser Satz verschlug ihr die Sprache.

Sanft fuhr er mit der Hand über ihr dichtes Haar. »Sie möchte, daß ich tot bin, weil ich dann bei ihr sein werde ...«

»Aber wenn sie tot ist und hier herumgeistert, ist sie doch längst bei Ihnen!« widersprach Alexandra mit bezwingender Logik.

»Das schon, aber nun sind Sie hier.« Sein Atem ging schneller, und seine Augenlider wurden schwer. Wie ein hungriger Wolf starrte er sie an. »Und sie weiß, daß ich ... daß ich mich ... daß ich mich sehr danach sehne.«

Er zog sie noch näher an sich und wartete auf eine ablehnende Reaktion, doch als sich weder Haß noch Wut auf ihren Zügen malten, hob er ganz langsam den Kopf und bedeckte ihren Mund mit seinen Lippen.

Es durchfuhr sie wie ein Blitz, und sie zuckte zurück, doch seine Hand lag längst um ihren Nacken. Er preßte ihren Kopf gegen sich, und der Kuß wurde immer intensiver. Sie hatte ihre Lippen nie wirklich schön gefunden, weil sie zu voll waren, doch nun spürte sie, wie er genau diese Weichheit und Verletzlichkeit genoß. Seine Zunge fuhr gierig über ihre Zähne, bis sich ihrer Kehle ein Seufzer entrang. Ihr Verstand riet ihr, sich in Sicherheit zu bringen und davonzulaufen und sich keinesfalls von ihm berühren zu lassen. Anfangs hatte sie seine Ähnlichkeit mit Brian verblüfft, doch nun war klar, daß er ganz anders war. Damals hatte sie sich vorgenommen, nie wieder einen Kuß mit Leidenschaft und Hoffnung zu erwidern, sondern sich darüber lustig zu machen und den Mann genauso zum Teufel zu schicken, wie Brian das mit ihr gemacht hatte.

Oh, aber damit hatte sie nicht gerechnet. Dies war etwas ganz anderes, und das wußte sie so sicher, wie ihr Herz schlug. Und so gab sie nach, als dieser Honourable Lord Newell sie so eindringlich darum bat. Zitternd öffnete sie ihm ihren Mund, weil sie diesem Gefühlssturm nicht zu widerstehen vermochte.

»Oh, Gott«, stöhnte sie, als er sich schließlich von ihr löste.

Seine Augen befanden sich so dicht vor den ihren, daß sie den leichten Kupfergeruch seines Blutes wahrnahm, der noch an seiner Haut haftete und den sie nun auf ihren Lippen schmeckte.

Sie wandte sich ab, um davonzulaufen.

»Nein«, sagte er und packte ihren Arm.

»Das hätten Sie nicht tun sollen, nicht mit mir«, stieß sie hervor und blickte gekränkt zu Boden.

»Und weshalb nicht?« fragte er mitleidslos. Dabei umfaßte er ihr Kinn und drehte ihren Kopf zu sich um, so daß sie ihn ansehen mußte. Seine blauen Augen waren blutunterlaufen, und der Schmerz, den sie darin las, machte sie stumm. »Glaubst du etwa, daß du dagegen immun bist?«

»Ich stehe über diesen Dingen«, rief sie wütend.

»Ja, genau. Das sehe ich.« Er lehnte sich erschöpft zurück, aber deswegen ließ er ihren Arm nicht los. »Ausgerechnet du mit deiner Güte, deinen guten Manieren und deinen unschuldigen Augen!« Er zog sie an sich, so daß sie praktisch auf der Matratze knien mußte. »... und mit deinen süßen roten Lippen, mit denen du da, wo ich herkomme, ein Vermögen verdienen könntest!«

Sie stöhnte nur und fühlte, wie ihre Wangen vor Scham brannten. Ganz gegen ihren Willen tastete ihre Hand über ihre Lippen.

»Aber natürlich stehst du über solchen Dingen«, flüsterte er und zog sie weiter zu sich. »Offenbar weißt du nicht einmal, wie sehr du mich reizt, du kleine Aufrechte. Eine wie dich hatte ich noch nie ... Diese Offenheit gefällt mir ... und ich sehne mich ...« Er hielt inne und setzte schließlich noch einmal an. »Gar zu gerne würde ich dies alles besitzen.«

Wie ein Tier, das die Gefahr wittert, entzog sich Alexandra plötzlich seinem Griff, denn seine Worte, sein ganzes Benehmen und sein Drängen ließen ihre Seele gefrieren. »Sie hat Sie zerstört«, flüsterte sie. »Sie und Ihren Bruder. Aus Ihren Worten sprechen nicht Sie, sondern ich höre *sie*.«

»Sehr schmeichelhaft!« höhnte er. »Doch die Vergangenheit ist vorbei, und ich kann durchaus allein entscheiden, was ich denke und sage.«

Ihre Lippen zitterten, aber ihre Stimme schwankte nicht. »Ich werde Sie auch nicht länger reizen, denn dazu werde ich gar nicht lange genug hierbleiben. Ich bin lediglich gekommen, um Ihrem Bruder zu helfen.« Sie blickte verächtlich auf seine Hand hinunter, die noch immer ihren Arm gepackt hielt. »Und nicht deswegen!«

»Sie hätten mir eine Ohrfeige geben und davonlaufen können«, höhnte er, »aber Sie haben es nicht getan.«

Sie konnte ihn nicht ansehen, denn sie hätte am liebsten geschrieen, daß er sie lediglich an Brian erinnert hatte – an den Mann, den sie geliebt und der ihr das Herz gebrochen hatte. Aber das wäre eine Lüge gewesen. Sie hatte nicht gegen den Kuß protestiert – weil sie sich danach gesehnt hatte. Sein gutes Aussehen und seine Magie hatten sie verführt. Aber das sollte ihr nie wieder passieren, versprach sie sich selbst, während sie an ihrem Arm zerrte, damit er sie losließ.

»Es war alles ein Irrtum«, sagte sie und bemühte sich, ihre Verwirrung zu verbergen. »Sie haben Medikamente bekommen ... Denken Sie an Ihre Wunde, *my lord*. Sie wußten nicht, was Sie taten, und ich habe mich nicht gewehrt, weil ich so überrascht war.« Sie hörte auf zu zerren und sagte dann sehr kühl: »Ich möchte Sie jetzt bitten, meinen Arm loszulassen, und dann vergessen wir einfach, was geschehen ist.«

Seine Miene erstarrte, und dann verzog sich ein Mundwinkel zu einem spöttischen Grinsen. »Oh, ja, natürlich, mein Arm.«

»Sie müssen schreckliche Schmerzen haben. Kein Wunder, daß Sie nicht mehr klar denken können.«

»Ja.« Er starrte auf seinen bandagierten Bizeps und meinte dann in leicht amüsierten Ton: »Ja, er bringt mich um.«

Die Ironie streifte Alexandra wie ein eisiger Luftzug, aber sie konnte nicht darüber lachen. Sie dachte an Ursula Pole und alles, was er gesagt hatte, und wollte nur noch weg.

»Ich glaube, ich sollte den Arzt noch einmal rufen«, sagte sie, als ihre Blicke zu seiner Schulter wanderten, wo sich am oberen Ende des Verbands eine rote Linie abzeichnete.

»Nein, ich werde jetzt schlafen.«

»Aber Sie müssen ... Sie müssen doch Schmerzen haben.« Es machte sie wütend, daß ihr unwillkürlich die Tränen in die Augen stiegen. Im einen Moment erschreckte er sie zu Tode, und im nächsten empfand sie plötzlich unglaubliches Mitleid mit ihm.

»Ich brauche nur Schlaf.«

Alexandra hatte das Gefühl, als ob er sich nicht nur physisch, sondern auch geistig von ihr abwandte. Mit einem Mal wirkte er so selbstquälerisch wie damals in der Bibliothek, als er seine guten Manieren vergessen hatte.

»Gehen Sie jetzt, Miss Benjamin. Ich werde Ihnen in Zukunft derartige Auftritte ersparen.« Mit geschlossenen Augen legte er sich zurück. »Das Laudanum hat mich für einen Augenblick schwach werden lassen. Wir werden nie wieder darüber sprechen.«

»Ja, *my lord*. Aber was wird aus Ursula Pole? Wenn Sie sie tatsächlich gesehen haben, sollten Sie das Schloß durchsuchen –«

Er riß die Augen auf, und als er hochfuhr und ihren Arm fahren ließ, wich sie wie vor einem knurrenden Hund zurück.

»Ich werde nie wieder darüber sprechen, und ich werde abstreiten, je so etwas gesagt zu haben! Dieser Abend und diese Unterhaltung haben nie stattgefunden. Ist das klar?«

»Ja«, antwortete sie. »Aber weshalb, *my lord*?«

Als ihre Blicke sich trafen, fühlte sie plötzlich Bleigewichte an ihren Füßen. Am liebsten hätte sie die Hände vor das Gesicht geschlagen, um nichts mehr sehen zu müssen, aber da hatte sie bereits die einsame Seele in seinen Augen gesehen, die nichts festhalten konnte. Furcht ergriff sie, und zugleich maßloses Mitleid, und ihr Herz schmerzte unsäglich.

»Sie glauben doch nicht an Gespenster, nicht wahr, Alexandra?«

Sie zitterte, aber trotzdem schüttelte sie den Kopf.

»Deshalb.« Mit diesen Worten schloß er die Augen und sank zurück in die Kissen.

12

»Wie macht eine Biene, wenn sie in einer Blüte herumkrabbelt? Bzzzzz ...« Alexandra kratzte über das Xylophon.

Dabei beobachtete sie Sam, der stocksteif auf der Gartenbank saß und nicht recht hinzuhören schien. Zehn Tage waren seit Newells Unfall vergangen. Um Sam vom Zustand seines Bruders abzulenken, war sie oft mit ihm in den Garten gegangen und hatte ihn schrittweise mit ihrer Therapie vertraut gemacht. Als Belohnung versprach sie ihm jedesmal einen Besuch bei seinem Bruder, doch obwohl Damien fieberte und Sam nicht viel mit ihm anfangen konnte, schienen ihn die Besuche zu freuen. Und entsprechend gut entwickelte sich die Beziehung zwischen Sam und Alexandra.

»Können Sie das nachmachen, Sam? Bzzz ...?« Erwartungsvoll sah sie ihn an.

Aber Sam sah sie nur mit seinen blauen Augen an, und seine Gedanken waren ganz woanders. Seufzend blickte sie auf die karierte Decke hinunter, auf der sie saßen. Es war ihre Idee gewesen, sich mit Sam in der freieren Atmosphäre des Gartens anzufreunden, bevor sie mit der eigentlichen Arbeit begann, doch offenbar hatte sie nicht allzu viel Erfolg erzielt. Sie fühlte sich steif und müde, weil sie in den letzten Nächten nicht gut geschlafen hatte.

Stundenlang hatte sie wach gelegen und wieder und wieder an das Gespräch mit Newell gedacht. Nein, sie glaubte nicht an Gespenster. Schon allein der Gedanke daran war völlig absurd. Selbst nach diesem Gespräch hatte sie sich nicht vor dem Rückweg in ihr Zimmer gefürchtet. Gespenstergeschichten waren etwas für Kinder und Narren. Dagegen sorgte sie sich weit mehr um Newell selbst, in dessen Seele offenbar das Gute mit dem Bösen kämpfte. Wie es aussah, schien er auf dem besten Weg zu sein, den Kampf zu verlieren und sich in sein Schicksal zu ergeben.

Der Gedanke an ihre Unterhaltung hatte sie die ganze Nacht hindurch verfolgt wie der imaginäre Schatten von Ursula Pole. Morgens hatte sie geglaubt, das Schlimmste überstanden zu haben. Doch dem war ganz und gar nicht so gewesen. Sie hatte sich wieder und wieder gefragt, weshalb sie ihm diesen Kuß gestattet hatte. War seine unglaubliche Ausstrahlung schuld daran gewesen, oder hatte sie etwa sein dunkler Charakter so sehr fasziniert?

Im Grunde wollte sie es gar nicht so genau wissen, und deshalb hatte sie gleich beim Frühstück ihre Pläne für Sam entwickelt. Sie wollte sich lieber in die Arbeit stürzen, damit sie nicht mehr an Newell denken mußte. Sobald sie einen Erfolg erzielte, würde sie ihre Koffer packen und nach London zurückfahren, um ein neues Leben zu beginnen. Mit einer Empfehlung von Lord Newell konnte sie vielleicht sogar die Arbeit ihres Vaters fortsetzen, ohne offizielle Examen nachweisen zu müssen.

»Kommen Sie, Sam«, sagte sie und nahm ihn bei der Hand. Dann zog sie ihn wie ein Kind hinter sich her. »Wir wollen einen kleinen Spaziergang machen, und dabei erzähle ich Ihnen eine Geschichte.«

Während sie zur moosbewachsenen Mauer hinübergingen, begann sie. »Früher wohnte hier einmal ein Junge, der John Damien hieß und mit seinem Bruder ganz oft in diesem Garten gespielt hat. Sein Bruder hieß Sam.« Sie lächelte ihn an und verbarg ihre Enttäuschung, als er das Lächeln nicht erwiderte.

»Innerhalb dieser Mauern haben sie lauter lustige Spiele gespielt. Zum Beispiel haben sie ...« Und dann bückte sie sich und hob eine Handvoll grüner Haselnüsse auf, die von einem alten Strauch heruntergefallen waren. »... auch Unsinn getrieben.« Diesmal stellte sie eine gewisse Aufmerksamkeit fest.

»Sie haben mit den Haselnüssen auf alles mögliche gezielt. Zum Beispiel auf diese Mauer ...« Sie wollte gern lang verschüttete Erinnerungen auffrischen, aber natürlich wußte sie nicht, ob sie die richtige Idee gehabt hatte.

Plötzlich jedoch packte Sam ihre Hand und zog sie mit sich zur südlichen Mauer, die über und über mit einem Dickicht aus Glyzinien bewachsen war. Aufgeregt deutete Sam nach oben.

»Was ist dort oben? Ich kann nichts sehen.« Insgeheim hielt sie den Atem an, denn zum ersten Mal erlebte sie eine direkte Reaktion.

Sam deutete unverwandt zur Mitte der Mauer, wo der Bewuchs besonders dick zu sein schien. Erst bei genauerem Hinsehen konnte sie so etwas wie eine steinerne Klaue ausmachen.

»Ja, ich kann etwas sehen. Sie haben recht, Sam.« Sie blickte sich suchend nach einer Leiter um. Sie meinte, sich daran erinnern zu können, daß sie vor ein paar Tagen eine gesehen hatte. Aber sie wußte nicht mehr, wo das gewesen war.

Plötzlich verschwand Sam hinter einem dichten Busch, während Alexandra fieberhaft nachdachte. Sie konnte keinen Zusammenhang zwischen dem Werfen der Nüsse und der Klaue auf der Mauer erkennen, aber sie war überzeugt, daß Sam sie bald aufklären würde.

Kurz darauf kehrte Sam mit einer Leiter zurück, die im vergleich zu seiner Größe geradezu lächerlich klein wirkte. Rasch lehnte Alexandra sie gegen die Mauer. Dann stieg sie hinauf und zerrte das Glyziniengestrüpp auseinander. Nach und nach befreite sie eine moosüberwucherte Pfote und dann eine zweite. Bestimmt versteckte sich ein Hund darunter oder etwas ähnliches, dachte sie, während ihr die Lianen in die Finger schnitten.

Als nächstes erschien eine steinerne Kette, die vom Hals des Tieres herabhing, und als sie die letzten Glyzinien herunterriß, mußte sie vor Überraschung beinahe lachen. Der Hund entpuppte sich als ein grotesker Wasserspeier, der mit einer Kette auf der Gartenmauer angebunden war.

Im selben Moment sauste eine Haselnuß knapp an ihr vorbei, prallte von einem Reißzahn des Ungeheuers ab und fiel zu Boden. Als sie sich umdrehte, sah sie, wie Sam mit kindlichem Vergnügen weitere Nüsse aufklaubte, um das Ungeheuer damit zu bewerfen. Alexandra duckte sich und bewunderte seine Zielsicherheit, als er das Biest beim nächsten Wurf genau zwischen die Augen traf. Als sie die Stelle näher betrachtete, entdeckte sie hunderte von winzigen Kerben, die die beiden Jungen dem Biest im Lauf der Jahre beigebracht hatten.

Rasch stieg sie wieder von der Leiter und leistete Sam bei seinem Spiel Gesellschaft. Sie sammelte weiter fleißig Nüsse und spornte Sam zu großen Taten an, und wenn er einen Volltreffer landete, lachten sie gemeinsam.

»Das haben Sie oft mit John Damien gespielt, nicht wahr?« fragte sie lachend, aber Sam gab keine Antwort, sondern bombardierte weiter das Ungeheuer.

Von Wurf zu Wurf wurde er lockerer und dann passierte es.

»Bzzzzz ...«

Alexandras Herz jubelte, denn er hatte den ersten Laut von sich gegeben. Zwar noch ein wenig zaghaft, aber das Eis war gebrochen.

»Bzzzz ...« sagte er wieder und deutete auf das Ungeheuer.

Am liebsten hätte Alexandra den großen Mann umarmt und lachend durch den Garten gezerrt, so froh war sie. Er hatte angefangen zu sprechen, und ihre Therapie zeigte erste Wirkung. In aller Ruhe beobachtete sie, wie er mit den Lauten kämpfte und dachte, daß er die Bienengeräusche imitieren wollte, aber je verbissener er immer wieder auf das Ungeheuer zeigte, desto klarer wurde ihr, daß er ihr etwas mitteilen wollte.

»Bzzzzb ...« brachte Sam unter Mühen heraus.

Mit leicht gerunzelter Stirn wiederholte sie seine Laute in fragendem Ton. »Bzzzzb ...?«

»Beelzzzb ...« versuchte er wieder und deutete dabei fast verzweifelt zu dem zähnefletschenden Ungeheuer auf der Mauer.

»Beelzebub?« fragte sie zögernd und riß die Augen auf, als Sam erleichtert nickte. »Beelzebub«, wiederholte sie.

»Bzzzebub«, wiederholte Sam und schleuderte eine weitere Nuß in die drohende Fratze.

»Haben Sie und Ihr Bruder das Biest so genannt? Beelzebub? Der Name des Teufels?«

Sam nickte und warf noch eine Nuß, aber plötzlich sah er Alexandra mißtrauisch an, so als ob er Angst hätte, sie könnte wütend sein, wie der hungrige kleine Hund im Park.

Um Sam eindeutig zu beweisen, daß sie auf seiner Seite war, warf Alexandra alle Nüsse auf einmal nach dem Ungeheuer. Und unter seinen mißtrauischen Blicken nahm sie auch noch ein paar von seinen und warf sie ebenfalls. Und als sie lachte, lächelte er schließlich zaghaft.

»Beelzebub!« rief sie laut, um ihn zu animieren.

»Beelzebub!« rief er eifrig und noch ein wenig ungeübt.

»So haben Sie ihn vom Garten ferngehalten, nicht wahr?«

Sam nickte. Und sie lachte, denn nun wußte sie, weshalb dieser Garten ein so friedlicher Ort war. In den Augen der Kinder saß das Böse oben auf der Mauer und konnte nicht herunterkommen. In einem so wundervollen Garten wie diesem konnte das böse Biest ohnehin nicht überleben.

Sie nahm Sams Hand und drückte sie. In ihren Augen war der erschreckend große Mann wieder zu einem kleinen Jungen geworden. Zu einem einfachen Jungen vielleicht, der aber immerhin so klug war, daß er dem Teufel nicht die Tür öffnete.

»Beelzebub«, flüsterte sie und fand das abstoßende Wort in diesem Moment beinahe schön. Immerhin war das Ungeheuer die Ursache dafür, daß Sam zum ersten Mal wieder gesprochen hatte.

»Beelzebub«, wiederholte er noch einmal und diesmal lächelte er ihr dabei zu.

Sie war wie das Licht, aber er gehörte der Dunkelheit. Newell stand am großen Tor und hörte seinen Bruder zum ersten Mal seit zwanzig Jahren wieder sprechen. Er konnte Alexandra sehen, aber sie wandte sich nicht um, und so stand er eine lange Zeit und beobachtete diesen barmherzigen Engel, der gekommen war, um seinem Bruder zu helfen.

Und ihn noch tiefer in die Finsternis zu stoßen.

Er fühlte, wie sich seine Kiefermuskeln spannten. Sie war klüger, geistvoller und gütiger als jede andere Frau, die er kannte, und der Wunsch, sie zu besitzen, schnitt schmerzvoll in seine Eingeweide. Doch gleichzeitig plagte ihn die Versuchung, das zu zerstören, was so anders war als er.

Ja, seine Entscheidung war richtig. Er mußte fort, und zwar auf der Stelle. Andernfalls könnte sich das Blatt wenden, und er könnte eines Tages auf sie angewiesen sein. Allein der Gedanke versetzte ihn in Panik. Er traute keiner Frau. Seine Mutter hatte ihre beiden Söhne praktisch gleich nach ihrer Geburt verlassen, und dann war Ursula gekommen, die ihm viel über Frauen beigebracht hatte. Einfache, unkomplizierte Frauen waren ihm am liebsten, die nicht nach Liebe fragten, denn in ihm wohnte ohnehin nur Haß. Frauen, die nicht alle seine Schwächen und Verletzlichkeiten kennen wollten.

Aber diese Frau wollte genau das. Alexandra Benjamin hatte ihm ja bereits gezeigt, daß er ein Herz und eine Seele besaß. Auch wenn er es verneinte und bestritt, sprach der Ausdruck ihrer Augen genau das Gegenteil.

Er mußte Cairncross verlassen. Die Nacht in seinem Schlafzimmer verfolgte ihn schlimmer als jeder Geist. Er hatte begonnen, diese Frau zu mögen und zu respektieren. Und schlimmer noch – sie zog ihn magisch an. Anziehenden Frauen gegenüber kannte er jedoch keine Gnade, sondern bevorzugte die gegenseitige Lust und die Gewalt. Bisher hatte er behütete Frauen wie Miss Benjamin stets gemieden, weil diese Gewalt sie entsetzte. Allerdings hatte er das nicht den Frauen zuliebe getan, sondern nur sich selbst zuliebe. Niemand durfte ihm ins Herz schauen, denn er befürchtete, daß dort nur Dunkelheit und Leere herrschten. Irgendwo ganz weit drinnen glühte vielleicht noch ein letzter Ascherest aus der Zeit, als er ein Junge gewesen war, als er geliebt hatte und auf Liebe gehofft hatte – eine letzte Verletzlichkeit, die angstvoll auf die Frau wartete, die sie grausam auslöschen würde.

Nein, sagte er zu sich selbst, während er beobachtete, wie sein Bruder Alexandra zulächelte. Nein, er wollte diese Frau in Ruhe lassen, aber dazu mußte er Cairncross den Rücken kehren. Falls er blieb, gewöhnte er sich womöglich an sie, und um sich vor ihr zu schützen, müßte sie ihn auf seinem Weg durch die Finsternis begleiten. Und das wollte er ihr nicht antun. Als Alexandra ein Geräusch hörte, wandte sie den Kopf und sah, wie Newell sie von weitem beobachtete. Wie ein Geist stand er da mit bleicher, zerfurchter Miene. Sein Arm hing kraftlos herunter, aber selbst seine sorgfältig ausgewählte Kleidung konnte nicht darüber hinwegtäuschen, daß der Arm noch schmerzte. Aber das Leuchten seiner Augen sprach seine eigene Sprache, und sie wußte, daß er Sams erste Worte gehört hatte.

»*My lord!*« rief sie, doch dann erinnerte sie sich an die Nacht in seinem Zimmer und zögerte, einfach zu ihm zu laufen und sich mit ihm zu freuen.

Newell nickte nur und sah sie lange an. Und dann verschwand er plötzlich hinter dem Tor. In derselben Sekunde wurde ihr klar, daß er Reisekleidung trug, und schon rannte sie hinter ihm her. Er hatte versprochen, nie wieder über Gespenster und über Ursula Pole zu sprechen – und genau das tat er. Sie ahnte, daß er nach London zurückkehrte, um nicht wortbrüchig zu werden.

Sie raffte ihre Röcke und stürzte in der Sekunde durch das große Portal, als Featherstone den Wagenschlag schloß und die Kutsche mit heruntergerollten Vorhängen anrollte.

»Miss, Seine Lordschaft kehrt nach London zurück und hat Instruktionen für Sie hinterlassen. Soll ich sie Ihnen in den Garten bringen?« Wie immer sah Featherstone von oben herab auf sie hinunter, doch längst nicht mehr so unfreundlich wie früher. Es sah ganz so aus, als ob er inzwischen ein wenig mehr Vertrauen zu ihr gefaßt hätte. Trotzdem überlegte Alexandra unwillkürlich, was Ursula Pole wohl verbrochen hatte, um ihn so mißtrauisch zu machen.

»Ja, gern. Ich gehe wieder zu Sam«, sagte sie, während sie dem davonfahrenden Wagen nachsah. Wann sie John Damien Newell wohl wiedersah? Schmerzvoll durchzuckte sie der Gedanke, daß das womöglich nie mehr der Fall sein könnte.

23. Juni 1858

Meine liebe Miss Benjamin,

es dürfte Sie nicht überraschen, daß ich wieder nach London zurückgefahren bin. In bezug auf Sam kann ich Ihnen nicht helfen. Im Gegenteil. Ich bin sicher, daß Sie Erfolg haben werden, denn Sie sind geduldig und freundlich.

Ich lasse Sam in Ihrer Obhut und in dem einzigen Zuhause zurück, das er kennt. Er wohnt dort seit seiner Kindheit, und schon aus diesem Grund kann ich ihn nicht verpflanzen. Wer weiß, wie es ihm dann ergehen würde.

Es mag sein, daß wir einander nie wiedersehen, Miss Benjamin. Im Moment halte ich das für das Beste. Wenn Sie sich an mich erinnern, dann denken Sie immer an folgenden Satz: Auch hier findet Tugend ihre Anerkennung.

Ihr aufrichtiger Freund
Damien Newell

Sie spürte, daß ihr die Tränen über das Gesicht liefen. Mit einem Mal erschien ihr der Garten öde und leer, und die steinerne Bank unter der Decke wurde langsam kalt. Er war fort und wollte sie nicht wiedersehen – und sie fühlte sich, als ob er ihr mit eiserner Faust den letzten Blutstropfen aus dem Herzen gequetscht hätte. Sie hatte ihm gestattet, sie zu küssen, und sie hatte diesen Kuß ersehnt – und nun hatte er sie verlassen. Genau wie Brian.

In diesem Moment legte sich eine Hand auf ihre Schulter, und als sie aufsah, stand Sam mit beunruhigter Miene neben ihr. Sie tätschelte seine Hand und dachte wieder einmal, wie ähnlich er seinem Bruder war. In seiner dunkelgrünen Kordhose und der schwarzkarierten Jacke hätte er ohne weiteres als Newells Zwilling gelten können. Aber in Wirklichkeit war er so ganz anders, dachte sie, als er sich über sie beugte, und mit sanften Fingern die Tränen berührte.

»Hat sie denn nie geweint?« Eine sinnlose Frage, auf die Alexandra auch keine Antwort erwartete. Vermutlich war Ursula Pole viel zu herzlos gewesen, um Tränen zu vergießen. »Ihr Bruder ist nach London zurückgefahren.« Sie zog ein Taschentuch hervor und putzte sich die Nase. Wahrscheinlich hatte ihm ihre Nase auch nicht gefallen. Genausowenig wie ihre dichten, lockigen Haare. »Ich glaube, es wäre ihm am liebsten, wenn wir einfach ohne Pause weitermachten.«

Ihr Herz schmerzte, aber je länger der Schmerz andauerte, desto kühler wurde sie. Nein, sie wollte sich nicht wieder so quälen wie damals, als Brian gegangen war. Statt dessen wollte sie hier an diesem Ort aushalten, um ihre Pflicht zu tun. Ja, sie wußte, daß sie gut war, denn sie war die Tochter ihrer geliebten Mutter und ihres Vaters, der tauben Menschen das Sprachvermögen geschenkt hatte.

»Wie leichtsinnig ich doch wieder einmal war«, sagte sie schließlich, als sie sich erhob und die Decke zusammenfaltete. »Wir wollen lieber ins Haus gehen. Wenn Sie in diesem Tempo weitermachen, Samuel, dann können Sie an Weihnachten wieder sprechen. Dann werden Sie und ...« Sie hielt inne. »Es wird ein fröhliches Fest für Sie und Seine Lordschaft werden.«

»Dam'en«, sagte Sam und blickte sehnsuchtsvoll zum großen Tor hinüber.

»Er wird bald zurückkommen. Machen Sie sich keine Sorgen, Sam. Er liebt Sie.« Dann nahm sie die große Hand des Mannes in die ihre. »Wir werden fleißig arbeiten, und wenn wir fertig sind, dann wird er wiederkommen.«

»Ich liebe ...« sagte Sam mit Tränen in den Augen.

»Ich weiß«, flüsterte sie nur, aber mehr brachte sie nicht mehr heraus.

Mutlos stieg Alexandra langsam die Treppen zu ihrem Zimmer hinauf, als ob oben die Guillotine auf sie wartete. Sie hatte mit Sam im Wohnraum Tee getrunken, aber es war keine rechte Freude aufgekommen. Das ganze Haus hatte wie ein Bienenstock gesummt, so eifrig hatten alle über Lord Newells plötzliche Abreise so kurz nach seinem Unfall diskutiert. Während ein Hausmädchen den Tee serviert hatte, hatte Mrs. Penrith ihrer Sorge Ausdruck verliehen, daß ihn die Fahrt womöglich zu sehr anstrengen könnte.

An Sams trauriger Miene war leicht abzulesen, daß er seinen Bruder bereits vermißte. Es war keine glückliche Situation. Der eine hielt es in Cairncross nicht aus, und der andere kannte keine andere Heimat als dieses düstere Schloß. Eigentlich hätte Newell hier bei seinem Bruder leben und seine Fortschritte unterstützen müssen, dachte Alexandra und erinnerte sich wehmütig daran, wie Sam immer wieder vor dem großen Portal Ausschau nach dem Wagen gehalten hatte. Andererseits aber wußte sie, daß Damien Newell erst in Cairncross leben konnte, wenn er endlich Frieden mit seiner Vergangenheit gemacht hatte.

Abgesehen davon sagte ihr ihr Verstand, daß es so am besten

war. Sie machte sich nicht nur keine Illusionen über ihre gesellschaftliche Stellung, die eine Verbindung ohnehin verbot, sondern sie war auch nicht bereit, noch einmal große Gefühle oder ähnliches in einen flüchtigen Kuß hineinzuinterpretieren.

Trotzdem beschäftigten sich ihre Gedanken mehr mit ihm, seit er fort war, und sie gab nur ungern zu, daß sie fast genauso sehr trauerte wie Sam. In der Nacht in seinem Schlafzimmer hatte sie begriffen, daß er sie brauchte, aber weshalb war ihr nach wie vor ein Rätsel. Irgendwie hatte sie den Verdacht, daß er sie mit dieser Abreise schonen wollte, aber sie hätte sich viel lieber mit allem auseinandergesetzt – auch wenn sie dabei unliebsame Entdeckungen gemacht hätte.

Als sie schließlich den Flur erreichte, sah sie, daß die Tür zu ihrem Zimmer offenstand. Wahrscheinlich machte das Zimmermädchen Feuer. Doch es war niemand im Zimmer, und es brannte auch kein Feuer im Ofen. Statt dessen lag der Raum im unwirklichen Licht der untergehenden Sonne, das durch die angelehnte Tür zum Schulzimmer hereinfiel.

Sam war ganz sicher nicht noch einmal hier oben gewesen – soviel stand fest.

Alexandra warf ihren Schal aufs Bett und ging zur Tür. Eigentlich war sie nicht ängstlich, doch nach den Erlebnissen der vergangenen Tage, hatte sich etwas verändert. Ein winziger kalter Schauer lief ihr über den Rücken, als sie eintrat. Dabei dachte sie an das arme Zimmermädchen, das den Raum auf Hochglanz bringen mußte und nicht einmal protestieren durfte. Das frisch polierte Holz der Möbel glänzte im milden Licht, aber die Atmosphäre des Raums wurde dadurch nicht freundlicher.

Von Anfang an hatte Alexandra den Eindruck gehabt, als ob der Fußboden im Schulzimmer nicht genauso eben war wie der Boden in den anderen Räumen. Die Bohlen schienen verschieden hoch zu liegen, aber das war mit bloßem Auge so gut wie nicht zu sehen. Ihr wurde beim Betreten des Raums jedenfalls immer ein wenig schwindlig, so als ob der Boden ihr entgegenkäme oder in verschiedenen Winkeln vor ihr davonglitte. Auch jetzt empfand sie nur den Wunsch, so schnell wie möglich wieder hinauszugehen. Sie sah sich um, ob alles in Ordnung war, und kam zu dem Schluß, daß höchstwahrscheinlich eines der Hausmädchen die Tür nicht richtig zugemacht hatte.

Aber im letzten Moment bemerkte sie etwas, daß Sie innehalten ließ. Sie sah mit einem Mal, was sie die ganze Zeit über beunruhigt und gestört hatte und was ihr nun das Blut in den Adern gefrieren ließ.

Ivanhoe war von seinem Platz im Bücherregal verschwunden.

13

Alexandra glaubte nicht an Gespenster. Selbst nach dem Verschwinden des Buchs weigerte sie sich beharrlich, an übersinnliche Kräfte zu glauben. Es gab immer eine ganz natürliche Erklärung, und das war in Cairncross nicht anders. Das einzige, was sie nicht verstehen konnte, war, daß ausgerechnet dieses Buch fehlte. *Ivanhoe* bedeutete ihr ganz persönlich sehr viel, denn sie brachte dieses Buch seit ihrer Jugend mit ihrer eigenen Person in Verbindung. Rebeccas Schmerz hatte auch sie erlitten. Aber von diesen Zusammenhängen konnte hier niemand etwas ahnen, denn nicht einmal ihr Vater oder Mary hatten gewußt, was dieses Buch ihr bedeutete. Zufälle gab es in der Wissenschaft nicht. Aber jedesmal, wenn eisige Panik in Alexandras Herz kroch, tröstete sie sich trotzdem damit, daß in diesem Fall Zufall im Spiel sein mußte.

Ihre Arbeit mit Sam ging stetig voran und bereitete ihr sehr viel Freude. Er schien von Tag zu Tag mehr Vertrauen zu ihr zu entwickeln. Einmal hatte es vor ihrer Tür geraschelt und als sie nachgesehen hatte, hatte sie einige leicht verwelkte Stengel Kapuzinerkresse gefunden, die mit Hanf zusammengebunden worden waren. Beim Tee hatte sie auf den Strauß gedeutet und Sam zum Dank auf die Wange geküßt. Er hatte sie angestrahlt, als ob er so etwas noch nie im Leben erlebt hätte.

Im Lauf der Zeit hatte sich nur ein einziger unangenehmer Vorfall ereignet, den sie Lord Newell berichten mußte, sollte er irgendwann nach Cairncross zurückkehren. In einer stürmischen Nacht, als ein Unwetter über dem Heideland tobte, hatte sie vor lauter Gedanken an Newell keinen Schlaf finden können und beschlossen, sich unten aus der Bibliothek ein Buch zu holen. Natürlich hätte sie nur nach nebenan ins Schulzimmer gehen müssen, aber in einer Nacht wie dieser wäre nicht einmal sie auf diese Idee verfallen.

Mit einem Leuchter in der Hand war sie nach unten gegangen. Die Gaslampen hatte man bereits heruntergedreht, und nur das Murmeln der Hausmädchen, die im Untergeschoß noch das letzte Messing polierten, war leise bis zu ihr nach oben gedrungen. Irgendwann war eines der Mädchen eine Treppe tiefer aufgetaucht und nach oben gestiegen. Alexandra hatte sich nichts dabei gedacht, denn in diesem Schloß existierten so viele dienstbare Geister, daß sie gar nicht alle kennen konnte. Diese hatte ein schwarzes Sergekleid wie die anderen getragen, aber kein Häubchen, das ihre Stellung im Haushalt angezeigt hätte, und sie war an Alexandra vorbeigegangen, ohne deren Gruß zu erwidern. Diese Unhöflichkeit hatte Alexandra verblüfft, denn eine Gouvernante rangierte höher als die gewöhnlichen Angestellten. Aber sie hatte gar keine Zeit gehabt, darüber nachzudenken, denn im selben Moment hatte sie der Gesichtsausdruck der Frau zutiefst befremdet. Ein gut geschnittenes Gesicht von überirdischer Regelmäßigkeit, aber gleichzeitig so reglos und starr, daß Alexandra zusammengezuckt war. Die Augen der Frau hatten glanzlos und starr vor sich hin geblickt, als ob sie nichts oder – schlimmer noch – alles sähen. Als ihr Blick eine unvergeßliche Sekunde lang auf Alexandra geruht hatte, war diese so erschrocken, daß sie am Geländer hatte Halt suchen müssen. Im Nachhinein bereute sie, daß sie sich in diesem Moment viel zu sehr gefürchtet hatte, um der Frau nachzugehen und sie zur Rede zu stellen. Sie hatte ihr nur wie gebannt nachgesehen, bis sie am oberen Ende der Treppe in der Dunkelheit verschwunden war.

Erst in dieser Sekunde war ihr aufgefallen, daß die Frau rothaarig gewesen war. Mary hatte sie nichts erzählt, um die gute Seele nicht zu beunruhigen, aber am darauffolgenden Tag hatte sie sich ganz unauffällig bei Featherstone erkundigt, wieviele Mädchen mit rotem Haar im Haus arbeiteten. Es hatte sich jedoch herausgestellt, daß es nur zwei waren und Alexandra die beiden kannte.

»Inzwischen sind Sie schon fast zwei Monate bei uns«, stellte Mrs. Penrith fest, während sie Alexandra eine Tasse Tee einschenkte. Im Lauf der letzten Wochen hatte sich zwischen den beiden Frauen eine Art Freundschaft entwickelt, wofür Alexandra angesichts der einsamen Umgebung von Cairncross ehrlich dankbar war.

»Manchmal kommt es mir vor, als ob es nur ein paar Tage gewesen wären, aber dann ...« Alexandra verstummte, denn sie wollte keinesfalls vor der Hausdame von Newell sprechen.

»Ich habe ehrlich gesagt nicht geglaubt, daß es so gut laufen würde.« Mrs. Penrith lächelte säuerlich. »Sie haben Sam wirklich sehr viel weitergeholfen. Nach meinem Eindruck hat der Junge eine große Zuneigung zu Ihnen entwickelt.«

»Ja, das denke ich auch. Es ist sehr schön mitzuerleben, wie er allmählich seine Gefühle entdeckt und ihnen Ausdruck verleiht. Ich denke, daß er noch vor Weihnachten wieder sprechen wird. Es tut mir jetzt schon leid, wenn ich ihn eines Tages verlassen muß.«

»Aber Sie wollen uns doch noch nicht verlassen, Miss? Nicht schon so bald?«

»Wie Sie wissen, hat Lord Newell mich beauftragt, seinen Bruder zum Reden zu bringen. Sobald er wieder spricht, ist meine Arbeit getan.« Nachdenklich wanderten ihre Blicke zum Laub der großen Eiche vor Mrs. Penriths Fenster, das inzwischen schon ganz gelb geworden war. Es gab keinen Zweifel daran, daß die Zeit verstrich.

»Glauben Sie wirklich, daß Seine Lordschaft einen so raschen Aufbruch für klug hält?« fragte Mrs. Penrith besorgt.

»Ich weiß nicht, ob ich überhaupt noch mit ihm darüber reden kann. Höchstwahrscheinlich bin ich bei seiner Rückkehr längst weg.« Kaum daß sie diesen Satz ausgesprochen hatte, fühlte sie die Leere um sich herum. Sie hatte sich bereits um eine neue Anstellung gekümmert, und erst heute morgen einen Brief erhalten. Das erste Vorstellungsgespräch war für den dreizehnten Januar verabredet. Diesmal hatte sie sich tatsächlich als Gouvernante beworben. Aber vorläufig schob sie den Gedanken noch weit von sich.

»Meiner Ansicht nach kann Sam noch weiteren Unterricht gebrauchen. Sie haben Ihre Sache bestens gemacht, Miss Benjamin. Außerdem hatten wir keinerlei Störungen durch –« Sie brach ab.

»Durch Miss Pole, wollten Sie wohl sagen, nicht wahr?« Alexandra trank einen Schluck Tee und überlegte, ob sie von der Frau auf der Treppe sprechen sollte. »Es hört sich vielleicht seltsam an, aber ich glaube, daß ich sie gesehen habe. Jedenfalls sah ich eine Frau, die so aussah, wie sie damals ausgesehen haben mußte – sie hatte kein einziges graues Haar auf dem Kopf und keine einzige Falte. Eigentlich kann sie es gar nicht gewesen sein, aber dennoch –«

Mrs. Penrith war leichenblaß geworden. »Sie ... Sie ... Sie haben sie gesehen?«

»Ja, auf der Treppe.«

»Warum haben Sie das denn nicht gleich erzählt?«

»Es hat eine Weile gedauert, bis mir klargeworden ist, daß es nicht eines der Mädchen gewesen ist. Seitdem überlege ich, ob ich Lord Newell verständigen soll, daß sie ins Schloß zurückgekehrt ist. Leider fehlt mir der endgültige Beweis. Außerdem glaube ich, daß er längst weiß, was hier gespielt wird. Meiner Meinung nach ist Ursula im Wahn auf irgendeinem Weg ins Schloß zurückgekehrt und für einige der Vorfälle verantwortlich, die es gegeben hat. Glauben Sie das nicht auch?«

»Oh, Miss ... Oh, Miss ...« jammerte die Hausdame.

»Ich hätte sicher früher darüber gesprochen, doch ich wollte niemanden beunruhigen. Dank der unzähligen Zimmer kann sie sich außerdem immer wieder woanders verstecken. Vermutlich kann sie kommen und gehen, wie es ihr beliebt, und falls sie noch einen ergebenen Helfer unter der Dienerschaft hat, werden wir sie niemals entdecken.«

»Sie ist tot, Miss. Sie muß tot sein. Wir alle glauben, daß sie tot ist. Ansonsten hätte sie doch ihre Sachen abgeholt.«

»Die Frau, die ich auf der Treppe gesehen habe, war jedenfalls kein Gespenst. Ich hätte die Hand ausstrecken und sie berühren können.« Alexandra stellte ihre Tasse auf die Untertasse und fühlte sich ziemlich unbehaglich. Das Böse hatte von Ursula Poles Seele Besitz ergriffen, aber deswegen war sie noch lange kein Gespenst. Damals nicht, als sie die Kinder gequält hatte, und heute erst recht nicht, als Alexandra erschrocken vor ihr zurückgezuckt war. Mit dem Gespenstergerede konnte sie nichts anfangen, weil ihr Verstand sich dagegen wehrte.

»Was wissen Sie über Gespenster?« fragte Mrs. Penrith mit leicht belegter Stimme.

»Nur das, was jeder weiß«, entgegnete Alexandra.

»Dann wissen Sie sicher auch, daß man sie nicht anfassen kann, nicht wahr?«

»Worauf wollen Sie hinaus, Mrs. Penrith?«

»Ich denke, daß Sie nicht wissen, wen sie dort auf der Treppe gesehen haben. Falls es Ursula Pole war, könnte es sowohl ein Gespenst als auch die echte Mrs. Pole gewesen sein, die sich hier eingeschlichen hat.«

»Fast glaube ich, daß es Ihnen lieber wäre, wenn sie ein Gespenst wäre. Zumindest müßten Sie dann nicht das Versäumnis eingestehen, daß Sie bisher noch nicht nach ihr gesucht haben. So grausam und wirr, wie sie war, ist es ihr ohne weiteres zuzutrauen, daß sie in Cairncross herumläuft und die Leute erschreckt. Außerdem kann sie ihm auf diese Weise nahe sein.«

»Sprechen Sie von John Damien?«

Alexandra zögerte, weil sie das Geschwätz der Angestellten nicht unnötig untermauern wollte. »Nach allem, was ich bisher gehört habe, hat sie ihn geliebt. Auch wenn er ihr damals als junger Mann zur Erziehung anvertraut war.«

»Das stimmt, Miss, aber diese Liebe war nicht normal. Sie war ein einziger Alptraum, ein bedingungsloser Besitzanspruch. Wenn er nicht bereits fort gewesen wäre, würde ich glatt glauben, daß er sie getötet hat. So weit hätte sie ihn gebracht.«

»Bisher habe ich noch nicht erfahren, weshalb er eigentlich sein Zuhause verlassen mußte.«

»Das ist eine scheußliche Geschichte, Miss Benjamin«, erklärte die Hausdame mit verkniffener Miene. »Im Grunde war es ein Skandal. Die beiden waren im Stall und haben Dinge getan, die man nicht tun sollte ... Bis zu meinem letzten Stündchen werde ich glauben, daß sie die Schuldige war. Aber als sie erwischt wurden, hat sie geschrien, daß er sie vergewaltigt hätte. Gegen einen solchen Vorwurf konnte mein bloßes ›Gefühl‹ nichts ausrichten.«

»Vergewaltigt?« Alexandra war schockiert. »Ich hatte gehofft, daß die Wahrheit nicht ganz so schlimm aussehen würde.«

»Ich berichte Ihnen lediglich die Fakten, Miss, die Ihnen jeder bestätigen kann. John Damien und Ursula Pole waren intim miteinander, als sie vom Stallmeister überrascht wurden. Dem alten Lord Newell blieb keine andere Wahl, als seinen Sohn von zu Hause fortzuschicken und zu enterben. Wie Sie wissen, war Miss Pole seine Cousine. John Damien dagegen hatte keinen Fürsprecher. Er war groß für sein Alter, so daß er sie durchaus gezwungen haben könnte.« Die Hausdame seufzte. »Wie immer gab es zwei Meinungen. Die einen glaubten, daß er sie vergewaltigt und wegen ihres Geschreis umgebracht hätte. Ich dagegen bin auf der Seite Seiner Lordschaft. Meiner Meinung nach hat ihn die Frau gezwungen – und nicht umgekehrt! Die Frau war an allem schuld, und als sie erwischt wurden, hat sie ihn beschuldigt, um ihre Ehre zu retten. Ich habe keine Ahnung, weshalb sie so plötzlich verschwunden ist. Ich kann mir nicht vorstellen, daß Lord Newell etwas damit zu tun hat. Er ist bereits in der Nacht zuvor weggefahren. Sehen Sie, ich bin auch heute noch auf seiner Seite, obwohl er längst erwachsen ist und mich die schwarzen Schatten auf seiner Seele manchmal ängstigen. Ich glaube, ich verstehe ihn. Ein ganz klein wenig zumindest.«

»Was die Fakten angeht, wüßte ich gern, weshalb er ausgerechnet jetzt wieder nach Cairncross zurückgekehrt ist und sogar den Titel geerbt hat, obwohl ihn sein Vater enterbt hat?«

»Außer ihm gab es ja nur noch Samuel. Der frühere Lord und seine Frau hatten nur Interesse für das, was die Gesellschaft von ihnen erwartete. Nach dem Skandal haben sie ihren Sohn enterbt, doch nachdem der alte Lord Newell vor einem Jahr in Paris gestorben ist, war John Damien in seinem Testament wieder als rechtmäßiger Erbe eingesetzt. Es gehört sich eben so, und die Leute haben es genauso erwartet. John Damien ist jedenfalls jetzt der neue Lord Newell. Ob es ihm paßt oder nicht.«

Mrs. Penrith sah Alexandra an und suchte nach den richtigen Worten. »Sie dürfen nicht glauben, daß es in diesem Haus immer schon so viel Unglück gegeben hätte. Bis zu Ursula Poles Zeit sind die Jungen sehr glücklich gewesen. Natürlich haben sie sich nach ihren Eltern gesehnt. Besonders John Damien, der die Zusammenhänge ja schon verstand. Nichtsdestotrotz hatten die beiden Jungen eine schöne Jugend. Sie sind viel geritten, haben im Garten gespielt und haben als elternlose Kinder oft unten in der Küche mit allen Angestellten gegessen. Entsprechend wurden sie von den Leuten und ihren Familien verwöhnt und haben sich prächtig entwickelt. Bis dann diese Kreatur ihr Leben so nachhaltig verdorben hat.«

»Glauben Sie, daß sich Lord Newell manchmal nach seiner Kindheit zurücksehnt?«

»Ich denke, daß die guten Erinnerungen ihn dazu bewegen, Cairncross zu erhalten. Am liebsten hätte er das Schloß ganz und gar verwandelt, aber die Neugestaltung, die er versucht hat, hat fast nichts bewirkt. Natürlich sieht es jetzt etwas besser aus, aber im Grund ist das Schloß immer noch der düstere Platz, zu dem sie es gemacht hat.« Sie beugte sich zu Alexandra und faßte ihre Hand. »Das Schloß steht für das Böse – und John Damien hat es nie geliebt. Wenn Sam nicht hier lebte, würden wir ihn vermutlich nie zu Gesicht bekommen. Allmählich glaube ich allerdings, daß er sich auf eine Art Spiel gegen das Böse eingelassen hat, das er unbedingt gewinnen möchte. Und das macht mir angst.«

Bevor Alexandra recht begriff, was sie tat, hatte sie den Satz bereits gesagt. »Ich denke, daß er sich bereits ein Stück weit ergeben hat. Das habe ich in der Nacht des Unfalls deutlich gemerkt.«

»Er trinkt zuviel, Miss, und das verdirbt sein Blut. Tja, wenn er noch so unschuldig wäre, wie damals ... Aber diese Unschuld wurde ihm schon früh genommen.«

»Wissen Sie etwas, das ihm helfen könnte?« Gespannt hielt Alexandra den Atem an.

»Das weiß ich nicht, Miss. Niemand versteht ihn, und niemand würde sich auf ein solches Wagnis einlassen.«

»*Ich* schon«, sagte sie und verspürte plötzlich nur noch den heftigen Wunsch, ihn aus London hierher zurückzubringen. Sie wollte ihn ansehen, ihm die Brille abnehmen und sanft mit den Fingern über seine Augen streichen. Sie hatte schon so oft davon geträumt, daß der Wunsch fast übermächtig war.

Die Hausdame beobachtete sie. »Aber selbst wenn sich jemand fände, der ihm beistünde, würde Ursula ihn lieber tot sehen. Und das wissen Sie so gut wie ich.«

Alexandra mochte dem nicht widersprechen, aber schließlich raffte sie sich doch zu einer Entgegnung auf. »Dabei ist er soviel stärker als diese Verrückte, nicht wahr? Er hat sich bisher nur noch nicht darum gekümmert, sie zu vertreiben. Und von London aus macht das ja auch wenig Sinn. Bisher ist zum Glück noch kein größeres Unheil geschehen.«

»Und die Sache mit seinem Arm?«

Alexandra war ein wenig verunsichert. »Wenn er wirklich will, daß sie verschwindet, wird er das auch schaffen. Er wird sie dazu zwingen. Dessen bin ich mir ganz sicher, denn er ist stark genug.«

»Aber zuerst muß er es wollen. Darin liegt meiner Meinung nach das Problem. Er akzeptiert diese Vorgänge ja beinahe und hat viel zuviel Geduld.« Die Hausdame führte Alexandras gerötete Wangen und das Leuchten in ihren Augen längst nicht nur auf den weiten Spaziergang zurück, den die junge Frau vor dem Tee unternommen hatte. »Irgend jemand muß ihn dazu bringen, sie zum Teufel zu wünschen.«

Schmerzhaft krampfte sich Alexandras Herz zusammen. »Zu so etwas kann ihn nur eine Person bewegen, die ihn liebt. Und diese Voraussetzung kann eine Gouvernante nun einmal nicht erfüllen.«

»Das werden wir ja sehen.« Mrs. Penrith blickte Alexandra

so eindringlich an, als ob sie damit alle Wünsche in die Tat umsetzen könnte. »Das werden wir ja sehen«, wiederholte sie mit weicher Stimme.

An diesem Abend trank der Lord von Cairncross seinen Brandy wie immer in der Bibliothek seines Londoner Stadthauses – und zwar pünktlich um zehn Uhr. Natürlich gab es Abende, an denen er nicht zu Hause war, sondern auf den Gesellschaften der Aristokratie herumgereicht wurde, die sich alle um den neuen Lord rissen.

An diesem Abend jedoch bevorzugte er aus unerklärlichen Gründen die ruhige Atmosphäre seines Hauses und hatte nicht einmal Lust auf einen Ausflug zum Hafen. Er sehnte sich eher nach Stille als nach dem Klatschen der Peitsche. Abbey war zwar ganz in Ordnung, und sie verstanden einander, aber ohne das nagende Verlangen war höchstens eine schale Wiederholung früherer Genüsse zu erwarten. In diesem Sinn bedeutete Abbey keine Herausforderung mehr.

Ganz anders jedoch diese kleine Miss Benjamin, dachte er, während er zusah, wie der Whisky goldfarben in seinem Glas kreiste. Sie war jedoch kein Spielzeug, sondern eine Frau aus Fleisch und Blut, der man jedes Gefühl deutlich von den Augen ablesen konnte. Er hätte den Mann gern kennengelernt, der dieses gutherzige Wesen so grausam von sich gewiesen hatte. Er entschied, daß er ihn verachtete. Der Gedanke, daß sie wegen eines so wertlosen Menschen Tränen vergossen hatte, machte ihn verrückt. Wenn dieser Mensch ebenso viel Mut besessen hätte wie Alexandra, dann hätte er dieses Mädchen geheiratet. Und dann hätte er sie nie zu Gesicht bekommen.

Demnach hatte er sogar allen Grund, diesem Mann dankbar zu sein, denn er hatte ihm ein Mädchen ins Haus geschickt, das ihn in vielen Beziehungen an seinen Zaubergarten erinnerte. Wunderschön, umgeben von hohen Mauern, die zum Überwinden geradezu aufforderten, um die geheimen Schönheiten zu entdecken, die dahinter verborgen lagen.

Gleichzeitig war sie Eva, ganz Frau, die er am liebsten an der Hand genommen und ins Paradies geführt hätte. Aber irgend etwas hatte ihn daran gehindert. Es war richtig gewesen, ihr den Rücken zu kehren, denn sie hatte ihn aus dem Gleichgewicht gebracht und ihm sein Gewissen bewußt gemacht. Nein, er mußte sie in Ruhe lassen, damit sie sich einer friedliebenden Seele zuwenden konnte, die keine abartigen Leidenschaften kannte. Er war kein Adam. Nein, wirklich nicht. Er hatte sich bereits vor langer Zeit für ein Leben ohne Gewissen entschieden, und er liebte die Macht, die darin lag.

Er war die Schlange.

14

»Na, Sam, können Sie mir sagen, was das ist?« fragte Alexandra und hob eine Handvoll Kieselsteine auf. Es war ein warmer Herbsttag, der geradezu zum Spazierengehen auf der Heidefläche einlud.

»Steine. Steine«, wiederholte Sam, der wie ein Falke jede ihrer Bewegungen verfolgte.

»Sehr gut.« Sie lächelte, denn sie wußte, daß er sich über Lohn und Anerkennung freute. »Und das?« Sie raffte ihre Röcke und rannte bis zu einer großen Eiche, die sie umschlang.

Wie ein kleiner, treuer Hund folgte Sam ihr auf Schritt und Tritt. »Ein Baum«, murmelte er unbeholfen.

»Wunderbar!« Sie sah sich nach anderen Gegenständen um, doch die Landschaft um das Schloß herum war bis auf wenige Klippen, die aus dem Boden aufragten, kahl und öde. Während sie sich unter der Eiche ins Gras setzte, fiel ihr Blick auf ihr Kleid. »Und was habe ich an, Sam?«

»Ein schönes Kleid«, brummelte der Riese neben ihr und sah von seiner Höhe auf sie hinunter.

»Vielen Dank.« Sie deutete auf seine Stiefel. »Und diese da?«

»Schuhe«, antwortete Sam.

»Schwarze Stiefel«, verbesserte Alexandra. »Genau die gleichen wie Lord Newell.« Sie hielt inne, weil sie Newell eigentlich nicht hatte erwähnen wollen. »Können Sie ›schwarze Stiefel‹ sagen, Sam?«

»Schwaaarze Stiefel«, wiederholte er eifrig, um ihr zu gefallen.

Dann zeigte sie ihm ihren schwarzen Lederhandschuh. »Und was ist das?«

Lange sah Sam den Handschuh wortlos an. Als Alexandra ihre Frage schon wiederholen wollte, merkte sie jedoch, daß Sam nicht nach der Antwort suchte, sondern angstvoll auf den Handschuh starrte. Sie sah auf den Handschuh hinunter, der ganz und gar durchschnittlich aussah. Doch in dieser Sekunde begriff sie, daß er andere Handschuhe vor Augen hatte, und zwar die seltsam orange- und grüngefärbten Handschuhe von Ursula Pole.

»Sam?« fragte sie zaghaft und sah zu ihm auf. Da er mit dem Rücken zur Sonne stand, sah sie lediglich seine riesige Silhouette vor dem hellen Licht. Bisher hatte sie sich noch nie vor ihm gefürchtet, doch als er mit einem Mal so riesig über ihr aufragte, wurde ihr plötzlich ganz bang.

Nur zu gern wollte sie endlich den Grund für sein Schweigen erfahren und den Vorhang beiseite reißen, um die Geheimnisse von Cairncross ein für allemal zu bannen. Aber allein mit ihm, am Rand des weiten Moorlandes, war sie sich ihrer Sache plötzlich nicht mehr ganz so sicher. Schließlich gewann die wissenschaftliche Vorsicht die Oberhand. Vielleicht sollte man wirklich Experimente meiden, solange niemand in der Nähe war, der einem helfen konnte, wenn etwas schiefging.

»Ich finde, wir machen für heute Schluß. Außerdem ist es längst Zeit für das Mittagessen.« Demonstrativ zog Alexandra die Handschuhe aus und steckte sie in die Tasche, damit Sam klar erkennen konnte, daß es ganz gewöhnliche Handschuhe waren. Dann griff sie nach seiner Hand, damit er sie hochzog.

»Heute haben Sie gut gearbeitet«, lobte sie ihn, während sie sich Cairncross zuwandte. »Was halten Sie davon, wenn wir Featherstone bitten, Ihrem Bruder von Ihren Fortschritten zu berichten und ihn für nächste Woche nach Cairncross einzuladen? Würde Ihnen das gefallen?«

»Wo ist Dam'en?« stieß der riesige Mann hervor, der unter der Eiche stehengeblieben war.

»Damien?« flüsterte sie irritiert, weil er sie so feindselig ansah.

»Wo ist Dam'en?«

»Erinnern Sie sich nicht mehr, daß er nach London gefahren ist?« Sie ging ein paar Schritte und wartete, daß er ihr folgte. Aber er blieb einfach stehen und starrte sie nur an, als ob sie der Teufel persönlich wäre.

»Ich will zu Dam'en!« schrie er wie ein verzweifeltes kleines Kind.

»Damien wird sehr bald kommen, Sam. Das können Sie mir ruhig glauben, Sam«, beschwichtigte sie ihn. Dabei hatte sie das mulmige Gefühl, als ob er sie für ganz jemand anderen hielt. Er sah nicht Alexandra Benjamin, sondern *sie*.

»Sie haben Dam'en weh getan, wo ist er?«

»Es geht ihm gut, Sam. Er ist in London und wird bald nach Hause kommen.«

»Dam'en!« schrie der riesige Mann aus vollem Hals quer über die weite Fläche.

»Weshalb glauben Sie, daß ich ihm wehgetan hätte?« Am liebsten hätte sie ihn in die Arme geschlossen und getröstet, um das vertrauensvolle Verhältnis wiederherzustellen. Unter dem riesigen Baum wirkte der große Sam so schrecklich verloren und allein. Falls er jetzt die Kontrolle verlor und außer sich geriet, konnte sie nur hilflos zusehen.

»Sie haben ihn mir weggenommene Ich will ihn wiederhaben!« Er trat einen Schritt auf sie zu, und prompt bekam sie Angst.

»Aber nein, Sam. Ich bin es doch! Alex. Nicht *sie*! Ich bin nicht Miss Pole.« Offenbar hatten ihre Augen Bände gesprochen, denn ganz plötzlich war er wieder völlig ruhig und schien zu erkennen, wer vor ihm stand. »Erkennen Sie mich jetzt? Ich bin Miss Benjamin.«

»Ich habe Angst.«

Und ich erst, dachte sie erleichtert. Zu ihrer Überraschung hatte sie festgestellt, daß Sam immer besser sprach, wenn er nicht aufgeregt war. »Sie brauchen keine Angst zu haben, Sam. Ihnen wird niemand mehr etwas tun. Sagen Sie ihr einfach, daß sie weggehen soll.«

»Aber sie ist da!« sagte Sam kopfschüttelnd. »Sie ist immer da.«

Besorgt runzelte Alexandra die Stirn. »Was soll das heißen? Das verstehe ich nicht.«

»Sie ist immer da.«

»Haben Sie sie denn gesehen?« Sie blickte sich um, doch da war niemand. Nirgendwo.

Als sie sich wieder zu Sam umwandte, hatte er den Kopf gesenkt, als ob er ein schlechtes Gewissen hätte.

»Haben Sie sie gesehen, Sam? Ist sie immer noch im Schloß und stellt böse Sachen an?«

»Böse Sachen! Sehr böse!« murmelte er.

Alexandra starrte ihn lange an, als ob ihre Blicke ihn durchbohren könnten. Sie kam sich vor wie auf einem Drahtseil. Ein einziger falscher Schritt, eine einzige falsche Bewegung konnten alles verderben. Und trotzdem ... Wahrscheinlich bot sich ihr nie wieder eine solche Chance, den Dingen auf den Grund zu gehen.

Ohne Rücksicht auf sich selbst legte sie die Arme um Sam und hielt ihn fest. Er bewegte sich nicht, aber ganz recht war es ihm auch nicht. Er stand einfach nur reglos da und gestattete ihr, ihn im Arm zu halten.

»Mein lieber Sam«, flüsterte sie und faßte seine Hand. »Sie wissen, daß ich Ihre Freundin bin und Ihnen nie etwas zuleide täte. Ist sie augenblicklich im Schloß? Wissen Sie vielleicht sogar, wo? Ja, Sam?«

Mit ängstlichem, kummervollem Blick sah er sie an und nickte. »In meinem Zimmer.«

»Alles ist vorbereitet, *my lord*. Die Herzogin hat ebenfalls zugesagt. Wie es aussieht, wird die Soiree ein großer Erfolg werden.« Mit einer Verbeugung legte der Butler einen großen Stapel Antwortkarten auf den Mahagonischreibtisch vor dem Fenster.

Newell wartete, bis Matthewsby gegangen war, bevor er den Stapel durchblätterte. Wie es aussah, war die ganze Welt darauf versessen, den neuen Lord Cairncross kennenzulernen und ihn voller Neugier mit seinem Vater zu vergleichen. Bisher hatte sich niemand gefragt, wo der älteste Sohn des Lords während der Verbannung gesteckt hatte. Statt dessen hatte man ihn irgendwo in Japan vermutet oder auf den Spuren einer hübschen Contessa in Italien – offenbar spukte Byron immer noch in den Köpfen dieser Leute.

Mit Sicherheit wäre keiner auf den Gedanken verfallen, den ältesten Sohn eines Lords in einem der ärmlichsten Viertel von London zu vermuten, wo er von seiner Hände Arbeit lebte. In Wapping hatte er als Schauermann sein erstes Geld verdient, und später als Besitzer des üblen *White Bear* noch eine ganze Menge mehr. Nichts war ihm frend geblieben, weder Erpressung noch Raub – solange nur Geld ins Haus kam. Und es hatte funktioniert und ihn reich gemacht.

Und nun besaß er mehr Geld und Land, als er benötigte. Der *baron*, wie er seinen Vater immer genannt hatte, war im vergangenen Jahr in Paris gestorben und hatte ihn als Erben eingesetzt. Welche Ironie des Schicksals, dachte Newell. Der *baron* hatte das Leben seines Sohnes ruiniert, als dieser vierzehn Jahre alt gewesen war, und seinen Fehler zwanzig Jahre später wieder gutgemacht – ohne jemals zu ahnen, aus welchem Unrecht sich sein Sohn inzwischen aus eigener Kraft gerettet hatte.

Damien setzte sich an den Schreibtisch und blickte aus dem Fenster. Es war September, und die Bäume wurden allmählich gelb. Seit mehr als einem Monat war er nun wieder in London, dachte er, als er aufstand und rastlos zum Kamin ging und in die Flammen starrte. Damiens Inferno, schoß es ihm durch den Kopf, und er grinste sarkastisch. Mißmutig nahm er schließlich seine Wanderung wieder auf, bevor er schließlich erschöpft neben einem Stapel ungelesener Bücher in einen Klubsessel sank.

Er mußte sich die Rückkehr nach Cairncross endgültig aus dem Kopf schlagen. Und dieses Mädchen, das ihm angst machte.

Einmal war er sogar bis zum Bahnhof gegangen, aber dort hatten ihn die Umstände glücklicherweise umgestimmt. Er hatte eine Frau mit einem Kind beobachtet, die mit ängstlichem Gesicht inmitten all der frenden Menschen auf dem Bahnsteig auf die Ankunft des Zuges gewartet hatte. Das Kind hatte seinen Blick bemerkt und ihn seinerseits so mißtrauisch aus blauen Augen betrachtet, daß es ihm fast das Herz gebrochen hätte. Aber als der Zug angekommen war, mit dem er nach York fahren sollte, hatte er nicht einsteigen können. Zuerst hatte er noch wissen wollen, was mit der Mutter und dem Kind geschah.

Ein Reisender nach dem anderen war ausgestiegen und an den beiden vorbeigegangen, und die Miene der Frau war von Minute zu Minute sorgenvoller geworden. Aber als eine männliche Stimme laut aus der Menge gerufen hatte, hatte ein breites Lächeln ihr Gesicht erhellt und das Kind hatte gestrahlt. »Vater, Vater!« hatte das kleine Mädchen gejubelt. Der Mann war ausgestiegen, hatte sein Kind umarmt und dann den anderen Arm um seine Frau geschlungen, die mit einem Schlag mindestens fünfzehn Jahre jünger ausgesehen hatte. Nachdem sie vereint zusammen den Bahnhof verlassen hatten, hatte er noch lange mit der Fahrkarte in der Hand auf dem Bahnsteig gestanden.

Ja, solche Frauen machten ihm angst – diese ehrbaren Frauen, die ihre Männer liebten und ihre Kinder herzten. Frauen, die das Leben erst lebenswert machten. Er schloß die Augen, weil er nicht an Alexandra Benjamin denken wollte, aber da dachte er längst an sie. Und an Sam.

Sein unglaublich gütiger Bruder. Seit dem Tag seiner Verbannung hatte er sich um ihn gesorgt. Zwanzig Jahre lang hatte er sich gefragt, wie es ihm ging und was mit ihm geschah, wenn er nicht da war. Zwanzig Jahre lang hatte er hilflos warten müssen. Und nun sorgte er sich wieder um jemanden. Um Alexandra Benjamin, die hübsche Tochter eines Juden, die er mit einer Rückkehr nach Cairncross in Schwierigkeiten bringen würde. Er sah sie noch genau vor sich, als sie ihm in der Bibliothek gegenübergesessen hatte. Die wunderschönen, ausdrucksvollen Augen, die für ihr schmales Gesicht viel zu groß waren ...

Doch schon in der nächsten Sekunde verfluchte er seine Rücksichtnahme. Er wollte lieber nach Cairncross zurückkehren, um dieser kleinen Gouvernante zu demonstrieren, welche Gelüste ihn umtrieben. Ursula hatte recht, indem sie die dunkle Seite gewählt hatte. Das Böse war nichts anderes als ein Machtgefühl, das er schon seit Jahren auskostete. Ob er überhaupt Wert auf eine helfende Hand legte, falls sie sich ihm böte? Oder wollte er lieber Zuflucht in der Finsternis suchen, die ihm schon so lange vertraut war? Bekanntes schreckte ihn nicht, doch das Unbekannte machte ihm angst.

Falls er diese Gefühle jedoch unterdrückte und nach Cairncross zurückkehrte, würde Alexandra gewinnen, denn er hegte längst keinen Zweifel mehr, daß sie zu ihm paßte. Maß sich das Alter in Tagen und Jahren oder in glücklichen Momenten? Nach Jahren war er vierunddreißig, aber wenn man nach glücklichen Momenten rechnete, war er noch nicht einmal geboren. Freude und Glück waren für ihn bisher immer nur etwas Abstraktes gewesen, doch inzwischen fragte er sich manchmal, ob er nicht das bißchen Glück, das sich ihm bot, mit beiden Händen ergreifen und festhalten sollte. Alexandra. Ihre Selbstsicherheit zog ihn an, wie das verfaulende Fleisch den Raben. Nein, er mußte sie in Ruhe lassen, denn was er zu bieten hatte, verdiente sie nicht. Er war durch und durch böse, aber davon hatte sie keine Ahnung.

My lord Newell,

ich weiß nicht recht, wie ich beginnen soll. Es ist sehr wichtig, daß wir Miss Pole endlich finden, denn inzwischen habe ich einen Beweis dafür, daß sie ins Schloß zurückgekehrt ist und daß sie in Cairncross herumwandert, statt in der Irrenanstalt, in die sie eigentlich gehört.

Ich habe Mrs. Penrith, die Zimmermädchen und die Diener suchen lassen, doch wie nicht anders erwartet, haben sie nichts gefunden, was wir Ihnen hier als Beweis präsentieren könnten –

Alexandra zerknüllte den Bogen und warf ihn zu den anderen auf den Boden. Sie wollte Lord Newell von der Suche in Kenntnis setzen und ihn zur Rückkehr auffordern, doch sie fand einfach nicht die richtigen Worte. Ihre Erklärung klang dürftig, denn als »Beweis« hatte sie nichts anderes zu bieten als ihre Intuition. Fünf Versuche hatte sie bereits hinter sich, und die Kerzen in der Bibliothek waren fast heruntergebrannt, aber noch immer hatte sie keinen plausiblen Brief zu Papier gebracht, der überzeugend genug gewirkt hätte.

Ungeduldig warf sie die bisherigen Versuche ins Kaminfeuer. Es ärgerte sie, daß sie nicht die richtigen Worte finden konnte. Dabei hielt sie es doch für dringend geboten, daß diese Frau endlich gefunden wurde. Erst dann würde Sam seinen Frieden wiederfinden. Er sprach inzwischen kleine Sätze, aber Alexandra wußte, daß er mehr zustandebringen würde, wenn er völliges Vertrauen zu ihr besäße. Das setzte jedoch voraus, daß er keine Angst mehr zu haben brauchte.

Wie hätte sie Newell alle diese Überlegungen schreiben sollen? Er verlangte nichts weiter als den klaren Beweis, daß Ursula sich tatsächlich im Schloß befand.

Niedergeschlagen entzündete Alexandra einen Leuchter und verließ die Bibliothek. Die Diener waren längst zu Bett gegangen, und im Schloß war es totenstill. Aber Alexandra empfand keine Angst, sondern eher eine tiefe Enttäuschung, daß sie Newell nicht einfach zu Hilfe rufen konnte und damit Ursula Pole das Feld überlassen mußte. Aber das kam nicht in Frage! Sie sehnte sich förmlich danach, der Frau noch einmal über den Weg zu laufen. Vielleicht bekam sie ja dann den Beweis, den sie so dringend benötigte.

Ohne Zwischenfall fand Alexandra den Weg in ihr Schlafzimmer und stellte den Leuchter ab. Aber als sie anfing, ihr Mieder aufzuhaken, entdeckte sie, daß der Schrankkoffer weit offenstand.

Sofort liefen ihr eiskalte Schauer über den Rücken – so eiskalt wie die Leichen im Laboratorium ihres Vaters. Seiten aus dem Tagebuch, die der ersten unter dem Spitzendeckchen glichen, lagen überall verstreut, und auf dem Bett, das Mary bereits fürsorglich aufgedeckt hatte, prangten ein Paar grüne Handschuhe mit orangefarbenem Einfaßband.

Alexandra sauste herum und inspizierte jeden Winkel ihres Zimmers. Dann trat sie an die Kommode, zog Schublade um Schublade auf und sank schließlich erschöpft gegen das Möbelstück. Ihre schlimmsten Befürchtungen hatten sich bestätigt. Ihre sämtlichen Sachen waren verschwunden – so sorgfältig wie der Staub aus dem Schulzimmer –, und statt dessen waren die Sachen ihrer Vorgängerin eingeräumt worden. Ursula Poles Haarbürste, ihre Hornkämme, ihre Kleider und alle anderen Besitztümer. Als ob sie das Zimmer nie verlassen hätte!

Alexandra hätte nie gedacht, daß sie eines Tages nur aus dem einen Grund nach London fahren würde, um Lord Newell zur Rückkehr nach Cairncross zu bewegen. Sie hatte einfach keine andere Wahl mehr, denn allein kam sie nicht weiter. Sam und sie benötigten Newells Hilfe, denn offensichtlich tat sich in Cairncross mehr, als er auch nur ahnte.

Unentwegt mußte sie an ihr verwüstetes Schlafzimmer denken, dabei war das nicht einmal das Schlimmste gewesen. Den letzten Anstoß zu ihrer Reise hatte der Inhalt der Tagebuchseiten gegeben. Sie hatte sie aufgehoben und chronologisch geordnet, doch es gab Lücken. Eine Passage jedoch hatte ausgereicht, um ihre Seele zu Eis gefrieren zu lassen.

24. Januar 1838

Ich will seinen Samen und sein Blut. Er glaubt, daß er mir entwischen kann, aber in dieser Beziehung irrt er sich. Er gehört mir längst und wird mir für immer gehören. Trotz all seiner Männlichkeit ist er immer noch ein Kind, das ich überlisten kann. Ich werde mich für mein gebrochenes Herz rächen und mir nehmen, was er mir nicht geben will.

Seinen Samen und sein Blut.

In der Sekunde, in der Alexandra die Verwüstung in ihrem Zimmer gesehen hatte, war ihr klar gewesen, daß sie die Situation nicht mehr in der Hand hatte. Und die Tagebuchseiten hatten diesen Eindruck nur noch bestätigt. Sie war in großer Hast nach London aufgebrochen und hatte nicht einmal Mary gestattet, sie zu begleiten. Stattdessen hatte sie ihre Fragen mit Erklärungen beschwichtigt, daß sie noch Verschiedenes im Zusammenhang mit dem Vermögen ihres Vaters veranlassen mußte. Zum Teil entsprach das sogar der Wahrheit, doch Alexandra hatte längst entschieden, diese Aufgabe dem Anwalt der Familie zu überlassen. Sie selbst wollte Damien aufsuchen, denn ohne ihn würde sie keine Sekunde länger in Yorkshire bleiben. Wenn er nicht bereit war, sich um alles zu kümmern, mußte sie Cairncross verlassen. Aber der Gedanke, Sams Unterricht in diesem Stadium abzubrechen und Cairncross und damit Damien zu verlassen, erschien ihr einfach undenkbar ...

15

»Eine junge Dame möchte Sie sprechen, *my lord*«, flüsterte der Butler Newell ins Ohr, als gerade der erste Gang serviert worden war. »Eine Miss Benjamin«, informierte Matthewsby seinen Herrn hinter vorgehaltener Hand, die in einem blütenweißen Handschuh steckte. »Sie sagt, sie käme aus Cairncross.«

Newell sah kurz auf die Karte, die der Butler ihm reichte, und las die Botschaft von Alexandras Hand. »Ich muß unbedingt mit Ihnen über die Gouvernante sprechen.«

Formvollendet entschuldigte sich Lord Newell mit der gebotenen Höflichkeit bei seinen Gästen und flüsterte der silberhaarigen Herzogin an seiner Seite noch eine Nettigkeit zu, bevor er sich erhob und leise das Speisezimmer verließ.

Er sah sie zuerst. Als er die Bibliothek betrat, stand sie am Fenster und blickte aus dem Fenster auf die von Gaslaternen erleuchtete Straße und die vielen Wagen hinaus, die bis zum Regent's Circus den Gehsteig säumten.

Sie sah noch genauso aus, wie er sie in Erinnerung hatte. Das Haar hatte sie im Nacken zu einem dicken Knoten geschlungen. Ihre korrekte Haltung fand er überaus reizvoll, und er ahnte, daß ihre Lippen nicht nur vielversprechend aussahen, sondern bestimmt ihr Versprechen auch hielten. Aber am anziehendsten fand er nach wie vor ihre Seele, die so rein und jungfräulich war wie ein weißes Laken.

Er sah nur zwei Möglichkeiten: Entweder änderte er sich, oder er änderte sie. Mag sein, daß die Sache gegen ihn ausging, indem er entdeckte, daß doch noch ein Rest Güte in ihm wohnte. Genausogut konnte es aber auch anders kommen, wenn er ihre Seele erst einmal mit der Finsternis vertraut gemacht hatte. Die Herausforderung war süß, und er lechzte förmlich danach zu sehen, wie weit er sie verderben konnte.

»Ich dachte, Sie wollten sich um meinen Bruder kümmern,

statt mich hier in London mit Details aus Cairncross zu behelligen.«

Beim Klang seiner Stimme fuhr sie herum, aber als ihn die großen Augen ansahen, war er froh, daß er so unfreundlich reagiert hatte. Sie hätte wirklich nicht kommen sollen.

»Es hat sich ein schrecklicher Vorfall ereignet, der mit Miss Pole in Zusammenhang steht«, entgegnete sie in ihrer sanften, aber bestimmten Art, die er noch gut im Ohr hatte.

Nicht neutral und kühl, sondern *einfühlsam distanziert.*

In seinem Inneren tobte eine unbekannte Leidenschaft, aber durchschaut werden wollte er um keinen Preis. Besonders nicht von ihr. Er hatte das Gefühl, unmerklich auf ihre Seite hinüberzugleiten – dabei war sie doch diejenige, die dieses Zusammentreffen zu verantworten hatte. Sollte auch sie die Konsequenzen tragen.

Schweigend zerrte er sie an ihrem schmalen Handgelenk bis an seine Brust. »Ich habe Cairncross verlassen, um Ihnen aus dem Weg zu gehen.« Es reizte ihn, diese zarten Knochen zu zerbrechen, aber ihre furchtsame Miene reizte ihn noch weit mehr. Machtgefühl und Furcht bedingten einander.

»Ich bitte Sie eindringlich, *my lord* ... Kehren Sie nach Cairncross zurück. Ansonsten kann ich Sam nicht helfen. Er braucht Sie.« Sie sah zu ihm auf und flüsterte: »Sie hat den Koffer geöffnet, und alle ihre Sachen liegen jetzt dort, wo vorher meine lagen. Ich fürchte, ich kann nicht mit ihr fertig werden ...«

Die Panik, die sich auf ihrem Gesicht malte, galt plötzlich nicht mehr ihm, und es ärgerte ihn, daß Ursula der Grund war. Er ließ sie los.

Wortlos nestelte sie an dem Verschluß ihres Beutels und präsentierte ihm die gelborangenen Handschuhe wie eine Opfergabe. »Sie hat meine schwarzen Handschuhe gestohlen und statt dessen diese hier in meinen Schrank gelegt.«

Ohne Abscheu oder Ekel nahm Newell sie in die Hand. Offenbar waren diese Gefühle längst überwunden. »Ihre heißgeliebten Handschuhe«, meinte er so beiläufig, als ob er sich über die Farbe von Blumen unterhielte.

»Aber es sind doch *die* Handschuhe, nicht wahr?« flüsterte Alexandra.

Als er ihre Hand ergriff, schrak Alexandra zusammen und ließ ihn aus lauter Furcht gewähren. Sanft strich er mit dem Finger über die zarten Finger und über die weiche Haut, unter der bläulich das feine Adernetz schimmerte. »Ich fürchte, ich kann Ihnen nicht helfen, Alexandra. Ich werde nicht nach Cairncross zurückkehren. Geben Sie Ihre Arbeit auf, wenn Sie nicht anders können, aber ich werde deswegen nicht zurückkommen.« Lächelnd blickte er in ihre großen, haselnußbraunen Augen, an die er oft in einsamen Nächten vor dem Feuer in der Bibliothek gedacht hatte.

»Und weshalb nicht? Ich kann es unmöglich allein schaffen. Kommen Sie mit! Sie sind doch kein Feigling, und ich weiß, daß Sie Sam über alles lieben – ich habe ihn ebenfalls ins Herz geschlossen, und wir können ihn doch nicht einfach im Stich lassen!«

Er sah sie an, und sie spürte seinen inneren Kampf. »Sam ist nicht in Gefahr, und Sie auch nicht. Das habe ich Ihnen bereits gesagt. Sie können ohne Bedenken nach Cairncross zurückkehren.«

»Aber sie ist im Schloß!« Ihre Stimme klang plötzlich sehr erregt. »Ich habe sie mit eigenen Augen auf der Treppe gesehen! Und in meinem Zimmer war sie auch –«

»In *ihrem* Zimmer. Früher hat *sie* dort gewohnt. Sie hätten Mrs. Penrith bitten können, Ihnen ein anderes Zimmer zu geben.«

»Und was ist mit meinen Sachen? Wo sind sie geblieben?« Sie konnte ihren Sarkasmus kaum im Zaum halten. »Befinden die sich etwa in irgendeinem Schattenreich?«

»Ich werde Ihnen auf der Stelle alles ersetzen.«

Nun war es an ihr, wütend zu werden. Sie zerrte ihre Hand zurück, und die Heftigkeit überraschte ihn. »Sie hören mir ja überhaupt nicht zu, *my lord*! Sie haben zwar alles gehört, aber begriffen haben Sie gar nichts!«

»Oh, doch.« Er trat einen Schritt auf sie zu, und es erfüllte ihn mit einer köstlichen Genugtuung, als sie einen Schritt bis zum Vorhang zurückwich. »Diese Frau geht mich nichts an – also verlangen Sie nicht, daß ich zurückkehre.«

»Und was ist mit Sam?« Die Wut färbte ihre Wangen. »Er hat gesagt, daß sie sich in seinem Zimmer aufhält. In seinem Zimmer, *my lord*!«

Die Neuigkeit durchzuckte ihn, und ein unbekannter Schmerz bohrte in seinen Eingeweiden, so daß er sich setzen mußte.

»Verstehen Sie jetzt, weshalb ich einfach kommen mußte?« fragte sie leise und sank neben seinem Sessel auf die Knie.

»Ich werde ihn hierher bringen lassen. Das hätte ich schon viel früher tun ...«

»Zu diesem Zeitpunkt halte ich das nicht für klug«, entgegnete Alexandra mit sanfter Stimme. »Auf seine Weise hat er sich mit dem Horror eingerichtet und macht wirkliche Fortschritte. Eine Änderung der äußeren Bedingungen könnte all unsere Bemühungen für immer zunichte machen.«

»Sie wird ihm nichts tun. Sie will ja nichts von ihm. Sie will nur mich.« Er sah Alexandra an, doch gleich darauf wandte er den Blick wieder ab. Er hätte sich ohrfeigen können, daß er das gesagt hatte.

»Ich weiß.«

Er sah auf ihre schmale Gestalt hinunter, die immer noch neben ihm kniete, und in ihre Augen, die dunkel schimmerten wie der sanfte Schatten unter einem dichten Laubdach, wo man Ruhe und Frieden fand. Diesmal konnte er den Blick nicht abwenden.

»Sie tut das alles nur, um mich zurückzulocken.«

»Wo ist sie? Alle sagen, sie sei ein Gespenst, aber das glaube ich nicht. Sie versteckt sich vielmehr irgendwo im Schloß, und das müssen wir herausfinden.«

Er beobachtete sie und sah, daß sie nichts verstand, aber alles verstehen wollte. Dabei bestand die Schönheit ihres Wesens ja gerade darin, daß sie nichts von dem begreifen konnte, was in Cairncross vor sich ging. Genau aus diesem Grund empfand er ja den Wunsch, ihr nahe zu sein.

»Ich habe bereits sämtliche Diener nach ihr suchen lassen«, fuhr sie fort. »Überall –«

»Nicht überall, meine liebe Alexandra.«

Sie stutzte bei dem ungewöhnlich sanften Ton, und sofort erstarkte er wieder. Sie konnte ihn nicht gefährden, denn sie konnte nicht plötzlich genauso denken wie er. Eher würde er sie umkrempeln. »Cairncross wurde auf einer Art römischer Katakomben errichtet. Als in der Schlacht von Erboracum im fünften Jahrhundert fast eintausend Soldaten ums Leben kamen, wurden sie in den früheren Steinbrüchen bestattet, die sich noch heute wie ein Labyrinth unter dem Schloß hinziehen. Falls Ursula tatsächlich im Schloß ein und aus geht, kann sie das ungefährdet tun, denn dort unten kennt sich niemand aus.«

Diese neue Situation überraschte Alexandra, aber deswegen gab sie sich noch lange nicht geschlagen. »Ist sie dort unten? Meinem Gefühl nach wissen Sie, wo sie ist.«

Er antwortete nicht, sondern überlegte, wohin ihn sein Leben geführt hatte. Bisher hatte es so ausgesehen, als ob es keine Rettung für ihn gäbe, doch seit er diese Frau kannte, fand er die Verdammnis längst nicht mehr so erstrebenswert.

»Was hat diese Frau Ihnen getan? Ich sehe es Ihren Augen an, daß sie Ihnen etwas angetan hat«, hörte er sie flüstern. Er wollte sich öffnen, doch seine Stimme versagte, und so schloß er nur die Augen, um ihren anteilnehmenden Blick nicht länger sehen zu müssen.

Ihre Röcke raschelten, als sie aufstand, aber sie ging nicht fort. Statt dessen fühlte er, wie sie sich gegen seinen Sessel lehnte und dann ganz sanft über sein Gesicht strich. Reglos ließ er zu, daß sie seine Brille abnahm und dann ihre Wange an seine schmiegte, als ob sie ein kleines Kind trösten wollte. »Bitte«, hauchte sie. »Erzählen Sie mir von ihr. Ich möchte Sie so gern verstehen, aber dazu brauche ich Ihre Hilfe.«

Aber er wollte nicht reden. Bekenntnisse gingen ihm gegen den Strich. Dann fühlte er wieder ihre weiche Wange an der seinen, und als er ihr über das Haar strich, hätte er schwören können, daß er noch nie etwas so Sanftes berührt hatte. Dank ihrer Klugheit hatte sie genau die weiche Stelle in seinem Panzer gefunden und war drauf und dran, ihn zu erobern.

In diesem Augenblick blieb ihm keine andere Wahl, als sie zu vernichten. Urplötzlich krallten sich seine Finger in ihren Haarknoten und zerrten ihr Gesicht direkt vor seines. Worte waren überflüssig, denn ihr schmerzvoll verzogenes Gesicht voll banger Ahnungen sagte ihm genug. Im nächsten Moment küßte er sie brutal. Er konnte nicht anders, er wollte ihr Blut schmecken. Sie wehrte sich wie wild, aber schon der Versuch war mehr als lächerlich. Gegen ihn richtete sie nichts aus.

Er wollte es lieber langsamer angehen lassen und beherrschte sich. Ganz allmählich lockerte er seinen Griff, und in dieser Sekunde hörte er es. Ein winziges Stöhnen entrang sich ihrer Kehle, und ihre Lippen schienen weniger angespannt, je weicher er sie küßte. Nicht lange, und sie würde seinen Kuß erwidern, dachte er triumphierend, und ihm ganz gehören.

Und dann, noch bevor er richtig begriff, was sie beabsichtigte, fühlte er, wie ihre Nägel über sein Fleisch schrammten und ihm die Haut abzogen. Er ließ sie los und sah, daß sie sich wie eine Katze geduckt von ihm zurückzog.

»Warum haben Sie das getan? Warum?« fragte sie.

Er antwortete nicht, denn ihr Anblick tat ihm weh. Abbey hätte den Kuß einfach hingenommen und sich gefreut. Aber diese Frau war anders. Sie war stark und wollte alles wissen. Vielleicht war sie ja wirklich bereit, ihm zu helfen? Sein Inneres brannte und schmerzte, weil sie immer noch da war und noch längst nicht aufgegeben hatte.

Abrupt erhob er sich. Und plötzlich fühlte sich seine Brust an, als ob eiserne Bänder sie umschlossen, so daß er kaum Luft bekam. Sein Haß auf sich selbst war wieder da, und er genoß dieses Gefühl wie einen Blitz in der Sommerhitze.

Er sah sie an, wie sie bleich und traurig neben seinem Stuhl stand. In dieser Sekunde sehnte er sich zum ersten Mal nach einer tröstlichen Umarmung – und nicht nach fleischlichem Genuß. Bestimmt war es wunderbar, sich in diese schlanken Arme fallen zu lassen, die Wange an ihre Brust zu betten und Frieden in ihrem großen Herzen zu finden. Im Grunde war alles so einfach, aber ihm war es fremd, denn seine Mutter hatte Zeit seines Lebens nur ihre zahlreichen Liebhaber umarmt.

»Ich komme mit nach Cairncross«, sagte er.

»Gott sei Dank. Wir müssen sie unbedingt finden, denn sie ist verrückt und muß eingesperrt werden«, flüsterte Alexandra.

»Ich werde mich darum kümmern, so daß Sie mit Sam weiterarbeiten können.«

»Ja«, hauchte sie.

»Aber vergessen Sie nie, wie ich in Wirklichkeit bin«, flüsterte er heiser. »Ein Mann, der so groß geworden ist wie ich, entwickelt seltsame, finstere Gelüste.«

Sie begann zu zittern und suchte an der Rücklehne seines Stuhls tastend nach einem Halt. Er konnte nicht einschätzen, was in ihrem Kopf vorging, aber daß sie sich fürchtete, war klar. »Ich habe Gäste, denen ich mich jetzt wieder widmen muß. Alles Weitere werden wir morgen besprechen«, sagte er dann knapp, um wieder zu einem ganz normalen Ton zurückzufinden.

»Aber selbstverständlich.« Sie nickte. »Ich hätte Sie auch heute abend nicht mehr gestört, *my lord*, aber ich bin gleich vom

Bahnhof hergekommen.« Sie fummelte am Knoten ihres Beutels herum.

»Hat Matthewsby sich um Ihr Gepäck gekümmert?«

Ihr Kopf schoß hoch. »Ich werde im Gasthof übernachten, *my lord.*«

Er mußte sich das Lachen verkneifen. »In welchem Gasthof?«

»Nun, in irgendeinem Gasthof eben.«

»Da kann ich Ihnen einen empfehlen.« Er lächelte grimmig. »Und zwar den *White Bear* in Wapping.«

»Gut, dann fahre ich nach Wapping.«

Während ihre Finger weiter an ihrem Beutel nestelten, stützte er sich mit einer Hand an der Mauer hinter ihr ab und beugte sich näher zu ihr hinunter. »Sie waren noch nie in Wapping, nicht wahr?«

Mit klarem Blick sah sie zu ihm auf, aber was sie dachte, konnte er nicht erkennen. Er genoß dieses Spiel. »Ich habe nur gehört, daß es dort scheußlich ist.«

»Das ist zu milde ausgedrückt.«

»Demnach waren Sie schon einmal dort?«

»Dort habe ich die Realitäten des Lebens kennengelernt.«

»Sind Sie dort zu dem geworden, der Sie heute sind, Damien? Macht es Ihnen deshalb soviel Spaß, mir angst zu machen?«

Ihre Blicke trafen sich. Bisher war niemand je der Wahrheit so nahe gekommen wie diese Frau. Und das ärgerte ihn. Er wollte sie davor bewahren, daß sie von Wapping und von den schmutzigen Geschäften im *White Bear* erfuhr. Sie verkörperte das Gute und durfte nicht beschmutzt werden.

»Vermutlich können Sie einen Ort wie diesen gar nicht verstehen.« Er sprach ganz nah vor ihrem Gesicht. »Man lernt dort schnell, daß einem nur genommen werden kann, worauf man Wert legt.«

Offenbar hatten seine Worte sie beeindruckt, denn er meinte Tränen in ihren Augen zu erkennen.

»Dann wird es Zeit, daß Sie etwas bekommen, worauf Sie Wert legen.«

»Geben Sie es mir doch.« Er wußte selbst nicht, weshalb er das gesagt hatte, aber als er sie ansah, lag Verzweiflung in seinem Blick. Rasch wandte er sich ab.

»Meine Gäste warten schon«, sagte er leise. »Ich werde Matthewsby bitten, sich um Ihr Gepäck zu kümmern. Wir werden morgen früh nach Cairncross aufbrechen.«

»Aber ich kann doch nicht einfach hierbleiben ...

»Natürlich übernachten Sie hier und nirgends sonst!«

»Aber morgen früh möchte ich noch schnell meinen Vater besuchen.«

»Wo ist er begraben?«

»Auf dem jüdischen Friedhof in der Brady Street in Whitechapel.«

»Ja, den kenne ich. Wir werden morgen hinfahren, bevor wir zum Bahnhof fahren.«

Sie war sehr schweigsam, doch ihre Zurückhaltung erregte ihn. Sie war intelligent. Zu intelligent. Sie sollte sich lieber vor ihm hüten.

»Trotzdem kann ich nicht hierbleiben, *my lord.*«

»In Wapping erwartet Sie auf jeden Fall Schlimmeres.«

Sie zögerte, denn offenbar war sie es nicht gewöhnt, ohne Begleitung zu reisen. Sie mußte allen ihren Mut gesammelt haben – und das nur um Sams willen! Dem armen Sam hatte bisher niemand beigestanden, doch nun kannten sie einen Engel der Barmherzigkeit.

»Also gut, ich nehme Ihre Gastfreundschaft an, *my lord.*«

Der Wunsch, sie zu berühren, war so mächtig, daß er sich beherrschen mußte. Sie stand dicht vor ihm, und sein Arm versperrte ihr nach wie vor den Weg. Unwillkürlich mußte er an alles denken, was er mit Abbey getan hatte und was er so gern wiederholen wollte. Herrliche Dinge ... Er ballte die Fäuste, und sein Atem ging schwer. Es stand ihnen noch ein langer Weg bevor, ehe sie sich ganz in seiner Gewalt befinden würde. Er mußte aufpassen, denn in ihrer Gegenwart veränderten sich die Dinge. Aber er wollte sich nicht ergeben und sich nicht von ihr in die Irre führen lassen.

Abrupt wandte er sich ab. »Suchen Sie Matthewsby und bitten Sie ihn, Ihnen ein Zimmer herzurichten. Ich muß wieder zu meinen Gästen.«

Er war zufrieden, als er sah, daß sein verletzender Ton sie getroffen hatte, und er fragte sich, ob sie sich vielleicht in ihn verliebt hätte. Aber kaum daß sich die Tür hinter ihm geschlossen hatte, kehrte die alte, vertraute Finsternis blitzschnell wieder zurück, und er wunderte sich ein wenig, daß er sie fast nicht vermißt hatte. Diese Alexandra war ein mutiges und zugleich trotziges Mädchen, das ihm seinen Sieg schwermachen würde. Aber sie konnte nicht gewinnen. Ihre Seele würde ihm zum Opfer fallen, nur weil sie leichtsinnigerweise darauf bestanden hatte, daß er nach Cairncross zurückkehrte. Er konnte es fast nicht abwarten, endlich nach Hause zu kommen.

Leicht entsetzt blickte sich Alexandra in der winzigen Dachkammer um, in die Matthewsby sie geführt hatte. Natürlich hatte sie als Gouvernante keinen Anspruch auf irgendwelchen Komfort, doch verglichen mit dieser winzigen Kammer war Ursula Poles Zimmer in Cairncross ausgesprochen luxuriös. Als kleinen Ausgleich beherbergte dieses Haus wenigstens keine Verrückte, dachte sie.

Dann packte sie die wenigen Sachen aus, die ihr geblieben waren. Seit dem Spaziergang mit Sam hatte sie eine schreckliche Erschöpfung befallen, und sie mußte sich eingestehen, daß ihr die Sache mit Ursula Pole allmählich über den Kopf wuchs. Seit sich das Gerücht zur Realität verdichtet hatte, wurde es immer schlimmer. Die Frau hatte sie nicht nur ihrer Sachen beraubt, sondern benutzte auch noch ihr Lieblingsbuch, um sich über sie als Jüdin lustig zu machen. Diese Irre hatte ihr sogar die

Unterwäsche und das lavendelfarbene Kleid entwendet, das sie nicht nur mochte, sondern auch dringend brauchte.

Und dann erst die Gedanken an Sam. Es schauderte sie, wenn sie sich vorstellte, wie sich die Frau, die sie auf der Treppe gesehen hatte, wie ein Gespenst über Sams Bett beugte. Die Frage, was Ursula Sam angetan hatte, kreiste pausenlos wie der Schatten eines Raubvogels über ihr. Das Tagebuch bestätigte Damiens Version, daß sich der Mißbrauch nur auf ihn beschränkt hätte. Aber war das wirklich alles? Die beiden Männer sahen einander äußerlich so ähnlich, daß selbst sie sich manchmal vergegenwärtigen mußte, daß Sam nicht Damien war.

Alexandra sank auf die weiche Matratze und dachte über das Gespräch mit Newell nach. Bei der Erinnerung an den Kuß zitterten ihre Hände. Er hatte versucht, sie zu verletzen, und sie hatte es gewußt. Aber trotzdem hatte sie seinen Kuß ersehnt, als er plötzlich so zärtlich zu ihr gewesen war.

Im Grunde mochte sie John Damien Newell nicht, und trotzdem war sie auf dem besten Weg, sich in ihn zu verlieben. Ihr war klar, daß seine Seele Schaden genommen hatte, aber gleichzeitig fragte sie sich, ob man einen solchen Schaden ausgleichen konnte. Wenn sie nicht weiterwußte, dachte sie oft an den Garten von Cairncross – an die heile Insel inmitten der Düsternis. Sogar in einer zerdrückten Rose lag neues Leben, dachte sie und fragte sich, ob eine mitfühlende Seele die Wildheit besiegen konnte, hinter der John Damien sich immer wieder versteckte.

Manchmal hatte er sie bis ins Mark erschreckt ... aber dennoch hatte er jedesmal ihre Seele angerührt. Tiefer und vollständiger, als das je ein Mann zustande gebracht hatte. Einerseits sehnte sie sich nach ihm und wußte, daß er sie noch mehr brauchte als sein Bruder. Trotzdem wäre es sicher das Vernünftigste, auf der Stelle nach ihrem Koffer und Mary zu schicken und nicht mehr nach Cairncross zurückzukehren. Niemand würde ihr einen Vorwurf machen – Newell schon gar nicht. Aber für sie kam eine so einfache Lösung nicht in Frage. Jede seiner Bemerkungen zog sie nur tiefer in die Sache hinein, denn sie war der festen Überzeugung, daß noch ein Rest Güte in ihm wohnte, der das Böse besiegen konnte.

Als glockenhelles Frauenlachen bis zu ihr nach oben drang, stand sie auf und spähte aus dem Fenster nach unten, wo die Gäste nacheinander das Haus verließen und in ihren Wagen davonfuhren. Ein feiner Nebel hatte bereits die Baumkronen im gegenüberliegenden kleinen Park verschluckt, doch am Ende des Parks konnte Alexandra klar die Gestalt einer Frau erkennen, die in einen Kapuzenumhang gehüllt reglos dastand und der Abfahrt der Gäste zusah.

Sofort erstarrte sie. Irgendwie wirkte diese Gestalt zu reglos, so daß Alexandra unwillkürlich an die Frau im Hausflur denken mußte. Erschauernd beobachtete sie die Frau und stellte sich vor, wie eine knöcherne Hand aus dem Umhang nach Damien griff und ihn in ein dunkles Land entführte. Sie wollte schon aufschreien, weil sie ihn nicht verlieren wollte.

»Miss? Seine Lordschaft hat mich gebeten, Ihnen noch eine kleine Erfrischung zu bringen.«

Zu Tode erschrocken fuhr Alexandra herum und starrte das junge Hausmädchen an, das mit einem Silbertablett unter der Tür stand.

»Ich danke Ihnen sehr. Stellen Sie das Tablett bitte dort auf den Tisch«, sagte sie rasch.

»Sehr wohl. Guten Appetit.« Mit diesen Worten stellte das Mädchen ihr Tablett ab und war blitzschnell wieder draußen.

Als Alexandras Blicke wieder zu der Stelle zurückkehrten, wo sie gerade noch die Gestalt gesehen hatte, erblickte sie lediglich ein Paar, das Arm in Arm auf der gegenüberliegenden Straßenseite davonschlenderten und wie Neuvermählte kicherte. Die Frau trug einen langen schwarzen Umhang, aber die Kapuze war heruntergerutscht und enthüllte üppiges blondes Haar.

Diese Frau war mit Sicherheit nicht Ursula, sondern vermutlich die Gestalt, die sie vorhin beobachtet hatte. Ganz sicher war Alexandra allerdings nicht. Genausogut konnte ihr die Frau von Cairncross Castle hierher gefolgt sein und sich im Park versteckt haben. Dann wüßte sie jetzt, daß Alexandra bei Damien war, und man mußte sich auf eine entsprechende Reaktion gefaßt machen. Mit Sicherheit war Ursula nicht nur verrückt, sondern auch klug, denn ansonsten hätte sie es nicht verstanden, die ganze Zeit über unbemerkt im Untergrund zu leben. Damien und sie würden allen Verstand brauchen, um dieser Person habhaft zu werden und sie endlich in ein Heim zu bringen, wohin sie zweifellos gehörte. Keinesfalls durften sie den Fehler begehen, Ursula zu unterschätzen.

16

Der jüdische Friedhof von Whitechapel lag eingebettet in ärmliche Viertel wie Mile End und Davids-In-Field. Aber die Juden, die hier beerdigt waren, gehörten keineswegs zu den Armen, sondern ihre Vorfahren hatten bereits in Whitechapel gelebt, als rundherum nur Weideland existiert hatte. Es war eine Ehre gewesen, daß sie Dr. Horace Benjamin in ihrer Mitte aufgenommen hatten, wo seit 1836 immerhin auch der berühmte Börsenmakler N. M. Rothschild begraben lag, und Alexandra war immer ein wenig stolz, wenn sie das Grab ihres Vaters besuchte.

Newell wartete im Wagen, so daß Alexandra ungestört Zwiesprache mit ihrem Vater halten konnte. Sie dachte daran, was aus ihrem Leben geworden wäre, wenn er nicht gestorben wäre. Vermutlich würde sie dann immer noch auf Brian warten und immer noch versuchen, ihr Leben nach diesen beiden Männern einzurichten. Dann dachte sie an Newell, der mit hochgestelltem Kragen finster der unerwarteten Kälte trotzte. Und vielleicht auch der Kälte in seinem Inneren.

»Was soll ich tun, Vater?« fragte sie flüsternd und blickte dabei auf den Davidstern, der den Benjamins das Familienwappen ersetzte. »Soll ich davonlaufen und allein bleiben, oder soll ich mich in das schicken, was das Leben mir bietet?«

Natürlich blieb die Frage unbeantwortet. Das erste Moos, das auf dem Stein wuchs, hatte sich in der Herbstluft bräunlich verfärbt. Vor neun Monaten hatte sie ihren Vater begraben. Neues Leben wuchs in dieser Zeit, aber den Schmerz konnte man nicht so schnell überwinden. Schweren Herzens wandte sie sich schließlich ab und ging zum Tor zurück, wo Damien auf sie wartete.

Sie erreichten Cairncross erst spät in der darauffolgenden Nacht. Da ihr Zug in Stirring Verspätung hatte, mußten sie im Gasthof übernachten. Newell benahm sich wie ein vollendeter Gentleman, doch wenn Alexandra ihn besser gekannt hätte, so hätte sie gewußt, daß er in solchen Augenblicken immer am unberechenbarsten war.

»Ich habe überlegt, ob ich ein anderes Zimmer haben möchte«, sagte Alexandra, als sie nach ihrer Ankunft in Cairncross in der Bibliothek einen kleinen Imbiß zu sich nahmen. »Ich halte es jedoch nicht für klug, gerade jetzt umzuziehen. Ohne Zweifel macht meine Anwesenheit sie nervös, und das erleichtert uns die Suche.«

Newell saß ihr gegenüber und ließ geistesabwesend die goldbraune Flüssigkeit in seinem Glas kreisen. Seit der Abfahrt aus London schien er sie unablässig zu fixieren. »Das liegt ganz bei Ihnen«, war alles, was er darauf sagte.

Dabei spielte ein leichtes Lächeln um seine Mundwinkel. Im Licht der Gaslampe sah er unglaublich gut aus, so daß sie alle Energie aufbringen mußte, ihn nicht einfach zu umarmen und zu küssen. Sie hatte einmal den Fehler gemacht, für einen Mann dahinzuschmelzen, und das sollte ihr nicht wieder passieren. Zumindest nicht für einen, der Schlechtigkeiten so einfach zugab wie ein Kind, das sich am Bonbonglas vergriffen hatte.

»Weshalb lächeln Sie, *my lord*?«

Das Lächeln vertiefte sich noch, aber netter wurde es deswegen nicht. »Meine liebe Alexandra, Sie sind so unschuldig und gut und verstehen so wenig. Nicht ich werde sie, sondern sie wird mich finden. Seien Sie sicher!«

»Aber nein, Sie werden es schaffen, denn Sie sind stark.« Ihre Blicke glitten über seinen muskulösen Körper, der nicht für das Verlieren geschaffen war.

Er beugte sich vor und strich sanft über ihre Wange. Sofort brannte ihre Haut, als ob Feuer sie berührt hätte. Seine Hand war rauh und voller Schwielen. Ob er die in Wapping erworben hatte? Über seine Vergangenheit wußte sie so gut wie nichts.

»Wenn ich ein ehrenhafterer Mann wäre, Alexandra, würde ich Sie heiraten und Kinder mit Ihnen haben, so daß ich die Erde eines Tages mit weniger Bedauern verlassen könnte. Ja, wenn ich nur ein wenig ehrenhafter wäre.«

Sie preßte seine Hand heftig gegen ihre Wange. »Aber Sie sind ein ehrenhafter Mann, Damien! Sie sind zurückgekommen, um Sam und mir zu helfen. Ihnen ist alles möglich.«

»Aber ich will keine Söhne haben, die mir ähnlich werden.«

»Sie sind zu hart, *my lord*. Ich wäre stolz, wenn ich einen Sohn wie Sie hätte. Sie haben sich behauptet, wo andere längst aufgegeben hätten. Bedeutet das denn gar nichts?«

Ihre Blicke trafen sich und hielten einander fest, doch sie widerstand der Versuchung, zu ihm zu gehen und seine Wange zu streicheln. Sie wußte, daß sie das keinen Schritt weiterbringen würde.

»Mit Ihrer Erlaubnis möchte ich mich jetzt zurückziehen, denn ich will gleich morgen früh mit Sam weiterarbeiten. Darf ich ihm sagen, daß Sie mit uns Tee trinken werden?«

Sie wartete, doch sein Nicken war kaum zu erkennen.

»Dann wünsche ich Ihnen eine gute Nacht, *my lord.*« Sie stand auf und wandte sich zur Tür.

Ein Schock durchfuhr sie, als sie fühlte, wie er plötzlich ihre Hände ergriff. »Gehen Sie nicht.« Lange und intensiv ruhte sein Blick auf ihr.

»Was soll ich tun? Soll ich mich in Sie verlieben, damit Sie mich dann fallen lassen?« Sie haßte es, von ihren Gefühlen zu sprechen, doch er ließ ihr keine Möglichkeit, die Fassade zu wahren. »Es gibt zwei Gründe, die klar dagegen sprechen, *my lord.* Erstens gehöre ich nicht Ihrem Stand an, und zweitens war mein Vater Jude.« Ihre Stimme war fast unhörbar. »Ich habe bereits einmal gespürt, welcher Vorwurf mich schlimmer trifft.«

»Aber selbst Jesus war Jude ...«

»Ich weiß, aber sich einmal untreu sein –«

»Das sind wir doch alle immer wieder!« unterbrach er sie und wurde richtiggehend ärgerlich. »Wissen Sie, daß Featherstone der Ungetreueste in diesem Haus ist? Er hat damals den ersten Stein auf mich geworfen, als Ursula ihre Anklage erhoben hat. Ich glaube, daß er in sie verliebt war. Er war schon vor zwanzig Jahren genauso sauertöpfisch wie heute. Und als sie ihm schöne Augen gemacht hat, ist er darauf hereingefallen wie jeder Alte, dem eine junge Frau Avancen macht. Er hat sich in sie verliebt und mich betrogen.«

Diese Neuigkeit überraschte Alexandra in keiner Weise. Sie hatte bereits mehr als einmal über Featherstone nachgedacht, doch nun empfand sie fast so etwas wie Mitleid für den alten Mann. »Aber inzwischen haßt er sie. Was hat sich geändert? Weshalb ist er immer noch in Ihren Diensten?«

Das Lächeln verstärkte sich. »Jahrelang war diese Geschichte Tagesgespräch unter den Dienstboten. Offenbar hat sie ihn um Geld gebeten. In der Nacht, in der sie verschwunden ist, hat sie ihm seine Ersparnisse abgeschwätzt. Sie hat ihm weisgemacht, daß sie eine Schwangerschaft befürchtete. Ich sollte sie geschwängert haben! Können Sie sich das vorstellen? Er hat ihr daraufhin alles gegeben, was er hatte, und sich mit ihr in London verabredet. Natürlich ist sie dort nicht aufgetaucht. Wie ein geprügelter Hund kam er nach Cairncross zurück und ist seit diesem Tag nur noch sauertöpfischer geworden.« Sein Blick glitt über ihre Figur. »Aus diesem Grund mißtraut er jeder schönen Frau.«

»Davon hat sie also die ganzen Jahre über gelebt! Ich habe mir schon überlegt, wie sie wohl ohne Geld zurechtgekommen ist.«

Damien antwortete nichts darauf, sondern strich nur sacht mit den Fingerspitzen über die Ringe unter ihren Augen. Irgend etwas schien ihn zu beschäftigen. »Gehen Sie schon vor«, sagte er dann plötzlich und wandte sich ab. »Ich komme gleich mit einer Kerze nach.«

Sie nickte, während heißes Mitgefühl sie überflutete. Immer wenn Damien sich abwandte, schien er sie am meisten zu brauchen, doch er ließ ihr keine Chance, seinen Panzer zu durchdringen. Rasch wandte sie sich ab und ging hinaus, doch der Gedanke an seine Zärtlichkeit begleitete sie. Sie kam sich vor, als ob sie Mann und Frau wären, die nach einem langen Abend zu Bett gingen. Sie wagte gar nicht zu hoffen, daß sich in Zukunft solche Abende vor dem Kamin wiederholen könnten, denn solche Träume führten unweigerlich zu Enttäuschungen.

Alexandra erschauerte ein wenig, als sie in den zugigen, stockfinsteren Korridor trat. Nur am oberen Ende der Treppe leuchtete ein Licht. Offenbar hatte jemand eine Petroleumlampe auf einem der Tische abgestellt, doch je höher sie hinaufstieg, desto deutlicher wurde, daß der Schein von einer Kerze herrührte, die offenbar auf einer Treppenstufe weit oberhalb von ihr stand. Sekundenlang hielt sie inne und widerstand dem Drang, wieder nach unten zu laufen. Jeden Augenblick würde Damien aus der Bibliothek kommen und sehen, was sie sah.

Sie überlegte, ob sie einfach stehenbleiben und warten sollte, doch dann packte sie plötzlich eine wilde Neugier. Irgend jemand hatte eine Kerze angezündet und auf die Treppe gestellt, damit sie etwas beleuchtete. Aber was es war, konnte sie sich beim besten Willen nicht vorstellen. Als sie hinter sich die Tür der Bibliothek hörte und Damien in ihrer Nähe wußte, faßte sie neuen Mut. Sie raffte ihre Röcke und stieg die dunkle Treppe höher und höher hinauf, bis der Flur unter ihr völlig im Dunkeln lag.

Noch sechs Stufen bis zur Kerze.

Fünf Stufen.

Vier.

Und dann sah sie, was die Kerze beleuchtete.

Es war ein Buch. *Das* Buch. Wie eine erschöpfte, alte Frau stieg sie langsam weiter. Ein kalter Luftzug strich über sie hin, als sie gebückt die rot eingerahmte Stelle las:

Farewell. I waste no words on thee; the time that remains on earth to the daughter of Jacob must be otherwise spent.

Plötzlich tauchte eine Hand aus der Finsternis über ihr auf und berührte ihre Schulter. Wie ein verwundetes Tier schrie sie laut Damiens Namen.

Doch es war nicht Damien, der sie erwartete.

17

»Lord Newell ist hier und möchte Sie gern besuchen. Tut Ihr Kopf noch weh? Soll ich ihn vielleicht lieber wegschicken?« Marys liebes, runzeliges Gesicht blickte besorgt auf sie herunter.

Steif setzte sich Alexandra auf. Ihr Kopf schmerzte zum Zerspringen, so daß sie kaum die Augen offenhalten konnte. Aber sie konnte erkennen, daß es bereits Morgen war. Ein klarer, strahlender Morgen, der den nahenden Winter ankündigte.

»Aber nein, es geht mir gut. Er kann hereinkommen.« Sie

bemühte sich, keine Grimasse zu ziehen, als Mary ihr das Haar bürstete.

Mary schnalzte zwar mißbilligend mit der Zunge, doch sie reichte Alexandra das schwarze Tuch und steckte die Decke rundherum fest. »Sie haben uns vielleicht erschreckt – einfach die ganze Treppe herunterzufallen! Ich war außer mir, als Lord Newell mich gerufen hat. Sie haben großes Glück gehabt!«

»Es geht mir aber gut. Nur der Kopf tut mir ein bißchen weh.« Es lag ihr auf der Zunge, Mary zu beichten, was in der vergangenen Nacht passiert war, und sie zu bitten, ihre Sachen zu pakken. Sie konnte sich nicht einmal daran erinnern, daß man sie ins Bett gebracht hatte. Sie sah nur noch das Gesicht vor sich, und alles danach war schwarze Nacht.

Aber Mary hatte ein gutes Auge. Mit Tränen in den Augen ergriff sie Alexandras Hand und tätschelte sie. »Was ist denn los?« flüsterte sie teilnahmsvoll. »Kann ich Ihnen irgendwie helfen?«

Alexandra brachte fast kein Wort heraus. »Ich weiß nicht«, war alles, was sie sagte, und das entsprach sogar ungefähr der Wahrheit. Sie hatte zwar große Angst, aber keinesfalls wollte sie die arme Mary belasten. Schließlich war es ja ihre Schuld, daß sich Mary überhaupt in Cairncross befand.

»Schick mir Lord Newell herein, Mary. Und sei unbesorgt. Es geht mir wirklich gut.« Sie entzog Mary ihre Hand und richtete ihre Haare, doch ohne Zopf und Spangen war das ziemlich vergeblich.

»Ich werde Tee bringen lassen. Falls Sie mich brauchen, läuten sie einfach.« Mary schob den Glockenzug in erreichbare Nähe und musterte Alexandra noch einmal besorgt, bevor sie hinausging und Lord Newell eintreten ließ.

Alexandra wußte nicht recht, wie sie beginnen sollte. Wie sie ihm erklären sollte, was sie gesehen hatte und wie sie ihn umstimmen sollte.

»Wie geht es Ihrem Kopf?« fragte er und setzte sich auf den Stuhl, auf dem Mary offenbar die ganze Nacht über an ihrer Seite gewacht hatte.

»Er tut weh. Ich muß ihn mir angeschlagen haben.« Sie bemerkte, daß er weder gekämmt, noch rasiert war. Zwar hatte er ein frisches Hend angezogen, aber offenbar war er nicht im Bett gewesen, denn er wirkte unausgeschlafen und müde und rieb sich die Augen unter der Brille.

»Weshalb sind Sie die Treppe heruntergefallen, Alex?«

Sie stutzte, als sie die vertraute Abkürzung hörte, die ihr Vater immer gebraucht hatte. Und plötzlich schmerzte ihr Herz. Nein, sie wollte sich nicht in Damien Newell verlieben. Keinesfalls.

»Sie war irgendwo über mir im Dunklen.« Alexandra erschauerte. »So ein schreckliches Gesicht ...«

Gespannt saß Newell auf dem Stuhl und beobachtete sie wie ein Löwe, der sich zum Sprung duckt. »Hat sie Sie gestoßen?«

»Dessen bin ich mir nicht sicher. Ich weiß nur, daß ich über mir das Gesicht einer Frau gesehen habe. Und zwar so klar und deutlich wie der lichte Tag! Irgendwie hatte ich den Eindruck, als ob es zwei Personen waren. Ich kann beschwören, daß ich gestoßen wurde, aber eigentlich kam der Stoß von hinten.«

Tiefe Stille trat ein, doch schließlich ergriff Newell wieder das Wort. »Ich werde Ihnen Ihr Gehalt für ein ganzes Jahr zahlen und Ihnen außerdem eine Empfehlung geben. Sie können mit dem Abendzug fahren. Das ist Ihre letzte Chance, und Sie sollten sie ergreifen.«

»Nein, ich will nicht weg. Ich will lieber etwas tun.« Sie unterdrückte einen Seufzer, denn ihr war klargeworden, daß sie gar nicht wegfahren konnte. Wohin hätte sie auch fahren sollen?

»Aber womöglich setzen Sie Ihr Leben aufs Spiel ...«

»Sam macht wunderbare Fortschritte. Er braucht mich.« *Und ich brauche ihn*, fügte sie im stillen hinzu. Bei dem Gedanken an einen Abschied drehte sich ihr das Herz um.

»Offenbar hat Sie der Schlag auf den Kopf ein wenig durcheinander gebracht, Alex.« Die Falten um seinen Mund vertieften sich noch. »Begreifen Sie denn nicht, daß sie Sie als Hindernis betrachtet und Sie loswerden will, damit sie mich bekommt.«

»Und was wollen Sie unternehmen? Falls Sie in dem Labyrinth lebt, werden Sie sie wohl kaum finden. Außerdem lehnen Sie ja ab, überhaupt nach ihr zu suchen.«

Seine Lippen wurden schmal. »Ich weiß, wie ich ihr Einhalt gebieten kann.«

»Und wie?«

»Dazu muß ich herausfinden, wohin sie damals gegangen ist, als sie verschwunden ist. Dann weiß ich, wo ich suchen muß.«

»Sie befindet sich hier im Schloß.« Alexandra deutete auf die Tür des Schulraums. »Vielleicht steht sie gerade jetzt hinter der Tür und hört jedes Wort.«

»Das ist ohne weiteres möglich, und deshalb halte ich es für besser, wenn Sie Cairncross noch heute verlassen.«

»Das kann ich nicht.«

»Und weshalb nicht?« Mit einem Mal packte er sie voller Zorn und schüttelte sie wie ein Verrückter. »Sie sind eine Närrin, wenn Sie diese Chance nicht nutzen!«

Fassungslos starrte sie ihn an, denn einen solchen Ausbruch hatte sie nicht erwartet. Wie hätte sie ihre vage Sehnsucht in Worte fassen sollen? Allein der Gedanke an eine einsame Wohnung und nur Mary als Gesellschaft erfüllte sie mit Schrecken und machte ihr mehr Angst als das Herumgeistern von Ursula Pole.

»Ich möchte ganz einfach meine Arbeit tun, mit der Sie mich beauftragt haben. Sam weiß vielleicht etwas, aber er kann es noch nicht sagen. Also muß ich meine Arbeit fortführen.« Sie faßte seine Hand.

Doch er entzog sie ihr kühl und langsam. »Denken Sie immer daran, daß ich Ihnen jede Chance gegeben habe. Jede, wohlgemerkt.«

Sie sah auf ihre Hand hinunter, und mit einem Mal fröstelte sie. Diese ganze Diskussion um eine Verrückte, die man längst hätte einsperren sollen, war so widersinnig. Manchmal glaubte sie, daß sein Widerstand, diese Frau aufzuspüren, nur ein Vorwand war.

»Ich bin lediglich eine Angestellte, die nicht weiß, was für Sie gut ist, aber ich bleibe. Und zwar wegen Sam, und nur wegen Sam.« Ihre trotzigen Worte klangen schneidend scharf, so daß Ursula Pole nun unmißverständlich Bescheid wußte, sollte sie sie tatsächlich belauschen. Irgendwie mußte diese Frau gespürt haben, wie tief der Hinweis auf Rebecca Alexandra verletzen würde.

Lord Newell wandte den Blick ab und stand schließlich unschlüssig auf.

»*My lord*«, sagte sie rasch, bevor er womöglich das Zimmer verließ. »Die Frau, die ich gestern gesehen habe, war runzlig und alt und hat ganz anders ausgesehen als die Rothaarige, die ich vor ein paar Tagen auf der Treppe gesehen habe. Die weißen Haare standen ihr wild vom Kopf ab. Ursula müßte inzwischen ergraut sein, nicht wahr? Offenbar habe ich vor ein paar Tagen tatsächlich ein Hausmädchen gesehen.«

Erleichtert schüttelte Newell den Kopf. »Warum haben Sie das denn nicht gleich gesagt! Diese Beschreibung paßt voll und ganz auf Lady Beth. Meine Großmutter ist fast hundert Jahre alt und lebt zurückgezogen im Nordturm. Nachts geistert sie manchmal herum und erschreckt die Leute zu Tode. Kein Wunder, daß Sie die Treppe hinuntergefallen sind! Sie haben sich vermutlich erschrocken und sind ausgerutscht. Meine Großmutter ist eine harmlose alte Frau und hätte Sie niemals gestoßen!«

»Aber wer hat dann die Kerze und das Buch dort oben aufgestellt?«

Irritiert sah er sie an. »Welche Kerze und welches Buch?«

»Oben im Flur lag ein Buch, und direkt daneben stand eine

Kerze. Einige Zeilen waren –« Sie hielt inne. Die Sache mit *Ivanhoe* zu erklären, hätte bedeutet, daß sie Ihre Seele öffnen mußte. »Haben Sie denn das Buch und die Kerze nicht gefunden?«

»Ich habe nichts dergleichen gesehen. Ich bin aus der Bibliothek gestürzt, als ich den Fall gehört habe. Außer mir war niemand da, und ich habe auch nichts gesehen. Soll ich die Dienstboten fragen, ob sie etwas gefunden haben?«

Erschöpft sank Alexandra in die Rissen zurück. »Sie hätten Ihnen längst Bescheid gesagt, wenn ihnen etwas Außergewöhnliches aufgefallen wäre.«

»Welches Buch war es denn?«

Alexandra starrte haßerfüllt zur Schultür hinüber. Ursula versuchte, sie zu quälen, aber das würde sie ihr versalzen. »Keine Ahnung – irgendein Buch. Es war aufgeschlagen, aber ich habe nichts mehr lesen können, bevor ich gestürzt bin. Wahrscheinlich war es wieder nur so ein dummer Scherz.« Sie hoffte, daß Ursula begriff, daß sie nicht einfach klein beigeben würde.

»Ruhen Sie sich jetzt erst einmal aus«, sagte Newell und blickte sie leicht verwundert an. »Ich werde Sam später zu Ihnen schicken. Vielleicht können Sie ja mit ihm zu Mittag essen. Ich bin sicher, daß ihm das gefallen würde. Mrs. Penrith sagte, daß er Sie bereits vermißt hat.«

»Mir geht es nicht anders«, flüsterte sie.

Damien lächelte zaghaft, und Alexandra registrierte schmerzlich, welche Anstrengung ihn das kostete. »Ich wünsche Ihnen noch gute Erholung«, sagte er dann, und sie wußte, daß er es ernst meinte.

Das Tor quietschte in den Angeln, als Damien den Garten betrat. Tief atmete er die frische Luft ein und konnte sich angesichts der abgestorbenen Vegetation kaum mehr vorstellen, wie herrlich das Werk seiner Großmutter noch vor kurzem geblüht und geduftet hatte.

Er nahm seine Brille ab und lehnte den Kopf gegen den bröckeligen Putz der Mauer. Wolken trieben über den Himmel und warfen ihre wandernden Schatten über den Garten. Weiter entfernt ragte ein kahler Berg in die Höhe und blickte über die Mauer. Damiens Augen brannten. Er war die ganze Nacht über wach gewesen, doch nun befiel ihn eine tiefe, bleierne Müdigkeit, die ihm seit seinen Jugendtagen in den Docks von London vertraut war.

Ursula hatte versucht, sie umzubringen.

Nicht einmal an diesem friedlichen Ort ließ ihn der Gedanke los. Er sorgte sich um Alexandra, obwohl er sich nie mehr auf dieses Hochseil hatte begeben wollen. Aber als er sie am Fuß der Treppe hatte liegen sehen, hatte ihn eine Wut befallen, die er kaum hatte bezähmen können. Schon vor seinem Gespräch mit Alexandra hatte er gewußt, daß es Ursulas Werk gewesen war. Diese Frau kannte seine Empfindungen sehr genau, denn früher hatte sie aus seinen Schwächen stets ihren Vorteil gezogen. Genauso machte sie es jetzt, und wenn sie nicht an ihn herankam, dann begnügte sie sich eben mit Alexandra.

In der vergangenen Nacht hatte er im Halbschlaf von Alexandra geträumt. In einem zauberhaften blaßrosa Musselinkleid hatte sie im Garten inmitten der wunderschön duftenden Rosen gestanden. Er hatte sie vom Tor aus bewundernd angesehen und kein Wort herausgebracht. Aber sie war auf ihn zugegangen und hatte ihn an der Hand genommen und weiter in den Garten geführt. Sofort hatte er den wilden Wunsch verspürt, sie auf das Lavendelkraut niederzuziehen und zu lieben, doch sie hatte ihn aufgehalten. »Halte mich fest«, hatte sie gesagt und ihn damit völlig verwirrt. Aber dann hatte er begriffen und sie in die Arme geschlossen. Sie hatte sich an seine Brust gekuschelt, und dann war plötzlich hinter ihnen das Schloß in Flammen aufgegangen und hatte die Heide rundherum in ein Flammenmeer verwandelt.

Im Garten dagegen war es still und friedlich gewesen.

»Endlich bin ich in Sicherheit«, hatte sie geflüstert. Eigentlich hatte er ihr widersprechen und ihr klarmachen wollen, daß sie sich nirgends in größerer Gefahr befand, als wenn sie bei ihm blieb, aber er hatte es nicht über die Lippen gebracht. Ihr vertrauensvoller Blick hatte ihn so bezaubert, daß er sie nicht einmal mehr hatte loslassen können. Plötzlich hatte er sie nur noch festhalten und für immer beschützen wollen. Und er hatte gehofft, daß das Gute, daß sie in ihm geweckt hatte, das Böse um ihn herum besiegen könnte. Doch dann war er hochgeschreckt und hatte gemerkt, daß er allein war. Und daß er immer noch der alte Damien war.

Er schlug mit der Faust so heftig gegen die Mauer, daß Putz abbröckelte und seine Hand blutete. Der Garten würde sich im Frühling erneuern, doch für ihn gab es keine Hoffnung. Aber er war entschlossen, Ursula aufzuhalten. Keinesfalls durfte Alexandra zum Spielball dieses Kampfes werden.

Aber Gefühle lehnte er ab! Es störte ihn bereits, daß er Alexandra beschützen wollte. Solch edle Gefühle hatte er bisher höchstens für Sam empfunden. Ungeduldig packte er einige verblühte Rosen, und es störte ihn nicht, daß sich die Dornen in sein Fleisch bohrten. Er wollte sie nur zermalmen und töten.

Aber es war sinnlos. Die toten Blätter sanken zu Boden, doch im Frühjahr würden die Rosen wieder zum Leben erwachen. Das Leben besaß eine unglaubliche, unwiderstehliche Kraft.

Aber das Böse auch.

Er rieb sich das Kinn und dachte an Alexandra. So hilflos hatte sie gewirkt, als sie schmal und blaß im Bett gelegen und ihn aus großen, verletzlichen Augen angesehen hatte. In diesem Augenblick hätte er sich ihrer bemächtigen und den Kampf endlich beenden können. Ihre Zofe war nicht im Zimmer gewesen, und er hätte sie nehmen und dann wegwerfen können, wie er das bisher mit unzähligen Frauen gemacht hatte. Sicher hätte sie geweint, aber für ihn hätte es bestimmt eine Befriedigung bedeutet, sich endlich wieder in seinem alten Fahrwasser zu bewegen.

Aber dann hätte er ihr nie wieder in die Augen sehen können.

Er spürte deutlich, daß er auf dem besten Weg war, sich aufzugeben und um Alexandras willen auf seinen Kampf zu verzichten. Doch das bedeutete unweigerlich sein Ende. Ohne seinen Schutzschild verursachte ihm das Leben zu viele Schmerzen, und es war ihm unmöglich, sich je wieder in die Hand eines anderen Menschen zu begeben. Es ging um alles oder nichts. Doch falls er verlor, würde er den Tod vorziehen.

Mit zitternden, blutigen Händen setzte er sich die Brille wieder auf und verließ den Garten.

18

»Wo sollen wir heute den Unterricht halten, Sam? Für den Garten ist es eindeutig zu kalt.« Alexandra saß mit Sam beim Frühstück, und sie blickten in den Garten hinaus, den ein frostiger Nebel mit weißem Reif überzuckert hatte.

»Ich will Damien.« Sam saß ihr gegenüber und stocherte mit dem Löffel in einer Schüssel Porridge.

»Damien hat zu tun, aber ich werde ihm eine Nachricht hinterlassen. Sollen wir heute in die Bibliothek gehen? Mrs. Penrith sagt, daß es dort schöne Bücher gibt. Soll ich heute etwas vorlesen? Vielleicht ein Gedicht, das wir dann zusammen lernen können?«

Sam stocherte wie ein verwöhntes Kind weiter wortlos in seinem Porridge.

»Was ist los, Sam? Vermissen Sie Ihren Bruder sogar, obwohl er hier mit Ihnen unter einem Dach wohnt?« Alexandras Lippen verzogen sich zu einem Lächeln, als er sie endlich ansah.

»Sie sind nicht Damiens Freund«, brummte er und starrte wieder in seine Schüssel.

Alexandra war sprachlos und verstand nicht, weshalb Sam das gesagt hatte. »Wie können Sie so etwas sagen, Sam? Ihr Bruder und ich empfinden große Achtung voreinander.«

»Aber er ist nicht gern bei Ihnen, sondern immer nur bei *ihr*.«

Sie versteckte ihre zitternden Hände unter dem Tisch und sah ihn gleichmütig an. »Was meinen Sie mit *ihr*, Sam?«

»*Sie*«, war alles, was er sagte, bevor er sich wieder seinem Porridge zuwandte.

Sekundenlang war Alexandra ratlos und hätte ihn am liebsten geschüttelt. Aber natürlich würde ihn das nur ängstigen. Sie trank einen Schluck Kaffee und dachte nach. Es war klar, daß es um Ursula ging, aber sie konnte sich keinen Vers darauf machen, wenn Sam sagte, daß Damien bei *ihr* sei. Doch sie war fest entschlossen, dem auf den Grund zu gehen.

»Gehen wir in die Bibliothek?« fragte sie, als er fertig gefrühstückt hatte.

Sam nickte, und es dauerte nicht lang, bis sie es sich in der Bibliothek gemütlich gemacht hatten. Sam saß auf Damien Newells Sessel, während Alexandra in den Regalen nach geeigneter Lektüre suchte und sich schließlich mit einem Gedichtband auf dem Boden neben dem Kamin niederließ. Sie hatte herausgefunden, daß Sam viel besser reagierte, wenn sie sich in eine niedrigere Position begab. Wenn sie ihm jedoch in Lehrermanier über die Schulter blickte, verspannte er sich augenblicklich.

»Mal sehen, ob ich etwas finden kann ... Ach ja, wie wäre es denn damit.« Sie las ein paar Zeilen eines Gedichts, in dem sich ein blauäugiger, dunkelhaariger Riese dem Land vom Meer her nähert.

»Damien«, flüsterte Sam andachtsvoll und war in Gedanken auf einmal ganz woanders.

»Sam?«

»As I am now, so you must be. So take my hand and come with me.« Offenbar hatte sich seine Phantasie selbständig gemacht.

»Sam?« Sie erhob sich auf die Knie und berührte seine Hand. »Was haben Sie da gesagt, Sam? Wer hat Ihnen diesen Vers beigebracht?«

»As I am now, so you must be. So take my hand and come with me.« Er starrte sie an und ähnelte seinem Bruder in diesem Augenblick sehr.

»Woher stammt dieser Vers? Wer hat Sie diesen Vers gelehrt, Sam? Miss Pole? Hat sie in Ihrem Zimmer mit Ihnen gesprochen?« Um ihn nicht zu drängen, sprach sie sanft und leise, obwohl sie sich am liebsten vor Grauen geschüttelt hätte.

»Nicht in meinem Zimmer. Sie ist nicht in meinem Zimmer. Sie ist bei Damien.«

»Aber wo hat sie mit Ihnen geredet? Können Sie mir das zeigen?« Sie hätte ihn am liebsten geschüttelt, um ihm die Wahrheit zu entreißen. Ursula benutzte Sams Behinderung, um sich dahinter zu verstecken, aber Sam konnte sie zu ihr führen.

»*Take my hand and come with me.* Ich führe Sie hin.« Er stand auf und streckte ihr die Hand hin, um sie zu führen. Schaudernd ergriff Alexandra seine Hand.

Und dann marschierten sie durch endlose Gänge in den östlichen Teil des Schlosses, wo die Mauern fast bis an den Rand der Klippen reichten und sich immer wieder atemberaubende Ausblicke auf die wild tosende See boten. Kurz darauf ging es in einer Art Turm auf einer Wendeltreppe tiefer und tiefer in den dunklen Untergrund.

»Wohin führt diese Treppe?« fragte Alexandra bang. »Etwa direkt bis an den Fluß Styx und in die Unterwelt?« Die Kälte und die zunehmende Feuchtigkeit ließen sie erschauern, während sie weiter und weiter nach unten stiegen. »Sam?« Schließlich hielt Alexandra inne und hob ihren Leuchter hoch, als ob sie so die Dunkelheit besser durchdringen könnte.

Sam blieb stehen und sah zu ihr empor. »Noch weiter. Nach unten.«

Unsicher seufzte Alexandra, doch dann raffte sie ihre Röcke zusammen und folgte Sam.

Endlich erreichten sie einen festen Untergrund, der aus Kalkstein zu bestehen schien. Nach allem, was Alexandra in dieser Finsternis erkennen konnte, befanden sie sich in einer Art Höhle, die irgendwie mit den niederen Klippen über dem Meer in Verbindung zu stehen schien. Auf einer Seite der Höhle lagerten Fässer, die offenbar noch aus Belagerungszeiten stammten, so alt waren sie.

»Haben Sie Miss Pole hier unten gesehen, Sam?« fragte Alexandra ungläubig, die sich kaum vorstellen konnte, daß er allein bis hier herunterstieg.

»Nicht hier. Hier.« Sam verschwand in den Schatten vor ihnen, so daß Alexandra ihren Leuchter unwillkürlich fester umklammerte und ihm zögernd folgte.

Er führte sie zu einer hohen, schweren Tür am Ende der Höhle, die in die Steinwand eingeschnitten worden war und die ganz offensichtlich in die sogenannten Katakomben führte.

»Hier drinnen ist sie«, sagte Sam leise. »Hier drinnen habe ich sie gesehen.« Sie sah, daß er die Augen gesenkt hatte und ängstlich zu Boden blickte.

»Können wir kurz hineinschauen?« fragte Alexandra ein wenig nervös. Damien hatte erzählt, daß sich das Labyrinth der Gänge unendlich weit unter dem Schloß erstreckte und praktisch unerforscht war. Doch jetzt, da sie so kurz vor dem Ziel stand, befürchtete sie plötzlich, sich darin zu verirren und womöglich lebendig begraben zu werden.

»Gehen Sie nicht hinein!« schrie Sam plötzlich sehr energisch und erschreckte Alexandra zu Tode.

Besänftigend sprach sie auf Sam ein. »Ich werde Lord Newell informieren, damit er alles untersuchen läßt.« Sie berührte Sam am Arm. »Das verstehen Sie doch, nicht wahr, Sam? Wir können diese Verrückte nicht länger gewähren lassen.«

»Gehen Sie nicht hinein!«

Sam packte sie, und sie schrie auf, als ihr der Leuchter aus der Hand rutschte und zu Boden fiel. Sofort war alles um sie her nur noch pechschwarze Finsternis.

»Oh, Gott!« rief sie, als sie fühlte, wie sich Sams eisenharter Arm um ihre Taille legte und sie gewaltsam vom Eingang wegzerrte. Sie wollte ihm widerstehen und sich aus seinem Griff befreien, aber gegen diesen Goliath konnte sie nichts ausrichten. Ihre Füße berührten nicht einmal mehr den Boden, während sie durch rabenschwarzes Nichts geschleppt wurde und ihr Gleichgewichtssinn versagte.

»Sam, bitte! Sie tun mir weh ... was tun Sie nur?« wimmerte sie, als sich seine Finger obendrein noch schmerzhaft in ihr Fleisch bohrten.

»Gehen Sie nicht hinein!« murmelte der Riese unentwegt und unterstrich sein Mißfallen mit eisenhartem Griff.

»Wir sollten um Hilfe rufen! In dieser Dunkelheit findet sich ja niemand zurecht. Sam, hören Sie doch –« Tränen strömten ihr über das Gesicht, und ihr Herz klopfte wild. Diese Finsternis war nicht auszuhalten Obendrein befürchtete sie voller Panik, daß Sam sie urplötzlich fallenlassen könnte und sie in dieser Finsternis allein zurückbleiben würde.

Ungläubig verspürte sie plötzlich einen Ruck, und dann noch einen, und dann dämmerte ihr ganz allmählich, daß Sam trotz der absoluten Finsternis den Rückweg zur Treppe gefunden hatte. Offenbar hatte jahrelanger Aufenthalt in der Höhle seine Instinkte soweit geschärft, daß er sich auch im Dunkeln zurechtfand. So sicher wie ein Vampir das Blut aufspürt, so sicher hatte er die Treppe gefunden.

Stöhnend zerrte sie an dem Arm, der ihre Brust umschlang und ihr fast die Luft abdrückte. Jetzt, da sie den Rückweg auch allein gefunden hätte, schmerzte Sams brutaler Griff um so mehr. »Bitte, Sam, lassen Sie mich los! Lassen Sie mich doch los!« flehte sie, doch seine Finger bohrten sich unverändert in ihre Rippen.

»Gehen Sie nicht hinein! Sie dürfen dort nicht hineingehen.« Inzwischen weinte er, und die unterdrückten Schluchzer des Riesen zerrissen Alexandra das Herz.

»Sam, bitte! Lassen Sie mich los. Sie tun mir weh. Ich habe ja verstanden, daß ich nicht hineingehen soll! Nur lassen Sie mich doch endlich los!« Jetzt brach auch Alexandra in Tränen aus, denn die Hilflosigkeit und die Schmerzen waren einfach zuviel für sie.

Aber Sam hörte überhaupt nicht hin, sondern schleppte und schleifte sie Stufe um Stufe nach oben. Erst, als er aus der Tür des Turms wieder in den Gang des Schlosses stolperte, lockerte er endlich seinen Griff. Alexandra schnappte nach Luft, nachdem er sie wie ein Paket hatte fallenlassen, und war überzeugt, daß er ihr mindestens eine Rippe gebrochen hatte.

Im Flur brannte so gut wie kein Licht, aber gegen die alptraumartige Finsternis in der Höhle war es hier oben strahlend hell. Keuchend und nach Atem ringend kroch Alexandra zur Wand und kämpfte mühsam gegen die Tränen, während Sam mit seinem breiten Rücken die Tür blockierte, als ob er befürchtete, daß sie in einem unbeobachteten Moment doch wieder hineinlaufen könnte.

In diesem Augenblick erschien am anderen Ende des Ganges eine Gestalt, die langsam näher und näher kam, so daß Alexandra vor Anspannung den Atem anhielt.

»Damien!« schrie Sam erleichtert, und sofort überstrahlte Freude seine kummervolle Miene.

»Mrs. Penrith hat befürchtet, daß Ihr zum Labyrinth hinuntergegangen sein könntet.« Voller Mitgefühl sank er vor Alexandra auf die Knie und studierte ihre Miene.

»*My lord*«, wimmerte Alexandra ganz gegen ihren Willen. Sie wußte, daß ihm ihr Klagen mißfiel, aber dennoch konnte sie nicht widerstehen, ihren Kopf gegen seine Brust zu lehnen und einfach loszuweinen.

Seine Stimme klang verwundert und gleichzeitig verlegen.. »Sam wußte nicht, daß er Sie nicht herbringen sollte.«

»Unser ... unser Licht ging aus ...« schluchzte sie. »Es war so dunkel! Sam hat mich voller Wut gepackt ...«

»Er würde Sie niemals verletzen, denn er liebt Sie«, flüsterte Damien.

»Er hat immer nur gesagt ›Gehen Sie nicht hinein! Gehen Sie nicht hinein!‹« Bei der bloßen Erinnerung bebte Alexandra am ganzen Körper, doch in kürzester Zeit tröstete sie die Wärme, die von Damiens Körper ausging.

»Er hatte Angst, daß Sie sich verirren könnten. Sie wissen doch, daß er sich nur schlecht ausdrücken kann.« Er schien gar nicht zu merken, daß er ihr sanft die Locken aus der Stirn strich.

Offenbar wurde beiden gleichzeitig bewußt, wie nah sie einander gekommen waren. Seine Muskeln spannten sich und er versuchte, sich loszumachen. Doch sie ließ es nicht zu. Jeder Knochen im Leib tat ihr weh, aber trotzdem hatte sie sich noch nie im Leben so ... so sicher und aufgehoben gefühlt.

»Sehen Sie ihn sich an«, flüsterte Damien leise und sah zu seinem Bruder hinüber. »Er ist noch viel aufgeregter als Sie. Ohne Zweifel haben Sie ihm einen gewaltigen Schrecken eingejagt.«

Alexandra wischte sich die Tränen ab und sah Sam an, der die Szene mit unschuldigen, weit aufgerissenen Kinderaugen verfolgte. »Oh, Sam, es war meine Schuld«, stieß Alexandra hervor. »Ich hätte nicht mit Ihnen dort hinuntergehen sollen.«

Aber Sam sagte nichts, sondern sah sie nur eindringlich an.

»Er mag Sie sehr gern«, flüsterte Damien, ohne es richtig zu wollen.

Ein Schauer überlief Alexandra, als ihre Blicke sich trafen. Sie hätte gern soviel gefragt und gesagt, aber die Worte gehorchten ihr nicht. In einer plötzlichen Eingebung, hob sie den Arm und strich Damien ganz sanft über die Wange. »Ach, Damien ...«

»Tun Sie das nicht.«

Als er den Blick abwandte, wirkte er so hoffnungslos und verzweifelt, daß ihr heiße Tränen in die Augen schossen.

»Vielleicht wäre es tatsächlich besser, Sam von hier wegzubringen«, schlug sie vor, doch Newells Miene war wieder undurchdringlich.

»Sie will nicht, daß Sam verschwindet, sondern daß Sie verschwinden.« Wahrscheinlich klangen die Worte barscher, als er das beabsichtigt hatte.

Alexandra lehnte sich gegen die Wand und fühlte den harten Boden unter sich. »Ich will aber nicht weg von hier.« Es war völlig verrückt, so etwas zu sagen, und vielleicht sogar gefährlich. Rein physisch war sie nicht in der Lage, Sam zu kontrollieren, und Damien war ihr ein Rätsel – aber dennoch hatte ihr Instinkt sie diesen Satz sagen lassen. Und ihr Herz flehte sie an, zumindest zu bleiben, bis sie nichts mehr empfand. Doch das war möglicherweise für immer, fürchtete sie.

Langsam wischte sie sich die Tränen ab. »Ich würde gern helfen. Aber wie?«

»Sie sollten mir laufend berichten, was Sam sagt, und sich vor allem von den Katakomben fernhalten!« Er sprach so ernst wie selten. »Ich würde dieses Labyrinth wirklich gern absuchen, doch die Gänge sind teilweise zusammengefallen, und es ist wirklich gefährlich. Außerdem ist es ein weitläufiges Gebilde, und schon aus diesem Grund ist es unmöglich.« Sein Blick ruhte auf ihrem Gesicht. »Sam hat Ihnen das Leben gerettet, denn wenn Sie hineingegangen wären, hätten Sie vermutlich den Rückweg nicht mehr gefunden.«

Sie nickte nur und kämpfte gegen die Tränen. »Ich weiß. Ich werde Ihren Rat beherzigen.«

»Ganz nebenbei gibt es auch im Schloß überall geheime Gänge in den Wänden. Falls Sie einen solchen entdecken, sagen Sie es mir bitte ebenfalls.«

»Richtige Geheimgänge?«

»Ja, während der Belagerungen konnten die Soldaten das Schloß durch diese Gänge und das unterirdische Labyrinth unbemerkt verlassen. Von vielen Zimmer aus führen Gänge nach unten. Manche kenne ich, aber längst noch nicht alle. Sie führen alle hinunter in das weitläufige Labyrinth.« Seine Augen wurden dunkel. »Ich besitze Hinweise, daß ungefähr fünfzig Personen nie mehr ans Tageslicht gelangt sind. Vielleicht liegen sie nur wenige Zentimeter von uns entfernt auf der anderen Seite dieser Mauern.«

Alexandra erschauerte und war nur froh, daß Sam auf diese Weise reagiert hatte. Wahrscheinlich hatte er ihr tatsächlich das Leben gerettet. »Wie können Sie es nur aushalten, hier zu leben?« flüsterte sie entgeistert.

»Nun, es gibt Zeiten, da ich diese Atmosphäre sehr schätze. Im Vergleich zu Wapping lebt es sich hier geradezu angenehm.« Sanft strich er mit dem Daumen über ihre Wange. »Können Sie aufstehen? Ich würde Sie jetzt gern in Ihr Zimmer bringen und Sie Marys Fürsorge übergeben.«

Er stand auf und zog sie hoch, aber als sie versuchte zu gehen, gelang es ihr nicht besonders gut. Fürsorglich legte er den Arm um ihre Taille und stützte sie den ganzen Weg bis zu ihrem Zimmer.

Alexandras Haar war naß, und auf ihrer Haut glänzten noch vereinzelte Wassertröpfchen, als sie sich nach dem Bad nackt im großen Spiegel ihres Zimmers betrachtete. Im Kamin prasselte ein wärmendes Feuer, und die Luft war noch ganz feucht. Seit dem Zwischenfall in den Katakomben war fast eine Woche vergangen, aber noch immer konnte sie deutlich die blauen Flecken auf ihrer Haut erkennen. Damien hatte sie seit diesem Tag nicht mehr zu Gesicht bekommen. Nach dem Geflüster der Dienstboten zu schließen, benahm er sich seit seiner Rückkehr nach Cairncross äußerst seltsam, doch als Mary nachgefragt hatte, hatten die Mädchen nur die Achseln gezuckt und gemeint, daß das bei ihm doch nichts Besonderes sei.

Die Uhr auf dem Kaminsims schlug zehnmal. Das Abendessen war vorüber, doch das Glas Chartreuse, das Mrs. Penrith allabendlich um neun Uhr heraufschickte, stand noch immer schwefelgrün funkelnd auf dem Tisch vor dem Feuer. Alexandra ging hinüber und setzte das kleine Stielglas an die Lippen. Das Feuer, das der Likör in ihr erzeugte, wärmte wunderbar und vertrieb auch die letzte Kälte aus ihren Knochen, die sich seit der Rückkehr nach Cairncross dort angesammelt hatte. Als Gouvernante hatte sie keinen Anspruch darauf, daß der Hausherr sich ihr widmete, aber sie fragte sich ernstlich, ob sie sich dieses gewisse Gefühl des Einverständnisses, was Sams Fortschritte anging, nur eingebildet hatte. Für jemand, der glaubte, sich verliebt zu haben, war eine Woche eine endlos lange Zeitspanne.

Sie betrachtete ihre nackte Gestalt, die schwellenden Brüste und ihre wohlgerundeten Hüften. Als sie dann spielerisch nach dem Vorhang griff und ihre schmale Gestalt darin einhüllte, mußte sie unwillkürlich an Rebecca denken, die Wilfried of Ivanhoe und Brian de Bois-Guilbert gleichermaßen mit ihrem geheimnisvollen Schleiergewand bezaubert hatte.

Kritisch betrachtete Alexandra ihre Augen, die zwar dunkel und hübsch geschnitten waren, aber dank ihrer irischen Mutter längst nicht so exotisch wirkten wie die von Rebecca. Sie konnte sich wirklich nicht mit diesem zauberhaften Wesen vergleichen, das Sir Walter Scott als Vorlage für seine Rebecca gedient hatte. Sie war nichts weiter als Alexandra Benjamin, die Tochter eines jüdischen Wissenschaftlers und eine Frau voller Sehnsucht ...

Doch wonach sehnte sie sich? Wollte sie etwa Herrin auf Cairncross werden? Das war absurd, aber dennoch bohrte der

Gedanke, daß sie sich in Damien verliebt haben könnte, in ihrem Kopf. Von Tag zu Tag wuchs das Gefühl, daß sie sich womöglich noch einmal auf das eingelassen hatte, was sie nie wieder hatte erleben wollen, und nachts träumte sie von ihm.

Damien jedoch machte keinerlei Anstalten, sie wiederzusehen. Hatte er vielleicht ihre Zuneigung bemerkt und hielt sich wie ein Gentleman zurück, um diesem Gefühl keine weitere Nahrung zu geben und keine Erwartungen zu schüren?

Seufzend ließ sie den Vorhang sinken und schlüpfte in ihr Nachthemd. Dann nahm sie die Bürste zur Hand und machte sich daran, die feuchten Haare zu entwirren. Es würde Stunden dauern, bis sie endlich trocken waren. Aber diese normalen Tätigkeiten waren ein guter Anlaß, ihre Gedanken wieder ganz auf das normale Leben zu konzentrieren und Damien aus ihrem Kopf zu verbannen. Sie fühlte sich von ihm angezogen – wie wahrscheinlich alle Frauen –, aber sein kühles Benehmen machte ihr den Abstand leicht. Er versteckte sich hinter seiner Deckung und gestattete keine Einblicke. Sie hatte zwar schon einige Momente erlebt, in denen es ganz so ausgesehen hatte, als ob er sie brauchte, doch zum Verlieben war das nicht genug. Natürlich rührte sie seine gequälte Seele, aber sie mußte sich gegen derartig mitleidige Gefühle wappnen. Genauso war es ihr damals mit Brian ergangen. In Wirklichkeit waren seine Gefühle wechselhaft und äußerst seicht gewesen, und sie hatte sich einfach nur in ihm getäuscht. Und nun war sie offensichtlich im Begriff, denselben Fehler zu wiederholen. Newell war nichts weiter als ein einsamer, egoistischer Lord, der einen Pakt mit dem Teufel geschlossen hatte. Lord Byron hatte derart kranke Seelen in seinen Werken beschrieben.

Solchen Menschen ging man am besten aus dem Weg.

Dabei wünschte sie sich nichts sehnlicher, als so exotisch hübsch zu sein wie Rebecca, die die Männer mit einem einzigen Blick verzaubern konnte.

19

»Ich habe eine höchst geheimnisvolle Einladung für Sie, meine liebe Alexandra«, sagte Mary, als sie das Frühstückstablett ins Zimmer brachte und Alexandra einen versiegelten Umschlag reichte. »Wußten Sie, daß Lord Newells Großmutter auch hier im Schloß wohnt? Ich habe meinen Ohren nicht getraut, als ich das gehört habe! An diesem Ort kann man wirklich Überraschungen erleben.« Alexandra erbrach das Siegel und las die wenigen Zeilen.

»Und?« fragte Mary mit gespannter Miene. Sie hatte die Hände in die Hüften gestützt und war so aufgeregt, daß sogar einige Löckchen unter ihrem Häubchen herausgerutscht waren.

»Sie lädt mich ein, ihr einen Besuch zu machen. Offenbar hat Lady Bess inzwischen von meiner Existenz Kenntnis genommen und ist neugierig geworden.« Alexandra fuhr sich mit der Bürste durch die Locken. »Ich kann die Einladung nicht gut ablehnen, nicht wahr?«

»Aber natürlich können Sie das nicht – Sie ist ja gewissermaßen die Herrin des Hauses. Aber trotzdem ...«

»Aber trotzdem kannst du sie nicht leiden, weil sie wie ein Geist in einem abgelegenen Teil dieses Schlosses lebt, habe ich recht?« Alexandra ließ die Bürste sinken und verspürte mit Macht den Wunsch, ihre Zofe aufzuheitern. »Denk nicht weiter darüber nach, Mary. Ich weiß, daß du alles ablehnst, was mit Cairncross in Zusammenhang steht, aber diese Einladung ist wirklich eine Verpflichtung, der ich nachkommen muß.«

»Sie haben recht. Hier kann man es mir nun einmal nicht recht machen. Ich mag dieses Schloß einfach nicht.«

»Es wird kein langer Besuch werden, aber du mußt verstehen, daß ich der Einladung auf jeden Fall Folge leisten muß.«

Mary erwiderte nichts darauf, doch im Spiegel sah Alexandra, daß ihre Zofe nach Worten suchte.

»Es sieht so aus, als ob du mir ein Geheimnis verraten wolltest. Was ist los, Mary?«

»Wie ich erfahren habe, wird Lord Newell bald heiraten. Die Angestellten haben sich über eine Verlobung unterhalten.«

Alexandra ließ vor Überraschung die Bürste fallen und drehte sich ganz langsam zu Mary um. »Was hast du gesagt?«

»Ich habe gehört, wie sie sich über eine Frau aus London unterhalten haben. Sie soll die Tochter eines Earls sein. Und obendrein hübsch, haben die Bediensteten gesagt, die Lord Newell aus London mitgebracht hat. Man hat die beiden angeblich schon bei vielen Gelegenheiten zusammen gesehen.«

Alexandra hatte das Gefühl, als ob sich der Fußboden unter ihr auftat. Demnach war es also tatsächlich wieder passiert! Doch diesmal konnte sie ihrem Schicksal dankbar sein, daß Newell wenigstens keine Ahnung hatte, bis wohin ihr Herz sie bereits wieder gelockt hatte. Sie konnte einfach so tun, als ob sie nie etwas anderes als Respekt für ihn empfunden hätte.

»Vermutlich hat Seine Lordschaft mindestens ein Dutzend Verehrerinnen, die sich etwas ausrechnnen«, bemerkte Alexandra so gleichmütig wie möglich. »Weshalb sollte er sich auch nicht nach einer Frau umsehen? Er sieht gut aus, er besitzt einen Titel und obendrein ist er auch noch reich ... Einen solchen Mann wünscht sich doch jede Frau.«

»Ja, genau. Jede«, bemerkte Mary, während sie die Bürste aufhob und sie Alexandra reichte.

Alexandra bürstete verbissen durch ihre Locken, bis sie ihre Kopfhaut fast nicht mehr spürte. Mary stand stumm dabei, während Alexandra sich frisierte, und als sie die letzte Nadel in den Knoten gesteckt hatte und aufstand, sahen die beiden Frauen einander nur schweigend an. Und in diesem Blick lag dieselbe Vertrautheit und Übereinstimmung wie damals am Weihnachtsabend, als Brian das Haus verlassen hatte. Die Verletzung schmerzte einfach viel zu sehr, als daß man darüber hätte reden können.

»Für mich kommt er nicht in Frage – das wußte ich von Anfang an. Glaube nur nicht, daß ich mich habe täuschen lassen.« Ungeduldig zerrte Alexandra an den Haken ihres Mieders, als ob sie mit Gewalt mehr ausrichten könnte als mit Geduld.

»Sie verdienen einen feinen, netten Menschen, und Sie werden ihn finden, sobald wir erst einmal nach London zurückgekehrt sein werden.«

Alexandra unterdrückte, was ihr auf der Zunge lag. Im ersten Moment hatte sie Mary bitten wollen, auf der Stelle die Koffer zu packen, so daß sie noch den Abendzug erreichen konnten. Wenn Newell sich tatsächlich verheiratete, war hier kein Platz mehr für sie. Aber diesmal meldete sich ihr Verstand, bevor die Worte heraus waren. Was war eigentlich passiert? Sie hatten einander lediglich einmal geküßt – und nun wollte Newell nichts mehr von ihr wissen. Eigentlich war das kein Grund, um Cairncross zu verlassen, denn mit einer Lady Newell konnte die Atmosphäre nur besser werden. Zumindest würde eine Ehefrau ihren Mann daran hindern, sich mit Gespenstern abzugeben.

»Ich mache mich jetzt jedenfalls auf den Weg zu Lady Bess«, erklärte Alexandra, während sie in ihr Kleid schlüpfte und es bis zum Hals zuknöpfte. Dann schlang sie sich einen Schal um die Schultern und ließ Mary mit ihren Gedanken allein.

Der Nordturm war leicht zu finden, denn erstens war Alexandra inzwischen ein wenig besser mit dem Grundriß von Cairncross vertraut und zweitens konnte man den Turm von fast allen anderen Seiten aus sehen. Alexandra fand die Wendeltreppe und stieg hinauf, bis ihr eine Eichentür den Weg versperrte. Sie klopfte, wobei sie den Blick in die dämmrige Tiefe unter ihr vermied. Als auf der anderen Seite ein rostiger Riegel kreischend zurückgeschoben wurde, schrak sie trotzdem zusammen.

»Wer sind Sie und was wollen Sie?« erkundigte sich eine winzige, verhutzelte Frau mit neugieriger Stimme.

»Lady Bess hat mich um diesen Besuch gebeten. Ich bin Miss Benjamin, Samuels Lehrerin.«

Die alte Frau trug eine altmodische Kappe mit herunterhängenden Zipfeln und eine etwas ausgefranste, aber blütenweiße Schürze über ihrem schwarzen Kleid. Ihr Gesicht war zwar runzelig, aber es war mit Sicherheit nicht das Gesicht, das Alexandra auf der Treppe gesehen hatte.

»O ja, aber natürlich! Die neue Gouvernante! Kommen Sie herein, Miss Benjamin. Lady Bess spricht seit Wochen über nichts anderes. Kommen Sie doch herein.« Die alte Frau trat beiseite.

Alexandra kam sich vor wie im Märchen. Überall im Raum waren teils an den Wänden, teils im Raum große Seidenbahnen aufgehängt, durch die von einem Fenster oben im Turm das Sonnenlicht hereinfiel und farbige Reflexionen erzeugte, was die gesamte Szenerie in einen himmlischen, unwirklichen Wolkengarten verwandelte. Mitten unter dem Fenster saß eine ganz in Schwarz gekleidete Dame, die einmal sehr schön gewesen sein mußte. Doch inzwischen hatte das Alter ihre Züge zu einer grotesken Fratze verunstaltet – es war das Gesicht, das Alexandra nachts auf der Treppe gesehen hatte.

»Sie sind das also«, sagte die alte Dame und wies auf Alexandra, als ob sie deren Exekution befehlen würde.

»Lady Bess.« Alexandra deutete einen Knicks an.

»Weshalb lassen Sie sich erst heute hier blicken?«

Die Frage kam so direkt und überraschend, daß Alexandra stotterte. »Ich ... ich ... wußte ja nicht einmal, daß es Sie gibt. Erst vor einigen Wochen im Garten –«

»Er hat es Ihnen nicht gesagt?« Lady Bess schien gekränkt zu sein. Ihre Gesichtsfarbe paßte genau zu den weißen Haaren, die rundherum von ihrem Schädel abstanden. »Ich finde es aber gar nicht nett, daß er meine Existenz verheimlicht.«

»Falls Sie von Lord Newell sprechen, so muß ich sagen, daß er nichts verheimlicht, sondern wahrscheinlich nur nicht daran gedacht hat.« Ihre Stimme wurde leiser. »Vermutlich hat er gar nicht damit gerechnet, daß ich so lange hier sein würde.«

»Er hat wohl angenommen, daß sie Sie schon vertreiben würde?« Sie stieß einige Male ungeduldig mit ihrem Stock auf den Boden. »Tee, Millicent. Wir wollen Tee.«

Dann wandte sie ihre Aufmerksamkeit wieder ihrem Gast zu. »Setzen Sie sich hier neben mich, Miss Benjamin. Wir müssen miteinander reden, damit wir uns kennenlernen.«

Alexandra öffnete den Mund, um etwas zu sagen, aber dann wußte sie nicht mehr weiter. Lady Bess war weit über neunzig, aber ihr Geist und ihre Zunge waren so schnell und ihre Fragen so direkt, daß Alexandra regelrecht schockiert war. Sie sank auf einen mit Gobelinstickerei bezogenen Sessel und wartete stumm, bis Millicent mit dem Tablett erschien. Lady Bess bedeutete Alexandra, daß sie den Tee einschenken sollte, worauf Millicent wieder hinter den Vorhängen verschwand.

»Und jetzt verraten Sie mir, was Sie von ihm halten.« Lady Bess nahm ihre Tasse mit zitternder Hand entgegen und rührte mit einem silbernen Löffel um. Dabei betrachtete sie Alexandra unter halb geschlossenen Lidern. Ihre Augen waren haselnußbraun, aber müde vom Alter. Trotzdem glomm noch ein Rest Energie in ihnen.

»Ich denke, daß Sam in Kürze wieder sprechen und meine Aufgabe damit beendet sein wird.« Alexandra trank einen Schluck Tee und blickte sich um. Sie meinte, sich in einem Gartenzelt auf der grünen Wiese zu befinden.

»Sie wissen genau, daß ich nicht von Samuel spreche. Der Junge wird reden, sobald er Lust dazu hat, und keinen Moment früher. Ich wollte eigentlich mit Ihnen über Damien reden.«

Alexandra bedachte die alte Lady mit einem hoheitsvollen Blick, wie sie hoffte. »Ich empfinde die größte Hochachtung vor meinem Arbeitgeber, Lady Bess, aber eine weitere Meinung kommt mir nicht zu.«

Die alte Dame brach in ein schrecklich ersticktes Lachen aus, so daß Millicent erschreckt den Kopf durch die Vorhänge steckte. Doch gleich darauf hatte Lady Bess sich wieder gefaßt. »Er hat mir schon berichtet, daß Sie ungewöhnlich direkt und wahrheitsliebend sind – ich muß sagen, er hat sich nicht geirrt.« Sie stellte ihre Teetasse ab, und dabei leuchtete ihr Haarkranz im Sonnenschein wie ein Heiligenschein. »Aber jetzt möchte ich gern Ihre Meinung über *sie* hören.«

Alexandra betrachtete ihr Gegenüber und versuchte, ihre Kraft einzuschätzen. »Falls Sie Miss Pole meinen, so kann ich nur sagen, daß ich sie verachte. Das ist klar. Auf der Treppe habe ich Sie mit ihr verwechselt und kann nur hoffen, daß ich Sie nicht allzu sehr erschreckt habe. Damals habe ich noch nicht gewußt, daß Sie nachts gern im Schloß herumlaufen.«

»Ja, ich folge ihr gelegentlich. Wir gehen hintereinander durch die Gänge und verspotten einander. Eine nette Herausforderung für mich – schließlich bin ich ein zukünftiger Geist.« Sie lächelte ein zahnloses Lächeln.

»Ich denke, das dauert noch ein bißchen«, entgegnete Alexandra. »Wie ich von Dam-, wie ich von Lord Newell gehört habe, erfreuen Sie sich bester Gesundheit.« Sie hätte sich ohrfeigen können, weil ihr diese Vertraulichkeit entschlüpft war, denn an der Miene der alten Dame war abzulesen, daß ihr der Versprecher nicht entgangen war.

»Sind Sie in ihn verliebt?«

Energisch schüttelte Alexandra den Kopf. »Selbstverständlich nicht.«

»O doch, meine Liebe, o doch. Alle Frauen verlieben sich in Damien. Außerdem steht es deutlich auf Ihrem Gesicht geschrieben.«

Mit Mühe beherrschte sich Alexandra, daß sie nicht ihre glühenden Wangen kühlte. »Er ist ein gutaussehender Mann, aber er ist mein Arbeitgeber. Es wäre absolut verrückt –«

»Was? Sich in ihn zu verlieben?« Die alte Frau beugte sich zu ihr hinüber, so daß Alexandra den zarten Rosenduft riechen konnte. »Nur wer ihn liebt, kann ihn retten.«

»Es geht das Gerücht von einer Verlobung um.«

»Er begehrt Sie.«

»Das ist doch Unsinn. Ich bin lediglich die Gouvernante. Außerdem ... außerdem bin ich ...« Sie brachte es einfach nicht über die Lippen.

»Eine Jüdin?«

»Ja«, stieß Alexandra erleichtert hervor.

»Wo ist das Problem? Es gibt kein Gesetz, das eine solche Verbindung verbietet.«

»Aber es gibt so etwas wie ein Gesetz der Moral«, stieß sie heftiger hervor, als sie beabsichtigt hatte.

»Damien ist die Moral egal. Außerdem muß er gerettet werden – und zwar vor *ihr.*«

»Er ist ein erwachsener Mann und wird schon selbst mit ihr fertigwerden. Sie selbst haben gesagt, daß sie im Schloß herumgeistert. Da dürfte es nicht allzu schwer sein, sie einzufangen und in eine Anstalt zu bringen.«

»Diese Theorie gefällt Ihnen, nicht wahr?« Lady Bess faltete ihre knöchernen Finger, an denen unzählige Ringe so intensiv glitzerten, daß Alexandra den Blick gar nicht mehr abwenden konnte. »Gefällt Ihnen mein Schmuck? Den bekommt einmal Damiens Braut.«

Alexandra hob den Blick und sah der alten Frau ins Gesicht. »Ich bewundere Ihren Schmuck, aber er steht mir nicht zu.«

»Sie sind viel zu bescheiden und zu gewissenhaft, Miss Benjamin, und nehmen viel zuviel als gegeben hin. Sie sollten lieber gegen alle Schwierigkeiten rebellieren und sich Damien nehmen.«

»Ich habe einmal in meinem Leben vergessen, auf welchen Platz ich gehöre«, erklärte Alexandra mit eisiger Miene. »Damals habe ich meine Lektion gelernt.«

Lady Bess lehnte sich in ihren Sessel zurück und betrachtete Alexandra mit amüsierter Miene. »Jetzt verstehe ich wirklich, weshalb Damien eine so hohe Meinung von Ihnen hat. Sie sind eine außergewöhnliche junge Dame, meine Liebe, und was Sie sagen, ist nur äußerst schwer zu widerlegen. Dabei würde ich so gern mit Ihnen darüber diskutieren.«

Alexandra trank den letzten Schluck aus ihrer Tasse und stellte sie zurück auf das Tablett. »Es war sehr freundlich von Ihnen, mich zum Tee einzuladen, Lady Bess. Falls ich Ihnen irgendwie behilflich sein kann, so zögern Sie nicht und sagen Sie es mir. Der Garten ist ein wahres Paradies, und ich bin glücklich, daß ich endlich seine Schöpferin kennengelernt habe.«

»Bevor Sie gehen, habe ich noch eine Frage.« Zart berührte Lady Bess Alexandras Handgelenk. »Und zwar wüßte ich gern, ob Sie in Ihrem innersten Herzen glauben, daß Damien es verdient, gerettet zu werden.«

Alexandra mochte Lady Bess kaum ansehen, weil sie nicht wußte, ob sie gleichmütig genug aussah. »Falls Lord Newell wirklich gerettet werden muß, kann er das sicher selbst besorgen.«

»Ja, mag sein, aber dazu muß er es erst einmal wollen«, entgegnete die alte Dame mit heiserer Stimme. »Früher, als die Jungen mich nötig hatten, habe ich das überhaupt nicht begriffen und mich nicht genug um sie gekümmert. Können Sie das verstehen? Ich würde dieses Versäumnis gern endlich gutmachen – und zwar noch in diesem Leben. Er braucht Sie sehr, meine Liebe. Er braucht Sie wirklich.«

»Ich muß mich jetzt wirklich verabschieden. Lassen wir die Vergangenheit ruhen, Lady Bess. Heute nachmittag werde ich Sam wieder im Garten unterrichten. Die Luft ist ungewöhnlich mild ... ungewöhnlich warm.« Sie stand auf und verbeugte sich. »Ich fühle mich durch diese Einladung sehr geehrt, *my lady*. Bitte lassen Sie es mich wissen, wenn ich Ihnen irgendwie nützlich sein kann.«

Überhastet eilte sie zur Tür und war bereits auf der Treppe, als die Bitte der alten Dame an ihr Ohr drang.

»Ich will nur, daß Sie meinen Enkel retten. Lassen Sie ihn nicht denselben Weg gehen wie *sie*. Retten Sie ihn! Bitte.« Und dann noch wie ein leises Rascheln im Wind: »Retten Sie ihn ...«

20

Nach dem aufwühlenden Gespräch mit Lady Bess flüchtete sich Alexandra in die Weite des Heidelands. Einerseits hatte das Gespräch nichts Reales zutage gefördert, was Ursula Pole betraf, doch andererseits war es ihrer innersten Wahrheit äußerst nahe gekommen.

Am Morgen war das Wetter noch warm und schön gewesen, doch inzwischen wehte ein kalter Wind und dunkle Wolken zogen am Horizont herauf. Statt Ruhe bei ihrem Spaziergang zu finden, wurde Alexandra durch das viele Nachdenken nur noch nervöser. Während sie ihren schwarzen Mantel enger um sich raffte, wanderten ihre Gedanken zu Newell und sie fragte sich, was er gerade tat. Im Weggehen hatte sie gesehen, daß der Stallmeister sein Pferd für einen Ritt gesattelt hatte. Ob er sich genau wie sie nach Einsamkeit sehnte? Die ganze Zeit über hatte sie ihn nicht zu Gesicht bekommen. Wenn sie bedachte, wie leicht man sich aus dem Weg gehen konnte, dann wunderte sie sich um so mehr, daß sie überhaupt von Ursula Poles Existenz erfahren hatte.

Als der Wind stärker und stärker wurde, blieb sie stehen und dachte an Umkehr. Sie war weiter gegangen, als sie gedacht hatte, und es würde ein ungemütlicher Rückweg werden.

In diesem Moment sah sie sie.

Sie war ziemlich weit entfernt – fast nur ein schwarzer Punkt in der einsamen Landschaft –, aber trotzdem erkannte Alexandra sie auf den ersten Blick. Sie verharrte wie angewurzelt. Die Gestalt bewegte sich nicht, sondern stand völlig steif in schwarzem Umhang und Schleier vor einem abgeblühten, vertrockneten Strauch. Diesmal war es jedoch keine Schneiderpuppe, sondern eine Frau, und sie blickte Alexandra entgegen, als ob sie sie erwartete.

Eine wilde Wut packte Alexandra, als sie dem Alptraum Auge in Auge gegenüberstand. Diesmal wollte sie der Frau keine Chance mehr zum Entkommen geben, selbst wenn es sie alle Kraft kostete, die sie besaß.

»Ich weiß alles über Sie«, schrie sie der Gestalt entgegen. »Ich kenne alle Ihre Tricks und Ihre Pläne!« Dann raffte sie ihre Röcke und rannte zu ihr hin. Diesmal wollte sie sie packen und endlich beweisen, daß Ursula Pole eine Frau aus Fleisch und Blut war.

»Ich habe das Tagebuch gelesen«, keuchte sie und rannte dabei weiter, um die Entfernung möglichst schnell zu verringern. »Sie wissen, wovon ich rede, denn Sie haben es mir ja hingelegt!« Tränen traten ihr in die Augen und trübten ihren Blick. Diese Frau hatte so viel Unheil angerichtet, daß sie endlich eingesperrt werden mußte! Und sie würde diejenige sein, die dem Spuk ein Ende bereitete.

Seltsam. Die Gestalt war immer noch genauso weit entfernt und schien reglos zu verharren. Alexandra schnappte nach Luft und rannte wie verrückt – und trotzdem kam sie der Gestalt um keinen Zentimeter nähert Schließlich stolperte sie und fiel erschöpft auf die Knie, und während ihr noch die Tränen über das Gesicht strömten, machte sich Verwunderung in ihr breit. *Das war einfach nicht möglich.* Sie rappelte sich noch einmal hoch, doch keine Anstrengung der Welt nützte etwas. Die Entfernung blieb immer gleich, und angesichts ihrer Hilflosigkeit war Alexandra der Verzweiflung nahe.

»Kommen Sie endlich her und stellen Sie sich mir!« schrie sie wutentbrannt. Schreckliches Seitenstechen brachte sie beinahe um, doch es konnte sie nicht bremsen. Wie eine Verrückte rannte sie stolpernd und blind vor Tränen weiter, um endlich den Beweis in Händen zu halten.

Das galoppierende Pferd hinter sich hörte sie nicht einmal und auch nicht den Reiter, der abstieg und laut und energisch ihren Namen rief. »Alexandra!«

Sie stieß einen erstickten Schrei aus, als zwei starke Hände sie von hinten packten, und sie wehrte sich mit aller Kraft, weil sie sich nicht aufhalten lassen wollte.

»Sehen Sie sie – dort drüben? Los, schnappen Sie sie endlich. Fangen Sie sie!« stöhnte sie, als sie Damien erkannt hatte. Aber als er sie nur festhielt und nur eindringlich ansah, wurde sie fast wahnsinnig. »Sehen Sie sie denn nicht?« keuchte sie verzweifelt.

»Sie können sie nicht einholen.«

»Ich bin gerannt und gerannt, aber ich konnte sie nicht erreichen. Dabei hat sie sich überhaupt nicht bewegt!« Alexandra brach in hysterisches Schluchzen aus.

Damiens Brille war von der feuchten Luft so beschlagen, daß sie nicht einmal den Umriß seiner Augen erkennen konnte. Sie sah nur ein kühles, distanziertes Gesicht, das ungerührt auf sie hinuntersah.

»Sie können rennen, soviel Sie wollen, doch Sie werden sie nicht einholen«, wiederholte er.

»Aber sehen Sie sie denn nicht? Es ist Ursula. *Ursula*«, rief sie stöhnend und blickte zu der Gestalt hinüber, die sie nun beide beobachtete.

»Ich sehe sie.« Mit einem verächtlichen Blick sah er quer über das Heideland zu der Gestalt hinüber, als ob er genug von ihr hätte. »Aber ich kann sie nicht einholen. Sie ist nicht wirklich da ... Trotzdem existiert sie, aber für uns Sterbliche ist sie nicht zu erreichen.«

»Sie ist aber kein Geist! Nein, das ist sie nicht.« Aufschluchzend barg sie ihr Gesicht an seiner Brust. Der Wind zerrte an ihrem Mantel, doch sie war froh, daß sie die Gestalt nicht mehr sehen mußte. Der Gedanke, daß diese Frau ihnen zusah, ließ sie erstarren.

»Wenn Sie sie nicht fangen wollen, dann bringen Sie mich nach Hause«, murmelte sie, ohne den Blick zu heben.

»Sie brauchen keine Angst zu haben, Alexandra. Ich fürchte mich doch auch nicht.«

Sie wischte sich die Tränen vom Gesicht und sah zu ihm auf, aber wieder sah sie nur die beschlagenen Gläser. Langsam zog sie ihm die Brille von der Nase, und während sie sie ihm gab, sah sie ihm in die Augen. »Damien«, flüsterte sie, als sie endlich einmal seine Gefühle erkennen konnte, die er sonst hinter der Maske aus Eis und Kälte versteckte. Sie sah seine Unschuld und die Macht der Schatten, aber Angst konnte sie keine entdecken. Offenbar wußte er Dinge, die sie noch nicht begriffen hatte. »Was ist nur los?« flüsterte sie ängstlich.

Ein winziges Lächeln spielte um seine Mundwinkel. »Mein Interesse gilt den Unterlegenen, und nicht den Mächtigen. Sie sollten sich die Schwerter in der Halle einmal ansehen. Ich habe sie allesamt in Persien gekauft. Schwerter der Kreuzfahrer, die die Araber ihnen abgenommen und durch ihre Inschriften entwertet haben. Mich interessieren diese Überreste genauso, wie *sie* die gefallenen Engel faszinieren. Verstehen Sie jetzt endlich, was ich meine, Alexandra?« fragte er dann ganz leise. »Sie will mich, und ich – ich möchte dich.«

Sie erstarrte, als sie hörte, wie einfach er mit dieser Gestalt leben konnte. Vergeblich suchte sie nach Anzeichen von Mitgefühl und Milde in seinem Gesicht, doch er sah wieder so kühl aus wie immer. Sanft streichelte er ihre Wange, aber in seinen Augen tat sich nichts. Kein Gefühl, sondern nur Leere, in der sie sich aber keinesfalls verlieren wollte. »Küß mich, Alexandra, komm, küß mich. Dann schicke ich sie weg.«

Alexandra blickte zu der Gestalt hinüber und sah etwas, das ihr Verstand nicht akzeptieren wollte. Die Frau stand reglos und still an derselben Stelle, und obwohl der Sturm Alexandra und Damien fast die Kleider vom Leib riß, rührte sich nichts an ihr.

»Ich fürchte mich«, rief Alexandra, während ihr die Tränen über die Wangen strömten.

»Aber nein, sie ist nur ein Phantom – nicht die Ursache.«

Ihr Herz explodierte beinahe, als sie plötzlich seine Lippen auf ihrem Mund fühlte. Zuerst widerstand sie, doch dann gab sie ihrer Liebe nach. Ein einziges Mal hatte sie hinter seine Mauer schauen dürfen und einen Blick auf sein wahres Ich erhascht, und diese Erinnerung ließ sie nicht los. Auch wenn er jetzt anders war, so hoffte sie doch unter seinen Küssen, daß dieser andere Mensch wieder einmal zum Vorschein käme.

Ein Schluchzen entrang sich ihrer Kehle, als er immer intensiver Besitz von ihren Lippen ergriff. Er zog ihren Körper an sich, bis sie seine Lust durch alle Stofflagen spürte, die sie voneinander trennten. Sie dachte an nichts mehr, nicht an Konventionen und an Moral schon gar nicht. Dies war nicht der Kuß eines Verehrers wie Brian, sondern ein Kuß voll animalischer Lust und süßer, verlockender Hingabe.

»Bitte«, stöhnte sie, als seine Hand über sie hinstreichelte und ihre Brüste berührte. Heiße Scham brannte auf ihren Wangen, und ihr Herz warnte sie laut und vernehmlich. Aber dennoch brannte es vor Sehnsucht nach allem, was dieser Kuß versprach.

»Bitte nicht«, bat sie. »Sie kann uns zusehen«, hauchte sie, doch ihre Sehnsucht trieb sie unwiderstehlich in seine Arme.

»Sie ist fort. Und wir sind immer noch in der Hölle.«

Alexandra sah auf, aber sie sah nur Büsche und Gräser, die vom Wind gezaust wurden.

»Nein, sie ist kein Geist«, flüsterte Alexandra hysterisch und barg ihr Gesicht wieder an seiner Brust.

»Denk nicht mehr an sie«, sagte er und hob dabei ihren Kopf

ein wenig hoch. »Denk nur noch daran. Nur daran.« Und diesmal küßte er sie noch viel begehrlicher, als ob seine Zunge sie schmecken wollte. Alexandra erschauerte, als sie nachgab und spürte, wie seine Hand genau über ihre Brustwarzen rieb.

»Nein«, sagte sie und riß sich los. Aber als sie sich nach ein paar Schritten zu ihm umdrehte, brannten ihre Lippen noch von seinem Kuß. »Sie küssen mich einfach, und dabei habe ich heute erfahren, daß Sie in London eine Braut haben! Was sagen Sie dazu, *my lord*? Soll sie Ihre Frau werden und ich Ihre Geliebte? Offenbar wird mir diese fragliche Ehre bereits zum zweitenmal im Leben zugedacht!«

»Bei Ihnen ist wohl alles eine Frage der Ehre, nicht wahr?« fragte er wütend, weil sie ihre Selbstachtung als Schutzschild ins Feld geführt und damit seine Pläne zunichte gemacht hatte.

»Natürlich geht es um meine Ehre«, erklärte sie spitz. »Schließlich bin ich die Tochter meines Vaters. Meine Vorfahren mögen arme Leute gewesen sein, *my lord*, aber sie waren zumindest ehrenhaft.«

Rasch ging er die paar Schritte bis zu ihr und packte sie an den Armen, während sich hoch oben über ihm schwarze Wolken auftürmten und mit Regen drohten. »Wir werden ja sehen, wie lange diese Ehre Bestand haben wird!«

»Macht es Ihnen Spaß, *my lord*, die Menschen zu testen?« Sie spuckte ihm die Worte förmlich entgegen.

»Nein«, entgegnete er leise, fast flüsternd. »Nur bei dir.«

Sie starrte ihn an und suchte verzweifelt nach dem winzigen Rest Güte und Menschlichkeit, der noch in seiner Seele wohnte, aber angesichts seiner kalten Miene wandte sie sich einfach nur um und rannte zum Schloß zurück, das sich als Silhouette am Rand der Heide abzeichnete. Sie hörte nicht mehr, daß er auf sein Pferd stieg und in entgegengesetzter Richtung davongaloppierte, so schnell ihn sein Hengst nur tragen wollte.

Er lebte im Schatten, und das wirkliche Leben mit all seinen Gefühlen war ihm unerreichbar. Dennoch quälte es ihn mit seinen Verlockungen. Seine Seele war dunkel und leer und dennoch sehnte sie sich nach dem Licht, das sie nicht erreichen konnte. Bisher war er mit seinem Los zufrieden gewesen, doch nun war alles anders.

Damien lenkte sein Pferd zu den Hügeln im Westen. Der Sturm, der sich vor ihm zusammenbraute, entsprach dem Aufruhr in seinem Inneren. Verzweifelt kämpfte er gegen den Wunsch, ihr nachzureiten. Manchmal überwältigte ihn die Lust, sie einfach in seinen Armen zu zerbrechen, aber dann gab es Augenblicke wie vorhin, als sie ihm seine Brille abgenommen hatte, in denen sein Eispanzer hilflos dahinschmolz.

Er hatte die Angst in ihren Augen gesehen, als sie zu der Gestalt hinübergeschaut hatte. Und nun lehrte sie ihn fühlen. Es war wirklich entwaffnend, wenn sie sich in seine Arme geschmiegt hatte, als ob sein finsteres Herz sie trösten könnte. Nein, so weit durfte es nicht kommen. Allerdings sah er keine Möglichkeit, wie er sie ändern könnte. Er wußte, daß er sich Zeit lassen und einen günstigen Augenblick abwarten mußte, um ihre Seele endgültig auf seine schwarze Seite zu ziehen.

Natürlich war das nicht ohne Gefahr. Das wurde ihm jedesmal bewußt, wenn er sich vor Augen rief, wie sie Sam damals im Garten mit Liebe und Freundlichkeit zum Reden gebracht hatte. Es fiel schwer, jemanden zu verletzen, der sich so engelgleich über Sam beugte und den der schwachsinnige Mann so vertrauensvoll ansah. Und genauso vertrauensvoll hatte sie sich vor wenigen Minuten an seine Brust geschmiegt und auf seine Hilfe vertraut.

Aber wie konnte er ihr denn helfen? Sie fürchtete sich vor Ursula, aber im Vergleich zu ihm war Ursula bedeutungslos. Er hatte ihr nicht klarmachen können, daß diese Gestalt lediglich ein Symbol war – ein Nichts im Vergleich zu seiner finsteren Seele, die nach einem Opfer suchte, um sich selbst zu reinigen.

Er schloß die Augen, um sich gegen ihre schreckliche Güte zu wappnen und seine schreckliche Sehnsucht nach ihr zum Schweigen zu bringen, und sein Entschluß kreiste wie Gift in seinen Adern. Sie wußte es noch nicht – aber er war schrecklicher als Ursula. Der Schüler hatte den Lehrmeister übertroffen. Aber das würde Alexandra Benjamin bald genug erfahren. Nein, nicht durch Gewalt, vor der sie vielleicht davonlief, sondern durch verführerisches Flüstern und endlose Zärtlichkeiten, denen selbst die ehrbare Tochter eines Juden nicht widerstehen konnte.

Das würde ihr Untergang sein.

21

Die Spannung hatte ein wenig nachgelassen, aber unterschwellig war dieses bedrohliche Gefühl nach wie vor vorhanden. Doch worin es genau bestand, wußte Alexandra nicht zu sagen. Sie gab sich Mühe, nicht an die Gestalt zu denken, die sie bei ihrem Spaziergang genarrt hatte. Die Erscheinung war mit Sicherheit kein Gespenst gewesen, aber diese absolute Reglosigkeit hatte sie irritiert. Jedoch längst nicht so sehr, wie Damien sie irritiert hatte. Er hatte absolut krankes Zeug gefaselt, aber sein Benehmen hatte selbst das noch übertroffen. Trotzdem kreisten ihre Gedanken unablässig um ihn, als ob er ein Teil von ihr wäre.

Sie starrte auf das Teetablett, das sie fast nicht angerührt hatte. Die Arbeit mit Sam war für heute beendet, und der Abend stand ihr wie ein schwarzes Loch bevor. Mary verbrachte mehr und mehr Zeit mit den anderen Hausangestellten, weil die Atmosphäre in Alexandras Flügel sie nervös machte, wie sie sich ausdrückte.

Alexandra stand auf und trat ans Fenster. Während sie in London gewesen war, hatte man Ursula Poles Schrankkoffer endlich beseitigt, aber trotzdem hatte sich die bedrückende Atmosphäre des Raums so gut wie gar nicht gebessert. Sie bewohnte ein komfortables, großes Zimmer, aber dennoch war sie immer froh, wenn sie dem Raum entfliehen konnte.

Sie ging zur Tür des Schulzimmers hinüber, die seit dem vergeblichen Versuch mit Sams Unterricht stets fest verschlossen war, und strich gedankenverloren über das weiche Holz. Dabei fühlte sie die Zugluft, die durch die Ritzen drang. Was sie schließlich veranlaßt hatte, zu Boden zu sehen, wußte sie nicht zu sagen. Aber als sie die winzige Ecke eines gelblichen Papier sah, die darunter hervorspitzte, war ihr augenblicklich klar, worum es sich dabei handelte. Um eine weitere Seite aus Ursula Poles Tagebuch.

Als sie das Blatt aufhob, spürte sie einen kalten Hauch, als ob jemand ganz nah an ihr vorbeigegangen wäre. Dann überflog sie die vertraute Schrift und sofort brannten sich drei Worte in ihrem Kopf fest, so daß sie nicht mehr weiterlesen konnte.

Blut. Samen. Stall.

Es handelte sich um Ursula Poles Bericht über den letzten Tag und das, was sich im Stall abgespielt hatte.

Alexandra faltete das Blatt und legte es in die oberste Kommodenschublade. Natürlich würde sie es lesen, aber nicht ausgerechnet heute abend nach dem Erlebnis im Moor. Um diese Seite zu verdauen, brauchte sie etwas mehr Kraft, als sie im Augenblick besaß.

»Sehr gut, Sam! Ausgezeichnet! Sie sind der beste Schüler, den ich je unterrichtet habe.« Alexandra trank einen Schluck Kaffee, den Featherstone ihr soeben serviert hatte. Der Morgen war regnerisch, so daß sie den Unterricht in die Bibliothek verlegt hatten. Sie deutete auf eine Schautafel, auf der die Mundstellungen bei verschiedenen Lauten abgebildet waren.

»Ohhh«, sagte sie und wies auf das entsprechende Bild.

»Ohhh«, sprach Sam nach, der sie sehr genau beobachtete.

»Eeee«, sagte sie.

»Eeee –« begann Sam. Aber er brach ab, als Mrs. Penrith aufgeregt ins Zimmer stürzte.

»Miss ... Ich ... Ich weiß nicht, wie ich es erklären soll. Am besten kommen Sie mit und sehen es sich selbst an.« Die Hausdame trat voller Ungeduld von einem Fuß auf den anderen, während Alexandra sich kurz bei Sam entschuldigte. Als sie hinter der Hausdame die Bibliothek verließ, merkte sie nicht, daß Sam ihnen folgte.

»Worum geht es denn?« erkundigte sie sich.

»Ich war gerade oben, um mit dem Hausmädchen alle Petroleumlampen einzusammeln, als ich plötzlich etwas Unglaubliches entdeckt habe. Ausgerechnet in Ihrem Zimmer, Miss. Kommen Sie, ich zeige es Ihnen.«

Sie raffte ihr Seidenkleid und stieg die Treppe empor, und als Alexandra merkte, daß Sam ihr folgte, nahm sie seinen Arm und sie folgten der Hausdame gemeinsam.

Mrs. Penrith wartete an der Tür und deutete ins Zimmer. »Sehen sie das?«

Alexandra steckte den Kopf durch die Tür, doch sie konnte nichts Außergewöhnliches entdecken. Alles sah noch genauso aus, wie sie es verlassen hatte. Das Zimmermädchen hatte das Bett gemacht ...

»Oh, Gott!« flüsterte sie, als ihre Blicke beim Fenster angekommen waren.

»Genau das habe ich auch gesagt. Er ist wieder da. Wir haben ihn auf dem Boden verstaut, wo die Koffer Seiner Lordschaft aufbewahrt werden, aber plötzlich war er wieder da! Das ist wirklich höchst seltsam, denn ich habe nichts dergleichen angeordnet. Außerdem ist das Ding sehr schwer. Für den Transport haben wir damals zwei starke Männer gebraucht.«

Alexandra trat ins Zimmer, und Sam folgte ihr.

»Wenn ich darüber nachdenke«, sagte die Hausdame stirnrunzelnd, »dann weiß ich eigentlich nicht, weshalb dieses Teil überhaupt so lange hier gestanden hat. Zwei Jahre nach Ursula Poles Verschwinden hatten wir den Koffer bereits einmal verstaut – und es ist mir nie aufgefallen, daß er wieder da war. Bis er jetzt zum zweitenmal zurückgekehrt ist.«

Alexandra kniete sich vor den Koffer und betrachtete die frisch polierte Oberfläche. Offenbar hatte man auch das Schloß ausgewechselt. Sie war sicher, daß sich Ursula Poles Habseligkeiten nach wie vor ordentlich gefaltet in diesem Koffer befanden.

»Ich kann es mir nicht erklären«, murmelte Mrs. Penrith.

»Seine Lordschaft ist sicher instande, ein solches Gewicht ohne Hilfe eines Dieners zu transportieren«, sagte Alexandra, worauf Mrs. Penrith nur die Brauen hob.

»Sam?« Alexandra sah ihren Schützling an, »haben Sie gesehen, daß Damien diesen Koffer in mein Zimmer getragen hat?«

Sam starrte sie nur an und schüttelte dann langsam den Kopf.

»Er lügt nicht. Das kann er gar nicht.« Mrs. Penrith rang die Hände.

Aber Alexandra beschäftigte sich bereits eingehend mit dem Koffer. Dabei entdeckte sie eine Stelle auf der frischen Politur, an der etwas weiße Wandfarbe haftete. Alle Wände des Schlosses, die sie bisher zu Gesicht bekommen hatte, bestanden jedoch aus Walnußholztäfelungen oder waren preußischblau gestrichen. »Woher stammt wohl diese weiße Farbe?«

Sam stand mit gesenktem Kopf neben ihr, doch plötzlich ging er zur Kommode. Er schob sie beiseite und drückte auf ein Brett der Wandverkleidung, worauf es zur Seite schwang und einen Gang freigab, der ungefähr im vorigen Jahrhundert einmal weiß gestrichen worden sein mußte.

»Um Himmels willen!« rief Mrs. Penrith erschrocken.

Alexandra war blitzschnell auf den Füßen, griff nach einer

Petroleumlampe und inspizierte ihre Entdeckung. Zu ihrer Erleichterung fand sie jedoch keine Skelette, sondern lediglich einen schmalen Gang, der zu den Räumen der Dienerschaft ins Erdgeschoß hinunterführte.

»Ich bin schon so lange in Cairncross, aber bis heute habe ich nichts von der Existenz dieses Ganges gewußt!« Die Hausdame wandte sich entsetzt an Sam. »Seit wann kennen Sie diesen Gang?«

Es war nicht klar, ob Sam sie verstanden hatte oder ob er nur einfach nicht antworten wollte.

»Sehen Sie diese Stelle hier an der Tür? Da ist die Farbe verschwunden.« Alexandra hob die Lampe hoch, um besser sehen zu können. »Man hat den Koffer durch diesen Gang geschleppt, und hier ist eine Ecke an der Wand entlanggeschrammt.« Sie blickte von Sam zur Hausdame. »Er kann wirklich erstaunliche Schlußfolgerungen ziehen. Ich hätte geschworen, daß er den Koffer in mein Zimmer gebracht hat, wenn ich nicht wüßte, daß er Ursula Poles Koffer niemals und unter keinen Umständen berührt hätte.«

»Wegen ihr ist Dam'en fort, wegen ihr ist Dam'en fort.« Sam brach in Tränen aus, und Alexandras Herz schmerzte, als sie ihn wie ein Kind schluchzen sah.

»Aber er ist zurückgekommen, oder nicht?« Tröstend nahm sie seine Hand. Die Hausdame nahm Alexandra die Lampe ab, so daß Alexandra Sam zu der Sitzbank am Fußende ihres Betts führen konnte.

»Alles, was diese Frau betrifft, macht ihn verrückt. Wir hätten ihn nicht mit nach oben nehmen sollen«, meinte Mrs. Penrith.

»Aber nein«, sagte Alexandra ganz ruhig. »Ich bin wirklich beeindruckt, Sam, daß Sie sich an die weiße Farbe erinnert und uns diesen Gang gezeigt haben. Sie waren uns eine große Hilfe. Sie müssen nicht weinen, Sam, denn Damien ist ganz allein wegen Ihnen zurückgekommen. Wenn er das miterlebt hätte, wäre er ebenfalls sehr stolz auf Sie.«

Sam wischte sich die Tränen mit dem Ärmel ab. Wie ein kleiner Junge, der sich das Knie aufgeschlagen hat. »Ich habe gesagt – gehen Sie nicht hinein! Gehen Sie nicht hinein!« schluchzte er.

»In die Katakomben? Ja, Sam, Sie haben mich gerettet. Sie haben mich daran gehindert, wissen Sie noch?« Sie legte ihm die Hand auf den Arm. Und als er nickte, ließ sie ihren mütterlichen Gefühlen freien Lauf und schloß ihn in die Arme.

»Kommen Sie, wir wollen jetzt lieber wieder nach unten in die Bibliothek gehen«, sagte sie nach einer Weile.

»Ich denke auch, daß das das Beste ist«, tönte Newells Stimme von der Tür her. »Geh schon hinunter, Sam. Ich komme gleich nach.«

Sam machte sich los und gehorchte, während Mrs. Penrith mit einer gemurmelten Entschuldigung schleunigst das Weite suchte. Sekunden später war Alexandra mit Newell allein. Im ersten Moment brachte sie kein Wort heraus, weil sie ununterbrochen an ihre letzte, rätselhafte Begegnung denken mußte. Alles war möglich – auch daß Damien mit der seltsamen Erscheinung auf der Heide unter einer Decke steckte.

»*My lord*?« fragte sie kühl und zog eine Braue in die Höhe.

»Miss Benjamin«, konterte er ebenso distanziert.

»Haben Sie mir etwas zu sagen?«

Er wirkte etwas unsicher. »Ich ... ich wollte Sie eigentlich für heute abend zum Essen einladen, um mit Ihnen über Sams Fortschritte zu sprechen.« Er zögerte. »Doch nach dem, was ich soeben gehört habe, müssen wir uns unbedingt unterhalten.«

Alexandra runzelte die Stirn. »Was haben Sie denn gerade gehört?«

»Meiner Meinung nach hat er sich zum ersten Mal über die Vergangenheit geäußert. ›Wegen ihr ist Dam'en fort‹. Bisher habe ich nicht gewußt, daß er die Situation so weit durchschaut hat, daß er sie für meine Verbannung verantwortlich macht. Vielleicht erfahren wir nun auch bald, was sie in ihren letzten Stunden in Cairncross mit ihm angestellt hat.«

Alexandra überlief ein eiskalter Schauer, weil sie gar nicht daran denken wollte, was diese Frau mit Sam gemacht hatte. Ausgerechnet mit dem sanften, liebenswerten Sam.

»Kannten Sie diesen Zugang zu meinem Zimmer?« Sie war selbst überrascht, wie ruhig sie sich anhörte, aber ihr Instinkt riet ihr, sich lieber dem Augenblick zuzuwenden und die Vergangenheit erst einmal ruhen zu lassen.

»Nein, den kannte ich nicht.« Er sah sie an und dann zu dem Koffer hinüber. »Wie ich sehe, hat sie ihn zurückgebracht.«

»Das ist unmöglich. Er wiegt viel zuviel.«

»Ach ja, die jämmerliche Kraft der Sterblichen!« Er schien ein Lächeln zu unterdrücken, was Alexandra erschauern ließ.

»Ich will mit niemandem zu Abend essen, der nur von Gespenstern redet. Mag sein, daß es sie gibt, aber das ist mir gleichgültig. Ich bin nur an Sam interessiert.«

Ihre Entschiedenheit schien ihn zu beeindrucken. »Also gut, sprechen wir heute abend über Sam. Aber Sie müssen mir versprechen, mir jede seiner Äußerungen mitzuteilen, ganz gleich, wie unwichtig sie Ihnen erscheinen mögen.«

»Das ist für mich eine Selbstverständlichkeit.«

Gedankenverloren ruhte sein Blick auf ihrem Gesicht, auf ihrem schweren Haarknoten und ihrer herrlich gerundeten, schlanken Gestalt, die anmutig auf der schmalen Sitzbank saß. Die Intensität seines Blicks machte sie nicht nur ein bißchen verlegen, sondern erfüllte sie zugleich mit großer Freude und einigem Stolz.

»Haben Sie noch etwas mit mir zu besprechen, *my lord*? Ansonsten möchte ich jetzt gern mit dem Unterricht fortfahren. Sam und ich wurden vorhin von Mrs. Penrith unterbrochen.« Sich so kühl von ihm zu distanzieren, verschaffte ihr ein kleines Machtgefühl, aber gleichzeitig mußte sie zugeben, daß sie sich noch nie im Leben so einsam gefühlt hatte.

»Noch etwas Fasan, Miss Benjamin? Den habe ich persönlich im Lake District erlegt.« Newell bedeutete dem Diener, Alexandra noch einmal vorzulegen. Alexandra war eigentlich satt, doch sie hatte den Eindruck, als ob Newell sie mit diesem ausgezeichneten Essen verwöhnen und beeindrucken wollte.

Sie blickte auf ihren gefüllten Teller hinunter. »Wirklich nicht, *my lord*. Ich fürchte, ich kann keinen Bissen mehr essen.«

»Aber dann möchten Sie vielleicht noch ein bißchen Wein?«

»Nein, danke.« Sie legte die Hand über ihr Glas. »Er schmeckt wirklich ausgezeichnet, aber ich habe mit Sicherheit genug getrunken.«

»Nun gut«, antwortete er und entließ den Diener mit einer Geste.

Als sie allein waren, studierte Alexandra Newells Miene, die durch die spiegelnden Brillengläser wieder einmal sehr undurchdringlich wirkte. »Bisher haben Sie so gut wie gar nicht von Sam gesprochen, *my lord*«, sagte sie dann. »Ich frage mich, ob Sie überhaupt über ihn reden wollen.«

»Sie haben mich ertappt.« Ein kleines Lächeln verzog seine Mundwinkel.

»Sie ertappt?« fragte Alexandra ratlos.

Newell legte sein Besteck auf den Teller und griff nach seinem Weinglas. »Ist es denn so verwerflich, wenn ich mich an diesem öden Ort einfach nur nach ein wenig Gesellschaft sehne? Schließlich ist eine Gouvernante ja keine Bedienstete, die unten in der Küche essen muß. Gouvernanten speisen nun einmal mit der Familie.«

Alexandra war verunsichert. »Nach dem gestrigen Tag habe ich –«

»Vergessen Sie den gestrigen Tag«, unterbrach er sie. »Ich möchte, daß sich einiges ändert. Es würde mir zum Beispiel sehr gut gefallen, wenn ich Sie, Miss Benjamin, zu meinen Freunden zählen könnte.«

Wenn Alexandra vorher unsicher gewesen war, so war sie nun völlig außer sich. »*My lord*, ich –«

»Nennen Sie mich Damien.«

Sie starrte ihn an und wußte nicht genau, was sie sagen sollte. »*Damien*«, wiederholte sie, und der Name klang aus ihrem Mund völlig fremd. »Trotzdem verstehe ich nicht –«

»Der Beginn unserer Bekanntschaft stand unter keinem glücklichen Stern«, sagte er, »und das möchte ich ändern. Ich möchte einfach noch einmal ganz von vorn anfangen.«

Sie kam sich vor, als ob sie mit einem Fremden spräche. Seine kühle Art war inzwischen einer gewissen Begeisterung gewichen, und dieser Wandel irritierte sie zutiefst. »Das ist absolut unnötig, Damien. Wir machen einfach weiter wie bisher.«

»Nun gut, wie Sie meinen. Als erstes werde ich Ihnen vom heutigen Tag an jedenfalls die Summe bezahlen, die ich auch ihrem Vater bezahlt hätte. Sie haben ein wahres Wunder an Sam vollbracht und die Bezahlung redlich verdient.«

Alexandra nickte etwas verunsichert und murmelte leise ihren Dank.

»Was kann ich sonst tun, damit Sie sich in Cairncross wohler fühlen?«

Während sie sprach, umklammerten ihre Hände die Tischplatte so fest, daß die Fingerknöchel weiß hervortraten. »Ich wünsche mir, daß Sie herausfinden, wem wir dort draußen auf dem Heideland begegnet sind. Ich möchte außerdem, daß sie das Haus verläßt. Das wird für uns alle nur besser sein. Besonders für Sam. Irgend jemand hat den Koffer wieder in mein Zimmer gebracht – ich möchte, daß dieser Unsinn endlich ein Ende hat!«

Sein Gesicht spannte sich, und seine Miene wurde noch undurchdringlicher. »Das ist bereits geschehen.«

»Wie können Sie dessen so sicher sein?« Ihr Gefühl, daß er mit der Erscheinung irgendwie in Zusammenhang stand, verstärkte sich nur noch. Und während sie ihn betrachtete, begriff sie plötzlich, daß er mit ihr spielte. Er versuchte, sie zu übertölpeln, und sie hatte den dringenden Verdacht, daß er alles sagen würde, nur um ihre Sympathie zu gewinnen.

»Ich habe nichts von dem getan, was Sie glauben, Alex, und ich möchte nichts weiter als eine Chance, um meine Unschuld zu beweisen.«

Ihr war klar, daß sie sich auf schwankendem Boden bewegte, denn der Kampf zwischen Gut und Böse fand nach wie vor statt, wenn auch versteckt. »Nun gut«, antwortete sie mit gerissener Miene. »Würden Sie mich jetzt bitte entschuldigen, *my lord* – Damien. Ich spüre plötzlich die Wirkung des Weins und würde mich gern zurückziehen.«

»Aber selbstverständlich.«

Er erhob sich und geleitete sie hinaus in die große Halle, und als sie an der Wand mit den Schwertern der gefallenen Kreuzfahrer vorübergingen, wandte Alexandra den Blick ab.

»Wie groß doch die Unterlegenen sind«, sagte er und griff nach ihrer Hand. Aber als sie sie ihm entziehen wollte, umschlang er ihre Taille und zog sie an sich. »Ich möchte nur einen kleinen Kuß, um die Qualen meiner Seele zu lindern«, bat er und hob ihr Gesicht hoch, so daß sie ihn ansehen mußte.

Wie gebannt starrte ihm Alexandra ins Gesicht und konnte den Blick nicht abwenden. Der Firnis auf seiner Miene wurde dünner und dünner, und der zynische Zug, der sich langsam wieder um seine Lippen eingrub, ließ klar erkennen, daß unter dem Deckmantel der Freundlichkeit immer noch der alte Damien steckte.

»Das bringt nichts, Damien, denn ich kann hinter die Maske sehen«, flüsterte sie.

»Und was sehen Sie dort?«

»Ich sehe einen Mann, den ich vielleicht lieben könnte.«

Seine Augen verdüsterten sich, und er sah aus, als ob er sie von sich stoßen und weglaufen wollte. »Sie schlagen mit Ihrer Ehrlichkeit ganz schön um sich. Ist Ihnen das klar?«

»Erwidern Sie sie doch einfach.« Sie preßte seine Hand sanft gegen ihre Wange. »Sagen Sie mir einfach, was Sie von mir wollen. Ich bin sicher nicht wie Ihre vielgepriesene Londoner Lady, die sich nach Ihnen verzehrt, und bestimmt auch nicht wie die schönen Damen von Wapping, die kinderleicht ihr Herz und ihren Körper verschenken. Was wollen Sie von mir, Damien? Ich bin die Tochter eines Juden und nur aus dem einzigen Grund in Cairncross, um Ihrem Bruder das Sprechen beizubringen. Normalerweise dürften Sie mich überhaupt nicht ›sehen‹. Eine Gouvernante hat unsichtbar zu sein. Aber trotzdem stehen Sie hier neben mir und zerren an meiner Seele. Können sie mir bitte erklären, worin diese Faszination besteht?«

Geknickt senkte er den Kopf und lehnte seine Stirn gegen die ihre. »Wie soll ich denn das erklären?« flüsterte er. »Nicht einmal Dichter können so etwas!«

»Aber unsere Bekanntschaft hat nicht das Geringste mit Poesie zu tun.«

»Ich fürchte, doch.«

»Um die *Furcht* geht es, nicht wahr? Was hat diese Frau Ihnen getan, Damien? Sam wird vielleicht eines Tages über seine Angst sprechen, doch Ihnen fällt das offensichtlich sehr viel schwerer.«

»Ich will nicht einmal an sie denken«, entgegnete er.

Alexandra dachte an die Tagebuchseite, die immer noch ungelesen in der Schublade lag. Selbst wenn sich alles in ihr sträubte – aber heute nacht mußte sie sie lesen.

»Ehrlich gesagt kann ich Sie nicht verstehen«, sagte sie dann. »Sie beleidigen Ihre Angestellten, und im nächsten Moment rühren die Fortschritte Ihres Bruders Sie zu Tränen. Sie sprechen über das Böse, als ob sie längst das Bett mit ihm teilten und dennoch glaube ich, daß Sie genau das Gegenteil des Bösen ersehnen. Sie wollen Frieden schließen, Ruhe finden und sich aufgeben –«

»Nein! Niemals aufgeben. Niemals!«

Der Arm, der um ihre Taille lag, preßte sie fester, fast schmerzhaft gegen ihn. Sie wußte, daß sie ihm entweder widerstehen, oder aber sich seinem Kuß ergeben mußte. Hundertmal hatte sie sich geschworen, weder auf seine Grausamkeiten noch auf seine Küsse einzugehen, aber tief in ihrem Herzen sehnte sie sich danach. Sie schwankte zwischen Himmel und Hölle – und beides zur selben Zeit!

»Alexandra, laß mich nur einmal fühlen, daß du mich begehrst«, flüsterte er in ihrem Haar.

Sie stöhnte leise, denn gegen die Einsamkeit half nur das Wagnis. Obwohl sie eigentlich protestieren wollte, hob sie ihr Gesicht und dann bedeckte sie plötzlich seinen Mund mit ihren Lippen.

Und dann küßte sie ihn. Sie preßte ihre Lippen auf die seinen, während sich ihr Herz schmerzhaft zusammenkrampfte. Sie öffnete ihren Mund und spürte seine suchende Zunge. Und dabei umarmte er sie so fest, daß sie beinahe erstickte. Aber ihre Lippen wichen nicht zurück, sondern sagten ihm alles, was sie unmöglich in Worte fassen konnte. Und ganz, ganz allmählich nahm sie seinem Kuß die ungestüme Kraft und verwandelte sie in eine wunderbare Zärtlichkeit.

Ganz hinten in ihrem Kopf dachte sie daran, daß sie mit dem Teufel flirtete. Damien hatte Macht über sie und konnte ihr wehtun, aber gleichzeitig wußte sie, daß sie mit gutem Beispiel vorangehen mußte, wenn sie erfahren wollte, ob es überhaupt Hoffnung gab.

»Geh heute nacht nicht in dein Zimmer«, beschwor er sie,

nachdem sie sich von ihm gelöst hatte. »Bleib bei mir. Ich möchte dich so gern neben mir spüren.«

Heiße Sehnsucht durchflutete sie, aber dennoch schüttelte sie den Kopf. Er begehrte sie, wie Brian sie einst begehrt hatte. Aber Brian hatte gelogen, als er von Liebe gesprochen hatte. Genauso gut konnte Newell lügen. Nein, sie wollte nichts mehr von Liebe hören, sondern sie einfach nur spüren. Aber dazu war John Damien Newell noch lange nicht fähig.

»Nein, ich muß jetzt zu Bett gehen.«

Er packte ihren Arm, und auf seinem Gesicht, das sonst so verletzlich sein konnte, malte sich ehrliche Enttäuschung. »Geh nicht weg!«

Der verzweifelte Ton dieser wenigen Worte schnitt mitten durch ihr Herz. Und als sie ihn ansah, spürte sie, wie ihre Sehnsucht sie zum Nachgeben drängte. Nein. Sie schüttelte den Kopf.

»Nein, dafür ist die Zeit noch nicht reif. Noch nicht«, stieß sie erstickt hervor. Dann raffte sie ihre Röcke und lief nach oben in ihr Zimmer.

Und hinter sich hörte sie, wie sich seine Wut und seine Enttäuschung Luft schafften, indem er ein Schwert nach dem anderen von der Wand nahm und auf den Steinfußboden schleuderte.

Newell saß in seinem fast dunklen Schlafzimmer und hielt ein Glas Whisky in der Hand. Er hatte die Flasche zur Hälfte geleert, aber er war nicht betrunken. Doch in seinem Inneren tobten seine Gefühle unverändert und wollten sich nicht beruhigen.

Als draußen auf dem Flur eine Uhr dreimal schlug, vernahm er ein leise raschelndes Geräusch, als ob Seide über Papier glitt. Er blinzelte, um genauer sehen zu können, aber sein Blick war getrübt.

»Nun dringt die Verderbnis auch noch in mein Zimmer«, sagte er düster. Der Umriß – oder war es lediglich der Schatten? – einer Frau tauchte aus der Finsternis auf.

»Zeig mir dein Gesicht, Ursula. Zeig mir, daß du dich nicht verändert hast«, sagte er und beugte sich nach vorn, um besser sehen zu können.

Aber der Schatten bewegte sich nicht, und die unwirkliche Stille wurde noch tiefer.

»Du bist gekommen, um mich zu holen?« Er veränderte seine Haltung nicht. »Ich werde kommen, wenn ich soweit bin.« Dann kniff er seine Lider zu Schlitzen zusammen. »Aber ich werde sie mitbringen.«

Urplötzlich verspürte er einen kühlen Luftzug, und er hätte schwören können, daß das schwarze Gewand der Gestalt geflattert hatte.

Er warf den Kopf zurück und lachte aus vollem Hals. »Du kannst sie nicht leiden, nicht wahr? Das freut mich, du Hexe.« Er trank einen kräftigen Schluck. »Aber sie mag dich auch nicht. Wer von euch wird wohl gewinnen? Ursprünglich hatte ich es dir zugetraut, doch nach der letzten Demonstration der Kleinen glaube ich eher, daß sie dich letztlich übertrumpfen wird.«

Der Luftzug verstärkte sich, doch die Gestalt verharrte unbeweglich und schwieg.

»Manchmal befürchte ich, daß sie mich ganz und gar durchschaut«, flüsterte Damien. »In einem solchen Moment schäme ich mich und würde mich gern verkriechen, wie du das machst. Aber ihre Offenheit zieht mich immer wieder mitten ins Licht. Sie paßt weder zu dir, noch zu mir. Verschwinde in deiner Hölle, Gespenst. Ich bin längst in meiner angekommen.« Bei diesen Worten unklammerte er das Glas so fest, daß es unter dem Druck seiner Finger zerbrach.

Ganz langsam löste sich der Schatten in der dunklen Umgebung auf, und Damien starrte mit trübem Blick auf seine blutige Hand, bevor er ohnmächtig wurde.

22

Bis lange nach Mitternacht wanderte Alexandra in ihrem Zimmer auf und ab, bevor sie schließlich genügend Mut gesammelt hatte, um die Tagebuchseite zu lesen. Sie zog das Blatt aus ihrer Kommodenschublade und setzte sich in einen Sessel.

Ich habe ihn in den Stall gelockt, indem ich ihm weisgemacht habe, daß sein Vater ein Pferd für ihn gekauft hätte. Seiner Lordschaft wäre so etwas nie in den Sinn gekommen, aber ein Junge setzt eben doch große Hoffnungen in seinen Vater. Ich muß immer noch lächeln, wenn ich daran denke, wie einfach es war.

Er ist groß für seine vierzehn Jahre. Sein Widerstand hat mich wahnsinnig gemacht, aber er hat bekommen, was er verdient. Er haßt mich, aber sein Haß ist mir genauso lieb wie seine Liebe. In diesem Jahr ist er sehr gewachsen und sieht älter aus, als er ist. Ich habe versucht, ihn in Ruhe zu lassen, aber die Sehnsucht, ihn anzufassen und seine Berührungen zu spüren, hört einfach nicht auf. Ich erkläre ihm immer wieder, daß ich Macht über ihn habe und er mir ausgeliefert ist ...

Heute habe ich ihn überrascht, als er nach dem neuen Pferd gesucht hat. Ich bin hinter ihm in die Box getreten und habe ihm den Rückweg versperrt. Natürlich hätte er mich ganz einfach beiseite drängen können, so groß und stark wie er ist. Aber er ist auch schlau und weiß, daß mir der Kampf gefallen hätte. Also hat er seine Hände lieber in die Hosentaschen gesteckt.

Ich bin zu ihm gegangen und habe meine Hand mitten auf seinem besten Stück plaziert. In seinen Augen konnte ich lesen, wie entsetzt er war, daß ich so etwas überhaupt tue. Aber das hätte er wissen müssen, der dumme Junge!

Ich bin eben sehr direkt, wenn ich hasse.

Ich habe seine Hose aufgeknöpft, und er hat stillgehalten. Als ob der Schreck ihn gelähmt hätte. Dann habe ich ihn in den Mund genommen. Er hat sich immer noch nicht bewegt, und ich habe ihm angesehen, daß er so etwas vorher noch nie erlebt hat. Das Machtgefühl war einfach wunderbar, so wunderbar, wie das weiche Fleisch auf meiner Zunge.

Er war völlig perplex, wie ich es erträumt hatte, und ich habe mein Bestes gegeben, bis ich seinen Samenerguß auf meiner Zunge gespürt habe. Und dann habe ich ihn gebissen. Diese Ekstase! Ich schmecke noch immer sein Blut und seinen Samen, die mir aus dem Mund getropft sind. Und ich sehe noch immer den Schmerz und den Haß in seinem Gesicht.

Und dann hat er mich geschlagen. Er hat mich weggestoßen und ist mit offenstehender Hose aus dem Stall gerannt. Der Stallmeister hat ihn gesehen. Und mich auch. Ich wußte nicht, wie er reagieren würde, und deshalb mußte ich es tun. Seine Lordschaft und Lady Newell waren gerade zu Besuch im Schloß. Ich arrangierte es, daß Seine Lordschaft mich im Stall fand. Ich hatte mein Kleid zerrissen und Damiens Blut und seinen Samen auf meine Wäsche geschmiert. »Er hat mich vergewaltigt!« habe ich geschrieen. »Er hat mich gezwungen«, sagte ich und habe ihm die roten Striemen auf meiner Wange gezeigt.

Alle haben Damien für schuldig befunden. Die Angestellten haben sich erzählt, daß er seinem Vater seinen blutigen Schwanz gezeigt hätte und daß das meine Geschichte nur noch untermauert hätte. Ich habe schauspielerisches Talent. »Ich mußte einfach zubeißen, my lord, *denn er hat mich zu einem perversen Akt gezwungen.«*

Morgen muß er Cairncross verlassen. Sam hat getobt

und geweint, aber ich habe den Idioten gar nicht beachtet. Wie immer. »Seine Lordschaft muß seinen Sohn wegschicken, um den Skandal auf ein Minimum zu beschränken«, habe ich dem heulenden Kretin gesagt. »Dein Bruder bekommt nur, was er verdient.«

Meiner Meinung nach ist Verbannung längst nicht genug. Ich werde ihm folgen ... Und niemand wird das besser verstehen als Damien.

Alexandra lief zur Waschschüssel hinüber und übergab sich. Dann tauchte sie ihr Taschentuch in den Wasserkrug und kühlte ihr Gesicht mit dem nassen Tuch, während sie gegen eine neue Welle der Übelkeit ankämpfte. Sie hatte ja gewußt, daß Ursula Pole ein Monster gewesen war. Aber einem Vierzehnjährigen so etwas anzutun! Etwas Schlimmeres konnte sich Alexandra nicht vorstellen. Wieder meldete sich die Übelkeit. Und dann beschrieb diese Frau auch noch jede Einzelheit in ihrem Tagebuch! Wieder mußte Alexandra würgen.

Damien. Sobald sie an ihn dachte, kamen ihr die Tränen. Seine Eltern haben sich nicht nur nicht um ihn gekümmert, sondern sie haben ihm auch noch Unrecht getan, indem sie Ursula mehr geglaubt haben als ihrem eigenen Sohn. Kein Wunder, daß er so verdrehte Gedanken hatte. Wahrscheinlich gab es nichts Schlimmeres, als wenn Sex mit Strafe, Rache und Angst in Verbindung gebracht wurde. Er hatte einmal seine finsteren Vorlieben erwähnt, und sie schüttelte sich bei dem Gedanken, welchen Schaden er damals wahrscheinlich erlitten hatte.

Tapfer widerstand sie der Versuchung, einfach in sein Schlafzimmer zu gehen und ihn in den Arm zu nehmen. Er brauchte diese Zuwendung noch viel dringender als Sam. Tauben Menschen fehlten rein physische Voraussetzungen, um sprechen zu können, aber dieser Mann, den sie hinter den Brillengläsern entdeckt hatte, war durch seelischen Druck um seine Gefühle gebracht worden, und er war es wert, daß man sich um ihn sorgte, ihn liebte und ihm half.

Wahrscheinlich hatte sie sich schon längst in ihn verliebt. Sie wollte ihm beistehen – koste es, was es wolle. Das Leben hatte ihr gezeigt, wo ihr Platz war. Ein klein wenig fürchtete sie sich zwar vor ihrem eigenen Mut, aber Aufgeben kam für sie nicht in Frage.

»Ist das nicht ein wunderschöner Tag, *my lord*, und außerdem ungewöhnlich warm«, sagte Alexandra, als sie am nächsten Tag zusammen mit Sam unter der Linde im Garten saß. Und zwar direkt vor der hohen Mauer, die die Wärme der Sonne speicherte und reflektierte. Sam betrachtete in aller Ruhe ein Buch mit zahlreichen Abbildungen, das sie in der Bibliothek entdeckt hatte, und sie genoß die Stille und ließ ihre Gedanken wandern. Und je länger sie über alles nachdachte, desto klarer wurde ihr, daß Newell im Grunde eher noch mehr Hilfe brauchte als sein Bruder Sam.

Sie ließ ihre Blicke durch das Kleinod wandern, in dessen Mauern Frieden und Hoffnung wohnten. Dann zerrieb sie eine verblühte Rose und sah zu, wie die Blättchen zu Boden sanken. Im Frühjahr würden neue Rosen aufblühen – und genauso würde John Damien noch einmal neu geboren, wenn er zuließ, daß das winzige Restchen Menschlichkeit in ihm erblühte und wuchs.

In diesem Moment hob sie den Blick und sah, daß er am Gartentor verharrte, als ob er nicht wagte, diese Ruhe zu stören. Als ihre Blicke sich trafen, erinnerte sie sich mit Schaudern an Ursulas Tagebucheintrag, doch blitzschnell verbarg sie ihre Gedanken hinter einer freundlich lächelnden Maske. Und als er näherkam, wußte sie plötzlich nicht, ob sie davonlaufen oder doch lieber die Arme um ihn schlingen sollte.

»Ich habe vor, morgen in die Stadt zu fahren«, sagte er und

lehnte sich gegen einen Baumstamm. »Möchten Sie und Sam mich vielleicht nach York begleiten?«

Sam nickte begeistert, und Alexandra brachte ein kleines Lächeln zustande. Aber ansehen mochte sie ihn nicht, denn in seinen Augen lag so vieles, was ihr angst machte, aber wonach sie sich gleichzeitig sehnte. »Es tut uns bestimmt gut, einmal einen ganzen Tag lang von hier wegzukommen, nicht wahr?«

Newell nickte. »Also abgemacht.« Er starrte auf sie hinunter und dabei spannten sich seine Muskeln, als ob er sich für einen Kampf rüstete. Offenbar gefiel ihm nicht, wie sie auf ihn wirkte, und Alexandra beschloß, sich in Zukunft lieber zurückzuhalten, um diesem Gefühl keine neue Nahrung zu geben.

Ganz allmählich wurde die Stille immer bedrückender. Newell schien nach Worten zu suchen, und sie mußte unentwegt an den Tagebucheintrag und an den Jungen denken, der dieser Mann einmal gewesen war.

»Um wieviel Uhr, *my lord*?«

»Sobald es hell wird.« Dann wanderten seine Blicke zum großen Tor hinüber, wo Lady Bess und ihre Pflegerin Millicent gerade den Garten betraten.

»Welch herrlicher Tag!« jubelte Lady Bess und stützte sich schwer auf ihren Stock, als sie näherkam. »Ich fürchte, ich muß mich bei Ihnen entschuldigen, Miss Benjamin, aber im Herbst ist mein Garten nur ein trauriger Anblick. Sie sollten ihn einmal im Frühjahr sehen! Dann strahlt er wie eine Debütantin mit rosafarbenen Bäckchen.«

Alexandra lachte. »Das ist ein wirklich hübscher Vergleich, Lady Bess! Wollen Sie sich nicht zu uns setzen und Sams Fortschritt begutachten?«

Lady Bess sah zu Newell hinüber. »Ich wundere mich, daß ich dich einmal in meinem Garten treffe. Was führt dich her?«

»Die frische Luft«, erklärte er und stieß sich von dem Baum ab, um ihr beim Hinsetzen behilflich zu sein.

Lady Bess überließ Millicent den Stock und sank dann langsam auf die Marmorbank nieder. »Hast du Miss Benjamin erzählt, wie ihr als Kinder immer hier gespielt habt?«

Newell nickte ungeduldig.

»Seit man dich fortgeschickt hat, haben es sich die Gespenster hier im Schloß gemütlich gemacht.«

Alexandra sah zu Damien hinüber und für eine Sekunde trafen sich ihre Blicke. Dann wandte er die Augen ab.

»Ich fahre morgen mit Sam nach York. Miss Benjamin wird uns begleiten. Falls du etwas brauchst, soll Millicent Featherstone eine Liste geben.«

Lady Bess nahm den Wechsel des Themas nicht zur Kenntnis. »Sagen Sie, Miss Benjamin, hat Damien Ihnen auch alle alten Geschichten über Cairncross erzählt? Zum Beispiel von der früheren Gouvernante?«

»Ich glaube nicht, daß sich Miss Benjamin für derartige Geschichten interessiert«, bemerkte Newell.

Doch die alte Frau achtete überhaupt nicht auf seinen Einwurf. »Seit dem Verschwinden von Ursula Pole – das dürfte ungefähr zwanzig Jahre zurückliegen – hören wir immer wieder eine Frau schreien. Manche behaupten, daß sie verrückt geworden ist und Leute erschrecken muß, weil sie Damien niemals einschüchtern konnte. Aber die meisten glauben, daß sie tot ist und ihr Geist sich hier herumtreibt. Ich bin ebenfalls für die zweite Version. Wenn der Wind günstig steht und ein Sturm über dem Meer aufzieht, kann man ihre Schreie manchmal heute noch hören.«

Als Damien immer nervöser wurde, beschloß Alexandra, sich einzumischen. »Das hört sich ja richtig gruselig an. Ob sie noch unten durch die Katakomben geistert?« Sie sah kurz zu Newell hinüber. Im Grunde bestätigte das ihre Theorie, und sie konnte nur hoffen, daß Newell endlich nach Ursula Pole suchen ließ.

»Miss Benjamin glaubt, daß Ursula zurückgekommen ist«,

sagte Newell, während ein Muskel in seinem Mundwinkel zuckte. »Sie möchte, daß ich nach ihr suche.«

»Das solltest du auch tun, mein Junge«, meinte die alte Dame leise.

Newell wandte sich an Alexandra. »Also gut, Miss Benjamin, dann machen wir uns nach dem Tee auf die Suche. Einverstanden?«

Alexandra schnappte nach Luft. Beim letzten Mal hatte sie Todesangst verspürt, und nun wollte er sie genau dorthin mitnehmen? Das leichte Glitzern in seinen Augen verhieß nichts Gutes.

»Bekomme ich keine Antwort? Ich dachte, Sie würden darauf brennen, diese Frau endlich zu finden?«

Alexandra erstarrte. »Also gut«, sagte sie schließlich ganz gegen ihren Willen. Sie wußte, daß es Irrsinn war, aber dann dachte sie an seine Vergangenheit und gab nach. »Einverstanden. Wir treffen uns nach dem Tee, und dann werden wir schon herausbekommen, was aus Miss Pole geworden ist.«

Newell grinste. »Also gut, dann bis nach dem Tee. Ich erwarte Sie unten im Hauswirtschaftsgang.«

»Ja«, flüsterte sie, ohne den Blick abzuwenden.

Sie trafen sich um vier Uhr, nachdem die Sonne gerade im Westen untergegangen war. Schweigend nahm Alexandra die Lampe und folgte Newell in den Bauch des riesigen Schlosses hinunter. Wie beim ersten Mal folgten sie einer endlos langen Treppe, die sich tiefer und tiefer in den Untergrund schraubte. Die Luft war stickig, als ob sie aus dem letzten Atem der Toten bestünde, und der mineralische Geruch der Kalksteinfelsen erinnerte an Blut.

Als sie die finstere Halle erreichten, nahm Newell ihre Hand. Instinktiv wich Alexandra zurück und wollte nicht weitergehen, denn sie mußte an seine Erzählungen von den vielen Toten denken, die in den Gängen des Labyrinths begraben lagen. »Bitte, lassen Sie mich nur nicht los!« flüsterte sie, ohne daß sie es wollte.

Newell gab keine Antwort, sondern stellte seine Lampe vor der riesigen Tür ab. Dann zückte er das Brecheisen, das er mitgebracht hatte und öffnete zu Alexandras Überraschung die Tür mit erstaunlicher Leichtigkeit.

»Kommen Sie«, sagte er und streckte die Hand nach ihr aus.

As I am now, so you shall be. So take my hand and come with me.

Alexandra hielt inne, als sich das gelbliche Licht der Petroleumlampe in seinen Brillengläsern spiegelte und er wie Satan aussah, der sie an der Höllentür willkommen hieß. Stumm starrte sie ihn an, dabei lasteten so unendlich viele Fragen auf ihrer Seele.

Schließlich faßte sie sich ein Herz. »Ich komme gern mit, *my lord*, aber vorher muß ich etwas klarstellen. Ich fürchte mich vor diesen Katakomben, aber viel schlimmer ist, daß ich den Gedanken nicht loswerde, daß Ihnen genau das gefällt. Werden Sie meine Angst nur noch vermehren, oder werden Sie mir beistehen?«

Das Licht warf harte Schatten über sein Gesicht, so daß sie nicht erkennen konnte, welche der beiden Kräfte im Augenblick den Sieg davongetragen hatte.

»Kommen Sie nun mit oder nicht?« fragte er ungeduldig, ohne auf ihre Frage einzugehen. »Oder wollen Sie lieber feige in der Finsternis auf meine Rückkehr warten?«

Zitternd holte Alexandra einmal tief Luft. Dann griff sie nach seiner Hand und ließ sich von ihm in das Gewirr der Gänge hineinziehen.

Direkt innerhalb der Tür stellten sie Alexandras Lampe auf den Boden, um die Stelle zu markieren, wo sie hereingekommen waren. Seltsamerweise brannte Damiens Lampe plötzlich heller und beleuchtete auch den letzten Winkel. Willenlos und starr vor Angst hing Alexandra an seiner starken Hand und klammerte sich an die Wärme, die von ihr ausging. Teilweise waren die Wände mit wunderschönen Badeszenen bemalt, doch in dieser Sekunde starrte Alexandra nur wie gebannt auf das schwarze Loch, das sich vor ihnen auftat.

»Wie kann man nur hier unten leben!« rief sie entsetzt.

»Sie hat keine Bedürfnisse mehr wie wir Sterblichen«, entgegnete Damien und sah sich kurz nach ihr um. Dann hob er die Lampe höher und nahm die Innenseite der schweren Tür näher in Augenschein. Neugierig beugte Alexandra sich ebenfalls hinunter und entdeckte zahlreiche lange, tiefe Kratzer.

»Woher kommen die?« fragte sie.

»Vielleicht die Spuren der Eingeschlossenen?«

Alexandra schüttelte sich, aber trotzdem entdeckte sie etwas auf dem Boden, das sie näher ansehen wollte. Sie nahm Damiens Lampe und leuchtete.

»Rotes Haar! Büschelweise langes rotes Haar!« stieß sie angewidert hervor.

»Vielleicht ist es ihres, das sie sich in der Wut ausgerissen hat.« Damien hielt inne und sprach in gespenstischem Flüsterton weiter. »Vielleicht ist es ihr aber auch vom Kopf gefallen, als ihr Leichnam hier verfault ist.«

Alexandra schüttelte sich, aber zum Glück fanden sie sonst keine Überreste. Aufatmend richtete sie sich auf und reichte ihm die Lampe.

»Sollen wir uns wirklich noch ein Stück weiter vorwagen?« fragte er mit leicht spöttischem Unterton.

»Ja.« Ihre Wut über sein Benehmen verdrängte den Wunsch nach Sicherheit.

Als sie ungefähr dreißig Meter weiter um eine Ecke bogen, hielt er ihre Hand noch immer eisern fest. An dieser Stelle mündeten sechs Gänge, und Damien wählte zielsicher einen davon aus und zog sie weiter hinter sich her. Seit es auch hinter ihnen dunkel war, wurde Alexandra von Schritt zu Schritt nervöser.

»Vor uns kann ich etwas erkennen. Sind Sie bereit?« fragte er und wieder klang es, als ob er sich amüsierte.

Alexandra folgte ihm nur noch, weil sie Angst davor hatte, ansonsten irgendwo allein zurückzubleiben. Damien stürmte vorwärts und blieb an einer Stelle stehen, wo ein Schatten über die glatte Wand fiel. Er hob die Lampe über den Kopf und beleuchtete ein Skelett, das aus der Wand herausragte. Blitzschnell wandte Alexandra den Blick ab, aber trotzdem revoltierte ihr Magen.

»Weshalb ist es so verrenkt?« fragte sie leise, ohne noch einen weiteren Blick zu riskieren.

»Vielleicht mußte er als Sklave seinem Herrn in den Tod folgen und ist bei lebendigem Leib begraben worden.«

Alexandra schlug das Herz ganz weit oben im Hals und ihr Magen revoltierte, als ob sie sich auf einem schlingernden Schiff befände. Der Gedanke, lebendig begraben zu werden, verfolgte sie seit ihrem Erlebnis mit Sam, und sie wäre am liebsten davongelaufen.

»Ich weiß nicht, ob ich noch mehr solche Schocks vertragen kann«, sagte sie. »Ich dachte, ich ...«

Damien sah sie ernst an. »Stimmen sie mir jetzt endlich zu, daß hier unten kein Mensch existieren kann?«

»... Ja, zumindest kein normaler Mensch.«

Er warf ihr nur einen kurzen Blick zu und packte ihre Hand fester. Dann machten sie sich auf den Rückweg. Am Kreuzungspunkt war Alexandra erleichtert, als sie im Gang auf der rechten Seite den Lichtschein ihrer Lampe wahrnahm.

Damien wählte jedoch einen Gang, der weiter links lag.

»Halt!« rief sie und zerrte ihn zurück. »Unsere Lampe steht dort.«

»Aber dies ist der richtige Weg. Das ist nicht unser Licht.«

»Aber natürlich ist es unser Licht!« rief sie und wunderte sich über soviel Sturheit.

»Wir folgen diesem Gang«, widersprach Damien. »Das ist der richtige Weg.«

»Aber ich habe doch meine Lampe am Eingang zurückgelassen, wie Sie sich vielleicht erinnern. Können Sie mir verraten, woher das Licht sonst kommen soll?« Ratlos starrte sie ihn an. Aber im Licht der Lampe wirkte sein Profil so hart und ausdruckslos, daß sie keine Regung erkennen konnte.

»Wir sind durch diesen Gang gekommen, Alexandra. Der Lichtschein muß eine Spiegelung oder etwas Ähnliches sein. Jedenfalls sind wir nicht von dort gekommen. Sie haben die Wahl: Entweder gehen Sie mit mir, oder Sie laufen dem Licht hinterher.«

»Aber wir haben doch die Laterne brennen lassen ... Es muß einfach unser Licht sein ...«

»Vorhin haben Sie mich gefragt, ob ich Ihnen mehr Angst machen oder Ihnen beistehen würde, und nun biete ich Ihnen meinen Beistand an. Dieser Gang hier führt uns nach draußen.«

Alexandra rührte sich nicht von der Stelle, weil sie den Lichtschein in dem anderen Gang nicht aus den Augen verlieren wollte. »Es macht Ihnen Spaß, nicht wahr? Ich habe schreckliche Angst, Damien, und ich beschwöre Sie noch einmal, dem Licht zu folgen. Ansonsten werden wir vielleicht das Tageslicht nie wiedersehen.«

Er trat ganz nahe neben sie und legte den Arm um ihre Schulter. Dann zog er sie an sich und streichelte sacht mit dem Finger über ihre Wange. »Was ist das Leben denn anderes als Angst und Schmerz? Was willst du tun, mein Liebes? Willst du dem Licht nachgehen und womöglich allein einen Weg aus den Katakomben finden? Oder willst du dich mir anvertrauen und dich vielleicht für immer mit mir im Labyrinth verlaufen?«

»Das Leben besteht nicht nur aus Angst und Schmerz«, widersprach Alexandra heftig. »Falls Sie das glauben, haben Sie die falschen Lehrer gehabt. Genauso gut bedeutet das Leben Erneuerung, Hoffnung und Freude. Man muß manchmal nur ein wenig danach suchen.«

Ein ganz neuer, fast schmerzlicher Ausdruck beherrschte plötzlich sein Gesicht, als ob er sich davor fürchtete, daß ihm die Dinge entglitten. »Falls du erklärst, daß du mit mir kommen willst, und falls du dir ehrliche Sorgen um meine arme Seele machst, verspreche ich, dich hier herauszuführen«, erklärte er mit heiserer Stimme.

»Damien«, flüsterte sie erstickt, »ich fürchte mich vor diesem Labyrinth, aber noch mehr fürchte ich mich vor etwas anderem. Ich fürchte mich nicht vor der Dunkelheit und auch nicht vor den düsteren Stimmungen, die Sie manchmal beherrschen, denn ich weiß, daß ich vielleicht herauskommen werde und sich die Dunkelheit einmal in Licht verwandeln wird. Aber nichts, nichts ist so schrecklich beängstigend für mich wie der Gedanke, daß ...« Die Stimme versagte ihr, weil sie genau spürte, daß nun der Augenblick der Wahrheit gekommen war und es keinen Rückweg mehr gab. »... daß du mich niemals lieben wirst. Genau wie Brian mich nicht lieben konnte«, fügte sie noch hinzu.

Die Finger, die sie soeben noch sanft gestreichelt hatten, packten sie fester, und aufstöhnend zog er sie in das dunkle Loch.

»Aber es ist *bestimmt* der falsche Weg!« jammerte sie und brach in Tränen aus, als er sie mit eisenharter Faust weiterzerrte.

»Mein einziger Trost ist der Tod«, stöhnte er nur und riß sie mit sich fort.

»Was machst du, Damien?« schluchzte sie. »Bist du verrückt geworden? Es ist wirklich der falsche Weg!«

Seine Stimme klang heiser. »Mache ich den Eindruck, als ob ich verrückt geworden wäre?«

»Nein«, flüsterte Alexandra. »Und deswegen will ich nicht, daß du dorthin gehst ... Ich liebe dich doch.« Sie zerrte ihn in die entgegengesetzte Richtung, doch der Gang hinter ihr war längst dunkel. Vielleicht schafften sie es ja noch ... »Du kannst meine Seele haben und meine Liebe auch, aber laß mir mein Leben ...« flehte sie.

In diesem Moment trat er durch eine Öffnung und ließ augenblicklich ihre Hand los, so daß sie ganz verloren im Licht stand. Sie befanden sich in der großen Höhle außerhalb des Labyrinths, und die große Tür hinter ihnen stand offen.

»Das ... das verstehe ich nicht«, stieß Alexandra hervor und starrte Damien an.

Mit der Miene eines Geschlagenen sah er sie an. »Mein einziger Trost ist der Tod«, flüsterte er noch einmal.

Da rannte sie zu ihm und umarmte ihn. Und sie brach in Tränen aus, als sie begriff, daß ihre Lampe tatsächlich erloschen war. Ganz gleich, woher das Licht stammte, das sie gesehen hatten – jedenfalls hatte es nicht in dem richtigen Gang geleuchtet und hätte sie vielleicht in den Tod geführt. Ihr zuliebe hatte Damien jedoch Widerstand geleistet und sie sicher aus dem Labyrinth geführt.

»Dein einziger Trost wird meine Liebe sein, das schwöre ich«, sagte sie, bevor sie ihr tränenüberströmtes Gesicht zu ihm aufhob und ihn küßte.

Sie stahlen sich langsam durch die nächtlichen Schatten und blieben an jeder Ecke und auf jedem Treppenabsatz stehen, um sich zu küssen. Damien küßte wie kein anderer, heiß und voller Begierde, und bestimmt nicht so gentlemanlike wie Brian, dachte Alexandra.

Eigentlich war es gegen jede Regel, einfach so mit ihm zu gehen, dachte sie. Außerdem waren für solche Verrücktheiten Preise zu entrichten. Preise wie ein gebrochenes Herz oder eine verlorene Ehre zum Beispiel. Aber als sie sich vor seiner Schlafzimmertür umarmten und er bereits die Tür öffnete, vergaß sie das alles. Sie sehnte sich nach ihm und fühlte nur noch seine Begierde.

Sie sprachen kein einziges Wort, aber das war auch nicht nötig. Denn ihre Einsamkeiten sollten den Morgen nicht mehr erleben.

Langsam nahm er die Brille ab und warf sie auf einen Sessel, und von diesem Augenblick an konnte sie endlich in seinen Augen lesen. Sie erkannte seine Sehnsucht und den kleinen Schimmer der Hoffnung. Und ein ganz klein wenig Angst sah sie auch.

Und dann zog er sie zum Bett, an das sie sich noch ganz genau erinnerte. Nach einem endlos langen, tiefen Kuß sank er auf die Matratze nieder, umschloß sie mit seinen Beinen und nestelte an den Häkchen ihres Mieders. Und als er sie alle aufgehakt hatte, zog er die Haarnadeln aus ihrer Frisur, bis ihre Locken sie wie auf einem Bild von Raffael umfluteten. Dabei sah sie unentwegt auf ihn hinunter, und als ihre Blicke einander trafen, nahm er ihre Hand und preßte sie ganz sanft gegen seine Wange.

Und dann ließ er sich zurücksinken und zog sie mit sich, bis sie über ihm lag. Sie küßten einander, und seine Lippen zogen eine heiße Spur von ihrem Hals bis hinunter in ihren Ausschnitt.

»Wie oft habe ich davon geträumt«, stöhnte er, als er sich herumrollte und sie unter sich begrub. »Immer wieder denselben Traum. Ich habe dich in den Armen gehalten – aber wenn ich auf dich hinuntergesehen habe, warst du auf einmal verschwunden.«

Unter seinen Küssen fühlte sie, wie seine geübten Hände mit quälender Langsamkeit alle Hindernisse ihres Korsetts Knöpfchen für Knöpfchen überwanden und beiseiteschoben und ihren wunderschönen Körper aus seinen zahlreichen Hüllen schälten.

»Wie wunderbar, wie wunderbar ...« stöhnte er, während seine Zunge ihren Brustansatz liebkoste und seine Hände auch das letzte Hindernis überwanden. »Nie wieder werde ich von etwas anderem träumen«, hörte sie noch, bevor sein Mund ihre Brustwarzen umschloß und ein heißes Gefühl in ihr hochschoß.

Als letztes sank das Korsett auf den Haufen neben dem Bett und dann folgten nur noch die langbeinige Hose und die Schuhe.

»Ich möchte dich sehen«, hauchte sie, als sie nur noch die schwarzen Strümpfe und die weißen Satinstrumpfbänder trug und sich plötzlich ihrer Nacktheit bewußt wurde.

Sein Blick wanderte über ihren Körper bis zu ihrem Gesicht, und dann stand er auf und warf Jacke und Hemd von sich. Sie erinnerte sich noch genau daran, als sie seine nackte Brust gesehen hatte, doch dieser Augenblick schien bereits Jahre zurückzuliegen. Aber seine Muskeln schimmerten noch genauso beeindruckend wie damals.

Als er seine Hose öffnete, wandte sie den Blick ab. Und in dieser Sekunde befiel sie ein hilfloses Zittern, weil sie plötzlich unsicher war. Früher hatte sie die Heirat und die geachtete Position der Ehefrau als Belohnung für die Hingabe angesehen, doch in dieser Sekunde interessierte sie das ganz und gar nicht mehr. Nur ihre Lust zählte, und nichts konnte sie davon abhalten, ihm ganz nahe zu sein, ihn in ihren Armen zu halten und seine Dämonen in die Schranken zu weisen – und sei es auch nur für eine einzige Nacht.

Als sie sein Gewicht neben sich auf der Matratze spürte, wandte sie ihm den Blick zu. Er zog sie in die Arme und küßte sie mit brennend heißen Lippen, und seine warme, breite Brust schützte sie vor der Welt um sie herum. Dann beugte er sich hinunter und küßte ihre Brüste, und auf seinem Gesicht spiegelte sich grenzenlose Lust. Sie dachte, daß all diese Zärtlichkeiten, das Streicheln und die Küsse nie aufhören dürften, doch plötzlich drückten seine Hände ihre Beine auseinander und er drang so rasch in sie ein, als ob er Schutz bei ihr suchte.

Der plötzliche Schmerz ließ sie aufstöhnen, und im selben Moment spannten sich alle ihre Muskeln, als ob sie ihn noch abhalten könnte. Doch er vergrub nur stöhnend sein Gesicht in ihren Haaren.

»Hör auf«, hauchte sie, weil ihr der plötzliche Überfall die Stimme geraubt hatte.

»Nimm mich, Alexandra, nimm mich«, flüsterte er direkt an ihrem Ohr.

Mit einem winzigen Seufzer wandte sie ihr Gesicht ihm zu, und als sie einander küßten, gab ihr Widerstand ganz langsam nach. Zentimeter für Zentimeter entspannten sich ihre Muskeln, und plötzlich wurde ihr ganz heiß vor Lust. Ein ganz neues Gefühl der Wärme und Weichheit breitete sich in ihr aus, und statt ihn abzuwehren, umarmte sie ihn nur fester und inniger und sehnte sich nach mehr.

Unruhig und fast abwesend warf sie ihren Kopf von einer Seite zur anderen, während sie sich ganz den intensiven Wellen überließ, die jeder seiner Stöße in ihr auslöste. Das Letzte, was sie erkannte, bevor sie ekstatisch den Kopf zurückwarf, waren Damiens unheimliche Augen und das schreckliche Lächeln, das um seine Mundwinkel spielte.

23

Als Alexandra die Augen aufschlug, schmerzten ihr Kopf und ihr gesamter Körper, und zwischen den Beinen fühlte sie sich wund. Sie drehte sich um und sah, daß sie allein im Bett lag. In Damiens Bett.

Verwirrt setzte sie sich auf und blickte sich um, und dann fielen ihr die Ereignisse der vergangenen Nacht nacheinander wieder ein. An das Zimmer konnte sie sich noch sehr gut erinnern, doch nun brannte kein Licht mehr, sondern die ersten Schatten der Morgendämmerung sickerten durch die voluminösen Vorhänge. Der Raum war leer, und Damien war nirgends zu sehen.

Erschöpft und leicht durcheinander lehnte sie sich wieder zurück. Hatte sie die vergangene Nacht etwa nur geträumt?

Nein. Sie konnte nicht leugnen, daß sie in seinem Bett lag und daß jeder Zentimeter ihres erschöpften Körpers ihr sagte, daß es kein Traum gewesen war. Sie sammelte alle Energie zusammen, um aufzustehen. Daß Damien nicht bei ihr war, machte alles nur schlimmer. Ein kaltes Gefühl der Einsamkeit befiel ihre Seele. Sie hatte ihre Ehre verschenkt und hätte seine Berührungen und beruhigenden Worte nötig gebraucht.

Um das Bett herum verstreut lag alles, was er ihr gestern ausgezogen hatte. Sie trug lediglich noch einen Strumpf mit Strumpfband. Der andere war irgendwo zwischen den Laken verschwunden. Langsam wie eine alte Frau stand sie schließlich auf. Die Laken waren noch feucht und zerwühlt und rochen nach Liebe, dachte sie, als sie nach ihrem verlorenen Strumpf fahndete. Sie schüttelte die Kissen auf, aber sie konnte ihn trotzdem nirgends finden. Schließlich sank sie erschöpft auf die Bettkante. Und in dieser Sekunde sah sie etwas, das ihr das Blut in den Adern gefrieren ließ.

Sie wollte es zuerst nicht glauben und sah mehrmals hin, aber dann ergriff sie mit zitternden Fingern die beiden langen roten Haare, die an einem der Kissen hafteten, und hielt sie prüfend gegen das Licht. Von ihr stammten sie jedenfalls nicht, denn diese Haare waren leuchtendrot und schimmerten fast orangefarben.

Augenblicklich war ihr schrecklich elend zumute. »Nein, Damien! Nein« schrie ihre gequälte Seele, die gar nicht daran denken mochte, was dieser Fund womöglich bedeutete. Und ausgerechnet in dem Bett, das sie gerade geteilt hatten!

Wie gebannt starrte sie auf die Haare, auf *ihre* Haare, und schüttelte sich.

Angeekelt ließ sie die Haare fallen und sammelte mit zitternden Händen ihre Kleider ein. Plötzlich war ihr kalt. Sie hüllte sich in Damiens Morgenmantel, der über einem Stuhl lag, und beeilte sich, diesen Raum und alle damit verbundenen entsetzlichen Gedanken endlich hinter sich zu lassen. Als die Uhr sieben schlug, wußte sie, daß sie sich beeilen mußte, wenn Mary sie nicht vermissen sollte. Es war ihr nicht klar, wie sie Damien jemals wieder in die Augen sehen sollte. Außerdem schwirrten zahllose Fragen durch ihren Kopf, aber ob sie die Antworten hören wollte, wußte sie nicht genau.

Rasch verließ Alexandra das Schlafzimmer und war sehr erleichtert, als sie auf dem Weg zu ihrem Zimmer niemandem begegnete. In einem Anfall von schlechtem Gewissen wühlte sie ihr Bett so gründlich durcheinander, daß es aussah, als ob sie darin geschlafen hätte. Das Tablett mit dem Abendessen stand unberührt neben dem Kamin, in dem das Feuer heruntergebrannt war. Als ihr Blick zufällig auf den Spiegel fiel, erschrak sie vor dem Anblick, den sie bot, denn ihre Haare standen so wild um ihren Kopf, daß sie wie eine Verrückte aussah.

Angewidert wandte sie sich ab und bürstete sich als erstes die Haare. Dann tauschte sie Damiens Morgenmantel gegen ihren eigenen aus und stopfte seinen in eine Schublade der Kommode. Schließlich sank sie in einen Sessel und ließ in Gedanken noch einmal die Nacht an sich vorüberziehen.

Doch schon bei der Erinnerung glühten ihre Wangen. Bisher hatte alle Welt – und sie selbst natürlich auch – sie für eine kluge, logisch denkende Person gehalten, doch in der letzten Nacht war diese Illusion gründlich zerbrochen. Sie hatte alles verraten, was sie bisher gedacht hatte, und ihm alles geschenkt. Sein Begehren und ihre Liebe waren offenbar Grund genug gewesen, doch angesichts der roten Haare hatte sich im Dämmerlicht des Morgens die Realität mindestens ebenso lautstark wieder gemeldet wie Mary, die in diesem Moment das Frühstückstablett hereinbrachte.

»Guten Morgen!« rief sie und stellte das Tablett vor dem Kamin ab.

»Guten Morgen!« erwiderte Alexandra und fragte sich, ob ihr Gesicht sie wohl verriet.

»Es ist ein herrlicher Morgen – wie geschaffen für die Fahrt nach York!«

Verzweifelt schloß Alexandra die Augen. Sie hatte die Fahrt völlig vergessen. Ihr Kopf sank gegen die Sessellehne und sie überlegte fieberhaft, wie sie das überstehen sollte. Mit Damien zusammen in einem engen Wagen eingesperrt zu sein – und nicht mit ihm reden zu können! Eine Qual! Besonders nach der vergangen Nacht und nach der Entdeckung der beiden roten Haare.

Mary ging zum Schrank und legte die Kleider für den heutigen Tag heraus. Zuletzt nahm sie Alexandras schwarzen Mantel vom Bügel. »Ich werde ihn Featherstone schicken, damit er ihn aufbürsten läßt. Ich denke, Sie werden ihn brauchen. Zumindest heute abend für die Rückfahrt.«

»Ja, gut. Vielen Dank«, entgegnete Alexandra ganz in Gedanken.

Mary bückte sich nach dem Tablett mit dem unberührten Abendessen, aber sie ließ sich nichts anmerken. Erst unter der Tür sah sie zu Alexandra zurück. »Seine Lordschaft hat ebenfalls nichts angerührt«, meinte sie nachdenklich.

Alexandra fühlte, wie ihr die Röte ins Gesicht stieg. Sie war um eine Antwort verlegen und suchte fieberhaft nach einer Erklärung. »Wir ... wir ... waren unten in den Katakomben. Wir haben uns verirrt, aber Damien hat schließlich wieder herausgefunden.« Unter Marys ruhigem Blick konnte Alexandra ihre Unsicherheit nicht verbergen. Sie wußte selbst noch nicht, was sie von allem halten sollte, und um so mehr belastete es sie, daß jemand ihre Gefühle ahnen könnte.

»Es wird schon alles in Ordnung kommen, Alexandra. Auf mich können Sie sich in jedem Fall verlassen.« Nach dieser fast überschwenglichen Erklärung nickte Mary nur kurz und zog sich dann zurück.

So grenzenlos dankbar, wie in diesem Moment, war Alexandra ihrer Zofe noch nie gewesen.

Der Wagen schaukelte und schwankte über die schmale Straße. Damien saß Alexandra genau gegenüber, aber außer kühner Höflichkeit war in seiner Miene nichts zu lesen. Sam benahm sich wie ein kleiner Junge bei seinem ersten Ausflug und starrte ununterbrochen auf die vorbeiziehende Landschaft, als ob er sich nachher an jeden einzelnen Zentimeter erinnern wollte.

Je länger Alexandra die beiden Männer betrachtete, desto verzweifelter wurde sie. Sie musterte Damiens Gesicht und fragte sich, ob seine Gedanken ebenso finster waren wie die ihren. Wenn sie allein gewesen wären, hätte sie seine Hand ergriffen, sie gegen ihre Wange gedrückt und ihn endlich nach diesen beiden roten Haaren gefragt. Mag sein, daß er nichts davon wußte, aber wenn sie an Ursulas verrückte Handlungen dachte und Damiens ausdruckslose Miene sah, mochte sie nicht so recht daran glauben.

Außerdem fürchtete sie sich vor der Zukunft, denn in der vergangenen Nacht hatten sie etwas getan, das nicht wieder rückgängig zu machen war. Noch während sie darüber nachdachte, packte sie plötzlich die Angst, daß sie womöglich bereits ein Kind von ihm erwartete.

Und wieder stürzten ihre Gedanken in den nächsten tiefen Keller. Auf Heirat zu bestehen, war in ihrer Lage mehr als lächerlich. Damien würde sich keinen Erwartungen beugen. Wollte sie denn einen Mann wie ihn überhaupt heiraten? Einen Mann, den sie zwar liebte, dem sie aber im gleichen Atemzug auch mißtraute? Ohne diese Anflüge von Grausamkeit hätte er ihr sehr gut gefallen, aber offenbar hatte er einen weit größeren Schaden davongetragen als sein Bruder. Mrs. Penrith sah das wohl genauso und hatte deshalb auch versucht, sie vor ihm zu warnen.

Doch nun gab es kein Zurück mehr. Das wurde Alexandra jedesmal schmerzlich bewußt, wenn sich ihre Blicke in der Enge des Wagens einmal trafen. Dieser Schritt war nie mehr rückgängig zu machen, und vergessen konnte sie diesen Mann ebenfalls nie mehr. Selbst wenn sie noch in derselben Nacht aus Cairncross geflohen wäre, würde ihr sein Bild für immer vor Augen stehen.

»Sie sehen müde aus, Miss Benjamin. Vielleicht war es etwas selbstsüchtig von uns, Sie um Ihre Begleitung zu bitten?« Newell ließ den Kopf gegen die Polsterung sinken und starrte sie so intensiv an, so daß es ihr den Atem verschlug.

»Ich habe in der letzten Zeit nicht besonders gut geschlafen, *my lord*«, antwortete sie kühl und war stolz, daß man ihr die Anspannung nicht anhörte. »Und bevor das Geheimnis um Miss Pole nicht geklärt ist, werde ich es vermutlich auch nicht mehr können.«

»Ursulas Einfluß wird mit jedem Wort geringer, das wir sprechen, mein Liebes.« Die beiden letzten Worte hatte er inbrünstig geflüstert.

Erschrocken blickte Alexandra zu Sam hinüber, um zu sehen, ob er es verstanden hatte. Aber Sam hatte nichts gehört und blickte immer noch unverwandt aus dem Fenster. Als ihr Blick wieder zu Newell wanderte, blieb ihr vor Pein fast das Herz stehen, denn sie wünschte sich nichts sehnlicher, als ihn zu berühren und mit ihm zu sprechen.

»Ich wünschte, das wäre wahr, aber ich glaube eher, daß das Böse Verlockungen bietet, denen man nur sehr schwer widerstehen kann.« Wieder wünschte sie, daß sie allein wären und sie sich in seine Arme werfen und sich endlich mit ihm aussprechen könnte.

»Die Unschuld bietet dagegen sehr viel quälendere und erstrebenswertere Verlockungen«, sagte er, ohne auch nur eine Sekunde lang den Blick von ihr zu wenden.

»Meinen Sie nicht eher Freundlichkeit und Güte, *my lord*?«

»Ja, richtig. Alles das, was Sie in überreichem Maß zu bieten haben, Alexandra. Nur *du* allein«, flüsterte er fast unhörbar.

Als sie ihn ansah, wurde ihr ganz warm ums Herz. Es war ein so süßes, so herrlich leichtes Gefühl, wie sie es nie zuvor empfunden hatte. Und als sie den Mann ansah, der er auch sein konnte, waren die beiden roten Haare auf einmal herzlich unwichtig. Auch ob Ursula ein Gespenst war oder nicht, war nicht weiter interessant. Alexandra fühlte, daß sie hoffnungslos in diesen Mann verliebt war und auf seine Rettung warten würde, sollte es auch Ewigkeiten dauern.

»Yoruk! Yoruk!« rief Sam urplötzlich und deutete aufgeregt auf den Umriß des großen Münsters, das sich in der Ferne abzeichnete.

Alexandra lehnte sich gegen das Fenster und sah zu, wie sie sich der Stadt näherten und schließlich durch die Mauer hineinfuhren. Sams Aufregung hatte sich ihr mitgeteilt, denn plötzlich nahm sie ihn bei den Händen. »Ich glaube, dies ist der schönste Tag unseres Lebens«, rief sie, doch dieser Satz war eigentlich mehr für die Ohren seines Bruders bestimmt.

Alexandra hatte das Münster wie einen alten Freund begrüßt, doch kurz darauf stand sie oben auf dem Turm und blickte über das flache Land. Ein heftiger Wind zerrte einige Haarsträhnen unter ihrer schwarzen Seidenhaube hervor, und Sam und sie klammerten sich wie Kinder aneinander, so sehr überwältigte sie der weite Blick bis zu den entfernten Hügeln.

Sie tranken Tee in einem der kleinen Teehäuser und mußten sich unter den ausgeweideten Tierkörpern ducken, als sie an den Metzgerständen vorbei durch die engen mittelalterlichen Gassen spazierten. Über ihren Köpfen sprangen die Fronten der Fachwerkhäuser nach vorn, so daß sich die Nachbarn quer über die Gasse hinweg die Hand reichen konnten.

Nachdem sie eine kleine Erfrischung zu sich genommen hatten, nahm Damien Alexandras Arm und führte sie zu einem kleinen Museum, das in der Marygate in einem Haus aus dem siebzehnten Jahrhundert untergebracht war. Das Hinchcliffe, wie das Museum von den Einwohnern genannt wurde, hatte sich ganz und gar auf neolithische Funde spezialisiert, und Alexandra hatte noch nie etwas Aufregenderes gesehen. Der alte Hinchcliffe persönlich führte seine Gäste herum, erklärte ihnen sämtliche Stücke. Als Krönung enthüllte er eine Art Grabstätte aus großen Kalkblöcken, die er in East Riding gefunden hatte. Darin hatte man einen Mann in einem ausgehöhlten Baumstamm bestattet, dessen Rinde noch erhalten war, außerdem eine Frau mit einer Bernsteinkette und ein Kind, das offenbar einen Fuchs im Tod umklammert hatte. Seltsamerweise waren die drei Personen enthauptet worden, aber Mr. Hinchcliffe konnte nicht sagen, ob es sich dabei um einen neolithischen Totenkult gehandelt hatte.

Am Nachmittag wurde es zusehends wärmer, und Alexandra genoß es, neben den Ruinen des Clifford Tower auf der Bank zu sitzen und einer Gruppe von Pierrots bei ihrer Vorstellung zuzusehen. Damien saß direkt neben ihr und hatte, als sei es das Natürlichste auf der Welt, seinen Arm auf die Rücklehne der Bank gelegt und spielte wie unabsichtlich mit ihren Haaren.

»Einen so herrlichen Ausflug sollten wir öfter machen«, sagte sie, als sie sah, wie Sams Augen vor Entzücken über die Künste und Späße der Pierrots aufleuchteten.

»Es war wirklich an der Zeit, einmal von Cairncross wegzukommen«, bestätigte Newell lächelnd.

»Manchmal würde ich das gern für immer tun«, sagte Alexandra träumerisch, aber sie sah Damien nicht an, denn sie wußte selbst, daß es nur Traumvorstellungen waren.

»Ich möchte, daß du heute nacht wieder bei mir bleibst«, flüsterte er mit gedämpfter Stimme.

Alexandra ließ ihre Blicke nachdenklich über den kleinen Park wandern, wo sich die Bäume im schönsten Herbstlaub präsentierten. »Die letzte Nacht war eine Ausnahme«, sagte sie dann. »Ich gehöre nun einmal nicht zu den Frauen –«

»Das habe ich auch nie angenommen. Aber wir reden im Augenblick nicht über Jungfräulichkeit oder Moral, sondern über *uns*.«

»Also gut. Reden wir über *uns*.« Sie wandte sich zu ihm um

und merkte, wie sich sein Gesicht spannte. »Als ich heute morgen aufgewacht bin, habe ich zwei lange rote Haare auf dem Laken gefunden. Sie ist in *deinem* Bett gewesen, Damien! Mit dir oder ohne dich – ich weiß nicht einmal, was ich schlimmer finden soll.«

Er schien betroffen zu sein, aber nicht sonderlich überrascht. Ihr Herz sank, während sie schweigend auf eine Entschuldigung wartete, die seine gleichmütige Haltung erklärt hätte. Aber er schwieg. Dennach wußte er mehr über Ursula Pole, als er ihr sagen wollte.

Mit einem Mal war ihre Geduld zu Ende. Sie konnte diese ewigen Rätsel, die Metaphern und das Fehlen jeglicher Aufrichtigkeit einfach nicht mehr länger ertragen. Ohne die gestrige Nacht hätte sie vielleicht eine Fassade wahren können, doch nun war auch das unmöglich.

»Ich muß einfach wissen, was in Cairncross vor sich geht. Ich muß alles wissen!«

Nachdenklich rieb Damien seinen Nasenrücken, wo die Brille ihn drückte. »Du weißt längst alles, Alexandra. Ursula Pole ist tot. Sam hat sie als letzter lebend gesehen. Falls es dir gelingt, ihn zum Reden zu bringen, werden wir vielleicht ein Stück weiterkommen.«

»Und wie kommen dann die Haare in dein Bett?«

»In Cairncross gibt es noch mehr Rothaarige.«

Alexandra starrte ihn nur stumm an, während die Wut in ihr aufstieg. Im ersten Moment hatte sie nicht ganz begriffen, was er meinte, doch dann stand sie auf und wollte fortgehen, weil sie ihn nicht länger ansehen konnte. Aber sofort spürte sie seine Hand auf ihrem Arm, die sie aufhielt.

»Falls du glaubst, daß ich ebenso keusch bin wie du, dann irrst du dich.«

»Aber doch nicht mit dem Personal!« zischte sie leise und funkelte ihn an, doch dann schossen ihr die Tränen in die Augen.

»Ich wollte den Tag nicht verderben«, sagte er. »Vergiß, was du gesehen hast. Es ändert nichts.«

Sie entzog ihm ihren Arm und starrte ihn nur an. »Ich soll heute nacht bei dir bleiben – Nein, bestimmt nicht, denn ich bin keine deiner Angestellten. Im Gegenteil. Ich habe nicht nur das Geld, sondern auch die Absicht, dich wegen Vertrauensbruch zur Rechenschaft zu ziehen.«

Er lachte und war wieder ganz der alte Damien. Es klang einfach schrecklich. »Mein Gott, Alexandra, manchmal bist du wirklich zu drollig.«

Die ungeweinten Tränen funkelten in ihren Augen, als sie zum Turm hinübereilte. Was sie in der vergangenen Nacht dazu getrieben hatte, sich so lächerlich zu benehmen, wußte sie nicht mehr so richtig. Ihm war sie offenbar völlig gleichgültig. Er hatte kein Herz, und das hatte er ihr tausendmal gesagt, aber sie hatte sich ja zum zweiten Mal in ihrem Leben zum Narren machen müssen!

»Was hast du eigentlich erwartet?« hörte sie seine Stimme in ihrem Rücken.

»Jedenfalls nicht das«, gab sie zurück.

»Hättest du mir denn geglaubt, wenn ich wahrheitsgemäß geantwortet hätte, daß ich nicht weiß, wie diese Haare dorthin gekommen sind?«

»Vermutlich hättest du gelogen.« Sie kämpfte immer heftiger mit den Tränen. »Ich hätte es an deiner Stimme gehört.«

»Ich dachte, ich könnte dich ändern.« Er packte sie am Arm und wirbelte sie herum, so daß sie ihn ansehen mußte. »In der vergangenen Nacht habe ich beschlossen, ganz egoistisch zu sein und es zu versuchen. Aber nun ...« Er verstummte.

Trotzig begegnete sie seinem Blick und unterdrückte ihre Tränen. »Und nun?« wiederholte sie.

Er wurde zusehends ärgerlicher. »Wenn du in Cairncross bleibst, wirst du dich wohl oder übel anpassen müssen.«

Alexandra riß sich los und ging weiter zu den Ruinen des Turms von York Castle hinüber. Sie nahm an, daß Damien zu

Sam zurückkehren würde, der immer noch auf der Bank saß und den Gauklern zusah, doch er folgte ihr.

»Weißt du, daß genau an dieser Stelle einhundertundfünfzig Juden umgekommen sind? Spürst du die Macht ihrer Seelen? Im Jahr 1190 haben sie hier vergeblich Schutz vor den Antisemiten gesucht und sind alle verbrannt. Lauter ... Ungläubige«, flüsterte er in ihrem Rücken, ohne sie jedoch zu berühren.

Sie sauste herum und schlug ihm ohne Vorwarnung ins Gesicht, so daß sich ein roter Abdruck auf seiner Wange abzeichnete. Aufschluchzend wollte sie davonlaufen, doch er packte ihr Handgelenk und zwang sie, neben ihm zu gehen.

»Ich glaube, es ist an der Zeit, daß wir zurückfahren.« Sein Griff zwang sie, sich seinem Tempo anzupassen. Beim Gehen rieb er sich die Wange, doch die Augen hinter den Brillengläsern blickten so kühl und unnahbar wie immer. »Hab keine Angst, du kannst schon noch so werden wie ich.«

Mit der freien Hand wischte sie sich die Tränen ab, während Damien Sam von den Pierrots wegholte und zum Wagen brachte. Anschließend fuhren sie nach Cairncross zurück, ohne auch nur ein Wort zu wechseln. Nur Sam wiederholte in einem fort seinen kleinen Vers. »As I am now, so you must be, so take my hand and come with me.«

Einfache Worte, die jedoch den Tag in einem eisigen Frosthauch ausklingen ließen.

Noch Jahre später erinnerte sich Alexandra an diese Fahrt und an die Freude, die sie empfunden hatte, als sie an Damiens Arm die einhundertfünfundsiebzig Stufen vom Kirchturm heruntergestiegen war. Sie erinnerte sich auch gern an ihr gemeinsames Lachen, als einer der Pierrots Sam eine Papierblume überreicht hatte und Sam ganz unschuldig daran gerochen hatte.

Genauso oft wunderte sie sich aber auch, wie rasch ein so vielversprechender Tag plötzlich ins Gegenteil umschlagen konnte.

24

Auf dem Rückweg nach Cairncross ließ Damiens starrer Blick Alexandra nicht zur Ruhe kommen. Außerdem bedrückte sie der Gedanke an das Unheil, das ihnen womöglich in Cairncross drohte. Die Anspannung war fühlbar – wie ein zum Zerreißen gespanntes Seil, und Alexandra war sich ziemlich sicher, daß sie nicht mehr allzu viel aushalten konnte. Seit sich ihre Wut auf Brian durch die Zuneigung zu Damien in Luft aufgelöst hatte, träumte sie sogar manchmal von einem angenehmen Leben in London. Aber sie konnte nicht einfach weggehen und glücklich sein, denn es gab niemanden, der sie von ihren Gefühlen für Damien kurieren könnte. Sobald sie an die vergangene Nacht dachte, kamen ihr die Tränen. Eine so innige, so intime Begegnung war einfach unvergeßlich. Im Vergleich zu dem Kummer, der sie bei einer Trennung von Damien erwartete, waren die Wunden, die Brian ihr geschlagen hatte, nur unscheinbare Kratzer.

In Cairncross verabschiedete sie sich noch in der Halle und zog sich sofort in ihr Zimmer zurück. Mary hatte eine Kanne Tee neben dem Kamin bereitgestellt und außerdem einen Teller mit Scones unter einem weißen Leinentuch. Alexandra war erschöpft, aber weder hungrig noch besonders müde. Als sie in ihren Morgenmantel schlüpfte, fiel ihr der andere Morgenmantel in der Kommodenschublade wieder ein. Sie zog die Schublade auf und ließ ihre Hände über den seidenweichen Samtkragen gleiten. Dann beugte sie sich kurz hinunter und atmete den Duft ein, der ihr inzwischen so vertraut war. Der Stoff roch nach Damien ...

Unentschlossen faltete sie den Morgenmantel auseinander und dann wieder zusammen und überlegte, wie sie ihn am unauffälligsten zurückgeben konnte, damit er nicht eines Tages Mary in die Hände fiel, wenn sie in der Kommode nach Wäsche suchte. Am besten sollte sie es noch heute abend tun. Aber ganz wohl war ihr nicht bei dem Gedanken, denn es gehörte sich nun einmal nicht, daß sie nach Mitternacht zu Damiens Zimmer schlich. Vielleicht sollte sie das verräterische Stück lieber in Stücke reißen und im Kamin verbrennen?

Als sie noch unentschlossen vor der Kommode stand, klopfte es leise. Zu ihrer Überraschung stand Sam mit traurigem Gesicht draußen im Flur.

»Was ist los, Sam? Kommen Sie herein. Weshalb schlafen Sie denn noch nicht?«

»Dam'en ist böse«, antwortete Sam mit gerunzelter Stirn.

»Ja, aber auf mich und nicht auf Sie. Ich werde es Ihnen erklären. Trinken Sie eine Tasse Tee mit mir?«

Als er auf dem Sessel am Kamin Platz genommen hatte, goß sie ihm den Tee ein. Dabei sah sie immer wieder zu ihm hinüber, wie er finster vor sich hin starrte.

»Gibt es sonst noch etwas, Sam? Sie sehen so ... anders aus als sonst.« Mit diesen Worten reichte sie ihm die Tasse.

»Sie war wütend und hat Dam'en weggeschickt.« Er blickte angewidert zu Ursula Poles Schrankkoffer hinüber.

Alexandra hockte auf einem kleinen, mit Gobelinstoff bezogenen Fußschemel und beobachtete Sam sehr aufmerksam. »Sprechen Sie von Miss Pole?«

Er sah sie an. »Sie war wütend, und jetzt sind Sie wütend.«

»Ah, jetzt verstehe ich.« Sie legte ihre Hand auf die seine. »Sie befürchten, daß ich Damien nun auch wegschicke?«

Eine große Träne löste sich von seinen Wimpern. »Ja.«

»Aber das mache ich nicht, Sam. Versprochen. Dazu habe ich Sie viel zu gern. Und das wissen Sie doch, oder nicht?«

»Sie hat Dam'en weggeschickt«, wiederholte er und sah wieder zu dem Koffer hin. »Also habe ich sie weggeschickt.«

Alexandra erstarrte und traute ihren Ohren nicht. »Sie haben sie weggeschickt? Aber wohin?« Entsetzt stellte sie fest, daß man ihrer Stimme die Panik anhörte.

»Ich habe sie weggeschickt.« Er zuckte die Achseln, aber an

seinem Gesichtsausdruck konnte Alexandra nicht ablesen, ob er überhaupt begriff, was er da sagte.

»Haben Sie es Damien schon erzählt?« fragte sie flüsternd.

»Nein.«

»Sollen wir ihm zeigen, wo Sie Miss Pole weggeschickt haben?« fragte sie mit allerliebstem Lächeln.

»Ich kann mich nicht erinnern ... Ich hatte Angst ...«

»Ich weiß, Sam, ich weiß.« Fast wäre sie in Tränen ausgebrochen. Sie befand sich kurz vor denn Ziel und konnte sich ausmalen, was der arme Sam durchgemacht haben mußte, daß es ihn sogar die Sprache gekostet hatte. Seltsam, daß bisher noch niemand diesen Schluß gezogen hatte, obwohl er doch so nahe lag.

»Sollen wir es Damien jetzt gleich zeigen?« fragte sie noch einmal, um den günstigen Moment zu nutzen.

Sam stand auf. »Ich bin müde.«

Da ließ sie ihn los. »Nun gut«, erwiderte sie locker und unbeschwert, »morgen ist auch noch ein Tag. Gehen Sie jetzt schlafen, Sam. Morgen werden wir dann mit Damien darüber reden und ihm alles zeigen.«

»Sind Sie wütend auf Dam'en?«

Alexandras Herz klopfte wie wild. Dieser sanfte Riese hatte wahrscheinlich die letzte Gouvernante auf dem Gewissen. Lügen war sinnlos, denn offenbar erfaßte er die Stimmungen sehr genau. »Sie wissen doch sicher, wie das ist, Sam. Manchmal ist man wütend, obwohl man den anderen gern hat. Erinnern Sie sich an unseren Spaziergang zum Labyrinth? Damals waren Sie wütend auf mich, weil sie befürchtet haben, ich könnte mich verirren. Erinnern Sie sich?«

Er nickte.

»Sie waren wütend auf mich, weil ich Ihnen angst gemacht habe?«

Wieder nickte er.

»Aber Sie mögen mich trotzdem?«

Er lächelte. »Mögen Sie Dam'en, auch wenn er Sie ärgert?«

»Ich glaube schon. Man muß niemanden wegschicken, nur weil er einen ärgert.«

Sam nickte. »Aber ich habe sie gehaßt. Und Dam'en auch.«

»Ja, Miss Pole war eine schreckliche Frau.«

»Ja.« Sam nickte wie ein weiser, alter Mann.

Alexandra öffnete die Tür und verabschiedete Sam mit einem Gutenachtkuß auf die Wange. Dann zog sie sich in Windeseile an. Sie mußte unbedingt heute nacht noch mit Damien darüber reden. Alles war so folgerichtig! Während sie ihr Mieder zuhakte, dachte sie an die Kratzer an der Innenseite der riesigen Tür und an die roten Haare. Es hörte sich wirklich plausibel an, daß Sam die Gouvernante in das Labyrinth gelockt und dabei in seinem kleinen Gehirn nicht begriffen hatte, daß sie für immer verschwinden könnte.

Es lief ihr eiskalt über den Rücken, als sie an die Schreie dachte, die Lady Bess vor einigen Tagen im Garten erwähnt hatte. Wahrscheinlich hatte die Gouvernante versucht, sich aus dem Gefängnis zu befreien, in das Sam sie verbannt hatte. Aber Sam war die Konsequenz seines Handelns nicht bewußt gewesen. Darauf würde sie ihr Leben wetten! Als Ursula nicht wiedergekommen war, um ihre Sachen zu holen, hatte er sicher nur angenommen, daß sie fortgegangen sei. Die Möglichkeit, daß er sie ermordet haben könnte, war ihm mit Sicherheit niemals bewußt geworden.

»Oh, Sam, lieber Sam«, flüsterte sie, während sie in ihr Kleid schlüpfte und die Knöpfchen schloß. Ob Sam Schuldgefühle empfand? Falls sie tatsächlich Miss Poles Leiche entdeckten, konnte niemand seine Reaktion vorhersagen. Womöglich fand er seine Sprache wieder ... Aber vielleicht würde er auch unruhig und gefährlich werden ...

Zitternd vor lauter Eile schlüpfte Alexandra in ihre Schuhe und band sich ihre Haare mit einem Band aus dem Gesicht. Es war wichtig, daß sie so schnell wie möglich mit Damien sprach, denn möglicherweise befand sich Sams Leben und vielleicht auch ihr eigenes in großer Gefahr.

Ein Lichtschein unter Damiens Zimmertür sagte ihr, daß er noch wach war, aber als sie klopfte, erhielt sie keine Antwort. Als sie das Klopfen wiederholte, sprang die Tür knarrend auf. Vorsichtig spähte Alexandra ins Zimmer und sah, daß Damien in kummervoller Haltung im Sessel vor dem Kamin saß.

»Damien?« flüsterte sie, während sie leise ins Zimmer trat.

Er wandte den Kopf, und seine Augen leuchteten auf, als er die offenen Haare erblickte. Sein Hemd war aufgeknöpft, so daß man die Haare auf seiner Brust sehen konnte, und er saß so dicht vor dem Feuer, daß er schwitzte. Rasch trat Alexandra näher, aber sie stockte mitten in der Bewegung, als sie sah, was er auf seinem Schoß in der Hand hielt. Locker umfaßten seine Finger den Perlmuttgriff einer Pistole.

»Wozu soll denn die Pistole gut sein?« fragte sie ganz ruhig. Die Brille lag gefaltet neben ihm, und als er zu ihr emporsah, faszinierte sie wieder einmal der Blick seiner Augen. »Sie ist völlig überflüssig, denn Gespenster kann man nicht umbringen. Und Verrückte darf man nicht töten.«

Sie trat vor ihn hin und ergriff seine Hände. »Und ... und ... und falls du sie gegen dich selbst richten willst, bin ich damit nicht einverstanden ...« Die Tränen traten ihr in die Augen, und ihre Stimme klang rauh. »Ich glaube, daß ich dich liebe, und ... und ich kann nicht ohne dich leben.«

Er starrte sie nur an, aber er sagte kein Wort.

»Damien«, flüsterte sie und beugte sich über ihn. »Was ist los mit dir?«

Urplötzlich zog er sie auf seinen Schoß und legte die Pistole auf den Tisch neben die Brille. Dann umfaßte er ihr Gesicht mit beiden Händen und verschloß ihren Mund mit seinen Lippen. Alexandra war viel zu überrascht, um sich zu wehren, aber als sie sich ihm Momente später aufstöhnend entziehen wollte, hielten seine Hände ihr Gesicht fest. Seine Lippen glitten über ihren Hals, ihre Ohren und dann verharrten sie sekundenlang auf ihrem wild hämmernden Puls.

»Was ist los mit dir, Damien? Was willst du eigentlich von mir?« fragte sie fast unhörbar, als er sein Gesicht in ihrem Haar vergrub.

»Erinnere dich an gestern.« Mehr sagte er nicht.

Sie erschauerte bei der Erinnerung. »Aber du bist doch umgekehrt! Du bist noch längst nicht bereit zu sterben, und mir würdest du nie etwas tun. Du magst mich. Sag es! Sag es doch einfach«, bat sie ihn unter Tränen.

»Ja, ich mag dich. Dein guter Charakter lockt mich und fordert mich heraus. Ich möchte, daß du immer bei mir bleibst.« In seinen Augen schimmerte lustvolles Begehren, als er auf sie hinuntersah. »Ich möchte, daß du immer bei mir bleibst.«

»Nein, Damien«, flüsterte sie, »das ist keine Liebe.«

»Liebe gibt es nur in der Ewigkeit.«

Voll Entsetzen sah sie, wie sich seine Hand wieder der Waffe näherte.

»Tu es nicht, mein Liebster.« Ihr Mund wurde ganz trocken, aber sie empfand keinen Haß. Sie verstand ihn viel zu gut, als daß sie ihn hätte hassen können. Und sie liebte ihn viel zu sehr. Ein solches Gefühl hatte sie noch nie gespürt und auch nicht gewußt, daß man überhaupt so empfinden konnte. Es hatte ihr Herz und ihre Seele ergriffen und erfüllte sie, so daß Tod und Angst keinen Platz mehr hatten.

»Damien«, flüsterte sie und streichelte mit zitternden Fingern über seine Wange. »Ich weiß jetzt, daß wir Ursula Pole finden und überwinden können. Und auch Sam wird seine Sprache wiederfinden und die Vergangenheit hinter sich lassen.«

»Und wie sollen wir das schaffen?«

»Indem ich dich liebe. Ich liebe dich. Mehr ist nicht nötig.«

Als sich ihre Lippen sanft auf die seinen preßten und ihm alles das sagten, was sie nicht in Worte fassen konnte, ließen seine Finger die Waffe los.

»Dann zeige und beweise mir, was die Liebe vermag«, flüsterte er, als er sie in die Arme schloß und zum Bett führte.

25

Der Widerschein der Flammen zuckte wie kleine Teufelchen über die Wände des dunklen Raums. Alexandra konnte nicht einschlafen, denn die Entscheidung, die sie soeben getroffen hatte, ging ihr im Kopf herum. Die Probleme, die sie sich aufgeladen hatte, waren so riesig, daß sie sich plötzlich ganz klein und unfähig vorkam. In diesem Moment strich ihr eine Hand liebevoll über ihr Haar. Sie wandte sich zu dem Mann um, der neben ihr lag und dessen andere Hand entspannt auf ihrer nackten Hüfte ruhte.

»Worüber denkst du nach?« flüsterte er fast unhörbar leise.

»Über vieles«, gab sie zur Antwort und kuschelte sich näher an seine schützende Brust. »Ich bin eigentlich gekommen, um mit dir über Sam zu sprechen. Er ist noch spät zu mir gekommen und hat aufregende Dinge berichtet.«

»Und welche?«

»Ich habe Grund zu der Vermutung, daß er etwas mit Ursula Poles Verschwinden zu tun hat. Er macht sie für deine Verbannung verantwortlich.« Sie sah ihm in die Augen und streichelte seine Wange. »In seinen Augen ist sie an allem schuld, und deshalb hat er sie weggeschickt.«

Damien drehte den Kopf und küßte die Innenseite ihrer Hand. »Das habe ich mir gedacht.«

»Er hat Andeutungen gemacht, als ob er sie im Labyrinth eingesperrt hätte. Die roten Haare und die Kratzer könnten also von ihr stammen. Wenn wir ihre Leiche fänden, könnten wir ein für allemal beweisen, daß die Erscheinung, die wir gesehen haben, keine Irre ist, die zurückgekommen ist und auf Rache sinnt.«

»Sie ist tot, mein Liebes. Sie ist tot.«

Seine düsteren Worte ließen sie erschauern, so daß sie sich unwillkürlich noch näher an ihn schmiegte. »Aber solange du keine Leiche gefunden hast, wissen wir nichts Endgültiges. Wir müssen das unbedingt klären, denn ich will nicht, daß Sam mich womöglich weiter mit ihr verwechselt. Er ist heute abend zu mir gekommen, weil er unsere Auseinandersetzung sehr genau erspürt hat und nun Angst hat, daß ich dich ebenfalls wegschicken könnte und er mich dann auch bestrafen müßte. Ich weiß, daß er mir nicht schaden will. Aber er ist schrecklich durcheinander und so voller Angst –«

»Dann bleibe ihm lieber einmal einige Zeit fern.«

»Glaubst du wirklich, daß ich in Gefahr bin? Ich mag ihn sehr, und ich könnte nicht ertragen, wenn er traurig wäre und glauben würde, daß ich ihn nicht mehr sehen wollte.« Es gefiel ihr ganz und gar nicht, daß sie sich von ihm fernhalten sollte.

»Ich werde mit ihm reden«, sagte Damien entschlossen und tastete nach seiner Brille. Dann stand er auf und zog seine Hose an. »Es wird wirklich Zeit, daß wir das alles klären. Er soll mir zeigen, wohin er sie gebracht hat.«

»Wir gehen einfach davon aus, daß er sie umgebracht hat, aber das braucht ja nicht der Fall zu sein«, gab Alexandra zu bedenken. »Vielleicht hat er sie ja nur in das Labyrinth gelockt. Diese Theorie erscheint mir viel wahrscheinlicher. Die Puppe und diese Gestalt im Moor passen eigentlich eher zu einer Verrückten. Falls Ursula tatsächlich aus dem Gangsystem herausgefunden hat, könnte sie ja zurückgekommen sein, um sich zu rächen.«

»Dabei übersiehst du aber etwas, meine Liebe.« Er beugte sich über sie und küßte sie mitten auf den Mund.

»Und das wäre?« flüsterte sie.

»Ursula Poles Geist war längst verwirrt, bevor sie überhaupt nach Cairncross gekommen ist.«

Alexandra sah ihm zu, wie er sich anzog. Bisher hatte ihre mädchenhafte Scheu sie daran gehindert, ihn einmal ganz genau anzusehen, doch nun fragte sie sich unwillkürlich, ob von seinem Abenteuer im Stall wohl Narben zurückgeblieben waren.

Mit Sicherheit war Ursula Pole bereits verrückt, bevor sie in Cairncross Gouvernante geworden war.

Blut und Samen.

Dem konnte Alexandra nur zustimmen.

Todmüde schlich Alexandra leise in ihr Zimmer. Bis zur Morgendämmerung blieben ihr noch zwei Stunden, und plötzlich spürte sie, wie stark die letzten beiden Tage sie erschöpft hatten. Ohne die gewöhnliche Sorgfalt warf sie ihr Kleid und die Unterwäsche auf den Sessel neben dem Kamin und kroch dann in ihrem weißen Nachthemd zwischen die kühlen Laken. Sekunden später war sie bereits eingeschlafen und träumte von Damien und dem Teufel.

»Wachen Sie auf, Miss! Wachen Sie auf und sehen Sie sich das an! Wer macht denn so etwas? So etwas Schreckliches habe ich noch nie gesehen!«

Aus tiefstem Schlaf schoß Alexandra hoch und blinzelte ins Sonnenlicht. Mary stand neben ihrem Bett und preßte entsetzt eine Hand auf den Mund, als ob sie einen Schrei zurückhalten wollte.

»Was ist denn los?« fragte Alexandra schlaftrunken, doch ihre Zunge gehorchte ihr noch nicht ganz.

Statt einer Antwort deutete Mary nur stumm in die Zimmerecke neben Alexandras Bett. Mit einem unguten Gefühl blickte Alexandra sich um.

Die Schneiderpuppe war wieder da! Sie stand in der dunklen Ecke neben dem Bett, doch diesmal trug sie keinen schwarzen Umhang, sondern Alexandras lavendelfarbenes Seidenkleid. Als Krönung der Oszönität hatte man ihr den Rock nicht nur vorne geschürzt, wie Huren ihre Röcke trugen, sondern ganz und gar über den Kopf geschlagen. Aufstöhnend stolperte Alexandra auf die Füße und wäre in ihrer Panik am liebsten geflohen. Nur fort von diesem Alptraum!

»Fassen Sie sie nicht an!« wimmerte Mary entsetzt. »Ich will das Gesicht nicht sehen!«

Alexandra packte Mary am Handgelenk und zerrte sie zur Tür. Dabei sah sie noch einmal voll unverhohlener Abscheu und Wut zu der Gestalt hinüber. Als sie kurz vor der Morgendämmerung zu Bett gegangen war, hatte die Figur noch nicht dort gestanden. Dessen war sie sich ganz sicher, Also hatte jemand sie aufgestellt, während sie schlief! Ohne Zweifel war es eine Botschaft. Eine mehr als eindeutige Botschaft.

Aber von wem?

»Ich habe die Figur weggebracht, aber mehr habe ich leider nicht feststellen können. Wer ihr das Kleid angezogen hat, konnte ich nicht herausbringen.« Damien stützte sich mit beiden Händen gegen den Kamin und starrte in das lodernde Feuer.

In der Nacht hatte sich Frost über die Landschaft gelegt, und trotz des sonnigen Morgens hatte der Winter damit endgültig seinen Einzug gehalten.

Alexandra zog sich ihren Schal enger um die Schultern, denn seit der schrecklichen Entdeckung hatte sie nicht aufgehört zu frieren.

»Man will mich offenbar als Hure beschimpfen«, sagte sie mit hoher, aufgeregter Stimme. »Oder steckst vielleicht du dahinter? Du warst der einzige, der weiß, daß ich in der letzten Nacht bei dir war. Willst du mich vielleicht mit einer solchen

Beschimpfung verunsichern?« Ihre Augen hatten jeden Glanz verloren, und sie wirkte sehr erschöpft.

»Ich habe es nicht getan, Alexandra – sondern *sie*! Und das weißt du auch ganz genau.«

Er betrachtete ihr bleiches Gesicht und biß die Zähne aufeinander. »Ich könnte dich außerdem nie als Hure bezeichnen, denn du bist ein Engel!« Dann wanderten seine Blicke zum Fenster hinüber, und die nächsten Worte waren kaum zu verstehen. »Für Sam – und für mich auch!«

Alexandra sank auf eine Polsterbank und plötzlich versagte ihre Fassung. Erschöpft barg sie ihr Gesicht in den Händen und begann zu weinen.

Damien berührte sie nicht. Mit finsterer Miene trat er jedoch ganz nahe neben sie und streckte schüchtern die Hand aus, doch gleich darauf zog er sie mutlos wieder zurück. »Ich werde deine Sachen in das Zimmer neben meinem bringen.«

Sie schneuzte ihre Nase und trocknete ihre Augen. »Vermutlich werden die Angestellten nicht allzu viel von diesem Arrangement halten, nicht wahr?«

»Wenn du in meiner Nähe bist, kann ich aber besser auf dich achtgeben. Die Angestellten werden es außerdem gar nicht erfahren.«

»Und was ist mit meiner Zofe? Die muß es schließlich wissen.«

»Du wirst sie eben wegschicken.«

»Und ich soll ganz allein hierbleiben? Das schaffe ich nicht.«

Nachdenklich ruhten seine Blicke auf ihrem tränenfeuchten Gesicht, aber was er dachte, blieb ungesagt.

»Vielleicht ist es wirklich an der Zeit, daß ich gehe ...« Ihre Stimme zitterte. »Diese ... diese Blöße, die ich mir gegeben habe, ist einfach unverzeihlich. Noch dazu, wenn man nicht verheiratet ist. Aber über dieses Thema wollen wir nicht noch einmal reden. Ich bin mir der Hinderungsgründe sehr wohl bewußt.«

»Heute nacht habe ich dich gebeten, mir zu beweisen, wozu die Liebe fähig ist. Wie weit reicht deine Liebe, Alexandra? Steht sie nicht vielleicht über all diesen gesellschaftlichen Zwängen, die die Menschen einengen?«

»Ich würde auch mit dir leben, ohne mit dir verheiratet zu sein, aber ...« Kummer verdunkelte ihre Augen.

»Würdest du mich denn heiraten, wenn ich dich darum bäte? Würdest du deine Seele tatsächlich mit meiner verbinden und in derselben Qual leben wollen, in der ich lebe? Bist du wirklich so selbstlos? Dann hättest du mehr Erbarmen als jeder andere Sünder.«

»Ich fürchte, ich bin nicht besser und nicht schlechter als jeder andere Mensch auch. Aber ich liebe dich – und dazu stehe ich vor Gott und den Menschen.«

Lange sah er sie einfach nur an, und auf seinem Gesicht malte sich der Widerstreit seiner Gefühle. »Dann *werde* ich dich heiraten, und Gott möge sich deiner Seele erbarmen.«

Sie sah hoch und konnte ihr Erschrecken nicht verleugnen. Sie fühlte, wie ihr Herz einen Schlag lang aussetzte. »Habe ich richtig verstanden? Hast du wirklich gefragt, ob ich dich heirate?«

Er sah sie nicht an. »Ich frage dich nicht, Alexandra, sondern ich *bitte* dich, mich zu heiraten.«

Nach diesen Worten breitete sich Stille im Zimmer aus, in der beide über ihr weiteres Schicksal nachzudenken schienen. Sie sah zu, wie Damien zum Kamin ging und in die Flammen starrte, als ob er darin eine Prophezeiung lesen könnte. Und dann dachte sie an ihr Leben, das bis zum Tod ihres Vaters so klar vorgezeichnet schien, und nun durch ihre Gefühle völlig durcheinandergebracht worden war.

»Ja.«

Damiens Kopf sauste herum. »Was hast du gesagt?«

»Der Sünder hat ja gesagt. Ich werde dich heiraten. Ich *muß* dich einfach heiraten.«

Mit seinen mächtigen Armen hob er sie wie eine Puppe von der Polsterbank hoch. »Wir werden in zwei Wochen heiraten – und zwar in der Kapelle von Cairncross. Sie ist bestimmt seit hundert Jahren nicht mehr benutzt worden.«

»Mit Miss Pole als Trauzeugin?«

Seine Miene verfinsterte sich. »Bis dahin wird es sie nicht mehr geben. Das schwöre ich.«

»Wie kann ich dir dabei helfen, mein Liebster?«

Er blickte auf sie hinunter, und sie wollte ihm zu gern die Brille von der Nase nehmen und seine Lippen und seine Augen mit Küssen bedecken.

»Heute abend werde ich das Labyrinth noch einmal genau untersuchen, aber vorher will ich mit Sam sprechen. Er weiß vermutlich mehr, als er uns bisher gesagt hat oder sagen konnte. Zumindest wird das ein Anfang sein.«

»Oh, ja«, sagte sie, und mit einem Mal fühlte sich ihr Herz frei und leicht, »das ist ein guter Anfang. Genau wie unsere Hochzeit.«

»Aber ich bleibe dabei: Ich werde deine Sachen in das Zimmer neben meinem umräumen. Außerdem werde ich die Angestellten von unserer Verlobung unterrichten und damit alle Gerüchte im Keim ersticken.«

Alexandra hätte zwar gern die Form gewahrt, aber noch lieber wollte sie in seiner Nähe sein und an seiner Seite schlafen. Jedenfalls wollte sie nie mehr etwas so Schreckliches erleben wie an diesem Morgen! Ihr Herz war von Glück und Zuversicht erfüllt, denn dieser Mann würde sie vor allem bewahren.

Außer er steckte selbst hinter all diesen Schrecken.

26

Daß Damien sich nachdenklich das Kinn rieb, war das einzige Zeichen einer gewissen Anspannung. Sam saß fröhlich dicht neben Alexandra auf der Polsterbank und verspeiste genüßlich eines der köstlichen Scones. Damien und Alexandra waren übereingekommen, den Nachmittag so unbeschwert und freundlich wie möglich zu gestalten. Im Stall hatte eine gescheckte Katze Junge geworfen, und Alexandra hatte Sam eines der Wollknäuel zum Tee mitgebracht. Seitdem versuchte das kleine flauschige Etwas, an Sams Hosenbein emporzuklettern, und er lachte, weil es ihn kitzelte und kratzte.

»Sam«, begann Damien, nachdem der junge Mann den pieksenden Winzling von seinem Hosenbein abgezupft hatte, »Miss Benjamin und ich würden dich gerne etwas fragen. Bist du damit einverstanden?«

Unsicher blickte Sam von Damien zu Alexandra. Dabei streichelte er das wollige Kätzchen, das es sich schnurrend auf seinem Schoß bequem gemacht hatte.

»Wissen Sie, Sam, Ursula macht mir immer noch angst«, erklärte Alexandra und legte dabei ihre Hand auf die seine. »Das gefällt Ihnen doch nicht, oder?«

Sam wirkte ein wenig verwirrt. »Aber ich habe sie doch weggeschickt.«

»Und genau darüber möchte ich gern mit dir reden«, sagte Damien. »Wohin hast du sie denn geschickt, als ich weggehen mußte?«

Sam sah Alexandra an, und sie meinte, ein gewisses Schuldbewußtsein in seinem Blick zu erkennen. »Nach unten.«

»In die Katakomben?« fragte Damien.

Zuerst gab Sam keine Antwort, doch dann sprudelte plötzlich ein ganzer Wortschwall aus seinem Mund hervor. »Sie hat dich weggeschickt. Ich weiß es. Warum hat sie dich weggeschickt?«

Alexandra hielt noch immer seine Hand, doch inzwischen hatte sich Sams Faust darum geschlossen. Zitternd erinnerte sie sich an die Kraft, die darin steckte. »Sam«, beruhigte sie ihn ungeachtet ihrer Angst mit sanfter Stimme, »regen Sie sich nicht auf, Sam. Miss Pole war eine schreckliche Frau und hat nichts als Unfrieden gestiftet.«

»Kannst du mir zeigen, wohin du sie geschickt hast?« fragte Damien.

Sam starrte seinen Bruder mit leerem Blick an. »Sie hat geschrieen, Dam'en. Und sie hat mich geschlagen. Ich habe sie gehaßt und hatte Angst. Und deshalb habe ich sie weggeschickt.«

»Und wohin, Sam? Wohin?« fragte Alexandra.

Wieder sah er sie an und wirkte erneut sehr schuldbewußt. Urplötzlich begann er zu weinen. Dabei schaukelte er so stark nach vorn und hinten, daß sogar das Kätzchen von seinem Schoß herunterfiel. »*As I am now, so you must be. So take my hand and come with me*«, wiederholte er dabei wieder und wieder.

»Psst«, sagte Alexandra leise und sanft und legte die Arme um ihn. Dabei blickte sie zu Damien hinüber und schüttelte den Kopf. Für den Augenblick war jede Hoffnung verloren.

Als Damien aufstand, fragte sie ihn leise, wohin er ginge.

»In die Katakomben«, sagte er mit finster entschlossener Miene und betrachtete dabei seinen Bruder, der sich an Alexandras Brust ausweinte.

»Er wird uns in der nächsten Zeit nichts sagen können«, flüsterte Alexandra Damien zu, nachdem sie Sams Schlafzimmertür hinter sich geschlossen hatte. »Ich habe den Arzt gerufen, und er hat ihm zum Einschlafen etwas Laudanum gegeben.«

Sie seufzte aus tiefster Seele. »Ich weiß nicht genau, wie wir uns jetzt verhalten sollen. Vielleicht hat Sam in zwei bis drei Tagen alles überwunden, oder ...« Sie wollte nicht einmal daran denken, daß er vielleicht für immer in seine Schweigsamkeit zurückgefallen war.

»Im Labyrinth habe ich nichts weiter entdecken können als die Haare und die Kratzer, die wir zusammen gesehen haben. Falls er sie tatsächlich dort unten eingesperrt haben sollte, muß sie gleich hinter der Tür gestorben sein.«

»Oder sie ist entkommen und später zurückgekehrt.«

Damien kam näher, bis sie schließlich zwischen seinen beiden Armen gefangen war, mit denen er sich an der Täfelung aus Walnußholz abstützte. »Ich konnte fühlen, daß sie da war, während ich mich umgesehen habe«, flüsterte er kühl und emotionslos. »Wie ein Geist ist sie an den Wänden entlanggestreift. Oder willst du mir etwa einreden, daß eine sterbliche Frau jeden der geheimen Gänge dieses Schlosses kennt?«

»Sie hatte schließlich jahrelang Zeit, sich damit vertraut zu machen. Wir wissen doch nicht, wie lange sie bereits hier ist –«

Unvermittelt beugte er sich zu ihr hinunter und küßte sie mitten auf den Mund. Hart und direkt und fast gewaltsam. Sie versuchte, ihn wegzudrücken, aber ihre Kraft erlahmte schnell, denn wie immer sehnte sie sich im Grunde nach seinem Kuß.

»Und was war das?« fragte sie, während sie ihre weichen, geschundenen Lippen befühlte.

»Im Augenblick herrscht Waffenstillstand, Alexandra«, sagte er und dabei strichen seine Fingerknöchel liebkosend über ihre Wange, »aber der Krieg ist deswegen noch lange nicht vorüber. Ich will dich heiraten, dich festhalten und dich nie mehr verlieren. Aber sobald ich sie fühle, spüre ich wieder die dunkle Kraft in mir, und ich weiß nicht, wie die Sache ausgehen wird.«

»Du würdest mir nie etwas tun. Soviel weiß ich«, sagte sie so beschwörend, als ob es dadurch wahrer würde.

»Ich will es ja auch nicht, denn ich brauche dich. Das weißt du.« Seine Augen wurden ganz dunkel. »Aber sie ist immer noch da. Sie ist gewissermaßen das Symbol für alles Böse, das immer noch in meiner Seele existiert.«

»Ach, Damien.« Zärtlich strich sie über die Narbe an seinem

Arm, die der Kronleuchter hinterlassen hatte. »In jedem von uns wohnt etwas Böses. Und deshalb brauchen wir die Liebe. Nur die Liebe kann uns damit versöhnen.« Sie sah zu ihm auf. »Ich habe keine Angst vor dir und werde sie auch nie haben, denn ich liebe dich.«

Er preßte sich heftig gegen sie, so daß er sie fast erdrückte. »Als ich unten in dem Labyrinth war, habe ich die Verlockung des Bösen ganz deutlich gefühlt. Doch in Augenblicken wie jetzt kommt es mir vor, als ob sie nie existiert hätte. Aber trotzdem ist es noch nicht vorbei«, fügte er mit finsterer Miene hinzu.

»Aber nein, Damien. Du irrst dich«, widersprach sie ihm. »Inzwischen hat sie es auf mich abgesehen. Denke nur an die Schneiderpuppe. Sie hat deutlich zum Ausdruck gebracht, daß sie mich für eine Hure hält. Sie ist eifersüchtig.«

»Sie würde dir niemals etwas tun.«

»Und was macht dich so sicher?« fragte Alexandra überrascht.

»Weil sie nicht dich bei sich in ihrer Hölle haben will, sondern mich!« Er dachte einen Augenblick lang nach. »Und genau an diesem Punkt können wir ansetzen. Wir sollten ihr eine Falle stellen.«

Mit hochgezogenen Brauen starrte sie ihn an. »Kannst du mir verraten, wie man einem Gespenst eine Falle stellt?«

Damien sah sie nur an, und dann küßte er sie wieder. »Mit einem Köder natürlich«, sagte er, bevor er sie auf die Arme nahm und in sein Zimmer trug.

Sam stand auf, obwohl es noch dunkel war, doch durch die Wirkung des Medikaments waren seine Bewegungen sehr viel schwerfälliger als sonst. Er schlüpfte in eine Hose und eine Jacke und tastete nach dem Mechanismus in der Täfelung. Wie von Geisterhand schwang ein Teil zurück und enthüllte eine dunkle Treppe, die hinunter in das Küchengeschoß führte. Sam griff nach einer Kerze und verschwand in dem Gang. Unten angekommen fand er die Tür, die in die Höhle hinunterführte, und verlor sich rasch in der Dunkelheit.

Die Tageszeit spielte hier unten keine Rolle, denn die Schatten waren mittags genauso finster wie mitten in der Nacht. Sams einsame Kerze wanderte als winziges Pünktchen durch den schwarzen Schlund und verharrte längere Zeit vor der riesigen Tür. Aber er öffnete sie nicht, ja er berührte sie nicht einmal. Er starrte sie nur mit schuldbewußter Miene an.

Nach einer Weile wandte er sich ab und ging denselben Weg zurück, den er gekommen war. Doch im geheimen Gang des Küchentrakts wählte er eine andere Treppe, die modrig roch und mit Spinnweben überzogen war.

Er stieg sie ganz nach oben und drückte auf einen verborgenen Mechanismus.

Und dann stand er in ihrem Zimmer.

Er stellte den Kerzenleuchter auf der Kommode ab. Rechts von ihm befand sich die Tür zum Schulzimmer, die wie immer abgeschlossen war. Aber das Schulzimmer war nicht sein Ziel.

Mit bleichem Gesicht trat er an den Schrankkoffer und schloß die Augen, als ob er erst noch Kraft sammeln müßte, um seine Panik zu überwinden. Als ob er sich endlich Gewißheit verschaffen müßte, packte er die Kerze und zog schließlich mit zit ternden Händen einen Schlüssel aus seiner Jackentasche.

Er entfernte das Vorhängeschloß.

Mit einem leichten Aufschrei schlug er den Deckel des Schrankkoffers zurück und starrte mit weit aufgerissenen Augen voller Entsetzen auf den Inhalt des Koffers. Ein hilfloses, fast tierisches Stöhnen entrang sich seiner Kehle. Dann schlug er den Deckel so schnell zu, wie er ihn geöffnet hatte, und stürzte sich mit seinem ganzen Gewicht darauf, als ob er gegen eine Kraft ankämpfen müßte, die den Deckel offenhalten wollte.

Längere Zeit lag er bewegungslos auf dem Koffer und schluchzte laut wie ein verängstigtes Kind, und sein Jammer hallte in den leeren Räumen wider, wo ihn höchstens die Gespenster hören konnten.

27

Am nächsten Morgen bat Damien Alexandra, sich nachher mit ihm im Garten zu treffen. Es war ein bitterkalter Tag, doch der Himmel wölbte sich in strahlendem Blau über dem weiten Heideland. Gegen den starken Wind zog sie ihren Mantel enger um sich. Im ersten Moment konnte sie Damien nirgends entdecken und dachte bereits, daß er sie vergessen hätte. Aber genau in diesem Augenblick fühlte sie, wie sich seine starken Arme um ihre Taille legten.

»Wo hast du dich versteckt, mein Schatz?« fragte sie. »Wie ein Gespenst schleichst du dich immer heimlich heran!« Sie drehte sich zu ihm um und lächelte ihn an, und er sah mit begehrlichen Blicken auf sie hinunter.

Nur zu gern überließ sie ihm ihre Lippen, und es dauerte eine ganze Zeit, bis sie sich schließlich voneinander lösten.

»Ich habe direkt hinter dem Tor gewartet, weil ich dich überraschen wollte.«

»Solche Heimtücke hätte ich dir gar nicht zugetraut.« Wieder lächelte sie.

Er zog sie erneut in seine Arme. »Nicht einmal nach der vergangenen Nacht?«

Prompt errötete sie. Es war sicher nicht richtig, was sie ihm alles gestattet hatte, aber dafür war es überwältigend schön und aufregend gewesen. Nie hätte sie die Kraft gehabt, sich gegen solche Herrlichkeiten zu wehren. Gesellschaftliche Konventionen zählten nicht mehr, wenn sie in seinen Armen lag, und alle Kleinmütigkeit fiel in diesen Momenten von ihr ab. Ihre Liebe war für sie wie eine Rose, die von der Knospe zu voller Schönheit erblühte und den herrlichen Duft ihrer Seele verströmte. Ihre Hingabe war vollkommen, so daß Angst und dunkle Gedanken keine Chance mehr hatten und das Band zwischen ihnen von Tag zu Tag stärker wurde. Und dieses Glück hielt sie mit beiden Händen fest.

»Ich bin sogar noch viel schlimmer«, flüsterte er. »Gib mir deine Hand.«

Sie streckte ihre Hand durch die Öffnung ihres Umhangs und fror im kalten Wind. Damien suchte in seiner Tasche herum und streifte schließlich etwas über ihren Finger.

Es war ein Diamantring, der so klar und blau schimmerte wie der Himmel über ihnen und dessen Gewicht sich an ihrer Hand völlig fremd anfühlte.

»Ganz gleich, was noch geschieht ... Du wirst meine Frau«, sagte er entschlossen, doch auf seinem Gesicht zeigte sich eine eigenartige Leere, vor der sie sich ein wenig fürchtete.

»Ich werde dich heiraten. Das verspreche ich.«

Er drängte sie gegen die Gartenmauer und küßte sie, und für einige Momente umfing sie der Zauber des Paradieses.

Doch das konnte nicht von Dauer sein. Dazu existierte viel zuviel Böses innerhalb der Schloßmauern. Alle ihre Instinkte sagten ihr, daß die Ereignisse auf einen Höhepunkt zusteuerten, und sie wußte nicht, ob sie dem Ansturm standhalten würde. Sie wußte nur, daß jeder Kuß, jedes sanfte Wort und jede Nacht in Damiens Armen das Böse ärgerten. Diese schwarze Gestalt, ganz gleich ob sie nun menschliche Züge trug oder nicht, konnte es offenbar nicht verwinden, wenn sich eine Seele aus ihrer Umklammerung befreite.

Sie hatten ihre Falle aufgestellt, und der Köder war ihre Liebe. Ein süßer Köder, wie Alexandra ihn sich nicht schöner hätte erträumen können.

Als Damien das Turmzimmer betrat, scheuchte er Millicent mit einem finsteren Blick hinter die Vorhänge. Lady Bess thronte wie immer in ihrem großen Sessel, doch ihr Kopf war gegen die Lehne zurückgesunken und sie schnarchte vernehmlich.

Er setzte sich neben sie auf einen Stuhl und nahm ihre knöcherne Hand, die früher einmal zart und schön gewesen war.

Durch die Berührung erwachte die alte Dame und sah ihren Enkel aus verschlafenen Augen an.

»Das ist ja ein höchst seltener Besuch. Warum bist du gekommen?« Der vorwurfsvolle Unterton war nicht zu überhören.

»Es gibt Neuigkeiten.« Er machte eine kleine Pause, weil er nicht wußte, wie er beginnen sollte. »Es ... Es wird dich sicher überraschen, aber ich werde heiraten.«

Mit einem Ruck setzte sich die alte Dame auf, und ihre Blikke durchbohrten ihn. »Aber nicht diese Viscountess, die du in London zurückgelassen hast? Die Dienstboten haben sich alles mögliche erzählt, aber ich weiß ihren Namen nicht mehr genau. Lady ... Lady –«

»Nein, Lady Compton heirate ich nicht.«

Lady Bess zog eine Grimasse. »Und dieses ... dieses Mädchen aus Wapping –«

»Nein, sie auch nicht.« Er lehnte sich zurück und dann musterte er seine Großmutter sehr genau, als ob er auch nicht die kleinste Reaktion verpassen wollte. »Ich werde Miss Alexandra Benjamin heiraten.«

Erleichtert und erfreut klatschte Lady Bess in die Hände. »Genau sie hätte ich mir für dich gewünscht!« jubelte sie mit zittriger Greisenstimme. »Ich mag sie. Sie ist so normal, nicht wahr?«

»Genau«, antwortete er in weichem Ton.

»Sie ist genau die Richtige für dich, Damien.«

»Das ist wahr.« Er hielt einen Moment inne. »Aber ich weiß nicht, ob ich der Richtige für sie bin.«

»Dieses Mädchen liebt dich. Das habe ich in ihren Augen gesehen, als sie mich neulich besucht hat. Jedesmal, wenn dein Name erwähnt wurde, wurde ihr Blick sanfter.«

»Vielleicht hat sie sich ja nur in den Herrn des Hauses verliebt, weil das so üblich ist.« Er stand auf und ging mit steinerner Miene auf und ab. »Ich überlege manchmal, ob ich nicht ein wenig zu voreilig war. Besser gesagt, gierig. Ich will sie ja wirklich, aber ...«

»Es macht die Vergangenheit nicht ungeschehen.«

»Die Dienstboten werden meiner Verlobten mit Sicherheit Dinge erzählen, die sie einer Gouvernante nie erzählt hätten.«

»Aber ich war die einzige, die am letzten Tag die Unterhaltung im Turm zwischen dir und Ursula gehört hat.«

»Dessen war ich mir bisher nie ganz sicher. Zum Glück haben alle diese Frau gehaßt, so daß niemand ein Wort darüber verloren hat.« Seine Augen blickten finster. »Doch gegenüber Alexandra werden sie vielleicht reden.«

»Ihr zuliebe mußt du dieses Risiko eingehen. Vielleicht wird sie dich sogar verstehen, denn schließlich kann man dich für das, was auch immer du tun mußtest, nicht verantwortlich machen. Nur der Tod konnte diese Frau aufhalten.«

»Vom heutigen Tag an möchte ich nie wieder darüber sprechen.«

»Das soll mir recht sein. Die Vergangenheit ist endgültig vorbei. Heirate deine Alexandra, mein Junge, denn sie liebt dich.«

»Bete für mich, Großmutter«, bat er mit einem Gesicht, dem man die tiefen Zweifel ansah. »Ich kann es nicht riskieren, sie zu verlieren. Wenn sie mir jemals den Rücken kehrte ...«

»Du solltest ihre Liebe nicht zu sehr auf die Probe stellen. Nimm sie einfach hin und halte sie fest.«

»Wenn das doch nur so einfach wäre. Schließlich gibt es Ursula ja noch ...«

Lady Bess beugte sich zu ihrem Enkel und flüsterte in einem barschen Ton. »Weshalb hast du sie auch nicht in geweihter Erde bestatten lassen? Dann würde sie nicht mehr herumgeistern –«

»Ich möchte, daß du bei unserer Hochzeit dabei bist«, unterbrach er ihre Rede. »Wir werden in zwei Wochen in der Kapelle von Cairncross heiraten«, ergänzte er mit allen Zeichen der Erschöpfung.

»Falls dann noch Leben in diesen Knochen ist, werde ich kommen.«

Damien beugte das Knie und verabschiedete sich mit einem Handkuß von der alten Dame. »Also dann, bis in zwei Wochen!

Entweder wirst du auf meiner Hochzeit tanzen – oder auf meinem Grab.«

»Bringe sie in geweihte Erde«, rief ihm die alte Dame noch nach, als er bereits gegangen war.

Obwohl Alexandra in ihrem Bemühen nicht nachließ, versank Sam von Tag zu Tag tiefer in seinem Schweigen. In seinen Gedanken schien er ganz woanders zu sein. Damien hielt es für Angst, aber Alexandra vermutete etwas anderes. Sie konnte es nicht beweisen, aber ihrer Meinung nach hatte Sam sich dieses Mal ganz bewußt zum Schweigen entschlossen.

Am darauffolgenden Abend kam Alexandra dem Geheimnis wenigstens ein kleines Stück näher. Damien hatte sämtliche Angestellte für acht Uhr in die große Halle bestellt, um dem Personal ihre Verlobung mitzuteilen. Alexandra hatte Mary noch nichts verraten, so daß niemand etwas wußte. Damien hatte großen Wert darauf gelegt, alle zur selben Zeit zu informieren, so daß Klatsch und Tratsch keine Nahrung erhielten. Falls jemand Einwände hatte, konnte er sie außerdem gleich bei dieser Gelegenheit vorbringen.

Schwierigkeiten gab es allein schon durch die verschiedenen Religionen, aber viel schwerer wog in Alexandras Augen, daß Damien dem Adel angehörte und sie nur die Stellung einer Gouvernante bekleidete. Nicht im Traum wäre ihr in den Sinn gekommen, daß sich die Einwände gegen Damien richten könnten.

Punkt acht Uhr hatten sich alle Angestellten vier Reihen tief im großen Bankettsaal versammelt. Damiens Augen wanderten über die Gesichter, als ob er feststellen wollte, ob auch alle seiner Einladung Folge geleistet hatten. Alexandra konnte es kaum fassen, wieviele Personen in Cairncross arbeiteten. Sie stand zwischen Featherstone und Mrs. Penrith und besah sich die Gesichter um sie herum. Es gab tatsächlich viele, die sie noch nie gesehen hatte. Und das wiederum erhärtete ihren Verdacht, daß Ursula Pole sehr wohl unentdeckt in Cairncross Castle leben konnte.

»Ich habe Sie zusammengerufen, um Ihnen einen Entschluß mitzuteilen, der weitreichende Konsequenzen für den Haushalt haben wird«, erklärte Damien in sehr bestimmendem Ton.

Sofort verstummte das Getuschel, und aller Augen wandten sich ihm zu. Alexandras Herz klopfte zum Zerspringen

»Ich habe die Absicht, mich zu verheiraten«, sagte Damien, während sein Blick unentwegt über die Menschenmenge schweifte. »Ich habe endlich die Frau gefunden, die meine Ehefrau und Herrin dieses Hauses werden wird.«

Alexandra hörte, wie rundherum getuschelt wurde und wilde Spekulationen angestellt wurden. Sie sah zu Mrs. Penrith hinüber, doch die Hausdame hatte nur Augen für ihren Herrn. Was wohl geschehen würde, wenn sie feststellte, daß Alexandra die Auserwählte war?

»Miss Benjamin?« Damien streckte ihr die Hand entgegen und sie legte die ihre hinein, an der der Diamantring schimmerte. »Ich möchte Ihnen die zukünftige Right Honourable Lady Cairncross vorstellen.«

Wie gebannt hielten alle den Atem an. Alexandra versuchte zu lächeln und bemerkte, daß einige der Küchenmädchen, die sie kannte, sie neidisch ansahen. Mary machte den Eindruck, als ob sie irgendwo in den Wolken schwebte und nicht genau hingehört hätte. Mrs. Penrith dagegen fixierte sie mit gerunzelten Brauen so fasziniert, als ob sie einem Mord zusähe. Doch Featherstones Reaktion war ungewöhnlicher als alles andere. Im ersten Schrecken starrte er mit offenem Mund auf die verschränkten Hände, doch dann schien er sich zu besinnen. Mit Entsetzen sah Alexandra, daß er sich nicht wie die anderen in die Schlange einreihte, um ihnen zu gratulieren, sondern kehrtmachte und mit undurchsichtiger Miene die Halle verließ. Das war ein klarer Verstoß gegen die guten Sitten und Grund genug für eine sofortige Entlassung.

Als Damien und Alexandra später in der Bibliothek einen Likör zu sich nahmen, brachte Alexandra die Rede auf das Benehmen des Butlers. Sie war nervös, weil sie sich damit auf ein Gebiet vorwagte, das sie lieber gemieden hätte.

»Nach dem, was Ursula getan hat, muß dies ein großer Schock für ihn gewesen sein. Vielleicht sollten wir ihm sein Benehmen dieses eine Mal verzeihen« sagte Alexandra und nippte an ihrem Chartreuse.

»Nein, ein solches Verhalten ist einfach unverzeihlich. Spätestens morgen wird er verschwunden sein. Ich werde meinen Butler aus London herkommen lassen, bis wir Ersatz gefunden haben.« Seine Blicke wanderten immer wieder zur Tür, und Alexandra hätte gern darauf gewettet, daß er am liebsten sofort hinuntergeeilt wäre, um den Butler zu entlassen.

»Wie alt ist er eigentlich, mein Liebster? Ich würde ihn ungefähr auf sechzig schätzen. In diesem Alter und ohne Referenzen wird er kaum eine neue Stellung finden können.«

»Das hätte er sich überlegen sollen, bevor er einfach davongelaufen ist!« schimpfte Damien erregt.

Langsam erhob sich Alexandra und trat neben Damiens Sessel. Sie tätschelte seine Wange und hob schließlich sein Gesicht zu sich empor. »Laß mich mit ihm reden, Damien. Vielleicht sagt er mir ja, weshalb er so reagiert hat, und wir können eine Lösung finden. Wegen eines einzigen Fehlers einen alten Mann auf die Straße zu setzen –«

»Zwei. Es waren zwei Fehler, Alexandra«, fiel Damien ihr ins Wort. »Du vergißt die Vergangenheit. Mein Vater hat ihm die Indiskretion mit Ursula verziehen, doch ich habe nicht die Absicht, das ein weiteres Mal zu tun.«

»Aber vielleicht hängt seine Reaktion ja gerade mit der Vergangenheit zusammen. Wir müssen herausfinden, was er denkt. Ich kann nicht behaupten, daß er mir rundherum sympathisch ist, aber er hat sich während meines Aufenthalts nichts zuschulden kommen lassen. Ich finde es falsch, wenn man nicht wenigstens mit ihm spricht. Schließlich hat er sein ganzes Leben hier in Cairncross –«

Ein Kuß schnitt ihr das Wort ab, und als Damien sich wieder von ihr löste, sagte er nur: »Ich werde mich darum kümmern.«

Alexandra betrachtete ihn resigniert. Da sie noch nicht Lady Cairncross war, hatte sie kein Recht, Damien in seine Angelegenheiten hineinzureden. »Ich denke, ich gehe jetzt schlafen. Es war wieder ein aufregender Tag«, sagte sie stattdessen.

Damien ergriff ihre Hand und küßte die zarte Innenseite, und Alexandra durchfuhr ein Schauer, als ob die Flammen des Kaminfeuers sie versengt hätten.

»Ich komme später zu dir.«

Langsam entzog sie ihm ihre Hand. Seine Halsstarrigkeit in bezug auf Featherstone ärgerte sie. Natürlich verdiente der alte Mann einen Tadel, aber er gehörte zu Cairncross. Ihn wegen dieses Fehlers zu entlassen, war wirklich zu hart. Es war klar, daß sein Benehmen mit ihrer Person zu tun hatte, auch wenn sie sich keiner Schuld bewußt war, und sie hätte gern gewußt, was er gegen sie hatte, daß er nicht in dem Haushalt arbeiten wollte, dem sie nach ihrer Hochzeit vorstehen würde.

»Ich glaube, ich möchte heute abend lieber allein sein«, sagte sie und richtete sich auf. »Wir sehen uns dann morgen. Sam und ich haben uns zum Unterricht im Gewächshaus verabredet.«

Damien sah sie nicht an. »Dann wünsche ich dir eine gute Nacht«, sagte er in kühlem Ton.

»Gute Nacht«, flüsterte sie und wünschte mehr denn je, daß alle Geheimnisse endlich aufgeklärt wären.

Alexandra verließ die Bibliothek und stieg die Treppe zu ihrem neuen Zimmer hinauf, das direkt neben Damiens lag. Als sie im Flur eine dunkle Gestalt erspähte, zuckte ihr Herz zusammen, doch dann bewegte sich die Gestalt, und Alexandra seufzte erleichtert.

»Mein Gott, Mrs. Penrith, Sie sollten sich lieber nicht so im Schatten herumdrücken!« rief sie.

»Ich muß unbedingt mit Ihnen sprechen, Miss. Und zwar über Featherstone.«

»Ich fürchte, das ist allein die Angelegenheit seiner Lordschaft. Ich denke nicht, daß ich irgendwelchen Einfluß auf seine Entscheidungen habe.«

»Ich will ja nicht für ihn sprechen, Miss.« Sie trat einen Schritt näher in den Lichtkreis der Gaslampe. »Es geht mir allein um Sie, Miss. Wir müssen uns unbedingt unterhalten. Das Benehmen des Butlers ist höchstens ein Vorzeichen für das, was noch folgen wird. Er hat auf etwas reagiert, das Sie nicht wissen können, Miss. Aber da Sie Seine Lordschaft ...« Während sie sprach, wanderten ihre Augen immer wieder nervös zu Damiens Schlafzimmertür. »... heiraten wollen, sollten Sie wenigstens über seine Vergangenheit Bescheid wissen.«

»Was muß ich denn noch wissen, außer daß ich ihn liebe?«

»Könnten wir das bitte unten in meiner Wohnung besprechen, Miss?« bat Mrs. Penrith.

»Also gut«, gab Alexandra schließlich zögernd nach, »wenn Sie darauf bestehen ...«

»Ich danke Ihnen, Miss. Ich danke Ihnen sehr«, murmelte die Hausdame, während sie auf einen verdeckten Mechanismus drückte. Lautlos sprang ein Teil der Täfelung auf und eröffnete den Blick auf einen dunklen Gang. Mrs. Penrith reichte Alexandra eine Lampe, und Sekunden später waren sie im Labyrinth der Dienerschaftsgänge verschwunden.

28

»Er hat sich unmöglich benommen, kein Zweifel, doch ich denke, daß der Grund dafür in der Tatsache zu suchen ist, daß Miss Pole ihn an der Nase herumgeführt hat.« Alexandra nahm auf der Polsterbank in Mrs. Penriths Apartment Platz. »Allerdings verstehe ich nicht, weshalb er deshalb seine Stellung aufs Spiel setzt.«

»Es war alles meine Schuld!« stöhnte Mrs. Penrith. »Weshalb habe ich nur nicht meinen Mund gehalten!«

Alexandra sah in das blasse Gesicht. »Aber weshalb sollte das denn Ihr Fehler sein?«

Mrs. Penrith schlug die Augen nieder, doch Alexandra hatte die Tränen längst gesehen. »Ich hätte es ihm niemals sagen dürfen! Ich hätte das Geheimnis für mich behalten sollen! Ich habe Featherstone vom letzten Tag im Turm erzählt. Das war ein Fehler. Es war falsch, nach jahrelangem Schweigen plötzlich damit herauszuplatzen. Das werde ich mir nie verzeihen.« Sie griff nach Alexandras Hand. »Wir haben über Seine Lordschaft gesprochen, und dann wollte Featherstone plötzlich wissen, was genau am letzten Tag passiert war, bevor Ursula das Schloß verlassen hat. Da habe ich es ihm erzählt! Ich weiß nicht, warum – es tat jedenfalls unglaublich gut, nach so vielen Jahren des Schweigens endlich darüber reden zu können. Aber seine Reaktion ...« Sie preßte Alexandras Hand fester. »Verstehen Sie jetzt, Miss? Sie können Seine Lordschaft nicht heiraten. Sie dürfen es einfach nicht tun.«

»Und weshalb nicht?« fragte Alexandra mit ungutem Gefühl.

»Weil er ein Mörder ist. Ich weiß, daß er sie umgebracht hat. Die meisten Leute glauben, daß er es getan hat, aber ich weiß es. Bevor er fortgegangen ist, habe ich ihn und Miss Pole zufällig im Turm belauscht. Er streitet es nicht einmal ab –«

»Mir gegenüber hat er es sehr wohl abgestritten«, unterbrach Alexandra die Hausdame. »Ich habe ihn rundheraus gefragt, ob er sie umgebracht hätte, und er hat es verneint.«

»Und was glauben Sie, Miss?« Mrs. Penrith starrte Alexandra so durchdringend an, daß es ihr kalt über den Rücken lief.

»Ich glaube ihm. Er hätte es mir bestimmt gesagt.«

Ein leicht zynisches Lächeln spielte um Mrs. Penriths Lippen. »Natürlich. Er hätte ja keinen Grund gehabt, Sie zu belügen, nicht wahr? Einen Mann interessiert das Vertrauen eines netten Mädchens nicht im geringsten!«

Alexandra wußte, daß ihre Wangen sie längst Lügen straften. »Ich glaube es trotzdem nicht. Er hatte keinen Grund, mir gefallen zu wollen. Ich bin schließlich nur eine Gouvernante, und keine große Eroberung.«

»Aber Sie sind anders als alle anderen Frauen, die er bisher hatte. Und es hat einige gegeben – glauben Sie mir. Aber Sie ... Ich wußte von Anfang an, daß Sie etwas haben, dem er nicht widerstehen kann. Und nun will er Sie sogar heiraten! Aber ich rate Ihnen ab. Sein Verstand ist getrübt, und er ist gefährlich.«

Alexandra wandte sich ab, weil sie das alles gar nicht hören wollte. Sie liebte Damien, und mit einem Mal war ihr klar, daß sie sich womöglich mehr nach ihm sehnte, als er sich nach ihr. Eine Zukunft ohne ihn bedeutete unerträgliche Einsamkeit.

»Ich gebe gern zu, daß er mich manchmal erschreckt«, entgegnete sie schließlich in sanftem Ton. »Aber dann denke ich an seine entbehrungsreiche Jugend, an Ursula – Ich kann nur sagen, daß mein Herz ihn versteht. Außerdem habe ich ihr Tagebuch gelesen und weiß, welch entsetzliche Dinge passiert sind ...« Sie stand auf. »Vielleicht konnte er gar nicht anders handeln!« fügte sie dann voller Leidenschaft hinzu. »Mag sein, daß wir im Moor tatsächlich nur ein Gespenst gesehen haben und sie wirklich tot ist – Ich bin jedenfalls überzeugt, daß sie ihn zu allem getrieben hat.«

»Und das wird er vermutlich niemals zugeben. Doch nun zu Featherstone. Was wird mit ihm geschehen?«

Alexandra ließ sich von der Hausdame wieder zur Polsterbank ziehen. »Ich verstehe seine Reaktion überhaupt nicht. Was kann er denn dagegen haben, daß Damien und ich heiraten?«

»Er hat diese Frau geliebt.« Mrs. Penrith zog ein Taschentuch aus ihrem Ärmel und knetete es in den Händen. »Die ganzen Jahre über hat er geglaubt, daß sie ihn an der Nase herumgeführt hat, aber in der vergangenen Nacht ist sie ihm erschienen, wie er mir erzählt hat. Und sie hat ihm gesagt, daß Damien und ich die Wahrheit wüßten und nur wir alles offenbaren könnten.« Ihre

Stimme wurde höher und höher, bis sie beinahe schrie. »Heute morgen hat er dann Aufklärung von mir verlangt, und angesichts seines jammervollen Zustandes bin ich schwach geworden. Ich weiß, ich hätte es nicht tun sollen. Er sagte, daß er sie geliebt und all die Jahre um sie getrauert hätte, obwohl ihm klar war, daß sie ihn nur benutzt hatte. Doch nun fürchtete er, daß er einen Geist gesehen hätte und wollte wissen, ob Damien Ursula Pole getötet hätte.« Mit einem Mal sank ihre Stimme zu einem Flüsterton herab. »Das mußte ich leider bestätigen.«

»Aber woher wollen Sie das so genau wissen? Woher wollen Sie wissen, daß er sie umgebracht hat?« rief Alexandra völlig außer sich.

»Nachdem der alte *baron* seinen Sohn davongejagt hat, hat Ursula Damien noch einmal im Turm getroffen. Ich war gerade auf dem Weg zu Lady Bess, um sie über die Vorfälle zu informieren, als ich Stimmen hörte. Es war grauenhaft, Miss. Einfach entsetzlich! Er hat sie angeschrieen, und sie hat geweint. Und dann hat er in allen Einzelheiten beschrieben, wie er sie töten wollte. Er wollte ihr die Hände um die Kehle legen und so lange zudrücken, bis kein Leben mehr in ihr wäre! Und dann habe ich nichts mehr gehört. Kein Weinen und auch keine Beteuerungen einer krankhaften Liebe. Nichts. Und dann noch einen tiefen Seufzer der Erleichterung, und das war alles.«

Alexandra befühlte ihre Wangen und merkte, daß sie weinte. Ihre Lippen schmeckten salzig.

»Sie können ihn nicht heiraten, Miss Benjamin! Ich weiß, daß er sie umgebracht hat. Wenn er erfahren hätte, daß ich alles mitangehört habe, hätte ich um mein Leben fürchten müssen. Aber außer meiner Stellung in diesem Haus habe ich nichts. Außerdem ist er mein Herr, und ich schulde ihm Respekt. Aber in einem solchen Moment kann ich nicht schweigen. Ich kann nicht zusehen, daß Sie blind in die Ehe mit einem so unberechenbaren Menschen stolpern. Und ich mußte auch Featherstone in seinem

Elend beistehen, obwohl es in diesem Fall wirklich besser gewesen wäre, wenn ich weiterhin geschwiegen hätte.«

»Aber weshalb hat Featherstone den Saal verlassen und damit seine Entlassung riskiert?«

Kummervoll schüttelte die Hausdame den Kopf. »Ich denke, daß er von Ihrer Verlobung genauso überrascht war wie ich. Vermutlich hat seine Reaktion weniger mit Ihnen zu tun, als mit Damien. Ich vermute, daß er das Glück seines Herrn nicht mitansehen konnte, der ihn vor langer Zeit um alles gebracht hatte.«

Alexandra zog ihre Hand zurück. Dann stand sie auf und wanderte unruhig hin und her. »Wir müssen Damien vor Featherstone warnen.«

»Keine Sorge, Miss. Er hat bereits gepackt und ist fort. Ich denke nicht, daß er auf Rache sinnt. Sam dagegen macht mir viel größere Sorgen. Manchmal spricht er über Sie, als ob Sie Miss Pole wären. Es gibt Augenblicke, da er keinen Bezug mehr zur Realität hat. Nach den schrecklichen Erlebnissen seiner Kindheit befürchte ich manchmal, daß er sich eines Tages gegen Sie wenden könnte.«

»Er würde mir nie etwas tun.«

»Haben Sie Beweise dafür?«

Alexandra verstummte. Gern hätte sie gegen alle diese Sätze protestiert, aber sie konnte es nicht. Sie liebte ihn, und er brauchte sie. Aber liebte er sie auch? Konnten nur gesunde Menschen lieben?

Niedergeschlagen sank Alexandra zurück auf die Polsterbank. Bisher hatte sie sich in schwierigen Situationen immer auf ihre Logik verlassen können, doch nun, wo sie sie am nötigsten gebraucht hätte, hatten ihre Gefühle sie ganz und gar überdeckt.

»Aber, aber, Miss, ich weiß, daß Sie ihn lieben«, sagte Mrs. Penrith mit besorgter Miene. »Können Sie mir sagen, was ich sonst hätte tun sollen? Hätte ich schweigend zusehen sollen, wie Sie sich an einen Mörder binden? Ich empfinde viel zuviel Achtung vor Ihnen, um Ihnen die Wahrheit vorzuenthalten.«

»Aber wir kennen die Wahrheit doch gar nicht – zumindest nicht die ganze Wahrheit. Die kennt nur Miss Pole.«

Mit zitternder Hand berührte Alexandra ihre Lippen. Sie fühlte sich schrecklich allein und war todtraurig, aber sie mußte nicht weinen. Dazu war ihr Schmerz viel zu groß. Sie liebte diesen Mann und konnte sich nicht damit abfinden, daß er ein Mörder sein sollte.

»Ich werde diese Person finden«, sagte sie entschlossen. »Koste es, was es wolle. Ich werde sie finden, und wenn ich dazu ihr Grab öffnen muß!«

»Höchstwahrscheinlich werden Sie keine neue Wahrheit entdecken.«

»Außerdem muß ich Damien vor Featherstone warnen.«

In diesem Augenblick erbleichte Mrs. Penrith und rang verzweifelt die Hände. »Sie ... Sie können ihm unmöglich sagen, worüber wir gesprochen haben, Miss! Er weiß doch nicht, daß ich alles mitangehört habe! Ich habe mein Leben lang in diesem Haus gearbeitet, und ich habe sonst nichts und niemanden, wo ich Zuflucht suchen könnte.«

Voller Mitgefühl sah Alexandra die Hausdame an. Sie verstand Mrs. Penrith, aber ihre Angst um Damien war stärker. Sie hatte Featherstone zwar nie für einen netten, alten Gentleman gehalten, aber nach allem, was sie nun wußte, war sie beinahe sicher, daß er seine eingebildete Liebesbeziehung rächen wollte.

»Ich werde Damien natürlich nichts von dieser Unterhaltung sagen, aber Sie verstehen doch, daß ich ihn vor dem Butler warnen muß, oder? Schon zu seiner eigenen Sicherheit.«

»Ja, ja, das verstehe ich, aber Sie dürfen mich nicht verraten, Miss! Ich kann meine Position auf keinen Fall aufs Spiel setzen, denn das ist alles, was ich habe.« Etwas verloren sah sie sich in ihrer kleinen Wohnung um.

Alexandra fühlte, wie sich ihr Herz vor Mitleid zusammenzog. Trotz jahrelanger Arbeit hatte Mrs. Penrith es nur zu diesen beiden kleinen Räumen und ein paar schäbigen Möbeln gebracht. Sie hatte nie geheiratet, und alle Respektabilität, über die sie verfügte, hatte sie sich hart erarbeitet. Nur zu gut konnte Alexandra sich ausmalen, daß es ihr eines Tages womöglich nicht anders ergehen würde.

Und in dieser Sekunde erwachte ihr Haß auf Ursula Pole. Bisher hatte sie die Frau lediglich verachtet und abgelehnt, doch nun haßte sie sie plötzlich von ganzem Herzen und war selbst überrascht, wie heftig dieses Gefühl war. Mag sein, daß Damien sie umgebracht hatte. Mag sein, daß er unbeherrscht und vielleicht nicht der beste Mensch war, den sie bekommen konnte. Aber daran war ausschließlich Ursula Pole schuld. Sie allein hatte ihm das angetan. Sie hatte ihn auf die finstere Seite gezerrt, die in jedem Menschen wohnte. Und falls er sie tatsächlich umgebracht hatte, dann hatte sie ihn dazu gebracht. Und nun hatte sie auch noch Alexandra Benjamin die Augen geöffnet und ihr die dunkle Seite ihres Charakters offenbart, die sie bisher nicht hatte wahrhaben wollen.

»Ich muß Sie bitten, mich zu entschuldigen, Mrs. Penrith. Ich möchte mich zurückziehen, denn es war ein aufregender Tag. Ich muß noch über so vieles nachdenken.« Mit diesen Worten erhob sich Alexandra und ging zur Tür. »Gute Nacht, Mrs. Penrith. Ich werde selbstverständlich Ihren Namen nicht erwähnen. Wenn ich es mir recht überlege, schulde ich Ihnen Dank für Ihre Offenheit.«

»Danken Sie mir nicht, Miss, denn ich weiß nur zu gut, daß Sie es nicht so meinen. Glauben Sie mir, es ist mir nicht leichtgefallen, Ihnen das alles sagen zu müssen. Ich habe im Traum nicht damit gerechnet, daß Sie sich in ihn verlieben könnten.«

Das Bild, das sich Alexandra bot, brannte sich für immer in ihre Seele: Die winzige, schwarzgekleidete Person, die wie ein Vögelchen in ihrem schäbigen kleinen Wohnzimmer saß, sich die Tränen von den Wimpern tupfte und so wenig vom Leben gehabt hatte. Alexandra verabschiedete sich noch einmal und ging hinaus, aber das Bild begleitete sie.

Ob sie einen Blick in ihre eigene Zukunft geworfen hatte?

Als Alexandra ihr Zimmer betrat, wartete er bereits auf sie. Sie schloß die Tür und ließ sich erschöpft gegen das Holz sinken. Damien saß im Halbdunkel neben ihrem Bett. Rasch trat sie zur Lampe, um das Licht aufzudrehen und alle Schatten zu vertreiben, die auf ihrer Seele lasteten.

»Mach es nicht«, bat er sie und faßte nach ihrer ausgestreckten Hand.

»Es ist viel zu dunkel«, widersprach sie nervös.

»Mir gefällt es, denn es macht vieles unsichtbar.« Mit diesen Worten zog er sie auf seinen Schoß, aber er versuchte nicht, sie zu küssen. Er sah sie nur lange an, als ob er in ihrer Seele lesen wollte. »Wo bist du gewesen? Ich warte schon eine ganze Weile auf dich.«

»Featherstone hat das Schloß bereits verlassen und dir damit die Mühe abgenommen, ihn zu entlassen.«

»Wer hat dir das gesagt?«

»Ich habe Mrs. Penrith auf dem Gang getroffen. Von ihr weiß ich es.« Mehr sagte sie nicht.

»Was hat sie dir sonst noch erzählt?«

Alexandra zitterte ein wenig, denn seine Stimme klang unheilvoll. Am liebsten hätte sie ihm die Brille von der Nase gezogen, die ihn von den Menschen trennte, und sie endgültig ins Feuer geworfen.

»Sie hat mich auf eine Tasse Tee in ihre Wohnung eingeladen. Sie wollte –« Sie schluckte die Tränen hinunter, die plötzlich in ihr aufstiegen. »Sie wollte mir zu der Verlobung Glück wünschen.«

»Genau das wünsche ich uns auch«, sagte er unheilvoll.

»Natürlich werden wir glücklich werden«, versprach Alexandra und vergrub ihr Gesicht an seiner Schulter. In diesem Moment quollen die Tränen hervor, die sie so lange zurückgehalten hatte, und dann fühlte sie, wie Damien ihr sanft über das Haar strich.

»Was hast du nur?« fragte er und küßte sie sanft auf die Stirn.

»Nichts«, log sie, denn sie wagte es nicht, ihm mehr zu erzählen.

»Doch, mein Schatz, ich fühle es. Du bist ganz durcheinander. Ich sehe dir an, daß du am liebsten aufgeben würdest ... Du hast ... keine Hoffnung mehr.«

Sie nestelte verlegen an den Schildpattknöpfen seiner Jacke, denn im Erfinden von Geschichten hatte sie nicht viel Übung. »Es will mir noch immer nicht in den Kopf, daß Featherstone so etwas getan hat.«

»Als wir vorhin darüber gesprochen haben, hast du ihn verteidigt und mich gebeten, ihm zu verzeihen. Was hat sich inzwischen geändert?« Es war klar, daß er ihr nicht glaubte.

Sie trocknete ihre Tränen. »Mrs. Penrith hat mir erzählt, daß er fortgegangen ist. Er war in Miss Pole verliebt, aber das weißt du ja. Irgendwie ist er jedoch kürzlich auf die Idee verfallen, daß nicht sie ihn an der Nase herumgeführt hat, sondern du sie ihm weggenommen hast.« Ihre Stimme sank plötzlich zu einem ängstlichen Flüstern herab. »Meiner Meinung nach wird er nach Vergeltung trachten. Du mußt auf dich aufpassen, Damien.«

Damien starrte ihr in die Augen, als ob dort die Wahrheit geschrieben stünde. »Die Dienstboten tuscheln schon seit Jahren, daß ich sie umgebracht haben könnte. Featherstone war nie dieser Meinung. Im Gegenteil. Er hat sich oft darüber geärgert. Weshalb sollte er plötzlich seine Meinung geändert haben?«

Der Ton seiner Stimme ließ sie erstarren. Sie fühlte, daß er seinen Zorn nur mit Mühe beherrschte, und entwand sich seiner Umarmung. »Ich habe dich bereits einmal gefragt, ob du sie umgebracht hast, und ich habe meine Antwort bekommen. Das ist mir genug.«

»Dir ist es vielleicht genug, aber offensichtlich hat Featherstone seine Meinung geändert. Wie denkst du inzwischen darüber?« Seine Worten klangen kalt wie Eis.

Sie konnte ihn nicht ansehen, denn sie wußte, daß sie verrückt werden würde, wenn sie eine neue Wahrheit in seinen Augen erkennen müßte. Feige sah sie zur Seite. »Ich ... Ich habe Teile ihres Tagebuchs gelesen und ich weiß, was sie dir angetan hat. Aber die Vergangenheit ist vorbei und es macht keinen Sinn, sie wieder und wieder hervorzuholen.«

»Du glaubst, daß ich ein Mörder bin.« Er packte sie an den Armen und zwang sie, ihn anzusehen. »Du überlegst, ob du einen Mann heiraten kannst, der eine Frau umgebracht hat. Der sie einfach in die Arme genommen und erwürgt hat.«

»Ja«, stieß Alexandra gepreßt hervor, weil sie sich nicht länger beherrschen konnte. Unter den Steinwürfen von Mrs. Penrith waren ihre Gefühle wie Glas zersplittert.

Ganz langsam lösten sich seine Hände von ihr, und er sah ihr lange in die Augen. Vergeblich forschte Alexandra nach einem winzigen Fünkchen Menschlichkeit hinter den funkelnden Gläsern, aber sie sah nur schreckliche Finsternis.

»Ich wünsche dir eine gute Nacht, Alexandra. Und ich rate dir, deine Tür abzuschließen, falls ich ... falls ...« Er sah sie an, aber er konnte den Satz nicht vollenden. Sie beobachtete erschrocken, wie die Muskeln in seinem Gesicht zuckten und der unterdrückte Zorn in ihm wütete. Mit einem letzten einsamen Blick verließ er das Zimmer und warf die Tür hinter sich ins Schloß, während Alexandra langsam auf die Knie niedersank.

Vermutlich war Percival Featherstone nie völlig normal gewesen. Trotzdem hatte er wie sein Vater und vor ihm sein Großvater sein Leben lang zur vollsten Zufriedenheit als Butler in Cairncross gearbeitet. Doch wenn man es genau betrachtete, so war sein Verstand schon immer anfällig gewesen. Besonders für junge, hübsche Mädchen.

Und nun hatte er den Verstand ganz und gar verloren. Der beste Beweis dafür war vermutlich das laute, ausführliche Selbstgespräch, das er führte, obwohl er ganz allein war.

»Sie ist so schön, so wunderschön« flüsterte er vor sich hin und streichelte dabei die Pistole, die er wie einen Phallus umfaßt hielt. »Sie ist überhaupt nicht älter geworden und immer noch genauso schön. Endlich ist sie zu mir zurückgekommen.«

»Aber weshalb bist du nicht schon früher gekommen? Ohne dich war es schrecklich einsam. Ich habe mich so nach dir gesehnt, denn niemand hat mich je so berührt wie du.« Er erhob sich von dem kleinen Schülerpult, an dem er gesessen hatte. Dann trat er ans Fenster und stieß die Läden auf, so daß das Mondlicht voll in das Schulzimmer strömen konnte.

»Ich warte, meine Liebste«, flüsterte er in die Nacht hinaus. »Sage mir, was ich tun soll, um diese Tragödie zu rächen. Er soll sein Glück genauso wenig genießen dürfen, wie ich das meine.«

Er wandte sich wieder um und starrte auf die Schatten, die Ursula Poles Pult auf die gegenüberliegende Wand zauberte. Dann erschien plötzlich die Silhouette eines Mannes, als er auf die Wand zuging. »Ist es das, was du möchtest?« fragte er. Schweiß trat ihm auf die Stirn, und dann hob er die Waffe und zielte auf die Stirn des Mannes. Er entsicherte die Waffe und feuerte.

Doch der Bolzen verursachte lediglich ein metallenes Geräusch, denn die Waffe war nicht geladen. Noch nicht.

Er warf den Kopf zurück und lachte hemmungslos. Dann betätigte er den Abzug wieder und wieder und zielte unentwegt auf den Kopf des Schattens.

Plötzlich hörte er ein Geräusch. Ein Teil der Wandverkleidung schwang auf, und im Schatten des dahinterliegenden Gangs stand unbeweglich eine Gestalt.

»Bist du es, Liebste?« flüsterte er, während er sich der modrig riechenden Gestalt näherte. Viel weiter unten, wo die Treppe auf dem Steinboden endete, erkannte er im Licht einer weit entfernten, einsamen Kerze römische Inschriften. Es war der geheime Eingang zu den Katakomben.

Seine Stimme klang rauh. »Sag mir, was ich tun soll. Nach so langer Zeit stehe ich dir ganz und gar zur Verfügung.«

Die Gestalt zog ihn mit sich in das Labyrinth und legte einen entsetzlichen Augenblick lang ihre Lippen auf die seinen. Dann glitt die Täfelung wieder zurück, und nichts deutete darauf hin, daß jemals jemand hiergewesen war.

29

Als Alexandra am nächsten Morgen erwachte, war ihr Herz schwer und ihre Seele schmerzte. Mary hatte ihr Tee und Toast gebracht und machte sich daran, die Vorhänge zurückzuziehen und Alexandras Kleider für den Tag herauszulegen. Alexandra sah ihr einfach nur zu. Bisher hatte sie von ihrer Zofe noch keinen Glückwunsch gehört, was nur bedeuten konnte, daß sie mit der Entwicklung der Dinge nicht einverstanden war.

Doch inzwischen zweifelte Alexandra daran, ob es überhaupt jemals eine Hochzeit geben würde, mit der Mary einverstanden sein mußte. In der vergangenen Nacht war Damien urplötzlich kalt und unfreundlich geworden, und sie vermutete, daß er seinen Entschluß vielleicht bereute. Alle Träume zerplatzten wie Kristall auf steinernem Boden, und Alexandra konnte überhaupt nichts daran ändern.

»Soll ich nach heißem Wasser schicken und Ihnen ein Bad zubereiten?« Mary stand neben dem Bett und hielt Alexandra den Morgenmantel hin.

Aber es war nicht ihr eigener Morgenmantel, sondern Damiens, den sie noch nicht hatte zurückgeben können. Dafür war es nun zu spät.

In diesem Augenblick merkte auch Mary, daß das, was sie in der Hand hielt, nicht Alexandras Morgenmantel war, und ganz langsam dämmerte ihr, daß es sich um den Morgenmantel eines Mannes handelte.

Alexandra sah Mary an, und aus ihrer entsetzten Miene schloß sie, daß ihre Zofe den richtigen Schluß gezogen hatte. Mit einem Mal war ihr nur noch übel, und sie konnte förmlich spüren, wie das Blut aus ihren Wangen wich.

»Aber, aber, meine Liebe, diesen werde ich wohl besser wieder zurücklegen. Ich habe keine Ahnung, wie er hierher geraten ist.« Ganz offensichtlich versuchte Mary, sie zu schonen.

Aber Alexandra sah keinen Grund, lange um den Brei herumzureden. »Er gehört Damien, und du kannst ihn gleich zurückbringen lassen.« Sie mochte Mary nicht belügen, denn außer ihr hatte sie niemanden, dem sie vertraute. Außerdem war es nicht fair, ihre Zofe einerseits zu belügen und andererseits auf ihre Unterstützung zu hoffen.

»Jetzt weiß ich, daß Sie ihn lieben«, sagte Mary ruhig, während sie das Kleidungsstück faltete und auf den Sessel neben dem Kamin legte.

»Ja, ich liebe ihn«, flüsterte Alexandra, aber gleichzeitig blickten ihre Augen furchtsam. »Aber ich habe Angst ...« Und dann kullerten dicke Tränen über ihre Wangen, und sie kuschelte sich wieder auf ihr Kissen.

Sofort eilte Mary an ihre Seite und nahm sie in die Arme, und Alexandra weinte sich an Marys Schulter aus, bis alle Spannungen verflogen waren.

Als die Tränen endlich versiegt waren, griff Alexandra nach dem angebotenen Taschentuch. »Was soll ich nur tun? Er macht mir angst, aber gleichzeitig begehre ich ihn. Ich habe mich ihm hingegeben, weil ich ihn liebe. Dennoch weiß ich nicht, ob er überhaupt lieben kann. Mrs. Penrith hält es für besser, wenn ich möglichst schnell wegginge. Aber irgend etwas hält mich hier – vielleicht eine kleine Hoffnung. Ich habe das Leuchten in seinen Augen gesehen, wenn er Samuel ansieht. Ob es reicht, wenn ich ihn liebe? Wird das die Finsternis seiner Seele besiegen? Oder wird er sich eines Tages gegen mich wenden?«

Sie wischte die Tränen ab, die immer noch über das Gesicht strömten, und schien sehr verzweifelt zu sein. Sie konnte sich auch nicht mehr vorstellen, nach London zurückzukehren, denn Damien hatte sie längst verändert. Womöglich bekam sie sogar ein Kind von ihm. Nein, sie konnte nie wieder einfach von vorn beginnen, als ob nichts geschehen wäre.

»In meinem Herzen fühle ich, daß ich kämpfen muß«, stieß sie hervor. »Er ist zur Liebe fähig, denke ich, denn er liebt Sam abgöttisch. Ohne zu zögern, würde er sein Leben für ihn geben. Im Grunde weiß ich nicht genau, wogegen ich kämpfen muß.« Sie sah zu Mary auf, die sie immer noch umarmt hielt, und dann ließ sie ihrem Temperament freien Lauf. »Ich ... Ich kenne meinen Gegner nicht und weiß nicht einmal, ob ich gegen einen Geist oder gegen eine Verrückte kämpfe. Oder etwa nur gegen Damiens Einbildung?«

»Das werden Sie vermutlich nur allzu bald wissen«, flüsterte Mary.

Gedankenvoll betrachtete Alexandra die ergrauten roten Löckchen, die sich unter Marys Häubchen hervorwagten. Miss Pole und Mary waren beide rothaarig, und trotzdem waren die beiden Frauen völlig verschieden. Marys Haare lebten und wurden mit ihr älter, aber Ursulas Haare nicht.

Der Gedanke an Ursula Pole hatte Alexandras Tränen versiegen lassen. »Ich werde hierbleiben«, sagte sie, »aber vielleicht sollte ich dich lieber nach London zurückschicken. Zumindest für einige Zeit. Ich habe mich zum Kampf entschlossen, weil ich diese Frau abgrundtief verachte.«

»Das ist aber kein guter Ratgeber, wenn ich das sagen darf. Weil Sie ihn so sehr lieben, wäre ein weit besserer Grund.«

Alexandra fragte sich, ob sie Damien langsam immer ähnlicher wurde. Sah man ihr ihre innere Verzweiflung noch an, oder hatte sie etwa bereits gelernt, ihre Verwundbarkeit hinter einer kühlen, distanzierten Maske zu verstecken, wie er das tat? »Ja, ich liebe ihn sehr. Gott steh mir bei, aber ich liebe ihn wirklich.«

Es wurde ein bitterkalter Tag. Gegen Mittag ging der leichte Regen in Schnee über, und die niedrigen Büsche erhoben sich wie Gespenster unter einem düsteren Winterhimmel.

Alexandra traf die ersten Vorbereitungen für Marys Rückkehr nach London. Mary erhob zwar Einspruch, doch Alexandra hatte Angst. Keinesfalls wollte sie, daß Mary nur aus Pflichtbewußtsein blieb und womöglich in alles hineingezogen wurde. Dazu liebte sie ihre Zofe viel zu sehr.

Später absolvierte Alexandra ihren Unterricht mit Sam, obwohl er nur stumm dasaß und nicht reagierte. Als Mrs. Penrith um halb fünf Uhr den Tee servierte, beobachtete Alexandra vom Fenster des Musikzimmers aus, wie Damien trotz des stürmischen Schneefalls sein Pferd bestieg und davongaloppierte.

»Wohin reitet er?« fragte sie Mrs. Penrith.

»Um seinen Pakt mit dem Teufel zu schließen, nehme ich an«, antwortete diese und verließ kopfschüttelnd den Raum.

Alexandra versuchte, ihren Tee zu trinken, doch nicht einmal darauf konnte sie sich konzentrieren. Sam saß im Schaukelstuhl und schien die ständige Bewegung zu genießen. An den Fenstern der Westfassade klebten die Flocken in einer immer dicker werdenden Schicht, und Alexandras Sorge um Damien wurde einzig von dem Wunsch übertroffen, endlich der Wahrheit auf den Grund zu gehen.

»Für heute ist der Unterricht beendet, Sam.« Alexandra streckte den Arm aus und streichelte flüchtig seine Wange. Einige Sekunden lang sahen sie einander an, und dann stand Sam auf und verließ grußlos das Zimmer.

Alexandra raffte ihre Röcke und begab sich auf direktem Weg in das Turmzimmer. Sie hatte ihren Besuch nicht angekündigt, aber darauf konnte sie im Moment keine Rücksicht nehmen. Sie mußte mit Damiens Großmutter sprechen, denn sie war sicher, daß die alte Dame mehr über die Vorgänge in Cairncross wußte, als sie bisher entdeckt hatte. Der Zeitpunkt war gekommen, um das zu ändern.

»Falls sie schläft, werde ich warten«, erklärte sie Millicent an der Tür.

Die alte Dienerin rang die Hände. »Sie fühlt sich in der letzten Zeit nicht wohl. Wir versuchen, Aufregungen von ihr fernzuhalten.«

»Wer ist da?« hörten sie Lady Bess hinter den Vorhängen rufen, und kurz darauf erschien die alte Dame persönlich. Die Haare standen ihr ungekämmt um den Kopf, und sie war noch ganz verschlafen. Genauso hatte sie damals in der Nacht ausgesehen, als sie Alexandra auf der Treppe zu Tode erschreckt hatte.

»Damien hat unsere Verlobung bekanntgegeben. Wir werden heiraten.« Alexandra hielt inne und wartete auf eine Reaktion, aber auf das glückstrahlende Lächeln, das sie zu sehen bekam, war sie nicht gefaßt.

Lady Bess klatschte in die Hände. »Also ist es endlich offiziell! Meine geheimsten Träume haben sich erfüllt! Ich danke Gott, denn Damien braucht Sie so sehr.«

Alexandra half ihr zurück zu ihrem Sessel.

»Das sind wunderbare Neuigkeiten!« rief die alte Frau erneut und stieß mit ihrem Stock kräftig auf den Boden. »Millicent, bring uns einen Sherry. Wir müssen feiern!«

Alexandra ergriff die ausgemergelte Hand und kniete vor der alten Dame nieder. Dabei sah sie sie mit ernstem Gesicht an. »Ich glaube, das ist zu voreilig.«

»Wie bitte?« fragte Lady Bess überrascht. »Was sollte sich denn noch ändern?«

»Ich zweifle ernsthaft an Damiens Charakter. Ich muß unbedingt alles wissen, was es zu wissen gibt. Ich glaube, daß ich mich demnächst entscheiden muß.«

Mit kummervoller, beunruhigter Miene blickte Lady Bess auf ihre Besucherin hinunter. »Sie müssen ihn heiraten, Alexandra. Sie sind die beste Frau für ihn, die ich mir vorstellen kann. Er braucht eine so vernünftige Person, wie Sie es sind.«

»Ich weiß, daß er mich braucht, und auf meine Weise brauche

ich ihn mindestens genauso.« Sie hielt inne, denn es war nicht leicht, die richtigen Worte zu finden. »Aber vorher muß ich unbedingt wissen, wen ich da heirate. Ich muß mehr über Damien wissen. Ich muß wissen, ob er Ursula umgebracht hat.«

Lady Bess wandte die Augen ab, und eine tiefe Falte erschien auf ihrer runzligen Stirn.

»Hat er es getan?« flüsterte Alexandra mit drängendem Unterton.

Lady Bess entließ Millicent mit einer Kopfbewegung. »Ich weiß nicht genau, was Sie von mir wollen, Alexandra«, sagte die alte Dame, als sie allein waren. »Ob ich gesehen habe, wie er sie umgebracht hat? Nein, das habe ich nicht. Können Sie ihn denn nicht einfach lieben und glücklich sein? Ich denke ja, denn er ist ein liebenswerter Mensch und er kann lieben. Aber er braucht jemanden, der ihm das zeigt, denn seine Familie ...« Mit einem Mal schwang Rührung in ihrer Stimme mit. »... denn seine Familie hat ihn in diesem Punkt traurig vernachlässigt.«

»Vor zwanzig Jahren waren Sie schon eine alte Frau und haben sicher nicht allzu viel ausrichten können.« Alexandra senkte den Kopf und betrachtete nachdenklich das Muster des Fußbodens. »Sie sollten sich wegen der Vergangenheit nicht bekümmern. Die Vergangenheit ist vorbei, aber ich denke an die Zukunft. Vielleicht könnte ich ihm sogar irgendwann verzeihen, falls er es getan hat, aber dazu muß ich es wissen! Ich habe ein Recht darauf, denn ich werde seine Frau sein.«

Liebevoll strich die knochige Hand über ihr Haar. »Ich habe nicht gesehen, daß er sie umgebracht hat, aber kurz vor Damiens Verbannung hat es einen Streit zwischen ihm und Ursula auf der Treppe dieses Turms gegeben. Er hätte allen Grund gehabt, sie umzubringen, und genau diese Absicht hat er auch mehr als deutlich zum Ausdruck gebracht. Ich wünschte, ich könnte Ihnen etwas anderes sagen, denn ich habe Angst, daß Sie uns verlassen und wir dann nichts mehr haben werden. Ich weiß nicht, ob er Ursula Pole getötet hat. Ich weiß nur, daß er es die ganzen Jahre über nie bestritten hat.«

In diesem Augenblick spürte Alexandra, wie eine noch weit schwerere Last auf ihre Schultern geladen wurde. Es gab nun keine Möglichkeit mehr, an seiner Schuld zu zweifeln. Er hatte Ursula Pole umgebracht, und die Frage war nur, ob Alexandra Benjamin mit dieser Wahrheit leben konnte. Höchstwahrscheinlich konnte sie das nicht.

»Ich weiß, daß es ein Schock für Sie sein muß. Allein der Gedanke ist schon schrecklich«, erklärte die alte Dame, als sie sah, wie Alexandra blaß wurde. »Aber vergessen Sie nie, daß er allen Grund hatte, so zu handeln – falls er es getan hat.«

»Mag sein, daß er Grund hatte. Meiner Meinung nach hatte er allen Grund der Welt, diese Frau zu hassen. Aber ob man sie deswegen umbringen muß, mag ich nicht entscheiden.« Langsam stand Alexandra auf. Ihre Tränen waren versiegt, und ihr war kalt. Und an der Stelle, wo sonst ihr Herz geschlagen hatte, war alles taub und erstarrt.

»Heiraten Sie ihn, Alexandra. Kämpfen Sie um ihn. Ich bitte Sie von Herzen!«

Wie betäubt ging Alexandra zur Tür. »Es ist nicht sie, gegen die ich kämpfen muß. Wenigstens das weiß ich jetzt.« Ihre Stimme klang müde, als sie ohne einen Blick oder einen Gruß das Zimmer verließ. Sie sah nicht mehr, wie die alte Frau in stummer Verzweiflung die Hand nach ihr ausstreckte. Und sie sah auch nicht mehr, wie Lady Bess schließlich mit einem mutlosen Seufzer die faltigen Hände vors Gesicht schlug.

Alexandra wartete in der großen Halle auf Damien. Morgen früh würden Mary und vielleicht auch sie den Zug nach London besteigen. Gegen Ende der Woche konnten sie sich bereits in einer gemütlichen Wohnung häuslich eingerichtet haben, auch wenn Alexandra sich ein Leben in normalen Bahnen längst nicht mehr vorstellen konnte.

Es war bereits nach zehn, als Damien endlich nach Hause kam. Der Schnee lag inzwischen dreißig Zentimeter tief, und sein Kopf und seine Schultern waren völlig mit Schnee verkrustet. Da Featherstone nicht mehr da war, wurde er von einem der Diener erwartet, der ihm den eisverkrusteten Umhang abnahm.

Alexandra beobachtete von ihrem Platz im Schatten aus, wie Damien sich den Schnee aus den Haaren schüttelte und seine Brille mit dem Ärmel seines Hemds abtrocknete. Sie erschauerte, als ihr einfiel, wie rasch ein sanftes Streicheln diesen finsteren Gesichtsausdruck mildern konnte.

»Das war ein ziemlich langer Ritt, nicht wahr?«

Damien wandte sich um und blinzelte, um im Schatten etwas zu erkennen. Vorsichtig streifte er sich die Bügel seiner Brille über die Ohren. »Alexandra«, stellte er fest, und augenblicklich verschwand jeder Ausdruck von seinem Gesicht.

»Ich bin aufgeblieben, weil ich mit dir sprechen muß«, sagte sie und trat aus dem Schatten.

Er wartete, bis der Diener durch die Tür verschwunden war, und packte sie dann am Handgelenk. »Komm mit. Wir wollen uns oben unterhalten.«

»Nein, Damien, das möchte ich nicht. Ich möchte dir nur sagen, daß ich von hier fortgehen werde.«

Er rieb sich sein Gesicht, und sie hätte schwören können, daß sie für Sekunden das Aufflackern von Wut in seinen Augen gesehen hatte. Doch das unterdrückte er sofort. »Du wirst nicht gehen«, erklärte er lakonisch.

»Dann sage mir ehrlich, was du mit Ursula Pole gemacht hast. Ich kann nur hierbleiben, wenn ich die Wahrheit kenne.«

»Ich habe sie nicht umgebracht. Ich hätte es tun können, und manchmal wünsche ich sogar, daß ich es getan hätte – aber ich habe es nicht getan.«

»Lady Bess und die anderen sagen, daß du es getan hast. Ich muß es einfach genau wissen.«

»Warum?« Langsam kam die Wut an allen Ecken und Enden zum Vorschein. »Welchen Unterschied macht es denn? Vielleicht hast du ja recht und sie ist nicht einmal tot – und wir streiten uns völlig umsonst um die Identität ihres Mörders!«

»Du hast mir nie erzählt, daß du bei dem Streit im Turm damit gedroht hast, sie umzubringen.«

»Hätte das deine Achtung vor mir etwa gesteigert?« Ein zynisches Lächeln spielte um seine Lippen. »Ich kann deine Gedanken lesen. Ich weiß, daß du mich für einen Mörder hältst. Ich frage dich ernsthaft, ob ich lieber gestehen soll. Wird es die Situation zwischen uns verbessern? Wirst du mich dann mehr lieben?«

Diese Logik war nicht zu widerlegen. Ihr Herz litt um ihn, aber ihr Entschluß stand fest. »Ich kann nicht mit einem Mörder leben. Nein, das kann ich nicht«, erklärte sie ruhig. »Ich kann deinen Beteuerungen keinen Glauben schenken. Im Grunde ist es gleichgültig, was du noch sagst, denn ich werde morgen früh mit Mary nach London zurückkehren.«

Seine Muskeln spannten sich, und seine Augen glitzerten gefährlich. »Ich habe dich gebeten, meine Frau zu werden. Meine Frau, Alexandra. Du hast dich mir hingegeben, und das bindet uns für immer aneinander. Du wirst hier bei mir bleiben.«

»Nein«, widersprach sie mit zittriger Stimme. »Nein, genau aus diesem Grund muß ich ja weg, bevor es zu spät ist.«

Drohend trat er einen Schritt näher. »Ich werde dich auf jeden Fall hierbehalten. Wenn es sein muß, auch gegen deinen Willen.«

Langsam wich sie vor ihm zurück, damit er ihre Angst nicht bemerkte. »Cairncross ist kein Königreich, in dem du tun und lassen kannst, was du möchtest.«

»Mag sein, aber sag, wer würde dich vermissen, wenn ich dich einfach hierbehielte? Glaubst du etwa, daß deine Zofe mit einer Hundertschaft hierher zurückkommen und dich holen würde? Oder daß dein lieber Brian einsichtig würde und als edler

Ritter nach Cairncross gestürmt käme, als ob er den Büchern des großen Sir Walter entsprungen wäre?«

Sein Sarkasmus verletzte sie so sehr, daß sie vor Wut bebte. »Demnach weißt du von *Ivanhoe*? Wolltest du mich damals mit dem Buch erschrecken? Hast du dir ausgerechnet, daß der Tochter eines Juden genau dieses Buch viel bedeuten könnte?«

»Glaubst du das wirklich? Hältst du mich für so verrückt, daß ich mir solch üble Scherze ausdenke?« fragte er höhnisch und kam wieder einen Schritt näher.

Wieder wich sie zurück, doch er gab nicht nach. »Ich glaube, du hältst mich wirklich für verrückt. Und weißt du was? Ich bin verrückt. Weil ich dich nicht weggehen lasse. Nicht heute, nicht morgen. Niemals. Du wirst bei mir bleiben, und wenn ich dazu wirklich verrückt werden muß.« Er streckte die Hand nach ihr aus.

Sie entzog sich ihm, doch er vertrat ihr den Weg.

»Du wirst bei mir bleiben, Alexandra.«

»Aber nicht auf diese Weise«, sagte sie keuchend, während sie ihm einen Stuhl nach dem anderen in den Weg stellte. »Ich gebe meine Liebe freiwillig, aber nicht unter Zwang. Das war *ihre* Art, dich zu lieben.«

Er hielt inne und sah sie sehr lange sehr nachdenklich an, als ob er sich jede Linie ihres Gesichts und jedes Glitzern ihrer Augen genau einprägen wollte. »Kein Mann wird dich je so lieben und so verehren, wie ich das tue. Kein Mann wird dich je so brauchen, wie ich dich brauche.« Seine Stimme klang heiser, so sehr übermannten ihn seine Gefühle.

»Wenn du mich so sehr verehrst, frage ich mich wirklich, weshalb du mir nicht die Wahrheit gesagt hast. Weshalb hast du mir nie von der Unterhaltung zwischen Ursula und dir im Turm erzählt? Lady Bess hat mir reinen Wein eingeschenkt. Du hast Ursula umgebracht, nicht wahr?« Ihre letzte Frage erstickte in einem heiseren Stöhnen, das ohne jede Hoffnung war.

In drohender Haltung trat er entschlossen einen Schritt auf

sie zu. Aber als sie zurückwich, verfing sich ihr Rock an einem der aufgehängten Schwerter und sie stolperte. Er fing sie auf und riß sie geradewegs in seine Arme.

»Schau mich nicht so an«, fauchte sie, als sie seinem fordernden Blick begegnete.

Doch seine Arme umschlossen sie wie Schraubstöcke oder wie die Eisen einer Falle. »Bitte, tu es nicht« flehte sie. Aber da nagten seine Zähne bereits an ihren winzigen Ohrläppchen und machten ihr unglaubliche Lust.

»Wenn du behauptest, daß dir das keinen Spaß macht, bist du eine größere Lügnerin als ich.« Er beugte sich über sie und verschloß ihren Mund mit einem Kuß. Und als sie den Kopf zur Seite drehen wollte, hielt er ihn mit beiden Händen fest, so daß sie sich nicht rühren konnte.

Sie stöhnte vor Verzweiflung. Ihre Lippen ergaben sich ihm, aber ihr Kopf schrie Rebellion. Und die ganze Zeit über verfluchte sie die wohlige Wärme, die sich in ihrem Körper ausbreitete.

»Lust ist nicht der beste Verführer, Damien«, widersprach sie, als er sie zur Treppe zog.

»Nichts zerstört Männer schneller als der Betrug eben dieses Vergnügens«, keuchte er heiser, während er immer zwei Stufen auf einmal nahm.

»Solche Lust findest du überall.« Weinend zerrte sie an seinem Ärmel. »Nimm dir doch eine deiner vielen Hausmädchen und laß mich in Ruhe.«

»Aber ich möchte Vergnügen *und* Liebe.« Er zerrte sie bis zu seiner Schlafzimmertür und drückte sie gegen das Holz, so daß sie zwischen seinen Armen gefangen war. »Sag mir, daß du mich haßt, Alexandra – und ich lasse dich auf der Stelle gehen. Es ist deine Liebe, die mich anzieht und die mich gleichzeitig peinigt, weil sie so selten ist. Sag mir, daß du mich nicht ausstehen kannst, und das Vergnügen wird verlöschen wie die Glut des Kamins, wenn man kein Holz mehr nachlegt.«

»Ich hasse dich«, schrie sie und krallte sich in seine Wange, um sich endlich aus seinem eisernen Griff zu befreien.

»Sieh mich an und sage es mir mitten ins Gesicht!« Er packte ihre Arme und schüttelte sie.

Sie beruhigte sich und lehnte sich schweratmend gegen das Holz. Schließlich hob sie den Blick. »Ich hasse dich ...« Sie konnte die Worte fast nicht denken und kaum über die Lippen bringen. »... und ich liebe dich. und genau deswegen werde ich aufbrechen, sobald es Tag wird.«

Er beugte sich zu ihr hinunter, bis sie seinen Atem als warmen Hauch auf ihrer Wange fühlte. »Nein, Alexandra, genau deswegen werde ich dich festhalten, bis ich ins Grab sinke und der Wind meine Überreste über das Heideland weht.«

Sie starrten einander an.

»Streite doch ab, daß es mir ernst ist – oder traust du dich nicht?« flüsterte er.

Als sie den Blick senkte, wußte sie, daß es falsch war, weil es Schwäche und Nachgeben signalisierte. Ihr Instinkt riet ihr, ihre Würde zu wahren, indem sie auf Distanz ging. Womöglich waren alle diese Scheußlichkeiten seinem kranken Kopf entsprungen, und er amüsierte sich wie ein Verrückter über ihre Ängste.

Trotz allem liebte sie ihn – und deshalb waren seine Kämpfe auch die ihren geworden, und seine Leidenschaften ebenfalls. Auch das war ein Beweis dafür, daß er ganz anders war als Brian. Brian hätte sie durch Mißachtung vernichtet, doch Damien würde sie mit Besessenheit töten.

Er riß sie in seine Arme.

Sie neigte ihm den Kopf entgegen. Vielleicht formten sich tief in ihrem Inneren Worte des Protests, doch sie kamen ihr nicht über die Lippen. Bevor sie sie artikulieren konnte, wurden sie bereits von einem Kuß verschlungen.

Sie meinte, in einem Traum zu schweben, aus dem sie nicht erwachen wollte. Irgendwann begriff sie, daß sie ihm längst ihre

Hand überlassen und er sie in sein Zimmer gezogen hatte. Und als er sie auf die Matratze drückte, flehten alle ihre Sinne sie an, ihm zu entfliehen, doch sie konnte nicht darauf hören. Jeder heiße Kuß, der auf ihrer Kehle, ihren Händen und ihrem Ausschnitt brannte, sagte ihr, daß diese Liebe nicht normal war. Aber sie konnte nicht davon lassen. In einem ganz normalen Leben, so wie sie es früher einmal geführt hatte, waren solche Gefühle überflüssig gewesen. Doch nachdem der Damm zum Wahnsinn einmal gebrochen war, gab es nichts, was die Fluten noch hätte aufhalten können.

Der Fluß ihrer Lust strömte frei und ungehindert davon.

30

Alexandra öffnete verschlafen die Augen. Jeder Muskel ihres Körpers schmerzte bestialisch, so angestrengt war er, und in ihrem Kopf wiederholten sich die Szenen der vergangenen Nacht. Sie spürte, daß Damien nicht mehr im Bett lag, und als sie sich in den zerwühlten Laken umdrehte, stellte sie überrascht fest, daß er noch im Zimmer war. Er hatte sich nur schnell eine Hose übergezogen und blickte vom Fenster auf die weiße Schneelandschaft hinaus. Als er sich zu ihr umdrehte, spiegelten sich keinerlei Empfindungen auf seinen Zügen – so als ob er sie abgestreift hätte wie die Landschaft ihre Farben.

Alexandra schloß die Augen, und eine düstere Stimmung legte sich wie Blei auf ihre Seele. Natürlich hatte sie nicht erwartet, daß er sie wie ein charmanter Ehemann morgens mit einer Tasse Tee begrüßte. Nach einer so ungebärdig wilden Nacht beturtelte man einander nicht. Doch tief in ihrem Herzen sehnte sie sich wie alle Frauen nach Zärtlichkeit. Sie träumte davon, eine hübsche, junge Ehefrau zu sein mit einem Mann, der ihrer wert war.

Sie träumte von gesunden, klugen Kindern und den kleinen Momenten des Glücks.

Die letzte Nacht jedoch hatte alle diese Träume gründlich ausgelöscht. Sie konnte sich nicht einmal mehr daran erinnern, wie oft er sie genommen hatte. Von Mal zu Mal hatte er sie wilder geliebt, als ob er seinen Besitz wieder und wieder von neuem demonstrieren müßte.

Beim letzten Mal hatte er sie schließlich auf sich gezogen und ihr die Arbeit überlassen. Sie hatte gestöhnt und erst nicht gewollt, aber seine mächtigen Hände hatten ihre Hüften gepackt und sie einfach bewegt. Schließlich war auch das letzte Schamgefühl von ihr abgefallen, und irgendwann war sie satt und zufrieden über ihm zusammengebrochen. Zu ihrer Erniedrigung hatte er jedoch nicht von ihr abgelassen, sondern ihre Gier noch einmal geweckt, indem er ihre Brüste liebkost und ihr ins Ohr geflüstert hatte, daß kein Mann sie je so begehren würde wie er.

Früher hätte allein der Gedanke an solche Auswüchse ihr die Schamröte ins Gesicht getrieben, aber als sie träge und erschöpft in dem zerwühlten Bett lag, war diese Prüderie längst vergessen. Gier und Lust hatten gesiegt. Seine Verführungskünste waren wahrlich teuflisch – und sie taten ihre Wirkung. In der vergangenen Nacht hatte er sie zum ersten Mal in sein dunkles Reich entführt, und mit jedem brutal egoistischen Kuß, den er ihr entrissen hatte, und mit jeder leidenschaftlichen Umarmung, mit der er sie aufs Bett niedergedrückt hatte, hatte er ein Verlangen in ihr erweckt, das sie bisher nicht empfunden und nicht einmal hatte wahrhaben wollen. Und gerade bei dieser Gratwanderung entlang des Abgrunds hatte sich ihr wildes Begehren am genüßlichsten enthüllt.

Sie starrte auf Damiens breiten, abweisenden Rücken und dachte an die vergangene Nacht. Sie hatte tatsächlich das Gefühl, langsam aber sicher immer tiefer in einen Abgrund zu rutschen. Nein. Sie mußte sich schleunigst in Sicherheit bringen, denn sie sehnte sich nach Zärtlichkeit, nach Sanftheit und nach

Liebe. Wenn sie ihn schon nicht retten konnte, so mußte sie sich wenigstens selbst in Sicherheit bringen.

Sie befreite sich aus den Laken und schützte sich mit den Händen, während sie rasch zum Stuhl glitt und den Morgenmantel ergriff, der dort lag. Schützend bedeckte sie ihre Blößen und hoffte, daß Damien noch immer die Landschaft betrachtete. Aber das tat er nicht. Stattdessen glitten seine Blicke ungeniert über ihren nackten Körper, und während sie mit hochgereckten Armen rasch in die Ärmel mit Aufschlägen aus Seidenbrokat schlüpfte, betrachtete er genüßlich ihre vollen Brüste.

»Du versuchst, dich vor mir zu verstecken.« Seine Mundwinkel zuckten. »Aber was soll das bringen?«

Sie warf ihm einen hastigen Blick zu und erblickte sich dabei zufällig im großen Spiegel. Wie ein Gespenst sah sie aus. Ihr Haar war wild zerzaust und darunter blickte sie ein leichenblasses, unglaublich müdes Gesicht mit lilafarbenen Augenringen an. Verzweifelt sah sie sich und und suchte nach ihren Kleidern, aber sie waren verschwunden. Nur Damiens Hemd lag noch auf dem Tisch neben dem Bett, wo er es in der vergangenen Nacht hingeworfen hatte.

»Falls du deine Kleider suchst ... Ich habe sie zum Bügeln nach unten geschickt. Der Geistliche kommt heute abend um sechs, um uns zu trauen.«

Sie wich in die Ecke zwischen der Wand und seiner großen Mahagonikommode zurück. Sie hatte sehr genau gehört, was er gesagt hatte, aber sie verstand es nicht. Sie wollten doch jetzt noch nicht heiraten, sondern erst in einigen Wochen. Es wäre ihr Ende, wenn sie sich so schnell nach den Erlebnissen der vergangenen Nacht an diesen Mann binden müßte.

»Du wirkst wie ein verängstigter Vogel, der sich in der Falle gefangen hat, Alexandra.«

Er trat einen Schritt näher. Doch sie streckte die Hände aus, um ihn abzuwehren. Sie drückte gegen die warme Haut seines Körpers, aber genauso gut hätte sie sich an einem Felsen versuchen können. In Panik merkte sie, wie seine Finger unter den Morgenmantel glitten und ihn über eine Schulter herunterstreiften. Und dann fühlte sie seine Lippen auf ihrem Hals und ihrer Brust.

Sie krallte ihre Finger in sein Haar und zog seinen Kopf gerade noch zurück, bevor seine Lippen sich um ihre Brustwarze schließen konnten. Herausfordernd blickte er sie an, als ob er sie auffordern wollte, noch fester zu ziehen, aber in der nächsten Sekunde riß er sich ruckartig los und schnappte nach ihrer Warze.

»Ich will ... nicht«, stöhnte sie, als sich seine Zähne um das Fleisch schlossen.

Aber er saugte nur fester. Er verstand es meisterhaft, den Schmerz bis zum äußersten auszureizen und zu steigern, so daß sie nie wußte, wie weit er diesmal gehen würde. Er zog die Lippen über seine Zähne und nagte hingebungsvoll an ihren Warzen, und als sie aufschrie, geschah das größtenteils aus Lust und nur ein ganz klein wenig aus Angst, daß er diesmal die Schwelle zu schmerzhaften Verletzungen überschreiten könnte.

Hilflos tastete ihre Hand über die Kommode, bis sie den Griff einer silbernen Haarbürste zu fassen bekam. Sie packte den Griff fester und schlug ihm die Bürste mit aller Kraft ins Gesicht. Erschrocken fuhr er zurück. Dann entwand er ihr die Bürste, indem er ihr fast das Handgelenk brach, und sie schützte blitzschnell ihr Gesicht mit den Händen und wartete auf den Schlag.

Doch als nichts geschah und nur noch ihr keuchendes Atmen zu hören war, ließ sie vorsichtig die Hände sinken und sah ihn an. Aber hinter den spiegelnden Gläsern waren seine Augen so gut wie unsichtbar. Mit einer verachtungsvollen Bewegung warf er die Bürste auf die Kommode, wo sie quer über die polierte Oberfläche schlidderte und lautlos in dem dicken Teppich versank.

»Ich werde dich nicht heiraten«, flüsterte sie.

»Aber natürlich wirst du mich heiraten. Ansonsten werde ich dein schandbares Benehmen überall in London herumerzählen«, erklärte er knapp und kalt.

Sie hätte am liebsten noch einmal zugeschlagen. »Ich werde so nicht weitermachen, Damien, denn ich brauche Zärtlichkeit und Wärme, und ich möchte jemanden, der sich um mich sorgt. Es wird keine Hochzeit geben. Lieber sterbe ich.«

Seine Miene verhärtete sich. »Weder das eine – noch das andere.«

Sie sank gegen die Kommode, denn sie fühlte sich plötzlich schwach und hilflos. »Ich habe gesehen, daß du lieben kannst, Damien. Immer wenn du Sam angesehen hast ... Aber offenbar kannst du nichts gegen die dunkle Seite deines Charakters ausrichten.«

Langsam sank er auf den großen Sessel neben dem Kamin nieder und starrte ins Feuer, ohne sie weiter zu beachten. Nervös fummelte Alexandra an den Aufschlägen des Morgenmantels und bewegte sich ganz langsam, Schritt für Schritt, auf die Tür zu. Doch urplötzlich packte er ihr Handgelenk und drehte es so brutal um, daß sie vor ihm in die Knie gehen mußte.

»Ich begehre dich so sehr, daß ich noch den Verstand verliere.« Auf seinem zuckenden Gesicht zeichnete sich bereits deutlich eine Schwellung ab, wo sie ihn getroffen hatte. »Ich habe gewußt, daß du mir das antun würdest.«

»Laß mich los!« stieß sie hervor. Einerseits hätte sie gern sein Gesicht gestreichelt, um ihre Tat wiedergutzumachen. Aber andererseits durfte sie sich keine Blöße geben. Sie starrte ihn an, doch ihre Augen füllten sich mit Tränen. »Kein Mann liebt seine Frau auf diese Art.«

»Und wie liebt eine Frau ihren Mann? Ich werde es dir sagen! Sie verführt ihn durch ihre Weiblichkeit, und wenn ihr Mann nicht mehr ohne sie leben kann, zerstört sie ihn.« Voller Zorn packte er ihre Haare und zerrte ihren Kopf zwischen seine Knie.

»Damien!« Aufschluchzend lehnte sie ihre Stirn gegen seinen Schenkel und merkte dann, daß er seine Hand durch die Öffnung seiner Schlafanzughose gesteckt hatte. »Nein«, schluchzte sie.

Entsetzt sah sie zu, wie er sich entblößte, und wollte sich losreißen.

Doch er hielt ihre Haare eisern fest und flüsterte heiser: »Ja, sieh ihn dir nur an! Die letzten Tage über warst du viel zu beschäftigt, um ihn dir einmal bei voller Beleuchtung ganz in Ruhe anzusehen.« Er zog ihren Kopf noch ein Stück näher heran. »Siehst du die Narben? Sie sind immer noch zu sehen. Jede kleine Narbe erinnert mich an den Moment, in dem ich vertraut habe, wo ich nie hätte vertrauen dürfen.«

Schockiert starrte Alexandra zu ihm empor, doch die Einsamkeit, die sein Gesichtsausdruck widerspiegelte, war schlimmer als alle Narben. Alle Zärtlichkeit war wie weggewischt, und er war nichts weiter als ein einsamer Mann, der keine Liebe besaß und der die Welt haßte, weil er glaubte, keinen Platz darin zu haben.

»Ich bin nicht Ursula, Damien.«

»Genau. Du bist sogar noch schlimmer.«

»Da irrst du dich.« Keuchend erwehrte sie sich seines Griffs.

Mit seiner freien Hand fuhr er ihr durch das Haar und betrachtete sie lange, als ob er darüber nachdächte. Doch dann gewann wieder seine Wut die Oberhand. »Du bist wirklich schlimmer. Sie hat wenigstens immer Distanz gewahrt und mir nie das Gefühl vermittelt, das ich für dich empfinde. Sie habe ich nicht gebraucht.« Seine Stimme klang seltsam belegt. »Sie hat nicht alle diese Dinge getan und mich dann obendrein noch verlassen.«

»Ich liebe dich, Damien, aber diese Seite deines Charakters ist mir fremd.« Sie weinte und wandte ihr Gesicht ab. »Die Liebe ist wundervoll sanft und gut. Und sie macht ruhig und froh, Damien.« Mit einem herzzerreißenden Laut riß Alexandra sich los und stürzte zur Tür. »Ich werde dir nicht erlauben ...«

Als sie die Tür aufriß, merkte sie, daß sie im Nassen stand. Sie sah zu Boden und erblickte einen See aus rotem Wasser, das wie Blut aussah. Der See begann an Damiens Tür und erstreckte sich bis hinüber zu ihrem Zimmer. Voller Verachtung zwang sie sich zum Weitergehen und stieß die Tür ihres Zimmers auf.

Der Anblick, der sich ihr bot, raubte ihr den Atem. Die Fenster waren eingeschlagen, und eiskalter Wind fegte durch den Raum. Ein knatterndes Geräusch lenkte ihren Blick zum Bett, auf dem ein Buch lag. Ein aufgeschlagenes Buch, in dessen Seiten der Wind blätterte. *Ivanhoe*. Auch die Schneiderpuppe war wieder da – an ihrem angestammten Platz neben dem Bett – und wieder hatte man ihr den Rock über den Kopf geschlagen. Die rote Spur zog sich durch das ganze Zimmer, über das weiße Bett, über die zahllosen Glasscherben der Fensterscheiben bis hinüber zum großem Spiegel über der Kommode. Dort hatte man den Topf offensichtlich umgekippt und mit bloßen Fingern einen blutroten Davidstern auf das Spiegelglas gemalt.

Entsetzen packte Alexandra und raubte ihr den Atem. Mit dem Instinkt eines gejagten Tiers blickte sie sich um und sah Damien unter der Tür seines Schlafzimmers stehen. Er schien überhaupt nicht überrascht zu sein. Demnach war alles sein Werk. In dieser Sekunde trübte sich ihr Blick, und gleich darauf sank sie ohnmächtig zu Boden.

31

Alexandra öffnete die Augen und erstarrte sofort in Panik. Wirr irrten ihre Blicke durch das Zimmer und versuchten festzustellen, wo sie sich befand. Sie war wieder in Damiens Schlafzimmer. Er stand unter der Tür und blickte sie ungerührt an.

»Aber, aber, meine Liebe«, hörte sie Marys beruhigende Stimme in der Stille, »bleiben Sie liegen und kommen Sie erst einmal wieder zu sich.«

Alexandras Kopf fuhr herum, und sie sah, wie ihre Zofe eine Kompresse in einer Schüssel voll Wasser auswrang.

»Seine Lordschaft hat mich gerufen, weil Sie ohnmächtig geworden sind«, erklärte Mary steif, während sie das Tuch auf Alexandras Stirn preßte. Dabei musterte sie ihren Schützling mit besorgter Miene.

Wieder wanderte Alexandras Blick quer durch das Zimmer bis zu Damien. Er sah sie so eindringlich an, als ob er sich jeden einzelnen ihrer Gesichtszüge einprägen wollte. Dann nickte er kurz und verließ, ohne ein Wort zu sagen, das Zimmer.

»Wohin geht er?« platzte sie heraus, weil sie plötzlich eine dunkle, unerklärliche Vorahnung überkam.

»Schon gut, Miss. Es ist alles in Ordnung. Er hat alles vorbereitet, so daß wir noch heute abend wegfahren können. Jaymes richtet bereits den Wagen her. Wir werden die Nacht in York verbringen und morgen mit dem ersten Zug nach London fahren.« Mary schien ein Stoßgebet zu sprechen. »Gott sei Dank«, murmelte sie.

Alexandra sah an sich hinunter. Sie trug immer noch Damiens Morgenmantel. Rasch wanderten ihre Blicke zu Mary, doch sie las keine Vorwürfe in ihrer Miene, sondern nur große Sorge. Sie versuchte aufzustehen, aber ihr Kopf fühlte sich seltsam leicht an und ihre Glieder gehorchten ihr nicht ganz. »Er hat gesagt, daß ich niemals von hier fortgehen könnte.« Sie wirkte immer noch aufgeregt und etwas durcheinander.

»Er hat mir erklärt, daß Sie ohnmächtig geworden seien. Er wirkte ausgesprochen besorgt und sagte, daß Sie hier in ständiger Angst lebten und unglücklich seien. Er wolle Ihnen das nicht noch länger zumuten. Weiter hat er gesagt, daß er uns nach York bringen lassen würde, sobald Sie stark genug seien.«

Alexandras Blicke wanderten durch den Raum und dann wieder zurück zu ihrer dürftigen Bekleidung. »Ich ... Ich weiß nicht recht, wie ich meinen Aufzug erklären soll.« Dabei stieg ihr die Schamröte ins Gesicht..

»Sie dachten schließlich, daß Sie ihn heiraten würden, Miss.« Zärtlich streichelte Mary sie und hätte sie gern umarmt, doch Alexandra konnte sich diesen Trost noch nicht gestatten.

»Hast du mein Zimmer gesehen?« fragte sie im Flüsterton.

»Es sah einfach grauenhaft aus«, bekräftigte Mary.

»Er muß es gemacht haben« erklärte Alexandra. »Es kann nicht anders gewesen sein. Er will mich quälen.« Eine Träne rollte über ihre Wange.

Aber Mary sagte nichts darauf.

»Die ganze Zeit über habe ich angenommen, daß Miss Pole hinter all diesen Scheußlichkeiten steckte. Ich dachte, sie wollte sich rächen, weil Damien mir so viel Aufmerksamkeit schenkte. Heute weiß ich jedoch, daß er tatsächlich durchgedreht ist.« Inzwischen weinte sie richtig. »Ich habe geglaubt, daß ich ihm helfen könnte. Eines Abends habe ich ihn mit der Pistole in der Hand überrascht und gefürchtet, daß er sich etwas antun könnte. Wie kann ich ihm nur helfen? Ich kann doch keinen Mörder heiraten. Und alle diese scheußlichen Gemeinheiten ... so teuflisch und verletzend! Wie kann ich ihn nur von diesem Weg abbringen, ohne mich selbst zu opfern?«

Mary nahm Alexandras Hand. »Ich kann zwar nicht erklären, was in diesen Mauern vor sich geht. Und Ihr Zimmer sieht ohne Zweifel schrecklich aus. Aber trotzdem glaube ich nicht, daß er es getan hat. Mag sein, daß es so ist, aber gesehen habe ich es nicht! Aber wir brauchen uns jetzt auch nicht weiter den Kopf darüber zu zerbrechen, denn wir fahren noch heute abend weg. Sobald Sie sich erholt haben, werden wir Cairncross verlassen. Ich danke Gott, daß es endlich soweit ist.«

»Ich glaube nicht, daß ich ihm noch irgendwie helfen kann.« Endlich ließ Alexandra ihren Tränen freien Lauf. Sie hatte das Gefühl, als ob alle Hoffnung sie verlassen und ihr Leben jeden Sinn verloren hätte.

»Kommen Sie, Miss, ich habe Ihnen einige Kleider herübergebracht. Ich helfe Ihnen beim Anziehen und dann werde ich Ihre übrigen Sachen packen und zum Wagen bringen.«

Alexandra nickte, aber ihre Augen waren blind vor Tränen und ihr Herz schmerzte unsäglich.

»Ich möchte mich unbedingt noch von Sam verabschieden«, sagte Alexandra, während Jaymes bereits ihre Koffer auf dem Wagen verstaute und Mary noch rasch in der Küche besprach, was sie zum Lunch mitnehmen wollten. »Wo ist er? Ich habe ihn heute überhaupt noch nicht gesehen.«

Mrs. Penrith rang die Hände und blickte sich suchend in der Halle um. »Nun, da Sie es sagen, wundert es mich auch. Ich habe ihn heute ebenfalls noch nicht gesehen. Seltsam. Ich werde die Diener bitten, ihn zu suchen.«

Nachdem Mrs. Penrith verschwunden war, fühlte sich Alexandra in der großen Halle plötzlich sehr einsam und verlassen. Sie wanderte zu der Wand mit den Schwertern hinüber und strich apathisch über das Schwert von Cairncross mit seinem eingravierten Wahlspruch. *Sunt hic etiam sui praemia laudi.* »Auch hier findet Tugend ihre Anerkennung.« Leider entsprach dieses Motto nicht den Tatsachen, denn in Cairncross existierte keinerlei Tugend. Der Schmerz dieser Entdeckung würde sie von nun an ihr Leben lang begleiten.

Ihre Blicke wanderten hinüber zur großen Eichentreppe am Ende des Raums. Eigentlich gab es keinen Grund, noch einmal nach oben zu gehen und sich das Schulzimmer anzusehen, aber Alexandra konnte mit einem Mal nicht mehr widerstehen. Vielleicht hoffte sie in ihrem Unterbewußtsein auf eine Begegnung mit Ursula und damit auf eine Erklärung für alle peinigenden Zweifel, die ihre Seele entzwei rissen. Jedenfalls raffte sie ihre Röcke und lief schnell noch einmal nach oben.

Doch das Schulzimmer war leer und so seltsam still wie immer. Die Fensterläden waren geschlossen, und der erste Staub sammelte sich bereits wieder auf den Bänken und Pulten. Und mit jedem Staubkorn wurde Alexandra Benjamins Gastspiel in diesen Räumen mehr und mehr überdeckt und ausgelöscht.

Alexandra trat an das Bücherregal, wo die Lederbände von Sir Walter Scott wieder in Reih und Glied an ihrem angestammten Platz standen, als ob nie einer gefehlt hätte. Es gab nichts mehr zu tun. Die Geschichte war ein für allemal vorbei. Sie wollte gerade wieder das Schulzimmer verlassen und drehte bereits den Knauf, als ein winziges kratzendes Geräusch sie innehalten ließ. Es kam von der anderen Seite der Verbindungstür zu ihrem früheren Schlafzimmer. Aus Ursula Poles Schlafzimmer.

Leise durchquerte sie das Schulzimmer und wie beim ersten Mal, als sie vor dieser Tür gestanden hatte, war die Tür auch diesmal nicht abgeschlossen. Die Angeln quietschten, als sie die Tür öffnete. Der Raum war ebenso dunkel wie das Schulzimmer, denn auch hier filterten die Läden das Sonnenlicht. Es dauerte einen Moment, bis sich ihre Augen an das Dämmerlicht gewöhnt hatten, aber dann entdeckte sie, woher das Geräusch kam.

»Um Himmels willen, Sam! Was machen Sie denn hier? Wir haben Sie schon überall gesucht!«

Besorgt beugte sie sich über Sam, der sich wie ein Ertrinkender an den Schrankkoffer klammerte, als ob er sein einziger Halt in stürmischer See wäre. Pausenlos kratzten seine Finger über die Seiten, als ob ihm der Koffer sonst entgleiten könnte.

»Kommen Sie weg von hier, Sam. Was ist denn los?« sagte sie sanft und kniete sich neben ihn.

Er schrak hoch und sah sie an, als ob er sie vorher überhaupt nicht bemerkt hätte.

»Was ist los?« wiederholte Alexandra und runzelte besorgt die Stirn. Sie ergriff seine Hand und merkte, daß sie sich ganz warm und klebrig anfühlte. Er hatte so lange an dem Koffer gekratzt, bis seine Fingernägel bluteten!

»Sam, fürchten Sie sich? Aber warum nur? Wovor?« fragte

sie ihn flehend und wußte zugleich, daß alle Geheinnisse gelöst wären, wenn er jetzt redete.

Aber Sam starrte sie nur an, und in dieser Sekunde wurde ihr wieder einmal schmerzlich bewußt, wie sehr er seinem Bruder ähnelte.

»Sie können mir vertrauen, Sam. Ich werde Ihnen nichts tun. Ich bitte Sie, lassen Sie mich Ihnen helfen!«

»Ich habe sie weggeschickt!« brach es unter trockenem Schluchzen aus ihm heraus. »Ich habe sie weggeschickt, aber ich habe sie wieder zurückgebracht. Haben Sie das verstanden? Ich habe sie zurückgebracht. Ich bin ein guter Junge.«

Sie fühlte, wie es sie eiskalt überlief und ihre Nackenhaare sich sträubten.

»Und wohin, Sam? Wohin haben Sie sie zurückgebracht? Etwa in diesen Koffer?«

Eine ganze Weile starrte Sam sie nur an, als ob sein einfacher Kopf sich fragte, ob er ihr wirklich vertrauen konnte. Sie konnte förmlich fühlen, wie gern er ihr vertrauen wollte.

»Kann ich sie sehen?«

Zögernd nickte er.

Alexandra stand auf.

Mit eiskalten Fingern öffnete sie den Verschluß, und der Deckel quietschte dank seines Gewichts vernehmlich. Schließlich fiel er mit einem lauten Krach zurück und erstickte den lautlosen Schrei, der in Alexandras Kehle steckenblieb.

32

Alexandra zitterte noch immer am ganzen Körper, als Mrs. Penrith ihr eine Tasse dampfendheißen Tee reichte. Die beiden Frauen hatten sich in den Wohnraum der Hausdame zurückgezogen, während es im übrigen Schloß drunter und drüber ging. Leichenblaß saß Mary an der Seite ihres Schützlings und versuchte, Alexandra zu beruhigen.

»Als Sam mich gesehen hat, hat sein kindliches Gemüt vermutlich gespürt, daß nun alles gut würde.« Alexandra erschauerte. »Und deshalb hat er mich auch in den Koffer schauen lassen. ›Ich habe sie zurückgebracht, ich habe sie zurückgebracht‹, hat er ein paarmal gesagt. Nun begreife ich endlich, was er damit gemeint hat.«

»Nach Auskunft des Arztes ist Miss Pole bereits seit vielen Jahren tot«, bestätigte Mrs. Penrith. »Ihre Leiche ist allerdings erstaunlich gut erhalten, was darauf schließen läßt, daß sie die ganze Zeit über nicht im Koffer, sondern eher in der trockenen Luft der Katakomben gelegen haben dürfte.«

»Das hört sich vernünftig an. Außerdem erklärt es vieles.« Alexandra hob die Tasse an ihre Lippen. »Sam hat immer wieder gesagt, daß er sie weggeschickt hätte. Nach Damiens erzwungener Abreise muß er Ursula zur Rede gestellt haben. Sie wird wütend geworden sein und ihn verhöhnt haben, so daß er sie kurzerhand in die Katakomben gelockt und dort eingesperrt hat.« Ein Schauer durchlief sie. »Das erklärt zumindest die Kratzer und die roten Haare, die wir dort entdeckt haben. Das Haar muß büschelweise abgefallen sein, als ihr Körper vertrocknet ist.«

»Der arme Junge! Darüber wird er sicher niemals hinwegkommen«, jammerte Mrs. Penrith, als sie sich eine Tasse Tee einschenkte.

»Das würde ich so nicht sagen. Ich kann mir vorstellen, daß er sogar erleichtert ist, daß das Geheimnis endlich ans Licht gekommen ist. Sie war eine schrecklich grausame Frau, und er hatte immer große Angst vor ihr. Doch damit ist nun endgültig Schluß.« Alexandra verspürte bereits eine gewisse Erleichterung, seit Mary ihr mit Riechsalz und einem Taschentuch zu Hilfe geeilt war. Nur wenn sie die Augen schloß, sah sie wieder den geöffneten Koffer vor sich und die makaber mumifizierte Leiche von Ursula Pole.

»Aber wenn Sam die Frau doch in die Katakomben gesperrt hat, weshalb hat er dann den Koffer vom Speicher geholt und die Leiche hineingelegt?« fragte Mary, ohne Alexandras Hand loszulassen.

»Ich denke, daß er in seinem einfachen Kopf immer gewußt hat, daß er etwas falsch gemacht hat.« Alexandra tätschelte Mary zuversichtlich die Hand. »Und wahrscheinlich hat er auch deshalb die ganzen Jahre über nichts gesagt. Als ich damals mit ihm dort unten war und unbedingt hinter die Tür sehen wollte, war er zu Tode erschrocken und hat wahrscheinlich gedacht, daß ich dann ebenfalls verschwinden würde. Ich glaube, daß er sich in diesem Moment an damals erinnert hat und nach ihr gesucht hat. Als er ihren verwesenden Körper entdeckt hat, wollte er es wieder gutmachen und hat sie in ihrem alten Koffer wieder in ihr Zimmer zurückgebracht.«

»Grauenhaft« rief Mary.

»Das stimmt«, sagte Alexandra ruhig. »Aber zumindest wissen wir nun, daß Damien kein Mörder ist.«

»Richtig«, meinte Mrs. Penrith nachdenklich. »Aber die Vorfälle in Cairncross sind damit noch lange nicht erklärt. War Ursula Pole nun ein Geist, oder nicht?«

Alexandra konnte darauf keine Antwort geben. Die halbverweste Leiche in dem Koffer hatte nicht die geringste Ähnlichkeit mit der Frau auf der Treppe oder der Gestalt auf der Heide. Aber im Leben hatte Ursula schließlich auch nicht so ausgesehen wie die Frau im Koffer. Niemand konnte mit Sicherheit entscheiden, ob tatsächlich ein Geist in Cairncross herumspukte, oder ob alles nur eine Ausgeburt von Damiens Phantasie war.

»Ich kann jedenfalls nicht einfach wegfahren, ohne noch einmal mit ihm zu sprechen.« Alexandra setzte ihre Tasse ab. »Ich habe ihn als Mörder verdächtigt und ihm sehr unrecht getan.« Sie wandte sich an Mary. »Ich möchte, daß du mit Jaymes und dem Gepäck vorausfährst.«

»Ich soll Sie hierlassen? Das ist doch nicht Ihr Ernst, Miss!« Mary war einem Schlaganfall nahe.

»Ich muß unbedingt die Wahrheit erfahren.« Alexandras Stimme sank zu einem Flüstern herab. »Koste es, was es wolle.«

»Dann werde ich so lange hierbleiben, Miss. Sie wissen –«

Aber Alexandra schüttelte den Kopf und sah Mary eindringlich an. »Ich weiß nicht, was passieren wird. Ich weiß nur, daß ich ihn noch ein einziges Mal sehen muß. Der Wagen steht bereit. Ich möchte, daß du nach York fährst und dort auf mich wartest. Ich möchte dich unbedingt in Sicherheit wissen.«

Marys Gesicht spiegelte ihr Entsetzen. »Verlangen Sie das nicht von mir, Miss! Ich würde verrückt, wenn ich Sie allein hier zurücklassen müßte!«

»Aber ich weiß doch nicht, was passieren wird. Mag sein, daß ich schon gleich morgen ganz früh bei dir bin. Genauso gut ist es möglich, daß ich noch heute abend wieder nach dir schikke. Ich weiß nur eines: Ich möchte dich in York wissen, wenn hier die Entscheidung fällt.« Ungeweinte Tränen glänzten in Alexandras Augen. »Ist das denn so schwer zu verstehen, Mary? Ich liebe dich nun einmal von Herzen, denn du bist die einzige Familie, die ich habe. Ich kann erst gegen die Ungeheuer kämpfen, wenn ich dich in Sicherheit weiß.«

»Aber ich kann nicht gestatten, daß Sie dem allem allein gegenübertreten. Bitte, Miss! Begleiten Sie mich und lassen sie uns gehen, solange noch eine Chance besteht.« Mary blickte zu Mrs. Penrith hinüber, als ob diese Alexandra zur Vernunft bringen könnte.

»Miss.« Nun ergriff Mrs. Penrith Alexandras Hand. »Ich denke auch, daß Sie wegfahren sollten. Er wird es vermutlich nicht einmal merken, denn er ist völlig außer sich, seit Sie beschlossen haben, Cairncross zu verlassen. Er hat sich in seinen Räumen eingeschlossen und will niemanden sehen. Er hat nicht einmal reagiert, als wir ihm gesagt haben, daß wir Ursula Poles Leiche gefunden haben.«

»Natürlich wird er mich sehen wollen. Dessen bin ich mir ganz sicher.«

»Sie könnten sich irren, Miss.« Mrs. Penrith wiegte ihren Kopf. »Er ist nicht bei sich. So habe ich ihn noch nie erlebt. Als ich durch die Tür mit ihm gesprochen habe, schien er gar nicht richtig bei sich zu sein – so als ob er bereits weit weg sei.«

Alexandras Herz schlug heftiger, weil ihr wieder das Bild von Damien mit der Pistole in der Hand vor Augen stand. Und plötzlich fühlte sie sich ganz elend. »Ich muß unbedingt sofort zu ihm.« Mit bleichem Gesicht drehte sie sich zu Mary um. »Und du mußt mir versprechen, daß du auf der Stelle mit Jaymes aufbrichst.«

»Zwingen Sie mich nicht dazu!«

»Du stehst meinem Herzen sehr nahe, Mary, und falls Ursula Pole in irgendeiner Form existiert, dann weiß sie das. Und Damien weiß es ebenfalls. Ich möchte, daß du in Sicherheit bist, falls hier alles schiefgeht. Versprich es mir!«

Wahrscheinlich war der drängende, fast hysterische Unterton in Alexandras Stimme schuld daran, daß Mary sich letztlich umstimmen ließ. Sie schlug die Hände vors Gesicht und brach in Tränen aus. »Also gut, Miss, ich werde gehorchen. Aber ich werde zu Gott beten, daß er uns am Morgen wieder vereint.«

Alexandra küßte Mary und wischte ihr die Tränen ab. Dann wandte sie sich zur Tür.

»Weshalb tun Sie das eigentlich?« fragte Mrs. Penrith.

Alexandra hielt inne. »Ich habe ihm unrecht getan und möchte wissen, ob er mir vergibt.«

Die Hausdame sah Alexandras blasses Gesicht und schien mit ihr zu fühlen. »Gut, aber beeilen Sie sich, Miss.«

Alexandra stürzte aus der Tür. Marys Tränen und die Warnungen ihres Herzens waren unwichtig – wichtig war jetzt nur, daß sie auf schnellstem Weg zu Damien kam. Sie raffte ihre Röcke, und die Angst verlieh ihren Schritten Flügel.

Aber Damiens Räume waren leer. Alexandra vergewisserte sich trotzdem kurz, doch sie fand ihn nirgends. Schließlich sank sie auf eine Polsterbank und starrte quer durch das Schlafzimmer, als ob irgendwo geschrieben stünde, wo sie ihn finden könnte.

»Ah, hat die Braut doch endlich zu ihrem tollen Bräutigam gefunden!«

Alexandra sauste herum um zu sehen, woher die Stimme gekommen war. Zu ihrem Entsetzen sah sie, wie ein Stück der Wandverkleidung vollends aufschwang und Featherstones Fratze enthüllte.

»*Seine* Braut – meine hat er mir vor Ewigkeiten genommen!« Er streckte den Arm nach ihr aus.

Aber Alexandra sprang auf und wich vor ihm zurück. Ihr Herz raste, als sie den Glanz in seinen Augen sah. »Wo ist Damien?« herrschte sie ihn an.

»Bei ihr, bei ihr.« Featherstone lachte gehässig.

»Er hat sie nicht umgebracht«, sagte Alexandra, während ihre Blicke auf der Suche nach einer Fluchtmöglichkeit durch den Raum irrten. »Wir haben Miss Poles Leiche im Koffer in ihrem alten Zimmer gefunden. Offenbar ist ein schrecklicher Unfall passiert. Sam wußte nicht, wozu es führen würde, als er Miss Pole vor vielen Jahren in die Katakomben gesperrt hat.«

»Genau dasselbe wird man in Kürze von mir sagen, Miss Benjamin!« höhnte Featherstone. Für sein Alter war er noch wendig und schnell, und bevor sie richtig ausweichen konnte, hatte er sie gepackt und zu Boden gerissen.

Sie kämpften. Dabei grub Alexandra ihre Fingernägel in sein faltiges Gesicht, aber Featherstone reagierte nicht. Er war zwar alt, aber zäh, und in seinem wirren Zustand so stark wie zwei Männer. Rasch lag sie keuchend vor Anstrengung unter ihm begraben und konnte nur feindselig zu ihm emporstarren.

»Sie ist tot, Mr. Featherstone«, flüsterte Alexandra in der Hoffnung auf einen Rest von Vernunft. »Ich habe sie mit eigenen Augen gesehen. Sie lag in dem großen Schrankkoffer, halbverwest, aber immer noch lächelnd, und die roten Haare lagen überall verstreut. Sie ist wirklich und wahrhaftig tot. Sam hat sie aus Versehen in dem Labyrinth eingesperrt und damit ihren Tod verursacht. Damien oder ich haben nichts damit zu tun.«

»Sie sagt aber ganz etwas anderes.« Featherstone starrte ihr ins Gesicht, und sein fauliger Atem würgte sie. »Und tot hat sie wirklich nicht ausgesehen! Sie müssen eine andere Frau in dem Koffer gefunden haben. Ursula ist immer noch jung und wunderschön. Sie hat sich überhaupt nicht –«

»Und weshalb hat sie sich nicht verändert, Mr. Featherstone? Weil sie tot ist! Sie haben ein Gespenst gesehen!«

Er lachte. »Ich habe sie doch berührt und im Arm gehalten.« Er beugte sich noch tiefer hinunter, so daß sich Alexandra vor dem Gestank abwenden mußte. »Ich habe sie auch geküßt! Sie war sehr lebendig. Damien hat mich die ganzen Jahre um sie betrogen, und genau das werde ich ihm jetzt heimzahlen.« Er zerrte sie gewaltsam hoch und in den modrigen Gang, aus dem er aufgetaucht war. Es war keiner der Dienerschaftsgänge, sondern dem mineralischen Geruch nach einer der weitverzweigten Zugänge zum Labyrinth.

»Möchten Sie Ihrem Liebhaber nicht Gesellschaft leisten?« Brutal schob er sie vor sich her in den Gang und drückte dann die Täfelung zurück, so daß niemand etwas von der Existenz des Eingangs ahnte. Im Gang herrschte rabenschwarze Nacht. Mit ausgestreckten Händen tastete Alexandra um sich, bis ihre Hand durch eine Öffnung fuhr und so etwas wie Knochen berührte. Entsetzt zog sie sie zurück. Sie sank zu Boden und war nicht mehr bereit, auch nur einen einzigen Schritt weiterzugehen, denn jeder weitere Schritt hätte sie um ihre Orientierung gebracht.

Plötzlich tauchte der Feuerschein eines Streichholzes den Gang in ein unwirkliches Licht. Offenbar hatte Featherstone eine Öllampe entzündet, aber trotz des Lichtscheins war vom Eingang, durch den sie hereingekommen waren, nicht mehr das geringste zu entdecken. Ohne Featherstones Hilfe würde sie hier nie wieder herausfinden.

»Los, weiter!« kommandierte der Butler mit seltsam wirrem Gesichtsausdruck.

»Wo ist Damien?« fragte Alexandra und stöhnte, als er sie einfach weiterschubste.

»Ich werde Sie zu ihm bringen. *As I am now, so you must be, so take my hand and come with me.*« Er warf den Kopf zurück und brach in ein infernalisches Gelächter aus.

Der gespenstische Klang seiner Stimme verursachte ihr eine Gänsehaut. »Miss Pole ist tot, Featherstone. Ich habe sie ja selbst gesehen! Sie ist wirklich tot.«

»Sie lügen!« Er packte einen Büschel ihrer Haare und zerrte ihren Kopf nach hinten. »Ihre Sorte kenne ich! Eine kleine Jüdin, die immer lügt! Schluß jetzt! Ich will nicht mehr darüber reden.«

»Trotzdem ist sie tot, und Sie haben ein Gespenst im Arm gehalten! Eines Tages werden Sie sie küssen und zusehen, wie das verweste Fleisch von den Wangenknochen abfällt.« Sie versuchte, ihn zu verunsichern, doch ihr war klar, daß sie nicht länger an seine Vernunft appellieren konnte.

»Sie haben sie ja noch nie gesehen! Sie ist so wunderschön ...«

»Oh, doch! Ich *habe* sie gesehen. Zumindest ihr Gespenst habe ich gesehen! Sie ist eines Tages auf der Treppe an mir vorbeigegangen. Außerdem hat sie Damien und mich draußen im Moor beobachtet. Inzwischen klingt das, was ich damals nicht wahrhaben wollte, ganz vernünftig. Falls es nicht jemanden gibt, der ihr aufs Haar gleicht und Spaß an diesem Versteckspiel hat, werde ich bis zu meiner Todesstunde überzeugt sein, daß wir im Moor ihren Geist gesehen haben.«

»Ihre Todesstunde ist nahe«, sagte er mit wütendem, aber gleichzeitig verunsichertem Unterton. »Los, beeilen Sie sich! Wir werden ja sehen, wie Newell seine Braut in Ehren hält.«

Alexandra spürte immer wieder Featherstones Faust in ihrem Rücken, die sie weiterschob, aber die Öllampe gab er nicht aus der Hand. Meter um Meter ging es weiter in die Finsternis hinein, und ihre Füße ertasteten unsicher jede Biegung oder Kurve des Gangs. Am liebsten hätte sie sich zu Damien geflüchtet, doch sie wußte nicht, wo er sich verbarg. Es war klar, daß sie ihn ohne Featherstone niemals finden würde.

Damien stand vor dem großen Eingang zum Labyrinth und zog die schwere Tür auf, was selbst bei seiner Kraft nicht ganz leicht war. Auf der anderen Seite erwartete ihn die Gestalt, wegen der er gekommen war.

»Die Entscheidung ist gefallen«, sagte er mit scharfer, rauher Stimme. »Führe mich in die Welt der Finsternis, in der du dich so gut auskennst.«

Die Gestalt bewegte sich nicht. Im flackernden Licht einer Lampe stand sie in einem weiten Kleid in einem der seitlichen Gänge.

»Meine Verdammnis ist nahe. Laß mich in die Zukunft sehen. Beweise mir, daß die Hölle auf Erden schlimmer ist als die, in der du lebst.« Langsam zog er eine Pistole aus dem Hosenbund und wog sie in der Hand, während seine Blicke die Gestalt nicht aus den Augen ließen.

»Zeige mir, wer du in Wirklichkeit bist.« Er wog die Pistole immer noch in der Hand, und aus seinen Augen sprach der Wunsch nach Selbstzerstörung.

Die Figur im Schatten bewegte sich nicht. Wie der personifizierte angehaltene Atem verharrte sie ruhig an Ort und Stelle.

»Zeige es mir, Ursula« flüsterte er, doch in diesem Augenblick tauchte im Gang rechts von ihm ein Licht auf. Er senkte die Waffe. »Wer ist da?« fragte er.

Je heller das Licht wurde, desto weiter zog sich die Figur in die Finsternis zurück.

»Ich bin es, Ihr früherer Butler!« rief eine Stimme, worauf nur wenig später zwei Gestalten in makaberer Umarmung ins Lampenlicht taumelten.

»Damien«, flüsterte Alexandra, während sich der kalte metallene Schaft einer Pistole gegen ihre Schläfe preßte.

Damien starrte der Gruppe entgegen. Seine Augen registrierten die Pistole und den brutalen Griff, mit dem Featherstone Alexandras Hals gepackt hatte. Für den Bruchteil einer Sekunde nahm er Alexandras flehende Miene wahr, doch er verharrte ungerührt und wandte schließlich den Blick wieder ab.

»Was tun Sie hier?« herrschte er Featherstone ungeduldig an.

»Ich habe Ursula geliebt, Newell, und Sie haben sie mir weggenommen.«

»Sie hat Sie aber nicht geliebt«, murmelte Damien. »Sie war eine Hure und hat Sie nur benutzt, weil sie an Ihre Ersparnisse wollte, die Sie im Lauf Ihres Lebens zusammengetragen haben. Sie hat Sie nicht geliebt – sie hat überhaupt niemanden geliebt.«

»Doch! Sie hat mich geliebt!« jaulte Featherstone. Er schob Alexandra gewaltsam nach vorn, so daß die Pistole heftig gegen ihren Kopf knallte. »Und jetzt werden Sie dafür bezahlen, Newell. Sehen sie genau hin, wenn ich Ihre zukünftige Braut –«

»Na, was denn?« höhnte Damien. »Wollen Sie sie umbringen? Nun gut, dann wird sie mein Schicksal teilen.«

»Damien!« rief Alexandra und starrte ihn ungläubig an. Dabei schossen ihr die Tränen in die Augen.

»Willst du etwa nicht sterben, Alexandra?« spottete Damien. »Willst du etwa dieses Leben und alle diese Qualen für immer ertragen?«

»Manchmal erfordert das Leben sehr viel Mut. Das ist wahr.« Voller Angst und Sorge, aber gleichzeitig auch mit einem Ausdruck grenzenloser Liebe sah sie ihn eindringlich an. »Manchmal ist es nicht leicht, zwischen Gut und Böse zu unterscheiden, und man muß sich in der Finsternis für den richtigen Weg entscheiden. Ich weiß inzwischen, daß du Ursula nicht umgebracht hast. Wir haben Sam überrascht, als er das Mißgeschick, das ihm vor zwanzig Jahren passiert ist, vor uns verbergen wollte. Ich weiß, ich hätte dir glauben sollen ... aber selbst als ich dich für schuldig hielt, habe ich dich geliebt«, flüsterte sie fast unhörbar.

Er starrte sie nur unverwandt an, aber er sagte nichts. Auch auf seinem Gesicht war keinerlei Reaktion zu erkennen. Und der Ausdruck seiner Augen wurde gnädigerweise von den spiegelnden Gläsern verdeckt.

»Ich werde zuerst Ihre Braut umbringen«, zischte Featherstone, »und dann Sie, Newell! Meine Liebste erwartet mich bereits voll Ungeduld.«

»Sie werden gestatten, daß ich das selbst erledige. Ich möchte das keinem Fremden überlassen.« Damien hob die Pistole, die er bisher an seiner Seite verborgen hatte.

Featherstone erschrak sichtlich, als er den Lauf im Licht der Lampe blinken sah. »Demnach wollen Sie ihr diese letzte Ehre erweisen?« fragte er, während Alexandra in seinem Griff zappelte.

»Warum denn nicht? Sie ist schließlich meine Braut.«

»Nein, Damien. Nein!« bat Alexandra flehentlich unter Tränen.

»Ich weiß inzwischen, daß diese Entscheidung längst vor deiner Ankunft gefallen ist.« Versteinert sah er sie an. »Du kannst den Lauf der Dinge nicht ändern.«

»Sie wird gewinnen, wenn du das tust, Damien! Sie verkörpert das Böse, und wenn du aufgibst, dann hättest du das genausogut lange vorher tun können.« Ein Stöhnen entrang sich ihrer Kehle. »Ich liebe dich, Damien.«

»Wirst du mich auch im Tod und in der Finsternis lieben, Alexandra?« fragte er, während er den Hahn spannte.

»Auch im Tod und in der Finsternis«, wiederholte sie flüsternd, während ihr schmerzerfüllter Blick unverwandt auf ihm ruhte. »Du mußt meine Liebe nur erwidern. Gib mir, was ich dir gegeben habe, und alles wird möglich sein.«

»Ich habe dein Zimmer nicht mit der roten Farbe beschmiert. Das war ich nicht!« Bei diesen Worten zuckte die Andeutung eines Gefühls über sein Gesicht, denn plötzlich war es ihm wichtig, daß sie ihm glaubte.

»Ich weiß, daß du es nicht warst. Es war immer nur sie. Tu es nicht, Damien«, bat sie und wehrte sich dabei verzweifelt gegen Featherstones Griff. »Lieber wollen wir beide durch die Hand dieses Irren sterben, als daß wir uns dem Bösen in uns ergeben!«

»Aber ich habe soviel davon in mir!« stöhnte er.

»Ich weiß«, sagte Alexandra unter Schluchzen, »und genau deshalb mußt du dich für das Leben entscheiden. Ich bin doch da. Du mußt jetzt kämpfen, denn darin liegt der einzige Sinn und Zweck der Liebe. Sie versöhnt uns mit dem Bösen in uns selbst. Ich liebe dich, Damien. Ich glaube nicht, daß du sterben mußt ... denn ich glaube, daß du mich liebst.« Ihr Flüstern, ihre Tränen und ihre Augen flehten um Antwort.

Endlos lange sah er sie an, während die Pistole unverändert auf ihren Kopf zielte und die Stille um sie herum nur so dröhnte.

Niemand wird jemals sagen können, ob es nur ein Flackern der Lampe war oder ob tatsächlich Tränen unter den Brillengläsern hervorquollen und über Damiens Wange rollten. In den Katakomben war es ziemlich dunkel, und Sekunden später war ohnehin alles vorbei.

Zitternd streckte ihm Alexandra ihre Hand entgegen. »As I am now, so you must be, so take my hand and come with me.«

Bewegungslos und stumm sah er sie einfach nur an, während Featherstone hinter ihr vor Lachen losbrüllte.

»Und wie Sie sich in Ursula getäuscht haben, Newell!« spottete der Butler. »Sie ist ganz und gar nicht tot, sondern sie steht genau hinter Ihnen! Na los, machen Sie schon! Erschießen Sie endlich Ihre kleine Lady und dann sich selbst, um meine Liebste glücklich zu machen.«

»Ich liebe dich, Damien«, sagte Alexandra, während sie in

Tränen über das ausbrach, was sie hinter seinem Rücken erblickte. »Ich liebe dich wirklich.«

Sekunden später betätigte er den Abzug.

Epilog

Alexandra beobachtete die beiden Brüder, wie sie vor ihr durch den Garten spazierten. Es war ein kalter Wintertag. Es war kein neuer Schnee mehr gefallen, und die Strahlen der Wintersonne erhellten die Landschaft. Sam ging ganz vorn und zeichnete seine Fußabdrücke in den letzten Schnee, der noch zwischen den Rosenbüschen lag. Damien folgte ihm, ganz in der Haltung eines Gutsherrn, der zufrieden über seinen Besitz wanderte und alles begutachtete.

Aber Damien war nicht zufrieden, denn es schien ihm etwas zu fehlen. Und mit einem Mal blieb er stehen und streckte die Hand aus. Lächelnd eilte Alexandra an seine Seite und ergriff seine Hand.

»Wie viele Tage sind es heute?« fragte Damien, während er Alexandra an sich zog und gemeinsam mit ihr den Spaziergang fortsetzte.

»Das fragst du mich jeden Tag, mein Schatz! Wird das bis in alle Ewigkeit so weitergehen?« Mit glücklichem Gesicht zupfte sie ihm einen Fussel von seinem schwarzen Gehrock und strich mit ihrer behandschuhten Hand über den Flor des Stoffs.

»Ich werde dich immer wieder fragen, denn ich muß sicherstellen, daß ich nicht träume und plötzlich unsanft erwache.«

Sie streichelte seine Wange. »Wir haben am Weihnachtsabend geheiratet – das macht fünfundfünfzig Tage.«

»Ich werde keine Ruhe geben, bevor es nicht fünfundfünfzig Jahre sind!« Er sah seinem Bruder nach, und dabei spiegelten sich die Wolken in seinen Brillengläsern. Es war noch dieselbe Brille, aber inzwischen hatte sie alles Geheinnisvolle verloren. Seit dem letzten Tag in den Katakomben hatte Alexandra keinerlei Angst mehr. Die Wahrheit hatte den Sieg davongetragen, und die Entscheidung war gefallen. Damien wurde von Tag zu Tag zärtlicher und liebevoller und behauptete immer wieder, daß sie eine phantastische Lehrerin sei. Alexandra erklärte ihm jedoch geduldig wieder und wieder, daß er das alles längst in sich gehabt und sie es an der Art gemerkt hätte, wie er mit seinem Bruder umging.

»Möchte Sam auch heute wieder zum Friedhof gehen?« Lachend versuchte sie, den großen Schritten ihres Mannes zu folgen.

»Wir werden ihn fragen. Ich habe den Eindruck, als ob es ihm gefällt, ihr Blumen aufs Grab zu legen.«

Alexandra sah zu ihrem Mann auf und nickte. »Ja. Ich glaube sogar, daß er ohne diese Aufgabe seine Sprache nicht so rasch wiedergefunden hätte.« Sie blickte zu Sam hinüber, der die Mauer musterte, als ob er jederzeit mit dem Auftauchen der Gestalt rechnete. »Es tut ihm offensichtlich gut, sie zu besuchen, und deshalb werde ich niemals glauben, daß er damals gewußt hat, was er tat.«

»Ich wünsche mir nur, daß er glücklich ist und wieder mit uns spricht. Mir ist es völlig gleichgültig, wer sie umgebracht hat.« In diesem Augenblick schienen seine Gedanken plötzlich sehr weit fort zu sein.

Vorsichtig drückte Alexandra seine Hand und preßte sie dann auf ihren gerundeten Bauch. »Sie ist fort, mein Liebster. Ich habe sie nie mehr gesehen, seit wir sie an unserem Hochzeitstag auf dem Friedhof begraben haben. Ich glaube fest, daß wir sie nie wieder sehen werden. Erinnere dich an den Tag in den Katakomben. Damals hat sie verloren.«

Die Muskeln an seinem Kiefer spannten sich. »Du hast mir

nie erzählt, wie sie in dem Augenblick ausgesehen hat, als ich auf Featherstone zielte.«

»Ist das so wichtig?« fragte Alexandra. »Wir haben noch das ganze Leben vor uns. Außerdem habe ich dir schon gesagt, daß sie der Frau im Koffer sehr ähnlich war ... nur ... nur schien der Haß sie zu beleben.« Alexandra hatte keine Ahnung davon, wie blaß sie immer wieder wurde, wenn die Sprache auf diesen Augenblick kam. Es fehlten ihr einfach die Worte, um diesen schrecklichen Moment und das Böse zu beschreiben, für das Ursula Pole stand und das sie damals eher gefühlt als gesehen hatte. In dieser Sekunde hatte das Böse auch nach ihrer Seele gegriffen, aber das würde sie Damien niemals gestehen.

»Ich brauche deine Stärke so sehr, Alexandra.«

Sie sah zu ihm auf und las in seinen Augen, wie er zweifelte. »Du bist selbst stark genug, Damien. Du hättest uns damals beide töten können. Ich denke, daß das der Ausweg war, den du immer gesucht hast – aber du hast das Leben gewählt. Und deshalb, mein lieber Mann, habe ich beschlossen, an deiner Seite zu leben!«

»Ich bete darum, daß wir eine Tochter bekommen, die genauso wird wie ihre Mutter, meine Liebste«, flüsterte er.

»Ich möchte lieber einen Sohn bekommen, der die Bedeutung der Liebe genauso rasch begreift, wie sein Vater«, entgegnete sie und bot ihm die Lippen zu einem langen Kuß.

Als sie sich schließlich voneinander lösten, faßten sie sich an den Händen und wanderten weiter auf Sams Spuren durch den winterlichen Garten. Die Rosenbüsche reckten ihre skelettartigen, dornigen Äste in die wärmende Sonne, und es war nur noch eine Frage von Wochen, bis sich die ersten Knospen zwischen dem frischen Grün zeigten und das Leben sich erneuerte.

Alexandra sah zu, wie ihr Mann seinen Bruder mit liebevollem Blick beobachtete, und stellte wieder einmal fest, welch tiefe Bande das Böse zwischen den Brüdern geschaffen hatte. In der Zukunft würden die Ängste sicher immer weniger werden, und Vertrauen und Liebe würden an ihre Stelle treten. Diese Gefühle brauchten Zeit, um sich zu entfalten und zu wachsen. Damien machte bereits große Fortschritte, und mit dem Kind, das in ihrem Bauch heranwuchs, gingen sie einer strahlenden Zukunft entgegen. Sam schien die Veränderungen sehr wohl bemerkt zu haben, denn er sprach deutlich mehr und schien glücklicher und zufriedener zu sein, als je zuvor.

Die Tür zum alten Schulzimmer im Schloß war in der Zwischenzeit endgültig zugenagelt worden, und das Kinderzimmer wurde in einem bequemeren Teil von Cairncross eingerichtet. Die Hausmädchen machten nach wie vor einen großen Bogen um das Zimmer der ehemaligen Gouvernante, das immer noch leerstand und in ihren Augen ein unheimlicher Ort war, an dem man das Böse noch ahnen konnte.

Alexandra wußte, daß trotz aller Veränderungen die Vergangenheit von Cairncross nicht zu besiegen war. Aber an der Seite ihres geliebten Mannes war sie bereit, den Kampf gegen die täglichen Widerwärtigkeiten aufzunehmen. Sie streichelte seine Wange, und er lächelte glücklich, während sie langsam weiter durch den Garten spazierten.

Obwohl in den Schatten der Gänge noch eine gewisse Düsternis herrschte, war Ursula offenbar endgültig verschwunden. Alexandra wußte zwar, daß sie niemals alles Böse besiegen konnte, das sich in den Jahrhunderten in Cairncross eingenistet hatte, aber ihre Angst hatte sich verflüchtigt, seit sich das Baby unter ihrem Herzen regte und die Vorfreude auf das kommende Leben sie durchflutete. Und vielleicht, ja vielleicht würde sogar die Erinnerung an die Schrecken der Vergangenheit unter der sanften Berührung ihres Liebsten verblassen, bis sie nur noch ab und zu ein paar Schauer an die überstandene Unbill erinnerten.